이범선 단편선
오발탄

책임 편집·김외곤

서울대학교 국어국문학과와 같은 과 대학원 졸업.

현재 서원대학교 광고홍보영상학부 연극영화과 교수.

지은 책으로『한국 근대 리얼리즘 문학 비판』『문학과 문화의 경계선에서』『한국 현대 소설
탐구』등이 있고, 엮은 책으로『임화 전집』(전 2권)『한설야 단편 선집』(전 3권) 등이 있음.

한국문학전집 32

오발탄

이범선 단편선

초판 1쇄 발행 2007년 7월 13일
초판 28쇄 발행 2024년 11월 8일

지 은 이   이범선
책임 편집   김외곤
펴 낸 이   이광호
펴 낸 곳   ㈜문학과지성사
등록번호   제1993-000098호

주   소   04034 서울 마포구 잔다리로7길 18(서교동 377-20)
전   화   02)338-7224
팩   스   02)323-4180(편집) 02)338-7221(영업)
전자우편   moonji@moonji.com
홈페이지   www.moonji.com

ⓒ ㈜문학과지성사, 2007. Printed in Seoul, Korea

ISBN 978-89-320-1793-8 04810
ISBN 978-89-320-1552-1(세트)

이범선 단편선

오발탄

김외곤 책임 편집

문학과지성사 한국문학전집 32

차례

일러두기

1. 이 책에 실린 작품은 이범선이 1955년부터 1981년까지 발표한 작품 중에서 선정한 14편의 중단편소설이다. 각 작품의 정확한 출처는 주에 명기되어 있다.

2. 이 책의 맞춤법은 1988년 1월 19일 문교부 교시 '한글 맞춤법'에 따르는 것을 원칙으로 하였다. 단 작품의 분위기에 영향을 준다고 판단되는 방언이나 구어체 표현, 의성어, 의태어 등은 그대로 두었다.

   예) 발밑의 마룻바닥을 덜컥 떨구더군요.

   이거 알디. 절대로 넘디 않기다.

3. 원본의 한자는 가급적 한글로 바꾸었으며, 작품 이해에 도움이 될 만한 한자는 그대로 두고 괄호 안에 넣었다. 반복적으로 등장하는 한자어는 최초에만 괄호 안에 한자를 병기하고 후에는 한글로만 표기하였다.

4. 대화를 표시하는 「 」혹은 『 』는 모두 " "로, 대화가 아닌 강조의 경우에는 ' '로 바꾸었다. 책 제목은 『 』로, 노래 제목은 「 」로 표시하였다. 말줄임표 '··' '···' '·····' 등은 모두 '······'로 통일하였다. 단 원문에서 등장인물의 머릿속 생각을 표시하는 괄호는 작은따옴표(' ')로 바꾸었고, 작가가 편집자적 논평을 붙인 부분은 괄호(( )) 안에 표시하였다.

5. 외래어 표기는 1986년 1월 7일 문교부 고시 '외래어 표기법'에 따라 바꾸었다. 단 작품의 분위기에 영향을 준다고 판단되는 경우에는 원본을 그대로 살렸다.

   예) 스타령, 쏘련—현 외래어 표기법으로는 스탈린, 소련

6. 과도하게 사용된 생략 부호나 이음 부호는 읽기에 편하도록 조정하였다.

7. 책임 편집자가 부가적으로 설명이나 단어 풀이가 필요하다고 판단한 경우에는 미주로 설명을 붙여놓았다.

일요일

한번 실컷 늦잠을 자본다고 벼른 일요일 아침은 도리어 여느 날 보다도 더 일찍이 잠이 깬다.

일찍이 일어나도 별로 할 일도 없다.

잠은 깨어서도 눈을 감은 채 게으름을 부리고 늘어져 누워 있다. 얼굴에 와 붙는 파리가 성가시다. 이제 그만하면 되었다고 생각하며 벌떡 일어난다. 책상 위에 풀어놓은 손목시계를 들여다본다. 아직 이르다. 이제 출근을 한다 쳐도 충분히 이른 시간이다. 어쩐지 큰 손해를 본 것 같다. 누가 깨우기라도 했더라면 한바탕 야단을 쳐주고 싶은 심사다. 잠이 모자라서는 아니다. 그러니 다시 자리에 누울 수도 없다.

팔이 찢어지게 한번 기지개를 하고 마루로 나오면 이제부터 하루는 온전히 내 것이구나 하는 생각에 마음이 흐뭇해진다. 이 내것인 하루, 스물네 시간을 한번 멋들어지게 지내보자고 우선 하늘부터 쳐다본다. 그러나 벌써 아침 시간부터 주체할 수가 없다.

나는 떠다 놓은 세숫물은 그냥 둔 채 수건과 비눗갑을 들고, 속셔츠 바람으로 목욕탕으로 갔다. 안 가면 한 달쯤은 예사로 안 가고 지나는 목욕도, 이런 아침에는 이상스레 선뜻 나서게 된다.

제 생각에는 기껏 이르다고 해봐도, 탕 안에는 벌써 사람들이 많았다.

이렇게 아침에 일어나는 대로 선뜻 오면 몇 가지 안 벗어 곧 벌거숭이가 될 수 있는 게 좋았다. 아마 평소에 목욕하기를 싫어하는 것은, 겹겹이 입은 그 옷을 벗기가 귀찮아서인지도 모른다고 생각하며 혼자 씩 웃었다.

물 안에 몸을 푹 담갔다. 뜨겁지는 않으나 덥다. 눈을 감았다. 쭉 뻗은 하체가 둥실 물에 뜬다. 모든 세상사에서 완전히 떠난 듯한 가벼운 기분이었다. 데가닥거리는 물바가지 소리들이 멀어진다. 다시 잠이 스르르 안개처럼 혈관 속으로 스며들었다.

갑자기 탕 물이 출렁하며, 얼굴에 물이 튀었다. 나는 얼른 손으로 닦고 눈을 떴다. 대여섯 살 가량 나 보이는 어린애가 탕 안으로 점벙 뛰어들었던 것이다. 그 뒤로 그의 어버지인 듯한 뚱뚱한 사람이 볼품없이 툭 튀어나온 배 위에 수건을 덮어가지고 따라 들어오고 있었다. 그는 음음, 군힘을 쓰며 슬며시 탕에 몸을 담그고는 손으로 어린애 등에 물을 슬슬 끼얹어주고 있었다. 그때마다 탕 안의 물이 출렁거렸다. 어린놈은 어린놈대로, 수건을 그물 삼아 고기 잡는 시늉을 하며 놀았다. 들어 올린 수건에서 주르르 물을 찌우고는[1] 철썩 소리를 내며 다시 수건을 물속에 넣곤 하였다. 그때마다 물방울이 사방으로 튀었다. 탕 안의 사람들은 모두 눈살을 찌푸렸다. 그러나 뚱뚱보는 그저 귀여운 듯, 여전히 손으로 어린애 등에 물을 끼얹어주고 있을 뿐이었다.

나는 일어섰다. 탕 밖에도 사람은 가득했다. 나는 간신히 탕 밖 한 귀퉁이 빈자리를 찾아 나와 앉을 수 있었다.

"에! 그놈 참!"

누군지 또 한 사람 참다못하여 탕 밖으로 기어나왔다.

내가 한참 몸을 씻고 있을 때였다.

"조꼼 조입시다."

바로 그 뚱뚱보였다. 나는 한번 그의 배를 쳐다보았다. 그리고 이번엔 옆사람과의 사이를 살펴보았다. 어쩌자는 것인지 나는 그의 심사를 알 수가 없었다. 아무리 보아도 나와, 옆사람 사이에는 한 사람이 더 들어앉을 만한 틈이 없었던 것이다. 더구나 그 뚱뚱한 배. 어쨌든 나는 깔고 앉았던 나무 판을 이쪽으로 좀 당겨 앉아주었다.

그는 쓱 돌아서더니 다짜고짜로 그 벌건 궁둥이를 남의 얼굴 앞으로 돌려대었다. 아무리 비위가 좋은 그라도 그 짬에 들어앉을 수는 없었다. 그러나 어쨌든 그는 앉았다. 그러니까 그 짬새에 끼어앉은 게 아니라 두 사람 무릎 앞에 가 앉은 것이었다. 그의 아들도 그와 마주 앉았다. 그는 물을 한 바가지 떠다놓고는 그 흐늑흐늑한 몸뚱이에 다부지게 비누질을 하기 시작하였다. 이번에는 수건에다 마구 빨랫비누를 문질렀다. 그리고 그것을 새끼 모양, 몇 번 비틀어 꼬았다. 등을 닦을 셈인 것이다. 한쪽 어깨 너머로 철썩, 수건을 넘겨쳤다. 뒤로 꽤 멀리까지 비누 거품이 튀었다. 이쪽 손을 등 뒤로 가져갔다. 피둥피둥한 넓은 잔등에 수건이 짧다. 좀처럼 수건 끝을 잡을 수가 없다. 어찌어찌하여 간신히 잡았다. 그는 씩씩 가쁜 숨을 내쉬며, 톱질하듯, 수건을 위아래로 당겼다 놓았다 하였다. 그때마다 비누거품이 좌우 옆으로 튀었다. 내 몸에도 턱턱 와 붙었다. 불쾌하기 짝이 없다.

"여보, 좀 조심합시다."

거의 입 밖에까지 나오려는 말을 꿀꺽 참았다. 또 하나, 주먹만한 거품이 이번엔 나의 물바가지 속에 와 떨어졌다. 정말 화가 치밀었다. 나는 떠놓고 아직 쓰지도 않은 물을, 그의 궁둥이 밑에 쏟아버렸다. 그리고 새 물을 한 바가지 떠들고, 차라리 저만치 찬물통 쪽으로 피하고 말았다.

"야, 여기 자리 났다."

눈사람 모양 온몸에 비누질을 한 뚱뚱보는 내가 일어서자마자, 앞에 앉았던 아들을 내 자리에 불러 앉혔다.

나는 피해 앉은 자리에서 머리를 감았다. 두 손, 열 손가락으로 머리를 한바탕 긁었다. 그리고 눈을 감은 채 손으로 물바가지를 더듬어 찾았다.

바로 그때였다.

누군지 내 등에다, 찬물을 좍 끼얹었다. 나는 깜짝 놀라, 후닥닥 일어섰다. 두 손은 비누 거품을 잔뜩 쓴 머리 속에 찌른 채 눈을 치떴다.

바로 그들이었다. 턱 밑에 맺힌 물방울을 손으로 털고 있는 그 어린애는 유난히 큰 두 눈을 똑바로 뜨고 나를 마주 보고 서 있었다. 그리고 뚱뚱보는 그 징그러운 궁둥이를 치들고 또 찬물을 뜨는 중이었다. 이제 그것을 서 있는 아들놈 꼭대기에서부터 또 내리부을 모양이었다. 옆의 사람들이야 어찌 되든 간 그까짓 것은 애당초 생각도 않는 그였다.

나는 그 허연 볼기짝을 한번 시뻘건 손자리가 나게 갈겨주고 싶은 충동을 느꼈다. 마치 짓궂게 나만 따라다니며 못살게 구는 것 같은 그들 부자가 막 미웠다. 나는 어른답지도 않게 증오에 가득 찬 눈으로 마주 선 어린놈을 쏘아보고 있었다. 비눗물이 흘러들어 눈이 쓰라렸다. 나는 상을 찡그리고, 눈을 꾹 지르감았다. 또 한번 좍 하는 소리와 함께, 내 아랫도리에 찬물이 마구 끼얹어졌다.

"윽, 으흐흐—"

"멀. 시원하지. 한 바가지 더."

뚱뚱보는 또 물을 푸러 가는 모양이었다. 나는 그 자리를 또 피해야겠다고 생각은 하면서도, 머리에서 자꾸 비눗물이 흘러내려 눈을 뜰 수가 없었다.

나는 눈을 지르감은 채, 두 손으로 앞을 가리고, 을씨년스러운 모양을 하고 서서 매를 기다리는 죄인처럼, 이제 또 좍 끼얹혀질 찬물을 기다리는 수밖에 없었다.

나는 모처럼 명랑할 뻔한 일요일 아침을 목욕탕에서 아주 망쳐 가지고 돌아왔다.

날씨는 여전히 더웠다.

종일 아무 데도 안 나갔다.

저녁때에 나는 걸상을 들고 대문 밖에 그늘로 나갔다.

길 건너, 저쪽은 바로 언덕이었다.

그 언덕 위에는 애들이 대여섯 명 모여 서 있었다. 발로 풀을 이리저리 헤친다. 메뚜기를 잡는 모양이었다. 나는 부채질을 하며 그들을 바라보고 있었다.

한 놈이 비탈로 내려왔다. 그러자 다들 따라 내려온다. 다섯 놈이 한데 뭉쳐 이리로 온다. 다들 국민학교에 들어갔을까 말까 한 같은 또래들이었다.

몇 발자국 걸어오다가는 또 모여 선다. 무어라 한바탕 지절대다가는 또 흩어져 걸어온다. 그러단 또 한 놈에게로 모여든다. 앞에 오던 놈까지 돌아서 그리로 간다. 그러고는 또 흩어져 걷는다. 그러기를 내 앞에 와서 또 우르르 모여 섰다.

나는 일어서 머리 너머로 둥글하니 둘러선 그들의 가운데를 들여다보았다. 내가 상상했던 대로 역시 메뚜기를 잡아가지고 오는 길이었다.

가운데 선 웃통을 벗은 놈이 손가락만 한 메뚜기의 두 다리를 잡고 들여다보고 있다. 빙 둘러선 딴 놈들은 부러운 눈으로 그것을 지키고들 있었다.

"난다, 인마."

메뚜기 임자인 웃통을 벗은 놈이 이렇게 말하자

"못 난다, 인마."

그 옆에 선, 흰 셔츠에 파란 캡을 쓴 놈이 대들었다. 바로 그놈이었다. 아침에 목욕탕에서, 그의 아버지와 함께 나를 못살게 굴던 그놈이다.

"난다, 인마."

"못 난다, 인마."

"아까 날더라, 인마."

"자식, 못 날아, 인마."

"그래도 아깐 날더라. 그렇지?"

옆의 동무들을 돌아보며 응원을 청하였다.

"못 날지이. 그렇지?"

이번엔 캡을 쓴 놈이 옆의 동무들을 돌아보았다.

"못 날아."

한 놈이 캡을 쓴 놈에게 동의하였다.

"그래, 못 날아."

또 한 놈이 역시 못 난다는 편에 가 붙었다.

"날아!"

메뚜기를 쥔 놈은 한번 더 우겨보기는 하나, 좀 자신이 없는 소리였다.

"못 날아."

"그건 뛰는 거야."

"그럼, 얼마나 멀리 뛴다고."

"그래—"

한꺼번에 네 놈이 공격을 하였다.

"……?"

메뚜기를 쥔 놈은 이제 아주 자신을 잃어버렸다.

"못 날아, 인마. 놔봐."

캡을 쓴 놈의 말이다.

"싫어. 날문."

다들 못 난다고는 하지만, 그래도 그놈이 아까 보니까 꽤 멀리 날던데, 하는 게 메뚜기를 쥔 놈의 생각이었다.

"자식. 못 날아."

캡을 쓴 놈이 손으로 웃통을 벗은 놈의 턱을 슬쩍 치받쳤다.

그 바람에 메뚜기를 쥔 놈이 흠칫하였다. 딴 놈들도 일시에 눈을 깜빡하였다.

다시 열 개의 까만 눈들이 메뚜기를 쥐었던 놈의 손끝으로 모였다. 그런데 거기는, 있어야 할 메뚜기는 없고, 그저 메뚜기의 다리만이 한 개 쥐어져 있을 뿐이었다. 서로들 마주 쳐다보았다. 어찌 된 셈이냐는 것이다. 다음 순간, 그들은 일제히 뒤로 돌아섰다. 달아난 메뚜기를 찾는 것이었다.

웃통을 벗은 놈의 손에서 튀어나와, 캡을 쓴 놈의 머리 위에 붙었던 메뚜기는 그때에야 껑충 땅바닥에 뛰어내렸다. 다들 와르르 그리로 몰려갔다. 캡을 쓴 놈이 재빠르게 손으로 메뚜기를 덮쳤다. 캡을 쓴 놈 손에 잡힌 메뚜기는, 남은 한 다리로 제법 꺼들꺼들 방아를 찧었다. 그러자 메뚜기 임자인 웃통을 벗은 놈이, 캡을 쓴 놈 앞으로 다가가며 그의 손에서 메뚜기를 잡으려 하였다.

캡을 쓴 놈은 얼른 메뚜기를 쥔 손을 뒤로 돌렸다.

"줘."

"싫어."

"왜?"

"네 거야?"

"내 거 아니구."

"어째?"

"내 거 아니구."

"네, 노쳐뻐리지 않았나."

"머가 노쳐뻐려. 다리가 떠러졌지."

"그러니까 노쳐뻐렸지."

"머가 노쳐뻐려."

"내 모자에 붙었댔어."

캡을 쓴 놈은 놓치지 않았냐는 논법이 좀 미약하다고 생각하였던지 이번엔 딴 문제를 들고 나왔다. 메뚜기가 자기 모자에 잠깐 붙었던 것을 무슨 권리나처럼 내세웠다.

아주 맹랑한 놈이다.

"그렇지? 내 모자에 붙었댔지?"

캡을 쓴 놈은 딴 동무들을 돌아보았다. 그러니까 내 거 아니냐는 것이다.

"그래."

한 놈이 대꾸를 하였다.

"붙었댔으면 붙었댔지, 머."

"그러구 뛴걸, 내가 잡았는데 멀."

"줘!"

웃통을 벗은 놈이, 제법 이번에는 단호한 소리로 대들었다. 그

따위 당치도 않은 소린 그만두라는 어조였다.

"자식!"

캡을 쓴 놈이 웃통을 벗은 놈을 탁 떠다밀었다. 웃통을 벗은 놈은, 뒤로 비틀하다 말고 다시 대들었다. 캡 쓴 놈은 또 한 번, 전보다 좀 더 세게 떠밀었다. 웃통을 벗은 놈이 뒤로 벌렁 나가넘어졌다. 그러나 곧 일어났다.

"줘이. 줘이. 메뚜기 줘이."

울 소리다. 그건 벌써 당연한 자기의 권리를 주장하는 게 아니라 한 수 지고 들어가는 못난 놈의 소리였다.

"예——, 노처삐리군 멀."

캡을 쓴 놈은 홱 돌아서 달아난다. 웃통을 벗은 놈이 따라갔다. 딴 놈들도 와 그들을 따랐다.

"줘이. 줘이. 메뚜기 줘이."

웃통을 벗은 놈은 여전히 울 소리였다. 캡을 쓴 놈은 힐끔힐끔 뒤를 돌아보며, 댓 발자국 앞을 뛴다. 웃통을 벗은 놈은 잔뜩 화가 났다. 그는 길가에서 돌을 집어 들었다. 그리고 마구 캡 쓴 놈을 따라갔다. 그런데 무슨 생각에서인지, 캡을 쓴 놈은 뛰다 말고 딱 섰다. 그리고 따라오는 웃통을 벗은 놈을 똑바로 노려보고 있다. 웃통을 벗은 놈은 돌을 쥔 채 캡 쓴 놈 바로 앞에까지 다가갔다.

그러나 돌을 쥔 손을 어깨 위에 올리고 있을 뿐 그것을 상대에게 던지지는 못하였다. 그렇다고 버리기도 싱거워 그는 그저 그러고 있었다.

"줘이. 줘이."

그것은 같은 또래끼리가 아니고, 자기보다 훨씬 큰 사람에게 억지를 쓰는 것 같은 꼴이었다.

한동안 꼼짝 않고, 마주 서서 이 모양을 노려보고 있던 캡을 쓴 놈은 별안간 한 손으로 웃통을 벗은 놈의 머리통을 갈겼다. 불의의 봉변에 비틀거리는 놈을, 캡 쓴 놈이 한번 발로 걷어찼다. 제법 쌈패 식이었다. 그 포악하기란 웃통을 벗은 놈과는 비할 게 아니었다.

"앙— 메뚜기 줘— 메뚜기 줘—"

웃통을 벗은 놈은 정말 크게 울기 시작하였다. 그는 벌써 싸울 용기가 없었다. 바로 그때였다. 웃통을 벗은 놈의 어머니가 달려 나왔다.

"누가? 누가? 응. 누가 그러니? 왜 늘 걔보고 못살게 구니 응!"

악을 쓰는 그 소리에 애놈들은 질겁을 해 달아나고 말았다.

웃통을 벗은 놈만이, 길 가운데 그냥 서서 더 큰 소리로 울었다.

"내 메뚜기—이. 새끼. 새끼. 쟤가. 잉, 나쁜 새끼—"

자기 어머니에게 끌려오는 웃통을 벗은 놈은, 뭐라고 욕을 해야 좋을지 몰라 이렇게 주절대며, 힐끔힐끔 애들이 달아난 쪽을 돌아다보았다. 눈물 콧물로 범벅이 된 얼굴은 보기 흉하게 잔뜩 쭈그려 잡고, 입은 입대로 울음을 참을라, 욕을 할라, 연방 씰룩씰룩한다.

걸상에 앉아 이 모양을 처음부터 끝까지 본 나는, 왜 그런지 그 웃통을 벗은 놈이 미웠다. 사리로 따져보나, 또 그 하는 짓의 얄미움으로 보나, 괘씸하고 미워해야 할 놈은 분명히 그 캡을 쓴 놈인 것이다.

그러나 어찌 된 셈인지 내가 더 미워하고 있는 놈은 역시, 그 웃통을 벗은 못난 메뚜기 임자놈이었다. 그놈이 내 동생 놈이라면, 그저 한바탕 두들겨주고 싶으리만치 미웠다.

나는 아침 목욕탕 안에서부터 참아오던 울분을 터뜨리기라도 하는 듯 연방 '못난 자식' '못난 자식'을 맘속으로 되풀이해가며 걸상을 들고 일어섰다.

학마을 사람들

　자동차 길엘 가재도 오르는 데 십 리 내리는 데 십 리라는 영
(嶺)을 구름을 뚫고 넘어, 또 그 밑의 골짜기를 삼십 리 더듬어 나
가야 하는 마을이었다.

　강원도 두메의 이 마을을 관(官)에서는 뭐라고 이름 지었는지
몰라도 그들은 자기네 곳을 학마을[鶴洞]이라고 불렀다.

　무더기무더기 핀 진달래꽃이 분홍 무늬를 놓은 푸른 산들이 사
면을 둘러싼 가운데 소복이 일곱 집이 이 마을의 전부였다. 영마
루에서 내려다보면 꼭 새 둥우리 같았다. 마을 한가운데는 한 그
루 늙은 소나무가 섰고, 그 소나무를 받들어 모시듯, 둘레에는 집
집마다 울안에 복숭아꽃이 활짝 피어 있었다.

　때때로 목청을 돋우어 길게 우는 낮닭의 소리를 받아, 우물가
버드나무 밑에서 애들이 부는 버들피리 소리가 피리 피리 필릴리
아득히 영마루에까지 아지랑이를 타고 피어 올랐다.

이 학마을 이장영감과, 서당의 박훈장은 지팡이로 턱을 괴고 영마루에 나란히 앉아 말없이 마을을 내려다보고 있었다.

그들은 둘이 다 오늘 아침 면사무소 마당에서 손자들을 화물자동차에 실어 보내고 돌아오는 길이었다. 왜놈들은 끝내 이 두메에서까지 병정을 뽑아내었던 것이었다.

두 노인의 흐린 눈들은 꼭 같이 저 밑에 마을 한가운데 소나무를 물끄러미 내려다보고 있었다. 그들은 아침부터 지금 낮이 기울도록 삼십 리 길을 같이 걸어오면서도 거의 한마디도 말이 없었다.

이윽고 이장영감이 지팡이와 함께 쥐었던 장죽으로 걸터앉은 바윗등을 가볍게 두들기며 입을 열었다.

"학이 안 오는 지가 벌써 삼십 년이 넘어."

"그렇지, 올에 삼십육 년쨴가?"

박훈장은 여전히 마을을 내려다보는 채였다.

"내가 마흔넷에 나던 해니까, 그렇군. 꼭 서른여섯 해째군. 하."

이장영감은 장죽에 담배 가루를 담으며 한숨을 쉬었다. 또다시 그 느릿느릿한 잠꼬대 같은 대화마저 끊어졌다.

꼬꼬—

또 한 번 마을에서 닭이 울었다. 다음은 고요하다. 졸리도록 따스한 봄 햇빛이 흰 무명 주의 등에 간지러웠다. 이장영감은 갓끈과 함께 흰 수염을 한번 길게 쓸어내렸다.

학마을. 얼마나 아름답고 포근한 마을이었노.

이장영감은 어느새 황소 같은 더벅머리 총각으로 돌아가, 이글
이글 타오르는 화톳불을 돌며 덩실덩실 춤을 추고 있었다.

옛날 학마을에는 해마다 봄이 되면 한 쌍의 학이 찾아오곤 하였
었다. 언제부터 학이 이 마을을 찾아오기 시작하였던지는 아무도
모른다. 어쨌든 올해 여든인 이장영감이 아직 나기 전부터라 했
다. 또 그의 아버지가 나기도 전부터라 했다.

씨뿌리기 시작할 바로 전에 학은 꼭 찾아오곤 하였었다. 그러고
는 정해두고 마을 한가운데 서 있는 노송 위에 집을 틀었다. 마을
사람들은 이 노송을 학나무라고 불렀다.

학이 돌아온 날은 학마을의 가장 큰 잔칫날이었다. 학나무 밑에
선 호기롭게 떡을 쳤다. 서당에는 어른들이 모여 앉아 술상을 앞
에 놓고 길고 느린 노래를 흥얼흥얼하였다. 그러나 가장 즐겁기
는 젊은이들이었다. 이 마을 젊은이들이 마음놓고 술을 마실 수
있는 날은 이날뿐이었다. 그 외에는 혼인 잔치에서까지도 젊은이
들은 술을 마셔서는 아니 된다는 것이 이 학마을의 율법이었다.

그날은 밤이 깊도록 학나무 밑에 화톳불이 이글이글 탔다. 아직
추운 삼월이라 불에 둘러앉은 젊은이들은 탁배기를 사발로 마구
들이켰다. 그러면 마을 처녀들은 이 억배로 마셔대는 탁배기와
안주를 떨어지지 않게 날라와야 했다. 그런 때면 그 처녀가 화톳
불을 싸고 빙 둘러앉은 청년들 중에 누구의 어깨 너머로 술이나
안주를 가운데 상에 넘겨놓는가가 문제였다. 처녀가 술이나 안주
를 누구의 어깨 너머로든지 살짝 넘겨놓으면 그때마다 일제히 와
하고 함성을 올렸다. 술에 단 젊은이들의 검붉은 얼굴들이 와그

르르 웃으면, 처녀들은 불빛에 빨가니 단 얼굴을 획 돌려 치마폭에 쌌다. 그때 탄실이는 꼭 억쇠——지금 이장영감의 어깨 너머로 듬뿍듬뿍 안줏거리를 날라다 놓곤 하였다. 그러면 또 와아 함성을 올렸다. 억쇠는 슬쩍 뒤를 돌려보았다. 탄실이는 긴 머리채를 흔들며 달아나면서도 억쇠를 향하여 눈을 흘기기만은 잊지 않았다. 억쇠는 그저 즐거웠다. 취기가 올라오기 시작하면 억쇠는 일어나 춤을 추었다. 젓가락으로 두들기는 사발 장단에 맞추어 덩실덩실 돌았다. 어느 해엔가는 잔뜩 취하여 잠방이 띠가 풀린 것도 모르고 춤을 추다 웃음판에 그대로 나가넘어진 일도 있었다.

학으로 하여 즐거운 이야기는 마을 처녀에게도 있었다.

처녀들도 역시 학이 좋았다.

그네들은 물을 길러 뒷산 밑 박우물로 갔다. 그러자면 꼭 학나무 밑을 지나가야 했다. 그런데 어쩌다 학의 똥이 처녀들의 물동이에 떨어지는 일이 있었다. 그러면 그 처녀는 그해 안에 시집을 간다는 것이었다. 그래 나이 찬 처녀들은 물동이를 이고 학나무 밑을 지날 때면 걸음걸이가 더욱 의젓하였다. 한 해에 한둘은 꼭 물동이에 흰 학의 똥을 받았다. 그리고 그들은 틀림없이 그해 안에 시집을 가곤 하였다.

탄실이가 시집을 가던 해에도 그랬다. 물방앗간 옆 대추나무 밑에서 자근자근 빨간 댕기를 씹으며,

"학이……"

하고 탄실이가 고개를 숙였을 때, 억쇠는 구름 사이 으스름달을 쳐다보았다. 탄실이는 이미 아버지가 정해놓은 곳이 있었다. 한

참 만에 억쇠는 탄실이의 보동한 손목을 꽉 붙들었다. 그들은 그 길로 영을 넘었다. 호 호, 호호호. 길가 나무 꼭대기에서 부엉새가 울었다. 그래도 억쇠의 굵은 팔에 안겨 걷는 탄실이는 조금도 무섭지 않았다.

그러나 그건 시집을 가는 게 아니라서였던지 다음 날 아침 그들은 탄실이 아버지한테 붙들리어 다시 돌아왔다. 그리고 그 가을에 탄실이는 울며 단풍 든 영을 넘어 이웃 마을로 시집을 가고 말았다. 다음 해부터는 학날이 와도 억쇠는 춤을 추지 않았다.

"학이 안 오던 그핸 가물도 심하더니."

"허 참, 나라가 망하던 판에 오죽해."

이장영감은 장죽과 쌈지를 옆의 박훈장에게 건네주었다.

이장이 마흔네 살 나던 해였다.

씨 뿌릴 준비를 다 해놓고 마을 사람들은 학을 기다렸다. 그런데 웬일인지 계절이 다 늦도록 학은 돌아오지 않았다. 그들은 하는 수 없어 학 없이 씨를 뿌렸다. 가물이 들었다. 봄내 여름내 비한 방울 안 왔다. 모든 곡식은 바삭바삭 말라버렸다. 마을 사람들은 그저 헛되이 학나무만 쳐다보았다. 학나무에는 지난해에 틀었던 학의 둥우리만이 빈 채 달려 있었다.

"학만 있었으면."

마을 사람들은 여느 해에 그렇게도 영험하던 학의 생각이 몹시도 간절하였다. 이런 때면 학은 늘 하늘과 그들 사이에 있어주었었다.

가물이 들어도 그들은 학나무를 쳐다보았다. 그러면 학이 그 긴 주둥이를 하늘로 곧추고 비오— 비오— 울어 고해주는 것이었다. 그러면 또 하늘은 꼭 비를 주시곤 했다. 장마가 져도 그들은 또 학을 쳐다보았다. 이번엔 학이 가 가 길게 울어주기만 하면 비는 곧 가시는 것이었다. 바람이 불 것도 그들은 미리 알 수 있었다. 학이 삭은 나뭇가지를 자꾸 둥우리로 물어 올리면 그들은 곡식을 빨리빨리 거두어들여야 했다.

그러던 그들은 학이 없던 그해, 그렇게 가물이 심해도 어떻게 하늘에 고해볼 길이 없었다. 그저 그들은 저녁때 들에서 돌아오다가는 빨간 노을을 등에 지고 그림자처럼 조용히 서서 빤히 석양을 받은 학의 빈 둥우리를 오랜 버릇으로 한참씩 쳐다보고 섰을 뿐이었다.

그러던 어느 날 기다리던 비 대신 기막힌 소문이 날아 들어왔다. 왜놈들이 이 나라를 빼앗고 나왔다는 것이었다.

마을 사람들은 며칠 동안 김을 맬 생각도 않고 학나무 밑에들 모여 앉아 먼히 맞은편 산만 바라보고들 있었다.

그런데 또 한 겹 더 덮쳐 마을 안에 열병이 퍼지기 시작하였다. 한 집 두 집, 꼭 젊은 일꾼들이 앓아누웠다. 거의 날마다 곡소리가 들렸다. 학마을은 그대로 무덤이었다.

다음 해 봄도, 또 다음 해 봄도 학은 돌아오지 않았고 흉년만이 계속되었다. 그러자 이제 학이 버리고 간 이 학마을에서는 살 수 없으리라는 말이 누구의 입에서부터인지 퍼져나왔다.

한 집이 떠났다. 또 한 집이 떠났다.

그들은 영마루에 서서 한참씩 학나무를 내려다보다가는 드디어 산을 넘어 어디론지 떠나가곤 하는 것이다.

근 이십 가구나 되던 마을이 겨우 일곱 집만이 남았다.

그동안 이장영감도 몇 번이나 밖으로 나가 살 만한 곳을 찾아보 았었다. 그러나 그때마다 번번이 그는 이 학마을을 버리지 못했 다. 무쇠 같은 그의 가슴에 첫사랑이 벌겋게 달아오르던 곳이라 서만은 아니었다. 그저 어쩐지 이 학마을을 떠나서는 살 수 없을 것만 같았던 것이었다. 빈 둥우리나마 아직 남아 있는 학나무 밑 을 떠나서 왜놈들이 들끓는 마당에 어딜 가면 살 수 있겠는가 하 는 생각에서였다. 남아 있는 딴 사람들도 그랬다.

학은 오지 않고 이름만 남은 학마을은 말할 수 없이 고달팠다.

그래도 해마다 봄은 찾아왔다. 아지랑이가 가물가물 타기 시작 하면 그들은 양지 쪽에 앉아 수숫대로 바자를 엮으며 어린것들에 게 가지가지 학 이야기를 들려주는 것이었다. 어린애들에게는 그 건 해마다 들어도 재미있는 옛이야기였다. 그러나 이야기하는 어 른들에게는 그건 슬픈 추억이었고 또 봄마다 속아 벌써 삼십 년이 지난 오늘까지도 끝내 아주 버릴 수는 없는 희망이기도 하였다.

"그런데 그 학이 어딜 갔을까?"

"알 수 없지."

"살아 있기는 살아 있을까?"

"학은 장생불사(長生不死)라지 않아?"

"장생불사."

이장영감은 또 한 번 천천히 수염을 내리쓸다 그 끝을 쥐고 내려다보며 중얼거렸다.

쾡, 쾡, 쾡, 쾡, 쾡, 쾡, 쾡, 쾡.

바로 그때였다. 저 밑에 마을에서 꽹과리 소리가 요란스레 들려왔다. 무슨 일이 일어난 신호였다.

이장영감은 으쓱 일어섰다. 박훈장도 담뱃대를 털며 따라 일어섰다. 그대로 꽹과리 소리는 울려 올라왔다. 잠든 듯 고요하던 마을에 새까만 사람의 그림자들이 왔다 갔다 하였다. 이장영감은 눈에다 힘을 주고 마을을 살피고 있었다.

학이다── 학이다──

이장영감은 힐끔 뒤의 박훈장을 돌아보았다. 박훈장도 이장영감을 마주 보았다.

학이다── 학이다──

아직 메아리가 길게 꼬리를 떨고 있다. 둘이 다 분명히 들었다. 그러나 둘이 다 꼭 같이 자기의 귀에 자신이 없었다. 쾡 쾡 쾡 쾡, 꽹과리 소리가 또 들려왔다. 그들은 얼른 손을 펴 갓양태에 가져다 대었다. 하늘을 살폈다. 그러나 그들이 아무리 그 흐린 눈을 비비고 크게 떠도 그저 저만치 둥실 흰 구름이 한 점 보일 뿐 학은 보이지 않았다. 그들은 한 번 더 눈을 비볐다. 그래도 역시 학은 없었다. 그저 흰 수염만이 그들의 턱에서 가늘게 떨리고 있었다.

그날 과연 학은 마을에 돌아와 있었다. 영을 내려와 비로소 학이 돌아온 것을 본 이장영감과 박훈장은 얼싸안고 엉엉 울었다.

"왔다. 정말 왔어. 으흐흐."

"영감, 이게 꿈은 아니지 응. 이장영감, 꿈은 아니지. 으흐흐."

이장영감과 박훈장은 갓이 뒤로 벗겨지는 줄도 모르고 고개를 젖혀 학나무 꼭대기만 쳐다보고 있었다.

쑥 치켜든 긴 주둥이, 이마의 빨간 점, 늘씬히 내뺀 목, 눈처럼 흰 깃, 꼬리께 까만 깃에서는 안개가 피었다. 한 마리는 슬쩍 한 다리를 기역 자로 구부리고 섰고, 또 한 마리는 그 윗가지에서 길게 목을 빼고 두룩두룩 마을을 살펴보고 있었다.

옛날 본 그 학이었다. 꼭 그대로였다. 그들은 자꾸자꾸 솟아 나오는 눈물을 몇 번이나 손등으로 닦았다.

이장영감과 박훈장 뒤에 둘러선 마을 사람들의 눈에도 눈물이 글썽 고여 있었다. 어린애들은 눈앞에 정말 살아 나타난 옛이야기가 그저 신비스럽기만 했다.

"이젠 살았다."

"이제 무슨 좋은 일이 생길 게다."

"용케 마을을 지켰지. 참, 몇 십 년인고?"

그들은 무엇인지는 모르는 대로 그저 그 어떤 커다란 희망에 가슴이 뿌듯했다.

학은 부지런히 집을 틀기 시작하였다.

유유히 마을 안을 날아 도는 학을 보면 밭에서 산에서 우물가에서 어디든지 마을 사람들은 한참씩 일손을 멈추는 것이었다.

올감자 철이 되자 학은 벌레를 잡아 물고 오르기 시작하였다. 새끼를 깐 것이다.

이젠 또 둘이만 모여 앉으면 그저 학의 새끼 이야기였다. 학이 새끼를 세 마리 까면 그해에는 풍년이 든다는 것이었다. 두 마리면 평년, 한 마리면 흉년.

두 마리라고 하는 사람도 있었다. 아니 분명히 세 마리가 가지런히 둥우리 슭에 턱을 올려놓고 어미를 기다리고 있는 것을 보았노라는 아낙네도 있었다. 또 밭의 곡식이 된 품으로 미루어 틀림없이 세 마릴 거라고 떠드는 사람도 있었다. 그러면 가만히 듣고 앉았던 노인들은,

"어, 그 바쁘기도 하지. 이제 새끼들이 좀 더 커서 머리가 밖으로 나오기 전에야 누가 아노. 하느님이 하시는 일을."
하고 웃는 것이었다.

올감자철이 지나고 참외와 옥수수가 한창일 무렵이었다. 학의 새끼는 이제 제법 짝짝 둥우리 속에서 소리를 지르기 시작하였다. 그러다가는 어미 학이 긴 주둥이 끝에 벌레를 물고 돌아와 두 날개를 위로 쓱 쳐들며 흠씰 가지에 와 앉으면 다투어 조그마한 주둥이들을 벌리고 짝짝 목을 길게 둥우리 밖에까지 빼내는 것이었다.

분명히 세 마리였다.

틀림없이 풍년일 게라 했다.

가물도 장마도 안 들었다. 논과 밭에는 오곡이 우거졌다. 과연 그해는 대풍이었다. 앞 들에서 김매는 사람들이 노래를 부르면 뒷산에서 나무하는 애놈들이 제법 그다음을 받아넘겼다. 한창 더위도 그 고비를 넘었다. 이제 익기를 기다려 거두어들이기만 하

면 그만이었다.

그러던 어느 날이었다. 봄에 왜놈들에게 병정으로 끌려나갔던 이장네 손자 덕이와 박훈장네 손자 바우가 커다란 왜병의 옷을 그냥 입은 채 마을로 돌아왔다.

"아, 우리나라가 독립을 했어요, 독립을. 그걸 아직두 모르고 있어요?"

이장영감과 박훈장은 각각 손자들의 거센 손을 붙들고 또 엉엉 울었다. 내 나라를 도로 찾았대서인지 죽었으리라고 생각했던 손자가 돌아왔대서인지 그것조차 분간할 수 없는 기쁨이 그저 범벅이 되어 자꾸 눈물만 흘러내렸다.

학마을은 한껏 즐겁고 풍성하였다. 집집이 낟가리가 높이 솟았다.

앞뒷산에 단풍이 빨갛게 타올랐다. 하늘은 아득히 높아졌다.

학은 세 마리 새끼들에게 날기를 가르치기 시작하였다. 둥우리 슭에 나란히 올라선 새끼 학들은 어미에게 비하여 그 모양이 몹시 초라하였다. 마을 애들이 웃었다. 그러면 어른들은 곧잘 학의 편이 되어 양반의 새끼는 어려선 미운 법이라 했다.

어미 학이 둥우리 바로 윗가지에 올라서서 뭐라고 길게 한번 소리를 지르자 세 마리 새끼 학은 일제히 둥우리를 걷어차고 날아났다. 그러나 처음으로 펴보는 날개는 잘 말을 듣지 않았다. 퍼덕퍼덕 날개는 쳤으나 그건 난다기보다 떨어지는 것이었다. 그들은 이리저리 흩어져 한 마리는 학나무 밑 마당에, 한 마리는 이장네 지붕 위에, 또 한 마리는 제법 멀리 밭 모서리에 선 뽕나무 위에

가 내렸다.

이렇게 그들은 날마다 나는 연습을 했다. 조금씩 조금씩 그 날아가 앉는 곳이 멀어져갔다. 어제는 우물가에까지 날았었다. 오늘은 저 동구의 물방앗간까지 날았다. 또 오늘은 그 앞 못[池]께까지 날았는데 자칫했더라면 물에 빠질 뻔했다. 마을 사람들은 마치 자기네 어린애의 재롱을 사랑하듯 하였다.

드디어 그들은 저 들 건너편 낭에 쑥 옆으로 솟아 나온 소나무 위에까지 힘들지 않게 날았다. 이젠 모양도 한결 또렷또렷해졌다. 한 달쯤 되자 제법 어미들을 따라 보기 좋게 마을 위를 빙빙 날아 돌았다. 어쩌다가 날개를 쭉 펴고 다섯 마리의 학이 한 줄로 휘 마을을 싸고 도는 모양은 시원스러웠다.

구월 하순 어느 날 새벽이었다. 학이 여느 날과 달리 요란스레 울었다. 이장영감은 잠결에 그 소리를 듣고 펄떡 일어났다. 그는 그게 무슨 뜻인지를 잘 알고 있었다. 꽹과리를 쳤다. 마을 사람들은 다들 학나무 둘레에 모였다.

다섯 마리의 학은 가장 높은 가지 위에 가지런히 한 줄로 늘어서 있었다. 이제는 그 긴 다리 색이 어미들보다 약간 노란 기운이 도는 것을 표해 보지 않고는 어미 학과 새끼 학들을 알아낼 수 없을 만치 컸다.

해가 떴다.

이윽고 그들은 긴 목을 쑥 빼고 뾰족한 주둥이를 하늘로 곧추 올렸다. 맨 큰 학이 두 날개를 기지개를 켜듯 위로 들어 올리며 슬쩍 다리를 꾸부렸다 하자 삐——르 긴 소리를 지르며 흠씰 가지에서 푸른 하늘로 솟아 올랐다. 그러자 다음 다음 다음 차례로 뒤를 따랐다. 그들은 멋지게 동그라미를 그으며 마을을 돌았다. 한 바퀴 또 한 바퀴. 점점 높이 올랐다. 이젠 까마득히 하늘에 떴다. 그래도 삐르 삐르 소리만은 똑똑히 들려왔다. 마을 사람들은 꺾어져라 목을 뒤로 젖혔다. 두 손을 펴서 이마에 가져다 햇빛을 가리고 한없이 높고 푸른 가을 하늘을 쳐다보고 있었다. 반짝반짝 다섯 개의 은빛 점이 한 줄로 늘어섰다. 마지막 바퀴를 돌고 난 학들은 그리던 동그라미를 풀며 방향을 앞으로 잡았다. 하나, 둘, 셋, 넷, 다섯. 점이 하나씩 하나씩 남쪽 영마루를 넘어 사라졌다. 마을 사람들은 한참이나 그대로 말없이 그 학들이 사라진 곳을 쏘아보고들 서 있었다.

다음 해 봄에도 학이 돌아왔다. 세 마리 새끼를 쳤다. 또 풍년이었다. 또 다음 해 봄에도 학은 왔다. 이번엔 두 마리를 쳤다. 평년이었다. 그해 가을엔 이장네 손자 덕이가 장가를 들었다. 신부는 바로 이웃에 사는 봉네였다. 덕이는 어려서부터 봉네가 좋았다. 그러기 옥수수 같은 것을 꺾어 나눠 먹을 때면 으레 큰 쪽을 봉네에게 주곤 하였다. 바우도 같이 봉네를 좋아했다. 그는 주워 온 밤에서 왕밤만을 골라 봉네를 주곤 하였다.
그런데 웬일인지 철들며부터 봉네는 아주 쌀쌀해졌다. 물동이를 들고 사립문을 나오다가도 덕이를 보면 홱 돌아 들어가곤 하였다. 덕이에게만이 아니라 바우를 보아도 그런다는 것이었다. 그들은 참 이상한 애라고 웃었다.

그러던 봉네의 태도가 그들이 왜놈한테 끌려갔다 다시 마을로
돌아온 뒤는 또 좀 달랐다. 바우더러는 돌아왔구나 하며 웃더라는
데 덕이한테는 안 그랬다. 여전히 싸늘했다. 물을 길러 가자면 하
는 수 없이 이장네 밖의 마당 학나무 밑을 지나야 하는 봉네는 몇
번이나 덕이와 마주쳤다. 그럴 때면 덕이가 미처 무슨 말을 찾기
도 전에 폭 고개를 수그리고 인사는커녕 쳐다도 안 보고 획 비켜
지나가버리는 것이었다. 덕이는 이런 봉네가 몹시도 섭섭했다.
  그렇게 거의 두 해를 지나오던 어느 날이었다. 산에 가 나무를
해 지고 내려오던 덕이는 마을 뒤 밤나무 숲 속에서 봉네를 만났
다. 이번엔 덕이 편에서 먼저 못 본 체 고개를 수그리고 걸었다.
그런데 그가 바로 봉네 코앞에까지 가도 그네는 꼼짝도 않고 서
있었다. 덕이를 보기만 하면 얼굴을 돌리고 달아나던 마을 안에
서의 봉네와는 달랐다. 덕이는 비로소 눈을 들었다. 그제야 봉네
는 한 걸음 옆으로 비켜 섰다. 여전히 덕이를 건너다보고 있는 그
네의 눈에는 스르르 윤기가 돌았다. 덕이는 길가에 나무 지게를
벗어 버텨놓았다.
  "어디 가니."
  "……"
  봉네는 앞으로 다가서는 덕이의 얼굴을 빤히 건너다볼 뿐 대답
이 없었다. 덕이도 그저 봉네의 까만 눈을 들여다보고 섰는 수밖
에 없었다. 봉네의 눈동자에는 점점 더 윤이 피었다. 그네의 눈동
자 속에 푸른 하늘이 부풀어오른다 하는 순간 따르르 눈물이 뺨
을 굴렀다.

"학이……"

옛날 학마을 처녀 탄실이가 하던 그대로의 외마디 말이었다. 봉네는 가만히 고개를 떨어뜨렸다. 무명 적삼이 젖가슴에 찢어질 듯 팽팽하였다. 덕이는 봉네의 머리에서 새크무레한 땀내를 맡았다.

이장영감은 종일 사랑방 벽에 뒷머리를 기대고 앉아 조용히 눈을 감고 있었다. 언제나 무슨 괴로운 일이 있을 때면 하는 그의 버릇이었다.

할아버지에게 봉네 이야기를 하고 제 뜻을 말하는 손자 덕이놈은, 무턱대고 탄실이와 영을 넘던 억쇠, 자기보다 훨씬 영리한 놈이라 생각하였다. 그러지 않아도 이장영감은 봉네의 심정을 덕이보다도 먼저 눈치 채고 있었다. 그와 함께 또 바우의 봉네에게 대한 숨은 정도 알고 있는 이장영감이었다. 그래 덕이가 봉네 이야기를 할 때 그는 아무런 대꾸도 하지 않고 그저 듣고만 있었다.

될 수만 있다면 봉네는 딴 마을로 시집을 보내고 싶었다.

덕이, 봉네, 바우. 이장영감에게는 그들이 다 꼭 같은 자기의 손자 손녀처럼 생각이 드는 것이었다. 그 셋 가운데 누구에게도 쓰라린 상처를 주고 싶지 않았다.

저녁때가 거의 되어서야 이장영감은 가만히 눈을 떴다. 마음을 작정하였다. 봉네는 그 옛날 탄실이어서는 안 된다 했다. 또 그로 해서 설사 무슨 변이 있다 해도 덕이의 일생이 또 억쇠 자기의 평생처럼 텅 빈 것이 되어서는 안 된다 했다.

그 가을에 덕이와 봉네의 잔치가 있었다. 그런데 그 잔치 전날 밤 바우는 마을에서 사라졌다. 그의 홀어머니도 또 늙은 할아버지 박훈장도 몰랐다. 그러나 이장영감만은 짐작하고 있었다. 그는 또 종일 사랑방 벽에 뒷머리를 기대고 앉아 조용히 눈을 감고 있었다.

그해에도 골짜기의 눈이 녹고 진달래가 피자 학이 왔다. 예년처럼 부지런히 집을 틀고 새끼를 깠다. 두 마리의 어미 학은 쉴 새 없이 벌레를 물어 올렸다. 그때마다 두 마리 새끼가 노랑 주둥이를 내둘렀다. 올해에도 평년작은 된다고들 우선 흉년을 면한 것을 기뻐했다. 그러던 어느 비 내리는 아침이었다. 학나무 밑에 아주 어린 학의 새끼 한 마리가 떨어져 죽었다. 아직 털도 채 나지 않은 학의 새끼는 머리와 눈만이 유난히 컸다.

"허, 그 참 흉한 일이로군."

이장영감과 박훈장은 몹시 불길한 예감에 사로잡혔다. 이런 일은 적어도 그들이 아는 한에서는 일찍이 없던 일이었다. 참새는 긴 장마철에 미처 먹이를 댈 수 없으면 그중 약한 제 새끼를 골라 제 주둥이로 물어 내버리는 수가 있다. 그러나 학이 그런 잔혹한 짓을 한 일은 보지 못했었다. 그건 필시 무슨 딴 짐승의 짓이라 했다. 어쨌든 그게 학 자신의 뜻에서였건 또는 딴 짐승의 짓이건 간에 이제 이 학마을에는 반드시 무슨 참변이 있을 게라고 다들 말 없는 가운데 더욱더 무거운 불안을 느끼고들 있었다.

과시 무서운 변이 마을을 흔들고야 말았다. 그 일이 있은 지 한 달도 채 못 되어서였다. 별안간 하늘이 무너지고 산이 온통 갈라지는 것이었다. 마을 사람들은 모두 문을 걸고 집 안에 들어박혔다. 덜덜 떨며 문틈으로 밖의 학나무를 살폈다. 학도 둥우리 안에 들어앉아 조용하였다.

밤낮 이틀이나 온 세상을 드르릉드르릉 흔들었다. 사흘째 되던 날부터 그 소리가 차츰 남쪽으로 멀어갔다. 마을 사람들은 하나둘 밖으로 나왔다. 학의 동정부터 보았다. 한 마리는 여전히 둥우리 안에 들어 새끼를 품고 앉았고, 한 마리만이 그 바로 윗가지에 한 다리를 꼬부리고 나와 있었다.

그날 저녁때였다. 마을에는 또 딴 일이 벌어졌다. 난데없는 누렁 옷을 입은 사람들이 북쪽 영을 넘어 마을로 들어왔다. 쉰 명도 더 넘는 그들은 개시 어깨에 총을 메고 있었다. 그들은 이 마을 사람들을 해방시키러 왔노라고 했다. 그러나 마을 사람들은 그 해방이란 말의 뜻을 잘 알 수 없었다. 박훈장마저 알기는 알면서도 어딘지 잘 모를 이야기라 했다. 그렇게 그들이 하루, 마을에 머물고 남쪽으로 나가면 이어서 또 딴 패들이 밀려 들어왔다. 그들은 꼭 같은 이야기를 하고 갔다. 이렇게 몇 차례를 겪고 나서야 마을 사람들은 그 아무나 보고 동무 동무 하는 그들이 북한 괴뢰군인 것을 알았고, 또 큰 싸움이 벌어진 것도 알았다.

마을 사람들은 이제야 비로소 학이 새끼를 물어 내버린 뜻을 알 것 같았다.

몇 차례나 들르던 그 괴뢰군 패가 좀 뜸했다. 그런 어느 날 박훈장네 바우가 소문도 없이 마을로 돌아왔다. 서울서 무슨 공장엘 다니다 왔노라는 바우는 전엔 없던 흠이 오른쪽 이마에서 눈썹까지 죽 굵게 그어져 있었다.

몇 해 밖에 나가 있은 바우는 여간 유식해진 것이 아니었다. 그는 학마을 사람들이 모르는 일을 많이 알고 있었다. 김일성 장군도 알았다. 인민군이란 것도 알고 있었다. 그 밖에도 마을 사람들에게는 물론이려니와 박훈장도 모를 말을 곧잘 지껄였다. 착취니 반동이니 영웅적이니 붉은 기니 하는 따위 말들은 그가 마을 아낙네들에게까지 함부로 쓰는 동무라는 말과 같이 우리말이니 어찌어찌 알 듯도 하였다. 그러나 그 밖에도 이건 무슨 수작인지 도무지 모를 말도 바우는 아는 모양이었다. 스타령, 쏘련, 유엔, 탱크. 그뿐이 아니었다. 바우는 또 밖에 나가 있는 동안에 매우 훌륭해진 모양이었다. 그는 사날에 한 번씩은 꼭꼭 근 사십 리 길이나 되는 면엘 다녀왔다. 그러고는 마을 사람들을 모아놓고 싸움 형편을 전했다. 그때마다 연방 해방이란 말을 썼다. 그러던 어느 날이었다. 누런 군복을 입고 어깨에 총을 멘 사나이 셋이 학마을로 들어왔다. 그러고는 이장을 찾는 것이 아니라 박동무를 찾았다. 마을 사람들은 박동무라는 사람은 이 마을에 없노라고 했다. 그들은 다시 박바우라고 했다. 그때에야 바우를 찾는 줄을 알았다. 그리고 또 바우가 그들과 한패라는 것도 알았다. 그들은 마을 사람들을 학나무 밑에 모았다. 그리고 긴 연설을 한바탕 늘어놓고 나서 바우를 앞에 내다 세웠다. 이제부터는 박동무가 이 부락의 인민위원장이라고 했다. 인민위원장이란 무엇이냐고 묻는 마을 사람들에게 그들은 그게 바로 이 마을의 가장 높은 사람이라고 했다. 모를 일이었다. 학마을에서는 제일 나이 많은 남자가 이장 일을 보아야만 했고, 또 그 이장이 학마을의 제일 어른이었다. 그러나 다음 날부터 바우는 마을에 제일 높은 사람 행세를 정말로 하기 시작하였던 것이다. 박훈장이 보다 못해 그를 붙들고 나무랐다. 바우는 낯을 잔뜩 찌푸렸다. 할아버진 아무것도 모르니 제발 가만히 계시라고 했다. 그러고 보니 박훈장 생각에도 영 어찌 되는 셈판인지 알 수가 없는 일이었다.

바우는 더욱 자주 면엘 다녀 나왔다. 그러고는 하루에 두 번씩 마을 사람들을 학나무 밑에 모았다. 소위 회의를 한다는 것이었다. 그러나 마을 사람들은 잘 모이지를 않았다. 그러면 바우는 반동이 무언지 반동 반동 하고 목에 핏대를 세웠다. 그래도 마을 사람들은 잘 안 모였다. 그것도 그럴 것이 마을 사람들 사이에는, 학이 전에 없이 새끼를 물어 떨어뜨리자 밀려 들어온 그들은 어쨌든 이 학마을을 잘되게 해줄 사람들이 아닌 것만은 분명하다는 말이 퍼지고 있었던 까닭이었다. 이런 사유를 안 바우는 그길로 면으로 달려나갔다. 그러고는 저녁때가 거의 되어 그는 어깨에 총을 해 메고 돌아왔다. 그는 곧 또 학마을 사람들을 불러 모았다. 몇 사람이 총을 멘 바우를 구경한다고 모였다. 그 자리에서 바우는 또 떠들어대었다. 이마의 흉터가 더욱 험상스레 움직였다. 사업을 방해하는 자는 누구든지 다 반동이라며 큰소리를 질렀다. 그리고 반동은 사정없이 숙청해야 한다고 했다. 그런 의미에서 이 마을에서는 우선 저 학부터 처치해야 한다고 하며 학나무 꼭대기를 가리켰다. 그는 천천히 돌아섰다. 학나무 그루에 세워놓았던 총을 집어 들었다. 철커덕 총을 재었다. 총부리를 들어 올렸다.

"바우!"

옆에 섰던 덕이가 바우의 팔을 붙들었다. 바우는 홈이 있는 오른쪽 눈썹을 쓱 치켜올리며 덕이의 얼굴을 쏘아보았다.

"놔!"

바우는 덕이의 손을 뿌리쳤다. 덕이는 꽉 빈주먹을 쥐었다.

학은 두 마리 다 바로 머리 위 가지에 앉아 있었다. 바우는 총을 겨누었다. 마을 사람들은 숨을 딱 멈추었다. 얼굴들이 새파래졌다. 무서운 일이었다. 그러나 누구 하나 감히 바우의 총 앞으로 나서는 사람은 없었다.

타다당.

총소리가 쩽 사면의 산을 흔들었다. 학은 훌쩍 날아났다. 그러면 그렇지 하는 마을 사람들은 얼른 바우의 얼굴부터 살폈다. 그런데 어찌 된 일일까, 분명히 두 마리 다 훌쩍 위로 떠오르는 것을 보았는데 펑 하는 소리와 함께 날개를 축 늘어뜨린 한 마리가 땅바닥에 떨어졌다. 마을 사람들은 정신이 아찔하였다. 아무도 말이 없었다.

그때였다. 앓고 누웠던 이장영감이 총소리를 듣고 비틀비틀 밖으로 나왔다.

"무슨 일이냐?"

다들 그리로 돌아섰다. 여전히 아무도 말이 없었다. 이장영감은 긴 눈썹 밑에 쑥 들어간 눈으로 한번 휘 마을 사람들을 둘러보았다. 그러다 그는 저만치 땅바닥에 빨래처럼 구겨 박힌 학의 주검을 보았다. 이장영감의 여윈 볼이 씰룩씰룩 움직였다.

"학이! 누가 학을."

무서운 노여움이 찬 소리였다. 이장영감은 팔을 허우적거리며 학이 쓰러진 쪽으로 한 걸음 옮겨놓았다. 그러나 다음 또 한 발을 내디디다 말고 푹 그 자리에 까무러치고 말았다.

그날 밤 하늘엔 으스름달이 떴다. 남은 한 마리의 학은 미쳐 울었다. 끼역끼역 긴 목에서 피를 토하듯 우는 학의 소리는 온몸에 소름이 쪽쪽 섰다. 무엇에 놀라는 것처럼 깍 외마디 소리를 지르며 푸르르 공중으로 솟아오르기도 하였다. 그러고는 밤하늘을 훨훨 날아 마을을 돌며 슬피슬피 우는 것이었다. 다시 학나무 위에 와 앉아도 보았다. 꼭 거기 아직 같이 있을 것만 같은 모양이었다. 그러고는 달을 향하여 긴 주둥이를 들고 무엇을 고하듯 또 울었다. 마을은 고요하였다. 저주하는 듯 애통한 학의 울음소리만 삐르삐르 밤하늘에 퍼져나가 맞은편 산에 맞고는 길게 되돌아 울어왔다. 누구 하나 이웃을 나오는 사람도 없었다. 그렇다고 자는 것도 아닌 모양으로 밤이 깊도록 이 집 저 집에서 기침 소리가 들려왔다.

다음 날 아침에도 바우는 마을 사람들더러 학나무 밑으로 모이라고 하였다. 한 사람도 응하는 사람이 없었다. 잔뜩 화가 난 바우는 마을에 다 들리도록 고함을 쳤다.

"반동! 반동!"

머리 위에서 푸드덕 학이 놀라 날아갔다.

반동―― 반동――

메아리가 길게 흔들리며 어젯밤 학의 울음처럼 바우에게로 되

돌아왔다. 바우는 학나무 밑에 서서 한참 덕이네 대문을 흘겨보다 말고,

"흥, 어디 보자."

하고 혼잣말을 뱉고는 영을 넘어 면으로 갔다. 어깨에 가죽 끈으로 해 멘 총을 흔들흔들 내저으며.

그날 바우는 마을로 돌아오지 않았다. 다음 날도 그는 안 돌아왔다. 마을 사람들은 이번엔 그가 돌아오지 않는 것이 또 궁금하고 불안했다.

그렇게 바우가 다시 마을에서 사라지고 며칠이 못 되어, 또다시 그 무서운 소리가 들리기 시작했다. 하늘이 무너지고 산들이 갈라지는 소리. 게다가 이번엔 비행기까지 요란스레 떠다녔다. 이제야말로 정말 끝장이 나느니라 했다. 그런데 이번엔 그 소리가 북쪽으로 멀어져갔다. 그러자 이장영감의 약을 지으러 장터에까지 나갔던 덕이는 새 소식을 알아가지고 돌아왔다. 그 동무 동무 하던 패들이 우리 군대에게 쫓겨 도로 북으로 달아났다는 것과, 그날 면에 나갔던 바우도 그길로 그들을 따라 북으로 갔다는 것이다.

다시 학마을은 조용해졌다.

한 마리만 남은 학은 그래도 애써 새끼를 키웠다. 이장영감은 사랑 툇마루 양지 쪽에 나와 앉아 종일 짝 잃은 학만 쳐다보고 있었다. 문병을 온 박훈장은 학을 쳐다보기가 두려운 듯 멍히 맞은 산만 바라보고 있었다.

"망할 자식 같으니, 어디 가 피를 토하고 자빠졌는지."

혼잣말로 중얼거리는 박훈장의 말에 이장영감은 못 들은 체 아무런 대꾸도 없었다.

구월이 되었다. 이제 학의 새끼는 수월히 건너편 낭에까지 날았다. 그날 아침에도 이장영감은 일어나는 길로 앞문을 열었다. 학나무 꼭대기를 쳐다보았다. 학이 보이지 않았다. 그는 이상한 예감에 가슴이 울렁거렸다. 좀더 자세히 둥우리를 살펴보았다. 역시 보이지 않았다. 아침부터 날기 연습을 하는가 했다. 그런데 학은 낮이 기울도록 안 보였다.

"갔구나!"

이장영감은 긴 한숨을 쉬었다. 노해서 간 학은 앞으로 영영 안 돌아올지도 모른다, 하는 생각이 스치고 지나갔다. 그는 방에 들어와 목침을 베고 누웠다. 눈을 감았다. 눈물이 주르르 귀로 흘러내렸다.

한창 농사 때에 석 달 동안을 볶여난 그해는 농작물이 볼 게 없었다.

그대로 겨울은 닥쳐왔다. 사면의 높은 영은 흰 눈으로 덮였다. 빈 학의 둥우리에도 소복이 흰 눈이 쌓였다.

마을 사람들은 산에 가 나무를 해다 며칠에 한 번씩 장거리로 지고 나갔다. 그들은 그저 어서 봄이 오기만 기다리고 있었다. 그런데 섣달 접어들면서부터 멀리 북녘 하늘에서 때때로 우르릉 우르릉 천둥소리가 들려왔다. 필시 그건 무슨 흉조라고들 하였다. 그러던 어느 날 장거리에 나무를 지고 나갔던 마을 사람 한 사람이 헐레벌떡거리며 이장네 집으로 뛰어 들어왔다.

"이장님, 큰일났습니다. 장거리에서들은 지금 피난을 간다고 야단들이야요. 오랑캐가 새까맣게 밀고 들어온다고 지금……"

"음."

이장영감은 수염 속에서 입을 꼭 한일자로 다물었다. 한번 머리를 주억거렸다. 그리고 스르르 눈을 감으며 벽에다 뒷머리를 기대었다.

"덕이야, 꽹과리를 쳐라."

이윽고 이장영감은 덕이를 불렀다.

다음 날은 흐릿한 하늘에서 솜 같은 눈송이가 펄펄 내리고 있었다. 마을 사람들은 해 뜰 무렵에 학나무 밑으로들 모였다. 남자들은 지게에 지고 여자들은 머리에 이고, 어린것들은 싸 업기도 하였고 또 손목을 잡고 걸리기도 했다.

이장영감은 마을 사람들이 다 모일 만해서 밖으로 나왔다. 토시를 손바닥에까지 끌어내려 지팡이를 싸쥐었다.

"다들 모였나?"

"네, 그런데 저 박선생님께서는……"

덕이가 어깨에 진 지게를 한번 추어올리며 대답했다.

"음."

이장영감은 잠깐 무엇을 생각하는 듯 고개를 숙였다. 박훈장이 이장영감 곁으로 걸어갔다.

"영감!"

박훈장은 지팡이 꼭대기에 올려놓은 이장영감의 손등을 두 손으로 꼭 싸쥐었다. 두 노인 손등에 사뿐사뿐 흰 눈송이가 날아와 앉았다.

"알지. 내 다 알지."

이장영감은 고개를 수그린 채 주억주억하였다.

"그래도 내겐 그놈 하나밖에…… 혹시나 돌아올까 해서."

"그럼, 그렇구말구. 내 다 알지."

이장영감은 그저 고개만 자꾸 주억거렸다. 박훈장은 이장영감의 손을 다시 한 번 쓸어보고 한 걸음 뒤로 물러나 털썩 이장네 마루에 주저앉아버렸다. 으흐흐흐 하는 박훈장의 울음소리를 듣지 않으려는 듯이 이장영감은 마을 사람들에게로 돌아섰다.

"그럼 가자."

이장영감은 봉네의 부축을 받으며 지팡이를 한 손에 들고 선두에 섰다. 그 뒤를 한 줄로 마을 사람들은 따라 걸었다.

박훈장은 비틀비틀 학나무 밑으로 갔다. 그리고 어린애 모양 으흐흐 으흐흐 울며 눈발 속에 사라져가는 행렬을 언제까지나 바라보고 서 있었다.

남자들 몇 사람을 제외하고는 생전 처음 마을 밖으로 나가는 그들이었다. 정작 영마루에 올라선 그들은 한참이나 마을 쪽을 향하여 서 있었다. 펄펄 날리는 눈발 속에 앞이 뽀얗다. 마을은 이미 보이지 않았다. 그들은 다들 울며 영을 넘어 내려갔다.

팔십 리를 걸었다. 그리고 겨우 화물차 꼭대기에 기어올랐다. 빈대처럼 달라붙어 갈 수 있는 데까지 갔다. 부산이었다.

부산은 강원도 두메보다 봄이 일렀다. 한겨울을 그 속에서 난창고 모퉁이에 파릇한 풀 싹이 돋아 올랐다. 그들은 잊어버렸던 것처럼 새삼스레 마을이 그리웠다. 저녁때 모여 앉으면 그들은 은근히 이장영감의 얼굴을 살폈다. 이장영감은 그저 그느스름히 눈을 감고 묵묵히 앉아 있을 뿐이었다.

그러던 어느 따스한 날 그들은 떠났다. 행장들이 마을을 떠날 때보다 더 초라했다. 그뿐이 아니었다. 사람 수효가 줄었다. 여섯 가구 스물세 사람이던 것이, 지금 조그마한 보따리를 지고 이고 나선 것은 열아홉 사람뿐이었다. 봉네의 남동생 하나는 병정으로 뽑혀나갔고, 어린애 둘은 두부비지만 먹다 죽었다. 그리고 젤 큰 피해는 부두 노동을 하다 궤짝에 치여 죽은 덕이 아버지였다.

이번엔 기차를 탈 수도 없었다. 걸었다.

올 때만 해도 봉네가 옆에서 좀 거들기만 하면 되었던 이장영감이었으나, 돌아가는 길에는 덕이와 봉네가 양쪽에서 부축을 해야 했다. 처음 오십 리, 다음 날은 사십 리, 점점 줄어지다가는 하루씩 어느 마을에고 들어가 쉬었다. 그러고는 또 이장영감을 선두로 하고 걸었다. 이장영감은 점점 쇠약해갔다. 수염이 기운 없이 축 늘어졌다. 푹 꺼진 두 눈만이 애써 앞을 더듬고 있었다.

"아가, 늙은것이 공연히 널 고생을 시키는구나. 허허허."

길가에 앉아 쉴 때면 혼자 돌아앉아 부어터진 발가락을 어루만지는 봉네의 등을 이장영감은 가엾게 쓸어보는 것이었다. 그러면 봉네는 얼른 신을 신고 아무렇지도 않은 듯 앞으로 돌아앉는 것이었다. 웃어 보이려고 해도 어쩐지 자꾸 눈물이 쏟아져 나와 그네는 끝내 고개를 못 들곤 하였다.

보름째 되던 날이었다. 그들은 드디어 영마루에 섰다.

"야, 우리 마을이다."

애들이 제일 먼저 소리를 질렀다. 다들 바위 위에 아무렇게나 주저앉았다. 멍히 저 밑에 마을을 내려다보고 있는 그들의 눈에는 떠나던 날처럼 또 눈물이 징 소리를 내며 고여올랐다. 아무도 말이 없는 가운데 그저 여기저기서 코를 들이켜는 소리만 들려왔다.

마을은 변해 있었다.

학나무는 흠싹 타 새까만 뼈만이 앙상하게 서 있었고, 또 이쪽 이장네 집과 봉네네 집터에는 아직 녹지 않은 흰 눈 가운데 깨어진 장독이 하나 우뚝하니 서 있을 뿐이었다. 그리고 딴 집들은 다행히 그대로 남아 있었으나 단 두 사람, 남겨두고 갔던 바우 어머니와 박훈장은 보이지 않았다.

완전히 빈 마을은 눈 속에 잠겨 있었다.

"갔지, 갔어."

"바우녀석이 와서 데려갔을 테지."

"그리구 가면서 학나무하고 이장 댁에 불을 놓았지 멀."

마을 사람들은 모여 앉기만 하면 분해하였다. 이장영감은 박훈장이 쓰던 서당 글방에 누워 조용히 눈을 감고 있었다.

여든에도 능히 멍석을 메어 나르던 이장영감이었으나 이제 극도로 쇠약해진 그는 때때로 한숨을 길게 내쉬곤 하였다.

덕이는 이제 농사일이 시작되기 전에 집을 다시 지으리라 생각했다. 그는 괭이를 들고 옛집터로 갔다. 그날 덕이는 무너진 벽 밑에서 반 타다 남은 시체를 하나 파내었다. 박훈장이었다.

이장영감은 덕이에게서 그 말을 듣고도 놀라지 않았다. 그는 마치 다 알고 있었다는 듯이 그저 고개를 주억거렸을 뿐이었다. 그래도 눈물이 베개로 굴러 떨어졌다.

그날 밤 이장영감도 갑자기 세상을 떠나고 말았다.

덕이의 손을 더듬어 잡은 이장영감은 여전히 눈은 감은 채 간신히 입을 움직였다.

"학, 학나무를, 학나무를……"

이장영감은 잠들듯이 숨을 거두었다. 흰 수염이 길게 가슴을 내리덮고 있었다.

상여는 둘인데 상주는 덕이 한 사람이었다. 그날 마을 사람들은 다들 뒷산으로 따라 올라갔다. 피난을 가던 때처럼 이장영감이 앞서 갔다.

저녁때가 거의 다 되어서야 그들은 산을 내려왔다. 이번엔 덕이가 맨 앞에 두 주의 위패(位牌)를 모시고 걸었고, 그 바로 뒤를 봉네가 흰 보자기로 뿌리를 싼 조그마한 애송나무를 하나 어린애처럼 앞에 안고 따르고 있었다.

사망 보류

잠이 깨었다. 하나도 기억할 수는 없으나 어쨌든 지독한 악몽이었다. 손목시계 바늘이 2시 조금 넘은 데서 겹쳤다. 전신에 도한(盜汗)이 흘렀다. 철(哲)은 파란 핏줄이 그대로 비쳐 보이는 여윈 손등에 이슬처럼 맺힌 땀방울을 이불 솜에 훔쳤다. 목구멍이 간질간질한다. 꿀꺽 침을 삼켰다. 기침을 참자는 것이다.

아랫방에서 아내의 중얼거리는 소리가 들렸다.

"또 눴나. 에라 이놈이. 그래 죽 기지개를 하고. 그렇지 하품을 하고. 자 이젠 또 잘까. 참 착하지. 응 젖. 그래 자 젖."

어린애의 기저귀를 갈아 대주는 모양이다.

철은 다시 눈을 감았다. 또 목구멍이 간질거린다. 기어이 기침이 터져나왔다. 그는 벽을 향해 돌아누웠다. 살아야겠다는 생각이 결핵으로 삭아가는 가슴에 새삼스레 저려 올라왔다.

"좋은 것을 먹고 그리고 푹 쉬어야 합니다."

벌써 석 달 전 그러니까 여름방학 전에 의사가 하던 말이다. 상당히 병이 진전했다는 것이었다. 이런데 도대체 어떻게 나와 다니느냐고 하며 창가에 비춰 보여주는 사진은 흠투성이였다. 그는 의사가 손끝으로 여기저기 지적하는 그 담배 연기 같은 흠을 보며 어쩐지 갑자기 폐가 근질근질 가려웠다. 이만큼씩이나 큰 결핵균들이 목구멍으로 꿈틀꿈틀 기어 올라오는 것 같아서 자꾸 헛기침을 했다. 덮어놓고 쉬라는 것이었다. 지금 하루 무리를 하는 것은 결국 그 수십 배의 손해를 가져오는 것이라고 했다.

그야 의사의 말이 아니라도 벌써 1년이나 전부터 짐작이 가던 것이고 기침 끝에 간간 피를 토하는 형편에 쉬어야 될 줄을 모르는 것은 아니었다. 사실 또 철은 병원 문을 나와 집으로 돌아오던 길에서는 돈이 드는 일이니 좋은 것을 먹을 수는 없다 쳐도 이 여름방학만은 푹 쉬기라도 하자고 마음먹었었다. 그러나 그것마저 그럴 수 없었다. 국민학교 6학년 담임에게는 방학도 없었다. 토요일까지도 오후 6시라야 풀려났다. 오정이 쓱 지나면 열이 오르곤 하였다. 기침이 났다. 그럴 때마다 얼굴에 확 뜨거운 피가 몰려 올라오며 머리가 휑하고 무거웠다. 이러단 정말 며칠이 못 가서 쓰러지고 말 게라고 생각하며 몇 번이나 쉬자고 했다. 그러나 그때마다 그는 박선생 생각을 하는 것이었다.

금년 봄 신학년도가 시작되고 한 달쯤 뒤였다. 4학년 담임이던 박선생은 학교를 쉬기 시작하였다. 결핵이었다. 정말 옆에서 보기에도 딱할 지경으로 쇠약했었다. 늘씬히 큰 키가 가슴이 밥주걱처럼 굽었고 얼굴은 꺼먼데 안경 밑에 두 광대뼈만이 남았었다. 틈만 있으면 그는 숙직실에 들어가 눕곤 하였다. 언젠가 철이보다 못해 석 달 전에 의사가 자기더러 하던 말 꼭 그대로를 권한 일이 있었다. 그랬더니 그는,

"그러게 말입니다. 정미소 기계처럼 고장이 나면 좀 멈추었다 돌릴 수 있으면 좋겠는데."

하며 이건 기계가 고장이 나도 쌀은 그대로 내놓아야 하는 정미소니 하는 수 없노라고 웃었다. 늘 이런 우스운 소리를 잘하던 그였지만 철은 그때 그의 그늘진 눈에 스르르 서리던 눈물을 잊을 수가 없었다. 그러던 그가 어느 날부터 결근을 하기 시작하였다. 담임선생을 잃은 애들은 어미 잃은 병아리들 같았다. 완전히 중심을 잃은 무리였다. 아침 조회 때에만 하여도 모여 서는 것이 제일 느렸다. 4학년 2반, 4학년 2반 하고 매일같이 마이크가 거들었다. 그러니 언제까지나 그대로 둘 수도 없었다. 그가 결근하기 2주일째 되던 날 4학년 애들은 새 선생님을 맞았다. 임시 교사로 들어온 그 젊은 선생은 후원회 회장인 양조장집 아들이라 했다. 박선생이 앉았던 책상에 자리를 정해 받은 그는 알코올 솜으로 몇 번이나 책상을 닦았다.

한 달이 조금 지났다. 어느 날 아침 철이 교무실 문을 들어서니까 박선생이 나와 있었다. 철을 보자 그는 걸상에서 일어나 웃으며 마주 나왔다. 여전히 광대뼈만 드러난 얼굴에 그래도 안경 속에 두 눈만은 제법 생기가 도는 듯했다. 이제 퍽 좋아졌다는 것이

었다. 철은 반가웠다. 마주 웃으며 그의 손을 잡았다. 유난히 따스하고 작은 손이었다. 철은 그의 어깨 너머로 박선생 책상 위에 낯익은 꺼먼 보자기를 보았다. 박선생의 점심 보자기였다.

박선생은 들어서는 선생들마다 손을 쥐고 인사를 하기에 바빴다. 선생들은 오랜만에 나온 박선생을 둘러싸고 섰다. 인사가 끝나자 농이 시작되었다.

"어떻소, 갑종¹ 교사(甲種敎師) 합격이오."

평소에 몸이 약하다고 하면 이래뵈도 병역 신체검사에는 제일 을종 합격이던데 하며 노상 빈정대던 데서 제일 을종 교사라는 별명을 얻어듣던 박선생이었다.

"그래 또 아들이 '박교사 오늘부터 출근' 하고 명령을 합디까?"

제길 생각 같아서는 당장에 다 뒤집어 던지고 인간 폐업(人間廢業)이라도 하고 싶지만 그 어린 새끼들이 밥 달라고 조르니 딱하지 않느냐고, 그러니 교장이 무섭다고 교감이 까다롭다 해봐도 젤 무서운 건 역시 아랫목 새끼들의 밥 달라는 호령이라는 그의 말에서다.

"여보, 내겐 박선생이 꼭 십만 환짜리 돈뭉치로 뵈는데."

박선생에게 계 탄 돈 10만 환을 꾸어준 선생의 말이었다. 다들와 웃었다.

아침 직원회 종이 울렸다. 각기 흩어져 자기 자리로 가 앉았다. 박선생도 자기 책상이 있는 남쪽 줄 가운데로 갔다. 그러나 박선생의 자리에는 감색 양복을 입은 젊은 선생이 앉아 옆에 여선생과 무슨 이야기를 하고 있었다. 박선생은 약간 당황하였다. 다행히 저쪽을 향하고 있는 젊은 선생의 등 너머로 그는 책상 한 모서리에 밀어놓은 꺼먼 보자기를 들어 올렸다. 그리고 그는 선생들의 걸상 뒤를 모로 걸어서 저 끝으로 가 거기 손님용으로 놓아둔 긴 널쪽 걸상 한끝에 앉았다. 철은 직원 조회가 끝날 때까지 몇 번이나 박선생과 박선생 자리에 앉은 젊은 선생을 번갈아 바라보았다. 박선생은 머리를 수그린 채 그저 그 소독저를 꺾어놓은 것 같은 무릎 위에 올려놓은 꺼먼 보자기를 요모조모 만지고 있었고, 가운데 통로를 격하고 맞은편에 앉은 젊은 선생은 때때로 손을 올려 빨간 넥타이의 매듭을 두 손가락으로 매만지고 있었다.

다음 날도 박선생은 널쪽 걸상 한끝에 조용히 앉아 있었다. 모두 자기 일에 바쁜 선생들은 어쩌다 그의 앞을 지날 때면 약간 웃어 보일 뿐이었다. 그러면 또 박선생은 뒤에 베개 자리가 그대로 거슬러 오른 머리를 숙여 보이곤 하였다. 좌우로 두 줄 선생들의 책상을 거느리고 저쪽 끝 교장실로 들어가는 문 바로 앞에 그와 마주 앉은 교감은 아까부터 무슨 서류를 뒤적이고 있었다. 어쩌다 한 번씩 고개를 들었다. 그때마다 박선생과 멀리 눈이 마주쳤다. 그러면 교감은 다시 고개를 서류로 떨구었고 박선생은 흘러내린 안경을 손끝으로 밀어 올렸다. 박선생은 종일 하염없이 벽에 걸린 노대통령의 사진과 그 밑에 교감의 졸린 듯한 얼굴을 번갈아 바라보고 있었다. 오후 5시가 되었다. 직원 종례도 끝났다. 갑자기 사무실 안이 소란해졌다. 이제 무슨 이야기가 있으려니 하고 박선생은 애써 멀리 교감의 동정만 살피고 있었다. 교감은 책상 위를 정리하기 시작하였다. 꾸부리고 서랍에 쇠를 채운 교감은 천천히 일어서 뒷벽에 걸린 모자를 벗겨 들었다. 박선생은 풀어보지도 않은 점심 보자기를 그냥 들고 집으로 돌아갔다.

다음 날도 박선생은 일찌감치 출근하였다. 교문을 들어서자 전 담임반 애들이 알은체를 하였다. 그러면서도 정작 박선생이 그들의 머리를 쓰다듬어주려고 하면 쏙 목을 오므리고 빠져 달아났다. 박선생은 잠시 그 자리에 선 채 애들의 뒷모습을 바라보고 있었다. 교무실에서의 그는 그날도 역시 손님이었다. 어쩌다 교감이 교장실에 다녀 나오면 박선생은 양복저고리 앞 단추를 채우고 긴장하곤 하였다. 그러다 교감이 아무 말도 없이 자기 자리에 앉아버리면 그는 다시 벽에 등을 기대며 양복 단추를 벗겨놓는 것이었다. 교감은 몇 번 교장실에 다녀 나왔을 뿐, 아침 한겻은 신문을 뒤적이고 있었고 오후 한겻은 꾸부리고 앉아 담배 물부리 소제를 하였다. 박선생은 사뭇 지루하였다. 한참 눈을 감았다간 또 한참은 눈을 뜨고 이러기를 자꾸 되풀이하고 있었다. 눈을 떴을 때는 맞은편 벽에 대통령 사진을 바라보았고, 눈을 감았을 때는 첫날 교장이 하던 말을 생각하고 있었다.

"네, 참 다행입니다. 조금만 기다려주십시오. 임시 교사라곤 하지만 한 달도 채 못 되어서 뭐 하기가 좀…… 그건 그렇구 이젠 완쾌하시단 말이죠."

그럴 때면, 또 목구멍이 간질거렸다. 그는 그때마다 애써 기침을 참아야 했다. 꿀떡 침을 삼키곤 하였다.

그날 오후였다. 철이 책 위에 분필통을 받쳐 들고 막 교무실로 들어설 때였다. 구석에 앉아 있던 여자 급사애의 비명과 함께 와르르 무엇이 무너지는 소리가 요란스레 났다. 철은 깜짝 놀라 그리로 돌아섰다. 교무실 한구석에 말아 세워놓았던 지도들이 쓰러지는 소리였다. 그런데 박선생이 그중의 지도 하나를 지팡이 모양 붙든 채 머리를 푹 수그리고 서 있었다. 아니, 철이 그렇게 생각하던 그때엔 벌써 박선생의 몸이 나무토막처럼 모로 쓰러지고 있었다. 빈혈증을 일으킨 것이었다. 박선생은 곧 숙직실로 들어 옮겨졌다. 들어가는 종이 울렸다. 철은 그대로 박선생 곁에 앉아 있었다. 철은 물끄러미 박선생의 얼굴을 굽어보고 있었다. 희지도 파랗지도 채 않은 이마에는 땀이 쭉 솟아 있었다. 철은 당치도 않게 자기가 아직 나가도 전에 넉 달 만에 죽었다는 단 하나 형의 얼굴을 상상하고 있었다.

박선생은 한참 만에야 눈을 떴다. 철은 차를 불렀다.

박선생은 한사코 사양하였다.

"괜찮습니다. 걸어가지요. 뭐 조끔만 나가면 버스 정류장인걸."

"자 어서 타슈. 내 모셔다 드릴게. 차비 걱정은 말고."

철은 박선생을 부축하고 숙직실을 나섰다. 한 손에 든 그의 점심 보자기보다도 도리어 그의 몸이 가벼운 것 같은 착각에 철은 놀랐다.

"미안합니다."

차가 교문을 나서자 박선생은 철을 향해 조용히 웃어 보였다.

"원 별말씀을. 그보다도 모처럼 좀 나셨던 걸."

"낫긴. 그게 그렇게 한두 달에 낫겠어요?"

"그런데 이렇게 무릴 해서 되겠어요?"

"그러니 어떡합니까……"

박선생은 기침을 하기 시작했다. 수건으로 입을 닦았다. 그리고 다시 계속하였다.

"……오늘 하루 쉼으로써 수명이 한 해 연장된대도 그 하루를 쉴 수……"

그는 또 수건을 입으로 가져갔다.

"……어쨌든 죽는 순간까지 악을 쓰고 살아야잖우. 아니오. 죽고도 더 살아야 할 형편인걸요."

철은 그저 박선생의 엷은 손등을 더듬어 만져보았을 뿐이었다.

바로 담임하던 4학년 애네 문간방인 박선생네 방은 어린애 셋에 두 부부가 거처하기에는 너무 좁았다. 책상 하나 안 놓인 방에 시렁만이 사면에 달려 있었다.

부인은 그저 컴컴한 구석에 쪼그리고 앉아 울기만 했다. 그나마 이젠 방을 좀 써야겠다고 한다는 것이었다. 철의 등 뒤에서는 어린놈 둘이서 아버지의 점심밥 그릇을 풀어놓고 그 속에서 멸치꽁지를 주워내고 있었다.

다음 주 화요일이었다. 교무실에는 한 장의 회장(回章)이 돌았다. 박선생이 죽었다는 것이었다. 회장 여백에는 선생들의 이름자가 한 자씩 동그라미를 두르고 있었다. 그것은 교장네 아들 결혼식 때나 어느 여선생네 어린애의 백일 잔치 때와 마찬가지로 그달 봉급에서 얼마씩 떼어도 좋다는 표시였다.

학교를 대표해서 누가 한 사람 가보기로 했다. 마침 철이 집을 아니까 가보라고 했다. 철은 서무실로 갔다. 조의금을 가지고 가게 되어 있었다. 그런데 웬일인지 철은 다시 교무실로 돌아왔다. 모자를 쓴 채 자기 자리에 가 앉았다.

"어떻게, 안 가십니까?"

교감이 물었다.

"네, 저는 그만두겠습니다."

철은 멀리 창밖을 내다보고 있었다.

"그럼 누가 가나?"

"아마 아무도 안 갈 겝니다."

"……?"

철은 서무실에서 조의금 봉투를 받았다. 그런데 봉투에는 돈 대신 종잇장이 하나 들어 있었다. 철은 혹시 조의금을 수표로 넣었는가 해서 꺼내보았다. 그런데 그건 수표가 아니라 차용증서였다.

"최선생이 머 거래가 있었다면서."

철의 안색이 달라지는 것을 본 서무실 직원이 변명을 하였다. 박선생이 생전에 최선생의 곗돈을 꾸어 썼더란다. 그래 조의금에서 그 돈을 받아갔다는 것이었다. 철은 봉투를 가만히 서무실 직원 책상에 도로 놓았다. 그리고 돌아서 나왔다. 복도를 교무실로 걸어오며 철은 문득 피난 가던 때의 일을 생각하였다.

수원역에서였다. 마지막 기차가 폼에 닿자 죽은 벌레에게 달려드는 개미 떼처럼 피난민들이 매달렸다. 제각기 앞을 다투어 화물차 꼭대기로 기어올라 보따리를 끌어올리기 시작하였다. 용산역을 떠날 때에 벌써 많은 사람들을 채 다 못 태우고 온 화물차였다. 그러니 어디 감히 발을 붙일 자리도 없었다. 그래도 어떻게 기어오른 사람들은 빈대 모양 달라붙어 있는 사람들 등이건 발이 건 마구 밟으며 보따리를 끌어올리기에 결사적이었다. 철이네 네 식구가 이불을 둘러쓰고 쪼그리고 앉아 있는 바로 뒤에도 한 사람이 기어올랐다. 그는 미리 한끝은 보따리에 매고 한끝만을 입에 물고 올라온 밧줄로 짐짝을 끌어올리고 있었다. 힘을 쓸 때마다 무릎으로 철의 등을 마구 내리눌렀다. 철은 돌아다보나 마나 그저 그때마다 등에 마주 힘을 줄 뿐이었다. 그러자 지금까지 철과 등을 맞대고 앉아 있던 애꾸눈 청년이 버럭 소리를 질렀다. 어디 끼일 데가 있느냐는 것이었다. 그러나 수원서 올라온 그 사람은 들은 척도 않고 두레박을 끌어올리듯이 보따리가 달린 밧줄만 열심히 당기고 있었다. 이윽고 보따리가 화물차 꼭대기로 올라왔다. 바로 그 애꾸눈이의 등 위에 올려졌다. 애꾸눈이는 또 한 번 소리를 질렀다. 뿐만 아니라 그는 벌떡 일어나며 다짜고짜로 등 위의 보따리를 저만치 기찻길에 굴려 떨어뜨리고 말았다. 서로 욕지거리가 났다. 그 바람에 밧줄마저 놓친 보따리 임자는 다시 폼으로 내려갔다. 또 입에다 밧줄을 물고 기어 올라왔다. 애써 보따리를 다시 끌어올렸다. 그러자 애꾸눈이는 재차 굴려 떨어뜨렸다. 또 욕지거리였다. 그러나 보따리 임자의 처지로서는 언제 기차가 떠날지 모르는 판에 싸우고만 있을 수는 없는 노릇이었다. 그는 하는 수 없이 또 폼으로 내려갔다. 이러기를 세 번째 애꾸눈이는 보따리를 집어던졌다.

"여보, 거 너무하지 않우."

이 모양을 보다 못해 철이는 애꾸눈이를 나무랐다.

"너무하긴 뭐가 너무하우. 그렇게 동정심이 많으면 당신이 내리구 그 자리에 태워주구려."

그러자 기차가 떠났다. 아래로 내려갔던 보따리 임자는 그래도 밧줄을 입에 물고 몇 걸음 움직이는 기차를 따라보다 말고 우두커니 폼에 서버리고 말았다.

"다 저부터 살내기지 머."

애꾸눈이는 가누고 앉으며 투덜거렸다. 철이도 또 둘러앉은 딴 사람들도 아무 말 없었다.

지금 등신처럼 창밖을 내다보고 앉아 있는 철은 그때 그 애꾸눈이의 투덜대던 소리를 또 한 번 듣고 있었다.

그날 아침에 철은 또 각혈을 하였다. 이를 닦다 말고 철은 수채에 쭈그리고 앉았다. 치약 거품과 함께 가래를 뱉었다. 뭉클하니 핏덩어리가 나왔다. 흰 거품에 유난히 빨갛다. 아찔 눈앞이 노랗다. 세숫물을 들고 나온 아내가 놀랐다. 철은 얼른 칫솔을 물었다. 각혈이 아니라 잇몸에서 나온 피라고 했다. 속이자는 것이 거짓말이라면 그건 이미 그들 사이에선 거짓말이 아니었다. 각혈을 했대서 걱정밖에 어쩌지 못하는 그들에게는 그저 그래두고 또 그렇게 들어두는 것이 피차에 상대방을 위하는 것 같은 데서였다.

"그래 나가실라우? 괜찮우?"

그래도 막상 가방을 내주는 아내는 사뭇 근심스러운 얼굴이었다. 철은 아무 대답도 않았다. 대문을 나서는 철의 가방을 든 팔 어깨가 축 늘어져 앞으로 비틀거렸다.

점심시간이 지났다. 또 열이 올랐다. 관자놀이가 팔랑거리고 눈알이 폭 쏟아져 내릴 것 같았다.

오후 시간은 정말 힘이 들었다. 자꾸만 짜증이 났다. 애들도 오후 수업에는 더욱 산만했다. 철은 참았다. 한번 성을 내기만 하면 당장에 또 빈혈증이 발할 것이 두려워서였다. 애들이 떠들 때는 철은 버릇대로 멀리 창밖을 내다보며 고요해지기를 기다렸다.

그야말로 아궁이로 기어 들어갔다 굴뚝으로 솟아 나오는 것 같은 하루를 간신히 지냈다. 철은 애들을 보내고 나서 변소에 다녀 나오던 길에 숙직실 문을 열었다. 그는 신을 신은 채 두 다리를 문밖으로 늘어뜨리고 번듯이 누웠다. 차가운 방바닥에 등이 착 녹아 붙었다. 죽은 사람은 허리가 땅에 달라붙는다지. 그는 손을 펴서 허리 밑에 넣어보았다. 노곤해왔다. 그대로 잠이 들 것 같은 기분이었다. 문득 또 박선생 생각이 났다. 박선생도 아마 꼭 지금 자기 같은 기분으로 늘 여기 이렇게 누워 있었을 게라고.

나의 살던 고향은
꽃 피는 산골
복숭아꽃 살구꽃
아기 진달래
……

2층 교실에서 여자 애들의 노랫소리가 들려왔다. 소제 당번 아이들이 부르는 모양이었다. 철은 눈을 감았다. 고향 앞산에 진달래가 빨갛게 피어났다. 지금쯤은 그 앞산에 단풍이 고우려니 하니 진달래가 그대로 단풍이 되어 활활 눈시울 안에서 탔다. 철은 새삼스레 고향이 그리웠다. 역시 내일 소풍에 애들을 따라가서 단풍이라도 마음껏 즐겨볼 것을 공연히 감기 핑계를 했다고 생각하며 그는 일어나 앉았다. 교무실로 돌아오는 길로 철은 6학년 1반 담임선생에게로 갔다.

"역시 저도 내일 가기로 했습니다."

"그래요? 감긴 괜찮습니까? 제게 반 애들을 맡기기가 미안해서라면 무리하실 건 없습니다."

"뭐 대단치 않아요. 갑자기 단풍이 보고 싶어졌습니다."

과연 단풍은 고왔다. 바위 틈을 굴러 내리다가 군데군데 맑게 고인 물 위에 층층이 덮인 단풍은 그 아래를 걸어오는 애들의 얼굴마저 빨갛게 물들였다. 골짜기에 꽉 차고 넘어 산마루 바위 잔등에까지 기어오른 단풍을 보며 철은 참 오래간만에 마음이 상쾌하였다.

산중턱 널따란 잔디밭에 단풍을 둘러치고 모여 앉아 점심을 먹었다. 점심을 먹으며 여흥으로 들어갔다. 노래를 부르고 춤을 추고. 나중에는 닭의 소리 염소 소리까지 나왔다. 철은 웃었다. 눈물이 다 나올 만치 무릎을 치며 웃었다. 이렇게 한창 흥이 오르던 무렵에 솨 하고 바람이 지나갔다. 구물구물 구름이 몇 점 흘러갔다.

"어째 날씨가 이상하다."

옆에 앉은 선생이 하늘을 쳐다보았다.

"설마 비야 오겠소."

철도 하늘을 한번 쳐다보았으나 곧 또 애들의 춤에 박수를 치기 시작하였다. 그런데 점점 흐려왔다. 설마 하면서도 철과 옆의 선생의 눈은 자꾸 하늘로만 갔다.

기어이 비가 듣기 시작했다. 들어설 집도 하나 없는 산중턱에서다. 하는 수 없었다. 정거장까지 달리는 수밖에 없었다. 6학년 1반 선생이 맨 선두에서 뛰었고 그 뒤를 애들이 까득거리며 따라갔다. 철은 뒤에서 떨어지는 애들을 몰아세웠다. 가을비답지도 않게 좍좍 쏟아졌다. 하나 둘, 하나 둘. 철은 애들의 발에 맞추어 연방 소리를 지르며 따라갔다. 그러나 철은 산기슭 숲을 채 빠져나오기도 전에 벌써 숨이 찼다. 자꾸만 기침이 폭발하였다. 이상 더 뛰는 것은 무리였다. 그는 뛰기를 그만두었다. 애들은 보자기를 머리 위에서 두 손으로 가로 펴서 깃발처럼 날리며 빗속을 달려 저만치 산모퉁이를 돌아가버렸다. 철은 천천히 걸으며 수건으로 목덜미를 훔쳤다. 빗물이 굴러드는 것이 싫었다. 등골이 으쓱으쓱 추웠다. 철은 어느 나무 밑 바윗등에 걸터앉았다. 수건을 입에 가져다 대기도 전에 심하게 기침이 터져 나왔다. 그러자 콱 입으로 피가 쏟아져 나왔다. 그는 두 무릎 짬에 머리를 틀어박고 어깨를 들먹거렸다. 허파는 다 빼버리고 대신 그 자리에 걸레를 구겨 넣은 것처럼 가슴이 답답하였다. 자꾸 기침이 솟아올랐다. 그때마다 뭉클뭉클 피를 토했다. 비는 여전히 그의 등을 두드리고 있었다.

벌써 5일째 결근이었다. 학교에는 설사를 만났다고 해두었다. 각혈은 멎지 않았다. 의사는 괜찮다고 했다. 그러나 의사를 대문까지 바래고 돌아와 앉는 아내는 언제나 말이 없었다.

아랫방에서 자던 어린애가 킹킹거렸다. 아내는 일어나 내려갔다. 어린애의 소리는 멎었다. 대신 아내의 코를 들이켜는 소리가 자꾸 들렸다. 이번엔 다섯 살짜리 놈이 밖에서 울며 들어왔다. 또 어느 큰 놈에게 얻어맞은 모양이었다.

"우지 마, 울면 아버지 더 아파."

"엄만?"

"엄마가 뭐."

"엄만 왜 울어?"

"엄마가 왜 울어."

철은 이불을 끌어당기며 윗목으로 돌아누웠다. 눈을 감았다.

언젠가 시장 입구에서였다. 박선생 부인을 보았다.

사과 상자 위에 까만 보자기를 펴고 그 위에 찐 고구마를 늘어놓고 팔고 있었다. 조금 큰 놈은 두 알, 좀 작은 놈은 세 알 혹은 네 알. 그렇게 몫을 지어서 쌓아놓았다. 그 옆에 부대를 깔고 앉아서 어린애에게 젖을 물리고 있었다. 철이 발을 멈추자 눈물부터 그렁하며 앞자락을 여미고 일어섰다. 단돈 10만 환만 있어도 이렇게까지는 않고도 될 텐데, 그게 없노라고 했다. 그건 변명도 애원도 아니었다. 그저 정말 안타깝고 기막힌 하소연이었다. 철은 더 오래 마주 서 있을 수가 없었다.

아내가 어린애를 재워 누이고 다시 올라왔다.

"오늘이 며칠이오?"

철은 아내에게로 돌아누우며 물었다.

"열아흐레."

"……"

"왜요?"

"이달이 내 곗돈 탈 달인데. 3번이니까."

철은 쿨럭 기침을 하였다.

손 요강을 들어다 그의 턱밑에 대어줄 뿐 이번엔 아내가 아무 대답도 안 했다.

"당신이 가 타우. 10만 환. 25일엔 꼭 가야 해."

"약."

아내는 여전히 그 말엔 대답도 안 하고 약봉지를 풀어 내밀었다. 철은 요 위에 일어나 앉았다. 약봉지를 받아 든 손끝이 부르르 떨고 있었다.

"내가 이런 줄 알면 아마 안 줄지도 모르지. 그러니까……"

철은 무슨 이야기를 계속하려다 말고 머리를 뒤로 젖혀 약을 입 안에 털어 넣었다.

스무나흗날 밤이었다. 철은 이번에야말로 정말 대량으로 각혈을 하였다. 금시 얼굴이 파래졌다. 치명적이었다. 간간이 의식마저 잃곤 하였다. 아내는 그저 그의 팔과 다리만을 자꾸자꾸 주무르고 있었다. 철은 눈을 반쯤 뜨고 멍히 허공을 바라보고 있었다. 아내는 생각난 듯이 또 약봉지를 펴 들었다. 철은 약간 머리를 흔들었다. 이제 소용없다는 뜻이었다. 전등이 들어왔다.

"며칠이오?"

아주 깍 쉰 목소리였다.

"24일이야요."

"낼 학교에 가우."

"걱정 마세요. 그보다도 자 약."

철은 그대로 고개를 저쪽으로 돌리고 말았다. 또 쿨럭쿨럭 기침을 했다. 아내는 이번엔 그의 등을 쓸기 시작했다. 철은 몹시 괴로운 듯하였다. 또 기침을 했다. 이젠 침마저 닦아내주어야 했다. 피거품이었다. 잠이 드는 모양이었다. 가을밤은 깊어갔다. 가래가 끓는 그의 숨소리에 아내는 목이 간지러웠다. 이윽고 또 기침을 했다. 숨이 찼다. 반쯤 눈을 뜨고 아내의 얼굴을 쳐다보던 철은 입 안에서 무어라 중얼거렸다.

"뭐요?"

"……"

"뭐요?"

아내는 귀를 그의 입으로 가져갔다.

"며칠이오?"

"24일."

철은 다시 눈을 감았다. 아내는 유난히 길어진 것 같은 그의 얼굴을 지켜보고 있었다. 잠깐만 떼어도 그 사이에 거품처럼 잦아질 것만 같은 불안에 아내는 벌써 며칠 밤째 뜬눈으로 새운, 모래를 넣은 것 같은 눈을 한사코 크게 떴다. 또 기침을 했다. 반쯤 눈을 떴다.

"며칠이오?"

이미 그건 목소리가 아니고 간신히 목구멍을 새어 나오는 숨소리에 지나지 않았다.

"24일."

아내는 그의 귀에다 대고 큰 소리로 일렀다. 철은 손을 끌어올렸다. 아내는 그의 손을 두 손으로 싸쥐어주었다. 축축이 땀이 배었다. 철은 혀끝으로 입술을 축였다. 아내는 얼른 물을 떠 넣어주었다.

"보류하우."

"뭐요?"

아내는 얼굴을 찡그리며 귀를 그의 입 가까이 가져갔다.

"낼까지는……"

"낼까지 뭐요?"

철의 소리가 작아지니만치 아내의 소리는 또 커졌다.

"낼까지는…… 죽었다고 하지 마우."

눈을 감은 채였다.

"글쎄 왜 자꾸 그런 소리를 하슈. 정신 차려요. 여보."

아내는 반울음소리였다. 철은 약간 베개 뒤로 머리를 젖히는 듯하더니 다시 눈을 반쯤 떴다 감아버렸다. 아내는 쥐고 있던 그 손을 흔들었다.

"여보!"

"……"

맥박을 쥐어보았다. 아직 있다.

"여보!"

아내는 이번에는 철의 얼굴을 두 손으로 싸쥐고 흔들었다.

"여보! 여보!"

아랫방에서 어린애가 깨었다. 아내는 자꾸 철의 얼굴을 흔들었다. 눈을 비집어보았다. 코에다 손을 대어보았다. 가슴을 헤쳤다. 귀를 가슴에 대어보았다.

"여보!"

아내는 어쩔 줄을 몰랐다. 어린애는 여전히 울어댄다. 그러나 아내의 귀에는 안 들렸다. 그제야 의사를 불러야 한다는 생각이 났다. 벌떡 일어났다. 골목길을 달렸다. 별도 없다. 큰길에 나섰다. 자정이 넘은 거리는 고요하다. 아내는 마구 차도 한복판을 달렸다. 집에서는 어린애 우는 소리에 다섯 살짜리마저 깨었다. 젖먹이는 이불을 차 헤치고 허공에 팔다리를 허우적거리며 악을 써 울었고 다섯 살짜리는 요 위에 일어나 앉아 엄마를 부르며 울었다. 윗방의 철은 이제 아무 소리도 못 들었다. 아내는 병원 문을 두 주먹으로 부서져라 두들겼다. 쾅쾅쾅쾅. 쾅쾅쾅쾅. 그 소리는 밤거리에 유난히도 크게 퍼져나갔다. 쾅쾅쾅쾅. 쾅쾅쾅쾅. 그러나 병원 문은 좀처럼 열리지 않았다.

몸 전체로

"쳐 마구 쳐 와. 그렇지 또, 또, 또 한 번."

나는 오늘 아침에도 그 소리에 잠이 깨었다. 자리 속에 누워서
도 귀가 시리다. 영하 10도는 더 될 것 같았다. 그런데도 주인네
부자는 권투 연습을 하고 있다.

나는 일어나 유리창 안에 달린 미닫이를 열었다.

밤사이에 눈이 꽤 많이 내렸다. 주인네 부자는 눈을 쓸어다 저
쪽 널바자 밑에 무둑이 모아놓고 흡사 권투장처럼 사각형으로 땅
바닥이 드러난 마당 한복판에 마주 섰다. 시내 모고등학교의 영
어 교사인 이 하숙집 주인은 살집이라곤 한 점도 없이 키만 훌씬
크다. 다섯 자 아홉 치란다. 그는 꺼먼 줄이 죽죽 내려 처진 잠옷
바지에 어깨만 달린 러닝셔츠를 입었고 올해 열두 살, 국민학교
5학년인 아들은 밤색 코르덴 바지에 반소매 메리야스를 입었다.

보기에만도 으르르 몸이 떨린다. 그런데 정작 그들은 그리 춥지
도 않은 모양이다. 둘이 다 자기의 머리통만씩 한 가죽 주머니를
씌운 두 주먹을 가슴 앞에서 불끈거리며 상대방을 노리고들 있다.
아버지는 약간 허리를 구부린 자세로 윗도리를 좌우로 기울거리
고 아들은 요게 겨우 아버지의 허리께를 넘을락 말락 한 놈이 제
법 비스듬히 모로 서서 왼편 주먹은 딱 얼굴 앞에 가져다 막고 오
른편 주먹은 어깨 앞에서 내밀었다 거둬들였다 하며 깡충 한 걸
음 나섰다 깡충 한 걸음 물러섰다 아버지의 틈새를 찾고 있다.

"쳐 와야지."

아버지가 오른주먹으로 퍽 하고 아들의 왼쪽 어깨를 갈겼다. 아
들은 오른편으로 배칠했다.

"쳐 와!"

이번엔 오른쪽 어깨를 갈겼다. 아들은 또 왼편으로 배칠했다.

"다리에 힘을 꽉 줘!"

아들은 날쌔게 한 걸음 물러서며 다리를 딱 벌려 디디었다. 그
러면서도 여전히 몸을 좌우로 흔들며 주먹을 달막거린다.

"자, 어서 쳐 와!"

아버지가 두 팔을 번쩍 머리 위로 들어 올렸다. 어린놈은 똑바
로 아버지의 눈을 쏘아본다.

"응!"

틈을 노리던 아들이 오른쪽 주먹으로 아버지의 배를 딱 내질
렀다.

"옳지. 또."

"응!"

이번엔 옆구리를 후려쳤다.

"또."

"응!"

이번엔 왼쪽 주먹으로.

"또."

"응!"

"또 한 번."

"응!"

"또 한 번. 세게."

"응!"

아들은 주먹을 번갈아가며 마구 아버지의 배를 쥐어박았다. 그 때마다 아버지는 한 걸음씩 물러섰다. 아들은 점점 더 빨리 주먹을 썼다.

"응. 응. 응."

입은 꼭 다물고 한 번 칠 때마다 꿍꿍 숨을 몰아쉰다. 아들은 한 번 다시 아버지의 눈을 쏘아보았다. 그러고는 받으려는 송아지처럼 머리를 수그리더니 정말 마구 주먹을 내질렀다. 아버지가 한 걸음 뒤로 물러서면 아들은 한 걸음 앞으로 다가섰다. 아버지는 이제 거의 울타리 밑에 눈 무더기 앞에까지 밀려갔다. 아들은 여전히 머리를 수그린 채 주먹만 자꾸 머리 위로 내질렀다.

"더 세게."

아버지가 큰 소리를 질렀다. 아들은 한번 머리를 쳐들었다. 숨이 찬 모양이다. 어깨를 들먹거리며 무엇을 겨냥이나 하듯이 아버지의 눈과 가슴께를 살폈다. 그런가 하자 또 머리를 싹 수그리더니 별안간 아버지의 가슴팍을 향해 탁 부딪쳐갔다. 그러자 아버지는 날쌔게 옆으로 빗섰다. 아들은 자기 힘에 밀려 앞으로 쏠려나가다 거기 모아놓은 눈 무더기에 콱 머리를 처박고 언 땅에 딱 소리가 나게 두 무릎을 꿇었다.

"항상 상대방을 똑바로 보랬지 않아!"

아버지가 등 뒤에서 소리를 질렀다. 아들은 권투 장갑을 낀 둔한 손을 땅에 짚고 꿇어앉은 채 눈 속에서 빼낸 머리를 도리도리 흔들었다. 간신히 일어나 돌아섰다. 머리와 얼굴에 눈이 잔뜩 묻었다. 아들은 얼굴을 찌푸렸다. 콧잔등에 묻었던 눈이 푸슥 떨어졌다. 아들은 울상인 채 다시 허리를 구부려 권투 장갑을 낀 두 주먹으로 무릎을 눌렀다. 언 땅에 사정없이 내리쳤으니 아플 수밖에. 나는 눈 범벅이 된 아들의 찌푸린 얼굴을 보자 웃음이 터져 나오려 했다.

"자 자, 또 쳐 와!"

그러자 다음 순간, 등을 이쪽으로 돌리고 선 아버지가 이렇게 소리를 지르자 절룩 다리를 절면서도 그래도 주먹만은 제자리에 가져다 대고 아버지와 마주 겨누어 서는 아들의 매서운 눈빛에 나는 다시 정색을 하고 말았다. 아들은 똑바로 아버지의 눈을 쏘아보는 채 오른주먹으로 얼른 이마를 한번 비볐다. 눈 녹은 물이 땀처럼 이마에서 번들거렸다.

"눈은 똑바로 뜨고. 보초선(步哨線)에 선 병정 모양 항상 방아쇠에 손가락을 걸고 싸늘하게 상대방의 심장을 겨누고 있어야 자기 생명을 지킬 수 있는 세상."

나는 문득, 언젠가 하숙집 주인이 하던 말을 생각했다.

그는 저녁을 먹고 난 뒤 곧잘 나와 함께 산보를 나가곤 했다. 그럴 때면 그는 여러 가지 세상 이야기를 했다. 그런데 그는 언제나 싸늘한 표정이었다. 지난가을 이 집으로 하숙을 옮겨 지금 12월, 거의 반년 간에 나는 한 번도 그의 웃는 얼굴을 본 기억이 없다. 그러기 학생애들은 그를 '석고상'이라 부른다고 했다. 그런 그의 입에서는 언제나 침울한 이야기만이 흘러나왔다.

"뭐 그저 운동이지요."

내가 어린 아들에게 권투를 가르치는 이유를 물었을 때 그는 이렇게 대답했다. 그러고는 몇 걸음 묵묵히 걷다 말고 발을 멈추더니 나를 돌아보았다.

"왜, 좀 이상하슈."

"아니오, 이상할 건 없지만 참 열심이시더군요. 비가 오나 눈이 오나."

아닌 게 아니라 그들 부자의 권투 연습은 참 맹렬했다.

지난가을에는 비가 자주 왔다. 그래도 그들은 연습을 쉬지 않았다. 억수로 퍼붓는 빗속에서도 홈빡 젖어가며 연습을 계속했다. 그러기를 요즈음 지독히 추운 아침에도 하루도 거르는 법 없이 여름 셔츠만을 입혀 어린것을 끌어내 세우는 것이었다. 주인아주머니도 그의 고집에 이젠 말리기를 단념하고 말았다.

"비가 오나 눈이 오나. 그렇지요. 비가 오나 눈이 오나 심장이 뛰고 있는 한."

"그렇지만 하루쯤 운동을 안 한대서 뭐."

"운동이오! 아 네. 운동도 운동이지만……"

"……!"

"말하자면 정신 무장이랄까요. 끝까지 꺾이지 않는."

기름이라고는 바르는 법이 없는 긴 머리가 고개를 떨구고 천천히 걷는 그의 이마에서 흠씰거렸다.

"저는 어려서 어른들이 이런 이야기를 하는 것을 들은 일이 있습니다. 밤길을 가다가 제일 무서운 것은 사람을 만났을 때라고요……"

한참 만에 그는 뚱딴지같은 말을 했다. 나는 아무런 대답도 하지 않고 그저 그의 여윈 얼굴만 한번 쳐다보았다. 그는 이야기를 계속하였다.

"……저는 아무리 생각해도 그 말이 이해가 되지 않더군요. 도깨비, 호랑이, 여우, 뭐 그런 것들 무서운 것이 얼마든지 있는데 왜 그런 무서운 것들을 만났을 때에 사람의 편이 되어줄 사람을 도리어 무섭다고 하는지. 어른들이란 참 이상하다고 생각했었습니다. 저는 그대로 그 수수께끼를 풀지 못한 채 어른이 되어버렸지요. 그런데 이번 6·25 사변에 비로소 그 말뜻을 깨달았습니다."

나는 또 한 번 그의 옆얼굴을 쳐다보았다. 그는 여전히 조용한 얼굴로 앞을 보며 걷고 있었다.

"자, 어서 쳐 와."

아버지는 한 걸음 뒤로 물러섰다. 아들은 쩔룩하고 다리를 절며 따라나섰다.

"이놈아, 그까짓 게 뭐가 아파. 자!"

아버지는 아들의 눈 묻은 머리를 가죽 주먹으로 툭 쳐 밀었다. 아들은 아버지의 주먹을 오른쪽 주먹으로 휙 갈겼다.

"옳지."

그는 또 언젠가 이런 말도 했다.

"한강 백사장. 요즈음 소위 전후의 청년들은 이 백사장이란 걸 어떻게 생각하는지요."

"……"

내가 미처 대답을 못 하니까 그는 자기 말을 이었다.

"백사장. 그건 꼭 '우리'라는 말과 같은 것이 아닐까요. 그저 수 없이 많은 모래알. 그것이 어쩌다 한곳에 모였을 뿐. 아무런 유기적 관계도 없이. 안 그렇습니까? '우리,' 참 좋아하고 또 많이 쓰던 말입니다. 우리! 그런데 피난 중에 저는 그만 그 말을 잃어버렸습니다. 폭탄의 힘은 참 위대하더군요. 저는 돌아온 이 서울 거리에서 '우리' 대신 폐허 위에 수많은 '나'를 발견했습니다. 나, 나, 나, 나, 나, 나. 정말 한강의 모래알만치나 많은 '나.'"

아들은 암만해도 아파 못 견디겠는 모양으로 한번 허리를 꾸부려 가죽 주먹으로 무릎을 눌렀다.

"일어나? 그럼 내가 쳐 갈 테다. 좋아? 자."

아버지는 절하듯이 꾸부리고 무릎을 주무르고 있는 아들의 어깨를 툭 갈겼다. 다리의 힘을 빼고 서 있던 아들은 펄썩 모로 쓰러졌다.

"일어서!"

아버지의 소리는 컸다. 아들은 한 손을 땅에 짚고 한 손은 얼굴 앞에다 가져다 대어 본능적으로 아버지의 주먹을 막으며 일어섰다.

"똑바로 서!"

채 일어서기도 전에 아버지의 주먹이 아들의 어깨를 또 갈겼다. 아들은 다시 땅바닥에 나가쓰러졌다.

"일어서! 정신을 똑바로 차려!"

소리를 지르는 아버지는 여전히 쓰러진 아들의 머리 위에서 커다란 가죽 주먹을 불끈거리고 있었다.

지난가을 어떤 일요일, 나는 거리에서 주인을 만났다.

"차나 한잔 하고 같이 들어가실까요."

나는 앞서 옆에 다방으로 들어갔다. 그는 아무 말도 없이 따라 들어왔다.

찻잔을 물릴 때까지 그는 말이 없었다. 그저 유리창 밖의 파란 하늘만 멍히 바라보고 있었다.

"한 푼 보태주십시오."

옆에 거지가 서 있었다. 어린애를 담요에 싸 업은 여자 거지였다. 배가 고파 못 견디겠다는 표정으로 여윈 손을 그에게로 내밀고 서 있었다. 그는 힐끔 그 거지를 쳐다보았다. 오른손을 양복저고리 호주머니에 넣었다. 손을 꺼냈다. 그런데 빈손이었다.

"없습니다."

"한 푼만 보태주십시오."

거지는 등의 어린애를 한번 추어올리며 여전히 그의 가슴을 향해 새까만 손을 펴 내밀고 있었다. 등에 업힌 어린애는 단발머리 계집애였다. 세 살쯤 나 보이는 그 애는 어디서 주운 것인지, 반 깨어진 조그마한 손거울 조각을 무심히 들여다보고 있었다.

"옛습니다."

나는 10환짜리 한 장을 거지의 손바닥 위에 올려놓아주었다. 거지는 돈을 쥐자 싹 돌아섰다. 우리 앞자리에 앉은 젊은 남녀를 향해 지금 우리에게와 꼭 같은 표정으로 또 손을 펴 내밀었다. 다방 레지가 와서 거지의 등을 밀었다. 밖으로 밀려나가는 거지의 뒷모습을 유심히 쳐다보고 있던 그는 이윽고 내게로 눈을 돌렸다.

"미안합니다."

"아니올시다. 없을 땐 한 푼도 없는 수도 있지요 뭐."

"아니오, 돈이 없었던 건 아닙니다."

"……? 그럼 제가 실롈 했군요."

"천만에요."

그는 또 한동안 말이 없었다. 다시 시선은 창문 밖을 향했다. 담배 연기가 그의 긴 손가락 끝을 노랗게 그슬리며 가물가물 피어오르고 있었다.

"너무 가깝습니다."

"……네?"

하늘로부터 재떨이로 시선을 떨구며 그는 조용히 말했다.

"지금 그 거지와 나의 거리가 말입니다. 지고 물러나 앉으면 그 순간부터 그대로 거지니까요."

아들은 땅바닥에 주저앉은 채 오른주먹으로 얼굴을 가리고 왼손으로 땅을 짚으며 앉은뱅이처럼 뒷걸음을 쳤다.

"이놈아, 일어서지 못하구 그냥 물러앉을 테야. 응."

아버지는 머리 위로 올린 아들의 주먹을 탁 하고 이번에는 정말 세게 옆으로 쳐 갈겼다.

"일어나!"

그러자 아들은 그대로 땅바닥에 이마를 대고 엎드렸다. 아니 실은 엎드린 것이 아니었다. 어느새에 아들은 아버지의 두 다리를 바로 발목께서 움켜 안고 있었다. 아버지는 불의의 습격에 비칠했다. 그러나 넘어지지는 않았다. 재빨리 한 발을 빼 뒤로 옮겨 디디었을 땐 아들도 일어서 있었다.

"옳지!"

미처 아버지가 자세를 취하기도 전에 일어선 아들은 정말 악을 써 아버지에게 달려들었다. 아버지의 아랫배를 마구 두 주먹으로 쳤다. 머리로 들이받기도 했다. 그건 이미 권투 연습이 아니었다. 싸움이다. 아들은 아버지의 허리를 부둥켜안고 빙글빙글 돌았다. 지금까지 아프다고 주무르던 무릎으로 아버지의 다리를 막 쥐어

박기도 했다. 머리는 도끼처럼 탕탕 아버지의 배에 옆구리에 부
딪쳤다.

"옳지. 옳지. 더 세게. 더 더."

아버지는 두 주먹을 아들의 잔등 위에 가만히 올려놓고 아들이
하는 대로 따라서 이리 끌리고 저리 밀리며 마당을 돌았다.

전에도 언젠가 비 오는 날 아침에 이런 연습을 한 일이 있었다.
산보 나간 길에서 내가 그건 권투 룰에서 벗어난다고 했더니 그
는 뻔히 나의 눈을 들여다보았다. 그리고 말했다.

"룰이요? 룰…… 벗어나지요. 그런 엉터리 권투는 없으니까요."

그는 한참 동안 말없이 걸었다.

"학생은 육이오 때 어디 있었소?"

뚱딴지 같은 질문을 했다. 그는 이야기하는데 이렇게 껑충껑충
뛰는 버릇이 있었다.

"서울에 숨어 있었습니다."

"네, 왜 피난을 못 나갔지요?"

"방송을 듣고 믿었지요. 나가자니까 벌써 늦었더군요."

"저처럼 됐군요. 룰. 룰……"

그는 말끝을 흐려버리고 자기의 흰 고무신코를 내려다보며 천
천히 걸었다.

"학생은 베이비골프를 쳐본 일이 있습니까?"

"네, 한두 번."

그의 이야기는 또 껑충 뛰었다.

"골프. 참 이상하더군요. 유희에서는 그 까다로운 룰을 곧잘 지키면서 정작 사회생활에서는 룰을 안 지키거든요. 슬쩍슬쩍 남이 보지 않을 때 손으로 공을 집어다 구멍에 밀어 넣는단 말입니다."

"……"

"하기야 인생은 분명 베이비골프는 아니니까."

한참 두들겨 맞던 아버지는 아들의 겨드랑 밑으로 팔을 넣었다. 쓱 들어 올렸다. 아들은 땅에서 둥둥 떴다. 두 다리를 허공에서 후들거렸다. 팔은 자연 아버지의 허리를 끌어안아야 했고 이젠 때릴 수도 없었다. 아버지는 아들을 들어 올린 채 그 자리에서 휙 맴을 돌기 시작하였다. 아들의 몸은 공중에 떠서 머리를 중심으로 하고 팽그라미처럼 돌았다. 빙빙빙빙, 열여덟 바퀴 돌고 나더니 아버지는 아들을 땅에 내려놓았다. 아들은 비칠비칠 모로 쓰러지려 했다. 두 주먹을 머리 좌우에 뿔처럼 가져다 대었다.

"꼭 눈을 감고 정신을 가다듬어."

그러는 아버지도 어지러운 모양이다. 눈은 감고 윗도리를 기울기울하고 있다.

"사흘을 굶으니까 정신은 아찔아찔한데 코는 백 미터도 더 먼데 있는 설렁탕 냄새를 정확히 분간하더군요."

피난 중에 부산 거리에서 애들에게 두부비지도 못 사 먹이고 꼬박 사흘을 굶은 일이 있노라고 하며 이야기했다.

그는 부두 노동을 했다. 종일 궤짝을 메어 나르는 일이었다.

그날은 삯전을 받아 밀가루 두 근을 사 들고 들어왔다. 창고 바닥에 수제비를 떠다 놓았다. 그런데 일곱 살짜리 딸애가 거적자리로 들어서다가 수제비 깡통을 걷어찼다. 몽땅 쏟아버렸다. 그는 자기도 모르는 사이에 딸애의 뺨을 후려갈기고 있었다. 애는 미처 울지도 못했다. 그저 몸을 파르르 떨고 있었다. 아내는 쏟아진 수제비를 모아 담아 물에 씻어 왔다. 어린것은 그제야 쿨쩍쿨쩍 울면서 그래도 수제비를 연방 퍼 넣고 있었다.

다음 날 저녁부터 어린것은 거적자리에 들어앉으면 멀리서부터 조심조심 깡통을 더듬는 것이었다. 어슬어슬하긴 하지만 아직 그릇이 안 보일 정도는 아닌데 장님 모양 손으로 어루쓰는 그 모양이 또 거슬렸다. 그는 이번엔 또 뭘 그리 어릿어릿하느냐고 야단을 쳤다. 그랬더니 어린것은 숟가락을 한 손에 쥔 채 멍히 앉아 있기만 하고 통 수제비를 뜨려고 하지 않았다.

"그런데…… 그런데 그게 영양부족으로 저녁때면 아주 눈을 못 본다는 것을 안 것은 퍽 후였습니다."

언제나 거기까지 왔다는 돌아서곤 하는 산보길 끝에 놓인 시멘트 다리 난간에 걸터앉으며 그는 자꾸만 고개를 뒤로 젖혀 저녁 하늘의 별을 찾고 있었다.

이야기를 계속하였다.

그 후 두 주일이 채 못 되어서였다. 그 애는 심한 기침을 하기 시작했다. 백일해였다. 창고 안에 같이 들어 있는 사람들이 야단을 쳤다. 딴 애들한테 옮기 전에 어서 어디 딴 데로 나가라는 것이었다. 그중에서도 바로 옆자리의 가는 금테 안경을 쓰고 나비

수염을 키운 의사라는 자가 더 야단이었다.

"저는 아무 대꾸도 못 했습니다. 불행히도, 정말 불행히도, 백일해가 전염병이란 걸 나 자신이 알고 있었던 까닭에."

앓는 애를 업고 창고를 나온 그들은 갈 곳이 없었다. 부산이라곤 하지만 대한(大寒)날 밤바람은 살을 도려내는 것처럼 매웠다. 그들은 하는 수 없이 거기 창고 마당에 쌓아놓은 가마니 더미 밑에 네 식구가 쭈그리고 앉았다. 서로 몸을 꼭 대고 앉아 그 위를 다 떨어진 담요로 덮었다. 세 살짜리를 꼭 껴안고 얼굴을 맞비비고 있는 아내의 어깨가 흐득흐득 울었다. 그의 무릎 위에 꼬부리고 있는 일곱 살짜리 딸애는 내장을 전부 토해내는 것처럼 기침을 깆다가는 껵껵 까무러치며 그의 가슴을 할퀴는 것이었다.

"그날 밤에도 하늘엔 저렇게 별이 떠 있었습니다. 시인들이 좋아하는 별들이."

그러나 그것으로 그들의 불행이 끝난 것은 아니었다.

그날 밤 그 창고에 불이 났다. 순식간에 홈싹 타버렸다. 미처 빠져나오지 못한 어린애가 둘 타 죽었다고 했다. 다행이랄까 밖에 있었던 그들은 피해가 없었다.

가마니 더미 밑에서마저 쫓겨난 그들은 소방대 펌프가 퍼부은 물이 번질번질 언 행길가에서 밤을 새워야 했다.

"해가 뜨기를 그날 밤처럼 간절히 기다려본 일은 없습니다."

해만 뜨면 그래도 얼어 죽기는 면하려니 하는. 마침내 긴 겨울밤은 새기 시작했다. 훤히 동녘이 밝아왔다. 이제는 또 어디고 의지할 곳을 찾아야 했다.

그가 막 골목을 빠져나가렬 때였다. 간밤에 아들을 태워 죽여버렸다는 의사가 안경을 벗은 눈을 찌푸리고 마주 섰다.

"이 사람입니다."

의사는 뒤에 선 청년을 돌아보았다. 아내에게 연락을 할 겨를도 없었다. 그는 수갑을 채운 두 팔을 앞에 읍하고 경찰서로 끌려갔다. 눈앞에서 빤짝빤짝 불꽃이 튀었다.

쫓겨난 분풀이로 창고에 불을 질렀다는 것이었다.

사흘 만에야 놓여났다. 분했다. 그러나 그 분보다 식구들 걱정이 더 앞섰다. 단숨에 달렸다. 아내는 사흘 전 고 자리에 고대로 앉아 있었다. 세 살짜리는 등에 업고 일곱 살짜리는 담요에 싸안고. 그를 보자 아내는 그대로 폭삭 쓰러졌다. 울지도 못했다.

"딸애는 죽어 있었습니다."

그는 딸애를 담요에 싸안고 산으로 갔다. 구덩이를 대강 판 그는 옆에 눕혀놓았던 애의 담요를 다시 챙겼다. 죽은 애의 옷자락을 여며주던 그는 애의 스웨터 호주머니 속에 무슨 종잇조각이 들어 있는 것을 보았다. 집어내었다. 차곡차곡 접은 초콜릿 빈 껍데기였다. 콱 가슴이 메었다. 목구멍은 답답한데 코가 싸했다. 쓸어보는 딸애의 싸늘한 이마에 자꾸 눈물이 굴렀다.

산에서 돌아오는 길에 그는 어느 은행에 있는 동창생 생각이 났다. 언젠가 길에서 만났을 때 알아 두었던 은행 합숙소로 찾아갔다.

"꾸어준다기보다……"

밀가루 한 근 값이었다. 애가 죽었다는 말은 하지 않았다. 사실

또 그는 당장 식구에게 물이라도 끓여 먹여야 한다는 생각뿐이
었다.

"어디 있어야지. 그러니 이런 판국에 누가 꾸어줄 리도 만무하
고."

참 딱하다는 표정인 친구는 입맛을 쩝 하고 다시며 호주머니에
서 낙타 담배를 꺼냈다.

"그때 담배를 권하던 친구의 팔목에 금시계가 유난히 번쩍 눈
에 띄던 생각을 하면 지금도 자기 자신이 무서워집니다."

"이제 그만 괜찮지. 크게 숨을 한번 들이켜고. 자, 시작."

아들은 얼른 자세를 취했다. 왼주먹은 얼굴 앞에, 오른주먹은 까
부려 오른쪽 어깨 앞에, 두 무릎은 약간 까부려 탄력을 준비하고.

"언제나 똑바로 앞을 봐. 입은 꼭 다물고."

아버지도 자세를 잡았다.

"자, 그럼 이제부터 본격적이다!"

"응."

아들은 머리를 까딱하며 웃음을 띠다 말고 다시 입을 한일자로
악물었다.

둘이는 서로 노리며 빙글빙글 마당을 돌기 시작했다. 이따금씩
아들의 조그마한 주먹이 아버지의 틈을 질렀다. 그러나 이번엔 아
버지도 일부러 맞아주지는 않았다. 번번이 아들의 주먹을 옆으로
쳐 갈겼다. 아들은 점점 눈을 똑바로 뜨고 아버지의 눈을 쏘았다.

그 딸애가 죽은 다음 날 저녁이었다고 했다. 그는 부두에서 같이 일하던 노인 박씨를 따라 어느 대폿집으로 갔다.

"생각해보슈. 그래 잘난 놈이 어디 있소. 돈이 젤이지."

"……"

"아 그 존 공불 가지고 부두 노동을 하다니 원 내 참."

"……"

"더두 말고 한 달만 합시다. 자본은 내가 댈 테니. 집 한 챈 문제없다니까."

"……"

덤덤히 앉아 막걸리 보시기만 들여다보고 있는 그를 답답하게 쳐다보며 박씨는 자꾸 다졌다.

북지에 오래 가 있었다는 박씨는 그와 함께 장사를 해보자는 것이었다.

꼭 그의 영어가 필요하다는 그 장사란 흑인 상대의 아편 밀매였다.

"가부간에 말을 좀 해보슈 거."

대폿집을 나와 갈림길에서 박씨는 또 한 번 마지막으로 따져 묻는 것이었다.

멍하니 선 채 거기 길가에 담배장수 목판을 바라보고 있던 그는,

"좋습니다!"

하고 칵 무엇을 토하듯이 대답했다. 눈은 여전히 담배장수 목판을 굽어보는 채였다. 목판 위에는 양담배를 타일 모양 깔아놓은 앞으로 꼭 실패 같은 초콜릿이 쪽 꽂혀 있었다.

"그렇지 않아 그럼. 하하하하. 잘난 놈이 어디 있어. 돈이 잘났지."

박씨는 그의 어깨를 툭툭 치며 웃었다.

박씨의 말은 사실이었다.

한 달이 채 못 되어 그는 어느 이층 방을 얻어 들 수 있었다.

"대학을 나오고 교사질 10년을 한 것보다 그 한 달에 번 것이 훨씬 더 많았습니다. 네, 분명히."

그러던 어느 눈 내리는 날이었다.

그는 감기가 들어 누워 있었다. 박씨는 하루 같이 쉬자는 그의 말을 물리치고 혼자 장사를 나갔다. 그런데 웬일인지 그날 박씨는 돌아오지 않았다. 다음 날도 안 돌아왔다. 그리고 나흘째 되던 날 신문에, 박씨는 동래(東萊) 흑인 부대 뒷산에서 총에 맞아 죽어 있었다.

"그날로 제 돈은 약 삼 배가 되었지요. 내 방에서 기식을 하던 박씨의 미제 자물쇠가 두 개나 달린 궤짝은 열쇠 대신 망치로 쉽사리 열 수 있었습니다. 그런데 꼭 반씩 나눈 돈인데 어찌 된 셈인지 박씨 궤짝에는 제 돈의 거의 배나 되는 돈이 들어 있었습니다."

그는 아편 장사를 그만두었다. 아니 더 계속하고 싶었다고 해도 할 수가 없었다. 파는 것만은 같이 했지만 물건을 사들이는 것은 기어이 박씨 혼자만이 아는 길이었으니까.

그는 우선 혼자 서울로 올라왔다. 아직 정식으로 환도가 허락되지 않은 때였다. 그러나 그에게 있어 벌써 그런 것쯤은 문제가 아니었다.

"학교 동료들은 지금 이 집을 거저 얻은 거라고 합니다. 환도하기 전에 먼저 올라와 샀으니까 아주 헐값에, 현 시가 천만 환짜리를 단돈 수십만 환에 살 수 있었다는 거지요. 다시 말하면 환도령이 내리기 전에 숨어 올라와 샀으니 반불법 소유란 거지요. 재미있습니다. 남으로 도강(渡江)해서 생명을 불법 소유한 사람. 북으로 도강해서 집을 불법 소유한 사람, 사기. 도박."

한참 동안이나 둘이는 상대방의 눈을 끌고 빙빙 돌았다. 주먹은 공연히 흔들흔들했다.

"음."

무슨 틈을 보았던지 아들이 오른쪽 주먹을 내질렀다. 그러나 아버지는 아들의 주먹이 몸에 와 닿기 전에 옆으로 갈겼다. 그 힘에 획 한옆으로 도는 듯하던 아들의 왼쪽 주먹이 아버지의 배를 향해 또 내질러졌다. 아버지는 또 그 주먹을 탁 밖으로 쳤다. 아들은 재빨리 또 오른쪽 주먹을 내질렀다. 아버지는 다시 또 그 주먹을 쳤다. 그러자 아들은 쓰러지듯 그 자리에 쪼그리고 앉았다. 두 주먹을 얼굴로 가져갔다.

"일어서!"

아버지는 이마에 흩어져내린 머리카락을 오른팔뚝으로 밀어 올리며 소리를 질렀다.

아들은 엉거주춤 일어섰다. 그러나 아버지와 다시 마주 서는 것이 아니라 허리를 꾸부린 채 저쪽 울타리 밑으로 달려갔다. 눈 위에서 목을 빼고 머리를 설레설레 흔들었다. 새빨간 피가 뚝뚝 흰 눈 위로 떨어졌다. 코피가 흐르고 있었다. 아버지가 친 아들의 주먹이 어쩌다 아들 자신의 콧잔등을 때린 모양이었다.

아버지는 아들의 뒤로 걸어갔다. 물끄러미 아들의 등을 굽어보고 있다.

"자, 그만 일어서."

뒷머리라도 쳐주려는가 했던 아버지는 한 걸음 뒤로 물러섰다. 바로 그때였다. 주인아주머니가 뒷마당으로 돌아나왔다. 장을 뜨러 나오는 것인지 손에는 사발을 들었다.

"왜 그러우?"

저만치 꾸부리고 서 있는 아들을 보자 그녀는 멈칫 섰다.

"……"

아버지는 한번 힐끔 아내를 돌아보았을 뿐 다시 아들에게로 얼굴을 돌렸다.

"저런!"

주인아주머니는 놀라 아들에게로 달려갔다.

"가만 둬!"

아버지는 아내 앞에 팔을 벌려 막았다.

"아니 저렇게 피를 쏟는데 원."

"건드리지 말어!"

"아니 원 정신이 있소 없소. 옛날부터 맞은 놈은 다릴 펴고 자도 때린 놈은 오그리고 잔다는 말이 있는데, 하필 왜 때리는 연습을 시키며 애를 저 꼴을 만드는 거요 글쎄."

"맞은 놈이 다리를 펴? 못난 소리. 그래 아주 펴고 뻗는 거야."

아내는 안타까운 표정으로 자기 옆에 교통순경 모양 올리고 있는 남편의 팔을 밀었다.

"건드리지 말어!"

얼굴은 여전히 아들에게로 향한 채 아버지는 또 한 번 크게 소리를 질렀다.

"애 죽겠어요."

"지금 건드리면 애는 죽는 거야. 죽어버린단 말이야!"

아내를 쏘아보는 그의 눈은 무서웠다.

"……?"

"일어서. 코피쯤이 뭐야. 자, 어서 돌아서서 쳐 와. 안 돌아서면 또 칠 게다. 자, 기운 차려…… 어서 일어서서 쳐 와. 막 쳐 와!"

아버지는 아들의 등 뒤에서 발을 탕탕 굴렀다.

아들은 허리를 폈다. 한번 고개를 뒤로 젖혀 하늘을 쳐다보았다. 다시 고개를 숙였다. 또 붉은 피가 흰 눈 위에 주르르 쏟아졌다.

"정말 안 돌아서니!"

또 한 번 아버지가 큰 소리를 질렀다. 아들은 장갑을 낀 채인 오른쪽 주먹으로 코를 닦았다. 그리고 돌아섰다. 코밑은 피로 범벅이 되었다. 까만 두 눈에는 눈물이 글썽 괴었다.

"옳지!"

아들은 아버지 뒤에 서 있는 어머니를 한번 쳐다보았다. 아버지는 오른팔로 아내를 옆으로 밀어 세우며 한 걸음 뒤로 물러섰다. 아들은 이번엔 왼쪽 가죽 주먹으로 코피를 닦았다. 한 걸음 다가

섰다.

"자."

"에잇."

아버지가 미처 자세를 취하기도 전에 아들은 성난 표범처럼 달려들었다. 팡 팡 팡. 아버지의 가슴을 연달아 올려쳤다.

"옳지."

아버지는 두 주먹으로 아들의 가슴을 콱 떠다밀었다. 둘이는 서로의 시선이 마주치는 데를 중심으로 하고 빙그르르 돌아 위치가 바뀌었다. 이번에는, 심판관이기나 한 것처럼 긴장한 얼굴로 빈 사발을 움켜쥐고 서 있는 주인아주머니 앞에 아들이 등을 이쪽으로 하고 돌아섰고, 아버지가 저쪽에서 이리로 마주 섰다. 아버지는 두 팔을 W자로 올리고 가슴을 벌려 아들에게 내맡겼다. 아버지의 흰 셔츠 가슴에는 아들의 주먹에서 묻은 핏자국이 주먹만치 크게 퍽퍽퍽 세 개나 벌겋게 인 찍혀 있었다.

"자, 쳐. 세게. '몸 전체로' 막 부딪쳐 와!"

아들은 오른쪽 주먹을 어깨로 거둬들이며 다리에 탄력을 준비했다. 획. 아버지의 피 묻은 가슴을 향해 폭탄처럼 부딪쳐 갔다. 고무공처럼 튀어났다.

"옳지! 또 한 번."

아버지는 크게 소리 질렀다. 아들은 또 오른쪽 주먹을 뒤로 당기며 다리를 약간 꺼부렸다. 또 획 부딪쳐 갔다. 아버지는 얼른 아들의 어깨를 두 팔로 끌어안았다.

"그만!"

그는 입가에 만족한 웃음을 띠었다.

나는 반년 만에 처음 본 그의 소리 없는 웃음과 함께 또 분명 그의 두 눈에 서린 눈물을 보았다.

갈매기

파도 소리가 베개를 때린다.

좀처럼 잠이 오지 않는다. 여느 날 같으면 벌써 나갔을 전등이 그대로 들어와 있다. 아마 이 포구에 또 무슨 일이 생겼나 보다. 기쁜 일이나 그렇지 않으면 슬픈 일이.

섬 안은 그대로 한집안이다. 그러기에 어느 집에든지 무슨 잔치가 있거나 또는 상사(喪事)가 생기면 이렇게 밤새도록 전등이 들어오는 것이다. 시장에서 생선 장사를 하는 상이군인이 새색시를 맞던 날도 그랬다. 읍장님의 어머님 진갑날도 그랬다. 고아원에서 어린애가 죽던 날도 그랬고, 일전 파도가 세던 날 나갔던 어선 한 척이 돌아오지 않던 밤도 그랬다.

훈(薰)이 피난 내려왔던 부산서 중학교 교사 자리를 얻어 이 섬으로 들어온 지가 벌써 7년이 된다.

처음 들어왔을 때는 퍽도 외로웠다. 조그마한 포구에 말려 들어왔다가는 밀고 내려가고, 밀려 내려갔다가는 또 말아 올라오곤 하는 단조로운 파도 소리가 그저 졸리기만 했다.

그래도 섬에서는 도민증이나 병적계¹를 지니고 다닐 필요가 없는 것이 좋았다. 당시 부산 등지에서는 그런 것들이 그야말로 심장보다도 더 소중하던 때였지만, 어쩌다 하룻저녁 여인숙에서 묵고 가는 나그네까지도 저녁 해변에서 쉰 친구가 되어버리는 이 포구에서는 그런 것은 있으나 없으나였다.

이제는 벌써 훈네도 피난민이 아니다. 애기를 안고 길가에 나와 섰던 이웃집 아주머니들도 제법 그와 인사를 나누게 되었고 배에서 돌아오는 옥희 아버지나 이쁜이 오빠는,

"이거 참 오래간만에 잡은 도밉니다. 아직 살았어요."

"꽤 큰 소라지요. 가을 들어 처음입니다."

하며 대바구니 속에서 도미나 소라를 집어내어 훈네 집 대문 옆에 누워 있는 소바우──그 모양이 꼭 누워 있는 소 잔등 같아서 그들은 그렇게 부른다── 위에 놓고 지나가는 것이다.

7년. 섬에서는 한 해가 하루처럼 흘러간다. 그야말로 흘러간다. 어제와 오늘이 다를 아무런 사건도 없다. 마디가 없다.

"왜, 선생 보기엔 좀 깨끗지 않아 보이제. 그래도 이 짠물이 이게 좋은 게라이."

바닷가에서 맛조개를 캐던 옆집 할머니가 바닷물에 손을 씻고 들어와 받아준 어린애가 벌써 다섯 살이다.

지극히 단순한 생활.

아침 자리에 일어나 앉으면 안개 낀 포구가 유리창에 그대로 한 폭의 묵화(墨畵)다. 칫솔을 물고 마당으로 내려간다. 마루 밑에서 기어 나온 바둑이가 신고 선 그의 흰 고무신 뒤축을 질근질근 씹어본다. 뒷산 동백나무 잎이 아침 햇빛에 유난히 반짝거린다. 어디선가 까치가 운다. 마당 한구석에 돌각 담을 지고 코스모스가 상냥스레 피어 웃는다. 추석도 머지않은 거기 감나무에는 주홍빛 감이 가지마다 세 개, 다섯 개, 네 개 탐스럽게 달렸다. 빨갛게 열매를 흉내 낸 감나무 잎이 하나, 누가 손끝으로 튕기기나 한 것처럼 톡 가지 끝에서 튀어난다. 팽글팽글 팽글팽글 허공에 원을 그리고 사뿐히 땅바닥에 내려앉는다. 부엌문 앞을 돌아 나오던 흰 암탉이 쪼르르 달려온다. 쿡 하고 지금 떨어진 감나무 잎을 쪼아본다. 핏빛 면두가 흰 머리 위에서 흔들거린다.

조반이 끝나면 훈은 한 손에는 가방을 들고 또 한 손에는 국민학교 2학년인 딸의 손목을 끌며 대문을 나선다. 겨우 두 사람이 나란히 걸을 수 있는 돌길이다. 오른편은 발밑이 그대로 바다이고 왼편은 깎아진 벼랑이다. 그들은 바위 틈에 핀 들국화가 내려다보이는 밑을 천천히 걷는다. 바둑이가 따라오며 흰 수건에 싼 딸애의 도시락을 킁킁 맡아본다. 아내와 다섯 살짜리 아들 종(鐘)은 대문 옆 소바우 잔등에 서 있다. 꼬불꼬불 돌길을 더듬어 가는 그들이 C자형으로 된 포구 중앙에 다 가도록 빤히 보인다. 그러니 보이지 않을 때까지 배웅을 하자면 그들이 포구를 반 바퀴 돌아가는 동안을 거기 그렇게 서 있어야 하는 것이다. 그래 아내와 아들 종이 사이에는 말 없는 가운데 약속이 생겼다. 그들을 따라가던 바둑이가 돌아서 돌길을 껑충껑충 뛰어 집으로 오면 아내와 종은 바둑이를 앞세우고 대문 안으로 들어가기로 했다.

아침마다 그들을 따라나서는 바둑이가 돌아서는 지점은 정해져 있다.

훈네 집에서 거리에까지 가는 도중에는 중간쯤에 단 한 채 아주 초라한 오막살이가 있을 뿐이다. 그 오막살이에는 노인 거지가 세 사람 살고 있다. 훈네는 그들을 신선이라고 부른다. 그건 어느 여름방학에 서울서 놀러 왔던 고등학교에 다니는 훈의 동생이 지어주고 간 이름이다.

이들 세 노인은 할 일이 없다. 종일 바다만 바라보며 지낸다. 그래 신선이다. 나이는 육십이 거의 다 되었을 듯한 동년배들인데 그 인상은 각각이다.

신선 1호라는 서(徐)노인. 머리칼, 눈썹 그리고 긴 수염 할 것 없이 은빛으로 센 노인이 키가 크다. 신선들 중에서는 제일 풍채가 좋다. 그리고 신선 2호, 박(朴)노인. 이 노인은 머리를 중 모양 박박 깎았다. 얼굴이 둥근 이 박노인은 항상 군복을 걸치고 있다. 신선 3호. 김(金)노인. 신선 중에서는 제일 인품이 떨어진다. 곰보다. 턱에 꼭 염소 같은 수염이 난 이 신선 3호는 구제품 회색 신사복 저고리를 입었다.

인상은 어쨌든 그들은 다 신선 별호를 탈 만한 데가 있다. 걸식은 해도 그들은 결코 떼를 쓰는 법이 없다. 또 자기네 사이에 무슨 정해진 바가 있는 듯, 같은 집에 두 사람이 들어가는 법도 없다.

훈네 집에 늘 오는 것은 신선 1호, 서노인이다. 아침에 오는 수도 있고 저녁에 들르는 날도 있다. 이즈음 훈의 아내는 서노인을 위하여 밥을 넉넉히 짓지는 않았지만 줄 밥이 남지 않는 날이면 걱정을 하게쯤은 되어 있다. 그런데 바둑이도 이 서노인을 알아본다. 청결 검사를 나왔던 순경이 총을 멘 채 질겁을 해 달아날 만치 사나운 바둑이면서도 서노인은 짖지 않는다.

아침마다 훈을 따라가던 바둑이가 돌아서는 지점이 바로 이 신선들이 살고 있는 오막살이 앞이다. 앞을 지나다 서노인에게 목도리를 붙들리면 혀를 내밀며 하품 같은 소리를 한번 내보이고는 돌아선다.

서노인은 바둑이와만 사귄 것이 아니다.

언젠가 사흘 동안이나 서노인이 들르지 않은 때가 있다. 이상하다고들 했다. 그날은 훈이 학교에서 돌아오는 길에 오막살이 안을 들여다보았다. 세 노인이 다 있었다. 신선 3호 김노인은 윗목에 벽을 향하고 앉아 거기 기둥에 박힌 못에다 실코를 걸어놓고 무엇에 쓰자는 것인지 그물을 뜨고 있고, 2호 신선 박노인은 문께로 나앉아 고무신 뒤축을 깁고 있고, 서노인은 아랫목에 벽을 향해 누워 있다. 서서 다닐 때보다도 더 큰 키다. 죽은 사람처럼 뻗친 그의 무릎 위에서 다람쥐가 한 놈 앞발로 얼굴을 닦고 있다.

"서노인이 어디 편찮은 모양이군요."

그제야 박노인은 늙은 호박 같은 머리를 든다.

"네, 체해가지고 한 사날."

그는 한번 서노인을 돌아본다.

그날 저녁 국민학교 2학년인 딸과 종과 바둑이가 우유죽 그릇을 들고 오막살이로 갔다.

"불쌍하더라!"

돌아온 딸애가 제법 국민학교 2학년답게 낯을 찌푸린다.

"불쌍하더라!"

꼭 같은 어조로 종이 따라 한다.

다음 날이다.

훈이 학교에서 돌아오자 종이 마루로 달려 나와,

"아버지 아버지, 나 다람쥐 있다."

하며 구두도 미처 벗기 전에 훈의 손을 끈다.

낮에 서노인이 오래간만에 집엘 들렀더란다. 한 손에는 언제나 끌고 다니는 꼬불꼬불한 가무태나무 지팡이를 짚고, 또 한 손에는 예쁜 다람쥐를 한 마리 쥐고.

"이거나 애길 줄라고."

서노인이 1년을 방 안에서 키웠다는 고 다람쥐는 아주 길이 잘 들어 있다. 놓아도 달아날 생각을 하지 않고 마구 사람의 목덜미로 기어올라서는 오물오물 가슴팍으로 파고든다.

그로부터 종은 훈의 방에서 부지런히 꽁초를 까서 빈 캐러멜갑에 넣었고, 그런 다음 날 저녁이면 서노인이 그 캐러멜갑을 도토리로 가득히 채워다 종에게 돌린다.

"먹진 못하는 거야. 다람쥐 주란 말야."

이 조그마한 포구에도 다방이 한 집 있다. 이름이 '갈매기'다.

다방이라야 왜인이 살다 간 목조건물 이층을, 피난 온 젊은 부부가 약간 뜯어고친 것이다.

훈은 때때로 이 다방엘 들른다.

학교가 끝나고 교문을 나서면 훈이 선 지점은 바로 정확하게 포구 중앙 지점인 것이다. 거기서 훈은 한참 바다를 바라본다. 호수처럼 동글한 포구 한가운데는 경찰서 수상 경비선이 하얀 선체를 한가히 띄우고 있고, 왼쪽 시장 앞에는 돛대 끝에 빨간 헝겊을 단 어선이 네 척 어깨를 비비고 머물렀다. 그리고 저만치 앞에 두 대의 흰 등대. 그 등대 허리에 가는 수평선이 죽 가로 그어졌다. 바로 그의 발밑에서 넘실거리는 바다가 아득히 수평선을 폈고, 그 선에서 다시 또 하나의 바다, 맑은 가을 하늘이 아찔하니 높이 피어올랐다.

훈은 오른편으로 눈을 돌린다. 벼랑 밑 돌길을 더듬을 필요도 없이 포구를 엇비슷이 가로 건너 거기 빤히 집이 보인다. 동백나무가 반짝거리는 산을 지고 바로 물가에 선 아담한 기와집, 선생들이 감나무장(莊)이라고 부르는 집이다. 마당에는 흰 빨래가 걸렸고, 돌각 담 밖에 채소밭 가운데는 쭈그리고 앉은 아내 앞에 선 종의 빨간 스웨터가 빤히 보인다.

이렇게 밖에 나와 있는 식구들을 보는 날이면 훈은 곧잘 집과는 반대 방향인 왼쪽으로 발길을 돌리곤 한다. 집엘 다녀서 나오는 것 같은 가벼운 기분으로.

우체국 앞을 지난다. 빨간 포스터를 보면 새삼스레 편지를 띄워

보고 싶어진다. 중국집을 지나 여인숙이 있고, 거기서 조금 더 가면 다방 '갈매기'가 있다.

장기판만 한 널쪽에 흰 페인트로 쓴 '갈매기'라는 서툰 간판 밑을 끼고 이층으로 올라가면 층계가 삐걱삐걱 소리를 낸다. 거기 베니어판으로 만든 문을 득 연다. 대개 다방문은 밀거나 당기게 되어 있는 게 상식이다. 그런데 이 다방 '갈매기'의 문은 왜식 그대로 옆으로 열게 되어 있다.

다방 안은 대개 비어 있다. 손님이 없다는 뜻만이 아니다. 주인마저 없는 때가 많다.

훈은 언제나 오면 정해두고 앉는 창가로 가 앉는다. 그래도 테이블 위에는 선인장이 놓여 있고, 창에는 푸른색 커튼이 드리워져 있다. 창 밑이 곧 한길이고 그 길 가장자리가 바로 바다다. 훈은 멀리 맞은편으로 눈을 띄운다. 그의 집 자기 방 유리문과 정면으로 마주친다. 벌써 채소밭에는 아무도 보이지 않고, 그의 집 대문 앞을 어떤 부인이 머리에 무엇을 이고 지나간다. 갈매기가 한 마리 펄럭 다방 창문을 스치고 지나간다. 팔만 내밀면 잡힐 것도 같다. 그래 다방 이름이 갈매긴지도 모른다. 별로 그러자는 것도 아닌데 눈은 자연히 갈매기의 뒤를 따라 허공에 어지러운 불규칙 선을 긋는다.

안방 문이 열리고 주인 여자가 나온다. 그녀의 나이를 딱히 알 까닭도 없지만 보기에는 이제 겨우 삼십을 하나 둘 넘었을까 말까 한 젊은 부인이다. 갸름한 얼굴에 눈이 반짝 밝은 그녀는 키가 날씬하니 큰 게 연분홍 치마가 분명히 예쁘다.

"아이! 오신 지 오랬어요?"

약간 코가 멘 귀여운 음성이다.

"네, 서너 시간 됩니다."

"아무리, 선생님두."

여인은 웃으며 돌아선다.

"여보, 저 건너 이선생님 오셨어요."

그녀는 안방 문을 열고 소리친다. 그리고 거기 뒤로 난 창문턱을 훌쩍 넘어 나간다. 아마 왜인이 살고 있을 때는 그게 이층 빨래를 너는 곳이었을 게다. 그곳이 지금은 이 다방의 주방인 것이다.

훈은 이제 나올 다방 주인을 기다리며 벽에 걸린 그림들을 바라본다. 제법 이 다방에는 별실이 하나 있다. 화장실로 가는 문 옆에 발가벗은 어린애 둘이 하나는 서고 하나는 두 무릎을 세우고 앉아서 불을 쪼이고 있는 그림이 걸렸다. 그 밑이 바로 그 별실이다. 그런데 그 별실이란 게 아주 걸작이다. 옛날 왜인의 소위 오시이레²를 뜯어내고 그 자리에 테이블과 걸상을 들여놓고 그 앞을 노랑색 커튼으로 가린 것이다. 훈은 맞은편 벽에 걸린 모나리자의 초상으로 눈을 옮기며 피식 웃는다.

뒤 창문 밖에서 부채질을 하는 소리가 들린다. 이제부터 풍로에 불을 피워가지고 커피를 달일 판이다. 어쩐지 미안한 생각이 든다.

안방 문이 조용히 열린다. 주인이 나온다. 마룻바닥에 발을 질질 끌며 한 걸음 한 걸음 이리로 걸어온다.

그는 눈을 못 보는 것이다.

"이선생님이슈?"

그는 훈의 테이블 가까이까지 와서 서며 두 손을 내밀어 불안스레 허공을 더듬는다. 훈은 얼른 그의 한쪽 손을 잡는다. 여자의 손처럼 연한 손이다.

가락가락 긴 손끝에 뾰족한 손톱이 곱기까지 하다.

"오래간만에 오셨군요."

"앉으슈."

훈은 새삼스레 주인의 얼굴을 건너다본다. 반듯한 이마에 두서너 오라기 머리카락이 길게 흘러내렸다. 까만 눈썹 밑에 사뿐히 감은 두 눈의 긴 살눈썹이 슬프다. 쪽 곧은 콧날에 조각처럼 단정한 입술, 표정을 잃은 그 입술은 결코 웃어본 일이 없는 입술 같다.

"별일 없지요?"

"그저 그렇게."

그가 그저 그렇게 지내고 있다는 것은 훈도 안다. 그 어떤 추억을 약처럼 갈아 마시며 외롭고 슬프게 그저 그렇게 살아가는 그들 부부.

훈은 어제 저녁에도 그「집시의 달」을 들었다.

두 등대에 불이 들어와, 청홍의 물댕기를 길게 수면에 드리울 때, 고요한 밤하늘에 수문처럼 번져나가는 색소폰 소리, 자꾸자꾸 그의 상념을 옛날로 옛날로 밀어 세우는 그 서러움에 목 쉰 소리. 밤마다 흐느껴 흐르는 그 색소폰 소리를 들으면, 누가 부는 것인지도 모르는 대로 그는 자기 방 마루 기둥에 기대앉은 채 별이 뿌려진 밤하늘을 우러러 꼼짝도 할 수 없었다.

그러던 어느 날 훈은 다방 한구석 자리에 은빛 색소폰을 어루만지고 있는 장님을 보았다. 그 사람이 바로 다방 주인이었다. 훈은 놀랐다. 그러나 곧 그럴 게라는 생각이 들었다. 옛 친구를 만난 것처럼 둘이는 가까워졌다.

그렇게 훈이 때때로 이 허줄한 다방을 찾아오는 것은 그 여인이 풍로에 부채질을 해가며 달여다 주는 사탕물 같은 커피를 마시기 위함이 아니다.

이제 7년 섬 생활에 완전히 표백된 마음 한구석에 그래도 어쩌다 추억의 그늘이 스며들 때면 왜 그런지 지금 그의 앞에 고요히 감은 그 슬픈 긴 눈썹이 보고 싶어지는 것이다.

붕부웅.

멀리서 기적 소리가 솜처럼 부드럽게 들려온다.

"벌써 저녁때군요."

엷은 회색 스웨터 호주머니에 두 손을 찌르고 앉은 주인이 가만히 얼굴을 든다.

"그렇군요."

훈도 따라서 눈을 든다. 아직 연락선은 보이지 않는다. 지금쯤은 저 앞의 벼랑 밑을 돌고 있을 게다. 통통통통 기관 소리가 포구의 맑은 공기를 흔든다.

훈은 건너편 자기 집으로 멀리 시선을 돌린다.

과연 그의 집 대문 옆 소바우 위에는 빨간 스웨터가 앉았다.

종은 배를 참 좋아한다. 아침에 연락선이 떠날 때나 저녁에 이렇게 연락선이 돌아 들어올 때면 종의 위치는 언제나 그렇게 소바우 잔등으로 정해진다. 방 안에 앉아서도 창문으로 빤히 보이는 것이었지만 부우웅 하고 고동이 울리기만 하면 밥을 먹다가도 술을 던지고 대문 밖으로 뛰어나간다. 그러고는 소바우 위에서 다섯 살짜리치고는 너무나 조숙한 포즈로 앉는다. 두 무릎을 앞에서 세워 가슴에 안고 그 두 무릎 위에 턱을 딱 올려놓고. 그렇게 얄미운 자세로 종은 눈도 깜짝 않고 연락선을 지켜보는 것이다.

아침에 연락선이 육지를 향해 떠날 때면, 붕 소리를 지르며 부두를 밀고 나온 배가 포구 한가운데를 돌아 커다랗게 원을 그리며 선체를 바로잡아가지고, 두 등대 사이를 조심스레 빠져나가 저만치 왼쪽으로 머리를 돌려 흰 파도가 항상 그 발부리를 씻고 있는 벼랑 밑을 돌아 배꼬리에 달린 태극기가 감실감실 사라지고 또 한 번 꿈속에서처럼 멀리 고동 소리만이 들려올 때까지.

또 오후 4시 반이면 돌아 들어오는 배가 아침에 사라지던 그 벼랑 밑으로 코를 쓱 내밀며 붕 하고 고동을 울린다. 그러면 종은 어디서 무엇을 하고 있든지 곧 수평선을 향해 선다. 잠깐 동안 귀를 기울인다. 쿵쿵쿵쿵 기관 소리가 간지럽게 들린다. 종의 두 눈은 반짝 빛을 발한다. 그러고는 무슨 마술에나 걸린 애처럼 달린다. 소바우 잔등에 가 앉는다. 언제나 꼭 같은 자세로.

연락선이 두 등대 사이를 미끄러져 들어와서 종의 앞에서 크게 원을 그으며, 손님을 맞을 사람들은 빨리 부두로 모이라고 이르기나 하듯 감나무 잎이 파르르 떨리도록 한 번 더 크게 고동을 울린다.

배가 흠씬 부두에 가 멎자 밧줄이 부두에 던져지고 널판이 배 옆구리에 걸터지고 그 위를 제법 파랗고 빨갛고 한 새 옷자락에 육지의 냄새를 묻혀 온 선객들이 섬에 내려선다. 짐짝들이 굴러 떨어진다. 한참 복작거리던 사람들이 다 흩어져 간 뒤 빈 부두에 갈매기만이 너더댓 마리 깩깩 외마디 소리로 울며, 흠실흠실 아직 숨이 덜 가라앉은 연락선 굴뚝을 날아돌고 있을 때까지 종은 꼼짝도 않고 어느 동화 속의 소년처럼 꿈을 보는 것이다.

연락선이 부두에 닿자 제법 기쁨 같은 것이 흥성거린다.

훈은 물끄러미 부두를 내려다보고 앉았고, 그의 앞에 앉은 다방 주인은 고개를 약간 뒤로 젖힌 자세로 감은 눈 속에 그 어딘가 먼 곳을 보고 있다. 둘이는 아무 말도 하지 않는다. 조용하다.

"선생님 아드님은 여전하군요. 고것 봐. 얄미워."

커피 잔을 받쳐 들고 온 여인이 창밖을 내다보며 말한다.

훈은 다시 건너편으로 눈을 돌린다. 빨강 점 옆에 꺼멍 점이 하나 늘었다. 종이 바둑이를 안고 있는 것이다. 아마 바둑이는 지금 그 보기에만도 징그러운 하얀 이빨로 종의 조그마한 손을 잘근잘근 씹고 있을 게다. 그건,

"아버지, 입에 손을 넣어도 물지 않는다!"

하며 신기해는 하면서도 그래도 늘 어떤 불신을 손끝에 모으며 오랫동안 시험해온 뒤에 비로소 맺어진 그들 둘만의 우의니까.

"저도 봅니다."

"……?"

"연락선의 고동 소리를 들으면 저도 저기 바위 위에 두 무릎을 딱 안고 앉은 소년의 모습을 볼 수 있지요."

다방 주인은 그 유난히 긴 손가락으로 창밖을 멀리 가리킨다. 그의 손끝은 마치 눈뜬 사람의 그것처럼 정확히 맞은편 강 점을 지시하고 있다. 훈과 여인의 눈이 잠깐 서로 부딪친다.

"그놈은 배를 참 좋아합니다."

"배를요? 제가 색소폰을 좋아하는 것처럼…… 그도 무언가 그리운 게 아닌가요?"

"이 섬에서 나서 이 섬에서 자란 앤걸요 뭐."

"그렇지만 저 콜럼버스같이."

"콜럼버스같이?"

여인은 둘의 대화를 들으며 스푼으로 남편의 찻잔을 젓고 있다. 보동한 손이 여윈 손을 끌어다 찻잔을 쥐여준다.

나흘 있으면 추석이다. 바람이 분다. 파도가 거세다. 집채 같은 파도가 와와 소리를 지르며 밀려든다. 방파제를 때리고 부서진 파도가 허옇게 거품이 되어 등대 꼭대기를 넘는다. 훈네 집 앞 돌길은 완전히 바다 속에 잠겼다. 포구 안에는 쫓겨 들어온 어선들이 서로 어깨를 비비고 있다. 포구 가장자리에도 파도가 한 길은 넘게 한길 위로 추어오른다.

이틀 후에야 파도는 갔다. 수평선이 더 가깝다. 지구가 그 회전을 멈추기나 한 것같이 고요하다.

훈은 학교로 나갔다. 파도로 해서 돌길이 말이 아니다. 소방서 앞 한길 가운데 떡돌만치나 큰 바위가 밀려 올라와 있다. 포구 가장자리의 큰길은 홍수를 치르고 난 뒤 같다.

훈은 학교 사환애에게서 슬픈 소식을 들었다.

다방 '갈매기'의 부부가 죽었다는 것이다.

그 파도가 무섭던 날 밤 밖에 나왔던 다방 주인이 잘못하여 물에 휩쓸려 들어가자 그를 구한다는 게 그만 부인마저 빠졌단다.

훈은 수업을 하면서도 문득문득 눈을 창밖의 바다로 띄웠다. 그때마다 훈은 꼭 껴안고 물로 뛰어드는 젊은 부부를 생각했다.

그러나 아마도 그들의 과거를 모르던 것처럼 또 이젠 아무도 그들의 죽음의 진상을 모른다.

추석날 오후다. 훈은 마루에 앉아 담배를 피우고 있었다. 여느날보다 일찍 서노인이 들렀다. 새 옥양목 적삼을 입었다.

"선생님, 아들이 왔습네다."

밑도 끝도 없는 말이다. 훈은 통 알 수가 없다.

"아들이 왔습네다!"

재차 아들이 왔노라고 하는 서노인의 늘어진 눈시울에 눈물이 글썽 괸다.

"아들이라니요?"

"네, 아들이 있습네다."

훈은 서노인을 따라 대문 밖으로 나갔다. 거기 젊은 군인이 군모를 벗어 들고 서 있다. 눈이 서글서글 큰 군인은 발을 모두어서며 꾸벅 절을 한다. 작업복 깃에 육군 대위 계급장이 반짝한다.

"여러 가지로 감사합니다."

훈은 그저 서노인과 군인의 얼굴만 번갈아 본다.

"전연 모르고 있었습니다. 돌아가신 것으로만 알고 있었습니다."

군인은 면목 없다는 듯이 또 한 번 머리를 숙인다.

단둘이 살다 아들이 국민방위군에 소집되어 나갔더란다. 후에 돌아가보니 집은 잿더미가 되었고 아무도 서노인의 행방은 모르더란다. 그 후 찾기도 무척 찾았단다. 그러나 그건 그저 기적을 바라는 마음에서였다고 한다. 그런데 그 기적이 바로 한 시간 전에 일어났다는 것이다.

이 섬의 경비를 맡아 파견된 아들이 배에서 내려 지프를 타고 시장 앞 다리를 건너던 때란다. 길에 사람들이 꽉 모여 섰더란다. 차를 세웠다.

물에 빠져 죽은 시체를 건졌다는 것이다. 아들은 차에서 내렸다. 아버지를 잃은 뒤로는 어쩐지 횡사한 시체를 꼭 들여다보게 된 그였다. 그런데 그건 젊은 부부의 시체더란다. 그는 커다란 안도감과 함께 그 어떤 엷은 실망을 느끼며 돌아섰단다. 그때 바로 앞에, 그는 기적과 마주 섰더란다.

"참 잘됐습니다. 잘됐습니다."

훈은 그저 잘됐다고만 한다.

그길로 서노인은 떠났다. 한 십 리 떨어진 곳에 있는 아들의 부대로 가는 것이다.

큰길에까지 배웅을 나간 훈과 종과 또 박노인과 김노인이 늘어선 앞에 지프차 뒷자리에 올라앉은 서노인은 얼빠진 사람 모양 말이 없다.

"그럼, 또 곧 찾아뵙겠습니다."

군인이 거수경례를 한다. 영문을 모르는 종은 아까부터 군인만 빤히 쳐다본다. 부르릉 엔진이 걸린다. 군인이 운전수 옆자리에 올랐다. 마악 차가 움직이는 때다. 서노인이 황급히 목을 차 밖으로 내민다.

"선생님! 애기 잘 있어라. 다람쥐 도토리는 뒷산에…… 아니 산에 가지 마. 그러구 박노인, 김노인……"

지프차가 언덕길을 넘어간다. 돌아서는 종의 스웨터 양 호주머니에는 정말 알이 든 캐러멜이 한 갑씩 꽂혀 있다.

땅거미가 내리깔리자 등대에 불이 켜졌다. 오른쪽에는 빨강 등. 왼쪽에는 파랑 등. 긴 물댕기가 가물가물 움직인다. 달이 뜬다. 그 청홍 두 개의 등 바로 가운데로 수평선에 달이 끓어오른다. 멀리 아주 멀리 금빛 파도가 훈의 가슴을 향해 달을 굴려 온다.

딸애가 라디오의 스위치를 넣었나 보다. 무슨 드라마의 끝인가 기차가 들을 지나가는 소리가 들린다.

"누나 누나, 이거 기차지?"

"그래."

"기차는 배보다 커?"

"그럼! 바보."

"배보다 빨라?"

"그럼!"

"연락선보다도?"

"그럼!"

"경비선보다도?"

"그럼! 바보야."

"누난 기차 타봤어?"

"그럼!"

두 살 때 피난길에 화물차 꼭대기를 탄 제가 무슨 그때 기억이 있다고 그래도 뽐낸다.

"나도 기차 타봤음!"

밖에 어두운 마루에 앉아 애들의 대화를 듣고 있는 훈은 담배를 꺼내 문다.

"콜럼버스같이……"

마당으로 내려선다. 바둑이가 마루 밑에서 기어 나온다. 어느새 달은 꽤 높이 솟아올랐다. 가는 구름이 둥근 추석 달에 가로 걸렸다. 어디선가 색소폰의 그 목쉰 소리가 들려오는 것 같다. 집시의 달.

훈은 맞은쪽을 건너다본다. 언제나 빤히 불이 켜져 있던 그 이층 창문은 캄캄하다. 어쩐지 자기도 이 포구를 떠나가야만 할 것 같은 생각이 든다. 그는 다시 달을 향해 선다. 밤에 어디로 가는 것일까. 갈매기가 두 마리 훨훨 달을 향해 저 앞으로 날아간다.

오발탄

*

계리사(計理士) 사무실 서기 송철호는 6시가 넘도록 사무실 한 구석 자기 자리에 멍청하니 앉아 있었다. 무슨 미진한 사무가 있는 것도 아니었다. 장부는 벌써 접어 치운 지 오래고 그야말로 멍청하니 그저 앉아 있는 것이었다. 딴 친구들은 눈으로 시곗바늘을 밀어 올리다시피 5시를 기다려 휘딱 나가버렸다. 그런데 점심도 못 먹은 철호는 허기가 나서만이 아니라 갈 데도 없었다.

"송선생님은 안 나가세요?"

이제 청소를 해야 할 테니 그만 나가달라는 투의 사환애의 말에 철호는 다 낡아빠진 해군 작업복 저고리 호주머니에 깊숙이 찌르고 있는 두 손을 빼내어서 무겁게 책상 위에 올려놓았다.

"나가야지."

하품 같은 대답이었다.

사환애는 저쪽 구석에서부터 비질을 하기 시작하였다. 먼지가 사정없이 철호의 얼굴로 몰려왔다.

철호는 어슬렁 일어섰다. 이쪽 모서리 창가로 갔다. 바께쓰의 물을 대야에 따랐다. 두 손을 끝에서부터 가만히 물속에 담갔다. 아직 이른 봄이라 물이 꽤 손끝에 시렸다. 철호는 물속에 잠긴 두 손을 물끄러미 내려다보고 있었다. 펜대에 시달린 오른손 장지 첫마디에 콩알만 한 못이 박였다. 그 못에서 파란 명주실 같은 것이 사르르 물속으로 풀려났다. 잉크. 그것은 잠시 대야 밑바닥을 기다 말고 사뿐히 위로 떠올라 안개처럼 연하게 피어서 사방으로 번져나갔다. 손가락 끝을 중심으로 하고 그 색의 농도가 점점 연해져갔다. 맑게 갠 가을 하늘색으로 대야 가장자리까지 번져나간 그것은 다시 중심의 손끝을 향해 접어들며 약간 진한 파랑색으로 달무리 모양 동그란 원을 그렸다.

피! 이건 분명히 피다!

철호는 엉뚱한 생각을 하고 있었다. 슬그머니 물속에서 손을 빼내었다. 그러자 이번엔 대야 밑바닥에 한 사나이의 얼굴을 보았다. 철호의 눈을 마주 쳐다보는 그 사나이는 얼굴의 온 근육을 이상스레 히물히물 움직이며 입을 비죽거려 웃고 있었다.

이마에 길게 흐트러진 머리카락. 그 밑에 우묵하니 팬 두 눈. 깎아진 볼. 날카롭게 여윈 턱. 송장처럼 꺼멓고 윤기 없는 얼굴. 그것은 까마득한 원시인(原始人)의 한 사나이였다.

몽둥이 끝에, 모난 돌을 하나 칡넝쿨로 아무렇게나 잡아매서 들고, 동굴 속에 남겨두고 나온 식구들을 위하여 온종일 숲 속을 맨발로 헤매고 다니던 사나이.

곰? 그건 용기가 부족하다.

멧돼지? 힘이 모자란다.

노루? 너무 날쌔어서.

꿩? 그놈은 하늘을 난다.

토끼? 토끼. 그래 고놈쯤은 꽤 때려잡음 직하다. 그런데 그것마저 요즈음은 몫에 잘 돌아오지 않는다. 사냥꾼이 너무 많다. 토끼보다도 더 많다.

그래도 무어든 들고 들어가야 하는 것이다.

사나이는 바위 잔등에 무릎을 꿇고 앉아 냇물에 손을 씻는다. 파란 물속에 빨간 노을이 잠겼다. 끈적끈적하게 사나이의 손에 묻었던 피가 노을빛보다 더 진하게 우러난다.

무엇인가 때려잡은 모양이다. 곰? 멧돼지? 노루? 꿩? 토끼?

그런데 사나이가 들고 일어선 것은 그 어느 것도 아니었다. 보기에도 징그러운 내장. 그것은 무슨 짐승의 내장인지는 사나이 자신도 모른다. 사나이는 그 짐승의 머리도 꼬리도 못 보았다. 누군가가 숲 속에 끌어내어 버린 것을 주워오는 것이었다.

철호는 옆에 놓인 비누를 집어 들었다. 마구 두 손바닥으로 비볐다. 오구구 까닭 모를 울분이 끓어올랐다.

빈 도시락마저 들지 않은 손이 홀가분해 좋긴 하였지만, 해방촌 고개를 추어오르기에는 뱃속이 너무 허전했다.

산비탈을 도려내고 무질서하게 주워 붙인 판잣집들이었다. 철호는 골목으로 접어들었다. 레이션 곽[1]을 뜯어 덮은 처마가 어깨를 스칠 만치 좁은 골목이었다. 부엌에서들 아무 데나 마구 버린 뜨물이 미끄러운 길에는 구공탄 재가 군데군데 헌데 더뎅이 모양 깔렸다.

저만치 골목 막다른 곳에, 누런 시멘트 부대 종이를 흰 실로 얼기설기 문살에 얽어맨 철호네 집 방문이 보였다. 철호는 때에 절어서 마치 가죽 끈처럼 된 헝겊이 달린 문걸쇠[2]를 잡아당겼다. 손가락이라도 드나들 만치 엉성한 문이면서 찌걱찌걱 집혀서 잘 열리지를 않았다. 아래가 잔뜩 집힌 채 비틀어진 문틈으로 그의 어머니의 소리가 새어 나왔다.

"가자! 가자!"

미치면 목소리마저 변하는 모양이었다. 그것은 이미 그의 어머니의 조용하고 부드럽던 그 목소리가 아니고, 쨍쨍하고 간사한 게 어떤 딴사람의 목소리였다.

문을 열고 들어서는 철호의 얼굴에 걸레 썩는 냄새 같은 것이 확 풍겨왔다. 철호는 문 안에 들어선 채 우두커니 아랫목을 내려다보고 있었다. 중학교 시절에 박물관에서 미라를 본 일이 있었다. 그건 꼭 솜 누더기에 싸놓은 미라였다. 흰 머리카락은 한 오리도 제대로 놓인 것이 없었다. 그대로 수세미였다. 그 어머니는 벽을 향해 돌아누워서 마치 딸꾹질처럼 어떤 일정한 사이를 두고, 가자 가자 하는 외마디소리를 지르고 있었다. 그 해골 같은 몸에서 어떻게, 그런 쨍쨍한 소리가 나오는지 이상하였다.

철호는 윗방으로 올라가 털썩 벽에 기대어 앉아버렸다. 가슴에 커다란 납 덩어리를 올려놓은 것 같았다. 정말 엉엉 소리를 내어 울고 싶었다. 눈을 꼭 지르감으며 애써 침을 삼켰다.

두 달 전까지만 해도 철호는 저녁때 일터에서 돌아오면, 어머니야 알아듣건 말건 그래도 어머니 지금 돌아왔습니다 하고 인사를 하곤 하였다. 그러나 요즈음은 그것마저 안 하게 되었다. 그저 한참 물끄러미 굽어보고 섰다가 그대로 윗방으로 올라와버리는 것이었다.

컴컴한 구석에 앉아 있던 철호의 아내가 슬그머니 일어섰다. 담요 바지 무릎을 한쪽은 꺼멍, 또 한쪽은 회색으로 기웠다. 만삭이 되어서 꼭 바가지를 엎어놓은 것 같은 배를 안은 아내는 몽유병자처럼 철호의 앞을 지나 나갔다. 부엌으로 나가는 것이었다. 분명 벙어리는 아닌데 아내는 말이 없었다.

"아버지."

철호는 누가 꼭대기를 쿡 쥐어박기나 한 것처럼 흠칫했다.

바로 옆에 다섯 살 난 딸애가 눈을 동그랗게 뜨고 철호를 쳐다보고 있었다. 철호는 어린것에게로 얼굴을 돌렸다. 웃어 보이려는 철호의 얼굴이 도리어 흉하게 이지러졌다.

"나아, 삼춘이 나이롱 치마 사준댔다."

"응."

"그리구 구두두 사준댔다."

"응."

"그러면 나 엄마하고 화신³ 구경 간다."

"……"

철호는 그저 어린것의 노랗게 뜬 얼굴을 바라보고 있을 뿐이었다. 철호의 헌 셔츠 허리통을 잘라서 위에 끈을 꿰어 스커트로 입은 딸애는 짝짝이 양말 목달이에다 어디서 주운 것인지 가는 고무줄을 끼웠다.

"가자! 가자!"

아랫방에서 또 어머니의 그 저주 같은 소리가 들려왔다. 벌써 7년을 두고 들어와도 전연 모를 그 어떤 딴사람의 목소리.

철호는 또 눈을 꼭 감았다. 머릿속의 뇟줄이 팽팽히 헤워졌다.[4] 두 주먹으로 무엇이건 꽉 때려 부수고 싶은 충동에 철호는 어금니를 바사져라 맞씹었다.

좀 춥기는 해도 철호는 집 안보다 이 바위 잔등이 더 좋았다. 그래 철호는 저녁만 먹으면 언제나 이렇게 집 뒤 산등성이에 있는 바위 위에 두 무릎을 세워 안고 앉아서 하염없이 거리의 등불들을 바라보며 밤 깊기를 기다리는 것이었다. 어느 거리쯤인지 잘 분간할 수 없는 저 밑에서, 술 광고 네온사인이 핑그르르 돌고 깜빡 꺼졌다가 또 번뜩 켜지고, 핑그르르 돌고는 깜빡 꺼지고 하였다.

철호는 그저 언제까지나 그렇게 그 네온사인을 지켜보고 있었다.

바위 잔등이 차츰차츰 식어왔다. 마침내 다 식고 겨우 철호가 깔고 앉은 그 부분에만 약간 온기가 남았다. 이제 조금만 더 있으면 밑이 시려올 것이다. 그러면 철호는 하는 수 없이 일어서야 하는 것이다.

드디어 철호는 일어섰다. 오래 까부려 붙이고 있던 두 다리가 저렸다. 두 손을 작업복 호주머니에 깊숙이 찔렀다. 철호는 밤하늘을 한번 쳐다보았다. 지금까지 바라보던 밤거리보다 더 화려하게 별들이 뿌려져 있었다. 철호는 그 많은 별들 가운데서 북두칠성을 찾아보았다. 머리를 뒤로 젖혀 하늘을 쳐다보는 채 빙그르 그 자리에서 돌았다. 거꾸로 달린 물주걱 같은 북두칠성은 쉽사리 찾아낼 수 있었다. 그 북두칠성 앞에 딴 별들보다 좀 크고 빛나는 별. 그건 북극성이었다. 철호는 지금 자기가 서 있는 지점과 북극성을 연결하는 직선을 밤하늘에 길게 그어보았다. 그리고 그 선을 눈이 닿는 데까지 연장시켰다. 철호는 그렇게 정북(正北)을 향하여 한참이나 서 있었다. 고향 마을이 눈앞에 떠올랐다. 마을의 좁은 길까지, 아니 그 길에 박혀 있던 돌 하나까지 선히 볼 수 있었다.

으스스 몸이 떨렸다. 한기가 전기처럼 발끝에서 튀어 콧구멍으로 빠져나갔다. 철호는 크게 재채기를 하였다. 그리고 또 한 번 부르르 몸을 떨며 바위 밑으로 내려왔다.

철호는 천천히 골목 안으로 들어섰다.

"가자!"

철호는 멈칫 섰다. 낮에는 이렇게까지 멀리 들리는 줄은 미처 몰랐던 어머니의 그 소리가 골목 어귀에까지 들려왔다.

"가자!"

그러나 언제까지 그렇게 골목에 서 있을 수도 없는 노릇이었다. 철호는 다시 발을 옮겨놓았다. 정말 무거운 발걸음이었다. 그건 다리가 저려서만이 아니었다.

"가자!"

철호가 그의 집 쪽으로 걸음을 옮겨놓을 때마다 그만치 그 소리는 더 크게 들려왔다.

가자는 것이었다. 돌아가자는 것이었다. 고향으로 돌아가자는 것이었다. 옛날로 되돌아가자는 것이었다. 그것은 이렇게 정신이상이 생기기 전부터 철호의 어머니가 입버릇처럼 되풀이하던 말이었다.

삼팔선. 그것은 아무리 자세히 설명을 해주어도 철호의 늙은 어머니에게만은 아무 소용 없는 일이었다.

"난 모르겠다. 암만해도 난 모르겠다. 삼팔선. 그래 거기에다 하늘에 꾹 닿도록 담을 쌓았단 말이냐 어쨌단 말이냐. 제 고장으로 제가 간다는데 그래 막을 놈이 도대체 누구란 말이냐."

죽어도 고향에 돌아가서 죽고 싶다는 철호의 어머니였다. 그러고는

"이게 어디 사람 사는 게냐. 하루 이틀도 아니고."

하며 한숨과 함께 무릎을 치며 꺼지듯이 풀썩 주저앉곤 하는 것이었다.

그럴 때마다 철호는,

"어머니, 그래도 남한은 이렇게 자유스럽지 않아요?"

하고, 남한이니까 이렇게 생명을 부지하고 살 수 있지, 만일 북쪽 고향으로 간다면 당장에 죽는 것이라고, 자유라는 것이 얼마나 소중한 것인가를, 갖은 이야기를 다 예로 들어가며 어머니에게 타일러보는 것이었다. 그러나 자유라는 것을 늙은 어머니에게 이

해시키기란 삼팔선을 인식시키기보다도 몇 백 갑절 더 힘드는 일이었다. 아니 그것은 거의 불가능한 일이라 했다. 그래 끝내 철호는 어머니에게 자유라는 것을 설명하는 일을 단념하고 말았다. 그렇게 되고 보니 철호의 어머니에게는 아들——지지리 고생을 하면서도 고향으로 돌아갈 생각만은 죽어도 하지 않는 철호가 무슨 까닭인지는 몰라도 늙은 어미를 잡으려고 공연한 고집을 피우고 있는 천하에 고약한 놈으로만 여겨지는 것이었다.

그야 철호에게도 어머니의 심정이 이해되지 않는 것은 아니었다.

무슨 하늘이 알 만치 큰 부자는 아니었지만 그래도 꽤 큰 지주로서 한 마을의 주인 격으로 제법 풍족하게 평생을 살아오던 철호의 어머니 눈에는 아무리 그네가 세상을 모른다고 해도, 산등성이를 악착스레 깎아내고 거기에다 게딱지같은 판잣집들을 다닥다닥 붙여놓은 이 해방촌이 이름 그대로 해방촌(解放村)일 수는 없는 노릇이었다.

"나두 내 나라를 찾았다게 기뻐서 울었다. 엉엉 울었다. 시집올 때 입었던 홍치마를 꺼내 입구 춤을 추었다. 그런데 이 꼴 돟다. 난 싫다. 아무래두 난 모르겠다. 뭐가 잘못됐건 잘못된 너머 세상이디그래."

철호의 어머니 생각에는 아무리 해도 모를 일이었던 것이었다. 나라를 찾았다면서 집을 잃어버려야 한다는 것은, 그것은 정말 알 수 없는 일이었던 것이었다.

철호의 어머니는 남한으로 넘어온 후로 단 하루도 이 가자는 말을 하지 않은 날이 없었다.

그렇게 지내오던 그날, 육이오사변으로 바로 발밑에 빤히 내려다보이는 용산 일대가 폭격으로 지옥처럼 무너져나가던 날 끝내 철호는 어머니를 잃어버리고 말았던 것이었다.

"큰애야, 이젠 정말 가자. 데것 봐라. 담이 홈싹 무너뎄는데. 삼팔선의 담이 데렇게 무너뎄는데. 야."

그때부터 철호의 어머니는 완전히 정신이상이었다. 지금의 어머니, 그것은 이미 철호의 어머니가 아니었다. 아무리 따져보아도 그것이 철호 자기의 어머니일 수는 없었다. 세상에 아들딸마저 알아보지 못하는 어머니가 있을 수 있는 것일까? 그날부터 철호의 어머니는

"가자! 가자!"

하고 저렇게 쨍쨍한 목소리로 외마디소리를 지를 뿐 그 밖의 모든 것을 완전히 잃어버리고 있었다. 철호에게 있어서 지금의 어머니는 말하자면 어머니의 시체에 지나지 않았다.

뚫어진 창호지 구멍으로 그래도 희미한 불빛이 새어 나오고 있었다. 철호는 윗방 문을 열었다. 아랫방과 윗방 사이 문턱에 위태롭게 올려놓은 등잔이 개똥벌레처럼 가물거리고 있었다. 윗방 아랫목에는 딸애가 반듯이 누워서 잠이 들었다. 담요를 몸에다 돌돌 말고 반듯이 누운 것이 꼭 송장 같았다. 그 옆에 철호의 아내가 두 무릎을 꿇고 앉아 있었다. 꺼먼 헝겊과 회색 헝겊으로 기운 담요 바지 무릎 위에는 빨강색 융단으로 만든 조그마한 운동화가 한 켤레 놓여 있었다. 철호가 방 안에 들어서자 아내는 그 어린애의 빨간 신발을 모두어 자기 손바닥에 올려놓아 철호에게 들어

보였다.

"삼촌이 사왔어요."

유난히 살눈썹이 긴 아내의 눈이 가늘게 웃었다. 참으로 오래간만에 보는 아내의 웃음이었다. 자기가 미인이었다는 것을 잊어버리고 만 지 오랜 아내처럼 또 오래 보지 못하여 거의 잊어버려가던 아내의 웃는 얼굴이었다.

철호는 등잔이 놓인 문턱 가까이 가서 앉으며 아내의 손에서 빨간 어린애의 신발을 받아 눈앞에서 아래위를 살펴보았다.

"산보 갔었소?"

거기 등잔불을 사이에 두고 윗방을 향해 앉은 철호의 동생 영호가 웃으며 철호를 쳐다보았다.

"언제 들어왔니."

"지금 막 들어와 앉는 길입니다."

그러고 보니 영호는 아직 넥타이도 끄르지 않고 있었다.

"형님!"

새삼스레 부르는 동생의 소리에 철호는 손에 들었던 어린애의 신발을 아내에게 돌리며 영호의 얼굴을 빤히 바라보았다.

"이제 우리두 한번 살아봅시다. 제길, 남 다 사는데 우리라구 밤낮 이렇게만 살겠수. 근사한 양옥도 한 채 사구, 장기판만 한 문패에다 형님의 이름 석 자를, 제길 장님도 보게 써서 대못으로 땅땅 때려 박구 한번 살아봅시다."

군대에서 나온 지 2년이 넘도록 아직 직업도 못 잡은 영호가 언제나 술만 취하면 하는 수작이었다.

"그리구 이천만 환짜리 세단 차도 한 대 삽시다. 거기다 똥똥이나 신고 다니게. 모든 새끼들이 아니꼬워서. 일이야 있건 없건 종일 빵빵 울리면서 동리를 들락날락해야지. 제길. 하하하."

비스듬히 벽에 기대어 앉은 영호는 벌겋게 열이 뜬 얼굴을 하고 담배 연기를 푸 내뿜었다.

"또 술 마셨구나."

고학으로 고생고생 다니던 대학 3학년에 군대에 들어갔다가 나온 영호로서는, 특별한 기술이 없이 직업을 잡지 못하는 것은 별 도리도 없는 노릇이라 칠 수도 있었지만, 이건 어디서 어떻게 마시는 것인지 거의 저녁마다 이렇게 취해 들어오는 동생 영호가 몹시 못마땅한 철호의 말이었다.

"네, 조금 했습니다. 친구들이……"

그것도 들으나 마나 늘 같은 대답이었다. 또 그것이 거짓말이 아니라는 것도 철호는 알고 있었다.

"이제 술 좀 그만 마셔라."

"친구들과 어울리면 자연히 마시게 되는걸요."

"글쎄 그러니까 그 어울리는 걸 좀 삼가란 말이다."

"그럴 수도 없구요. 하하하."

"그렇다고 언제까지 그저 그렇게 어울려서 술이나 마시면 뭐가 되나."

"되긴 뭐가 돼요. 그저 답답하니까 만나는 거구, 만나면 어찌어찌하다 한잔씩 하며 이야기나 하는 거죠 뭐."

"글쎄 그게 맹랑한 일이란 말이다."

"그렇지만 형님. 그런 친구들이라도 있다는 게 좋지 않수. 그게 시시한 친구들이라 해도. 정말이지 그놈들마저 없었더라면 어떻게 살 뻔했나 하고 생각할 때가 많아요. 외팔이. 절름발이. 그런 놈들. 무식한 놈들. 참 시시한 놈들이지요. 죽다 남은 놈들. 그렇지만 형님, 그놈들 다 착한 놈들이야요. 최소한 남을 속이지는 않거든요. 공갈을 때릴망정. 하하하하. 전우. 전우."

영호는 고개를 뒤로 젖히고 천장을 향해 후 담배 연기를 내뿜었다. 철호는 그저 물끄러미 영호의 모습을 쳐다볼 뿐 아무 말도 없었다. 영호는 여전히 천장을 향한 채 피어오르는 연기를 바라보며 한 손으로 목의 넥타이를 앞으로 잡아당겨 끌러 늦추어놓았다.

"가자!"

아랫목에서 어머니가 소리를 질렀다.

영호는 슬그머니 아랫목으로 고개를 돌렸다. 한참이나 그렇게 어머니 쪽으로 고개를 돌리고 있는 영호는 아무 말도 없이 그저 눈만 껌뻑껌뻑하고 있었다.

철호는 길게 한숨을 쉬었다. 앞에 놓인 등잔불이 거물거물 춤을 추었다. 철호는 저고리 호주머니에서 담배를 꺼내었다. 꼬기꼬기 구겨진 파랑새 갑 속에서 담배를 한 개비 뽑아내었다. 바삭바삭 마른 담배는 양끝이 반쯤 빠져나갔다. 철호는 그 양끝을 비벼 말았다. 흡사 비거[5] 모양으로 되었다. 철호는 그 비거 모양의 담배 한끝을 입에다 물었다.

"이걸 피슈, 형님."

영호가 자기 앞에 놓였던 담뱃갑을 집어서 철호의 앞으로 내어

밀었다. 빨간색 양담뱃갑이었다. 철호는 그 여느 것보다 좀 긴 양
담뱃갑을 한번 힐끔 쳐다보았을 뿐, 아무 소리도 없이 등잔불로
입에 문 파랑새 끝을 가져갔다. 영호는 등잔불 위에 꾸부린 형 철
호의 어깨를 넌지시 바라보고 있었다. 지지지 소리가 났다. 앞이
마에 흐트러져 내렸던 철호의 머리카락이 등잔불에 타며 또르르
끝이 말려 올랐다. 철호는 얼굴을 들었다. 한 모금 빨자 벌써 손
끝이 따갑게 꽁초가 되어버린 담배를 입에서 떼었다. 천천히 연
기를 내뿜는 철호의 미간에는 세로 석 줄의 깊은 주름이 패어졌
다. 영호는 들었던 담뱃갑을 도로 방바닥에 내려놓았다. 그리고
조용히 등잔불로 시선을 떨어뜨렸다. 그의 입가에는 야릇한 웃음
이—애달픈, 아니 그 누군가를 비웃는 듯한, 그런 미소가 천천
히 흘러 지나갔다.

한참 동안 아무도 말이 없었다.

"가자!"

아랫방 아랫목에서 몸을 뒤채는 어머니가 잠꼬대를 했다. 어머
니는 이제 꿈속에서마저 생활을 잃어버린 모양이었다. 아주 낮은
그 소리는 한숨처럼 느리게 아래윗방에 가득 차 흘러 사라졌다.

여전히 아무도 말이 없었다.

철호는 꽁초를 손끝에 꼬집어 쥔 채 넋 빠진 사람 모양 가물거
리는 등잔불을 지켜보고 있었고 동생 영호는 비스듬히 벽에 기대
어 앉은 채 철호의 손끝에서 타고 있는 담배꽁초를 바라보고 있
었고, 철호의 아내는 잠든 딸애의 머리맡에 가지런히 놓인 빨간
신발을 요리조리 매만지고 있었다.

"가자!"

또 한 번 어머니의 소리가 저 땅 밑에서 새어 나오듯이 들려왔다.

"형님은 제가 이렇게 양담배를 피우는 게 못마땅하지요?"

영호는 반쯤 탄 담배를 자기의 눈앞에 가져다 그 빨간 불띠를 들여다보며 말했다.

"분에 맞지 않지."

철호는 여전히 등잔불을 바라보며 대답했다.

"그렇지만 형님, 형님은 파랑새와 양담배와 두 가지 중에서 어느 것이 더 좋으슈?"

"……? 그야 양담배가 좋지. 그래서?"

그래서 너는 보리밥도 못 버는 녀석이 그래 좋은 것은 알아서 양담배를 피우는 거냐 하는 철호의 눈초리가 번뜩 영호의 면상을 때렸다.

"그래서 전 양담배를 택했어요."

"뭐가?"

"형님은 절 오해하시고 계세요."

"……?"

"제가 무슨 돈이 있어서 양담배를 사서 피우겠어요. 어쩌다 친구들이 사주는 것이니 피우는 거지요. 형님은 또 제가 거의 저녁마다 술을 마시고 또 제법 합승을 타고 들어오는 것도 못마땅하시죠. 저도 알고 있어요. 형님은 때때로 이십오 환 전찻값도 없어서 종로서 근 십 리를 집에까지 터덜터덜 걸어서 돌아오시는 것을. 그렇지만 형님이 걸으신다고 해서, 한사코 같이 타고 가자는 친구들의 호의, 아니 그건 호의도 채 못 되는 싱거운 수작인지도 모르죠. 어쨌든 그것을 굳이 뿌리치고 저마저 걸어야 할 아무 까닭도 없지 않습니까? 이상한 놈들이죠. 술 담배는 사주고 합승은 태워줘도 돈은 안 주거든요."

영호는 손끝으로 뱅글뱅글 비벼 돌리는 담뱃불을 들여다보며 말했다.

"어쨌든 너도 이젠 좀 정신 차려줘야지. 벌써 군대에서 나온 지도 이태나 되지 않니."

"정신 차려야죠. 그러지 않아도 이달 안으로 어찌 되든 간에 결판을 내구 말 생각입니다."

"어디 취직을 해야지."

"취직요? 형님처럼요? 전찻값도 안 되는 월급을 받고 남의 살림이나 계산해주란 말이지요?"

"그럼 뭐 별 뾰족한 수가 있는 줄 아니."

"있지요. 남처럼 용기만 조금 있으면."

"……?"

어처구니없는 영호의 수작에 철호는 그저 멍청하니 영호의 얼굴을 쳐다보았다. 손끝이 따가웠다. 철호는 비루⁶ 깡통으로 만든 재떨이에 담배를 비벼 껐다.

"용기?"

"네. 용기."

"용기라니."

"적어도 까마귀만 한 용기만이라도 말입니다. 영리할 필요는 없더군요. 우둔해도 상관없어요. 까마귀는 도무지 허수아비를 무서워하지 않습니다. 참새처럼 영리하지 못한 탓으로 그놈의 까마귀는 애당초에 허수아비를 무서워할 줄조차 모르거든요."

영호의 입가에는 좀 전에 파랑새 꽁초에다 불을 당기는 철호를 바라보던 때와 같은 야릇한 웃음이 또 소리 없이 감돌고 있었다.

"너 설마 무슨 엉뚱한 계획을 세우고 있는 것은 아니겠지."

철호는 약간 긴장한 얼굴을 하고 영호를 바라보며 꿀꺽 하고 침을 삼켰다.

"아니요. 엉뚱하긴 뭐가 엉뚱해요. 그저 우리들도 남처럼 다 벗어던지고 홀가분한 몸차림으로 달려보자는 것이죠 뭐."

"벗어던지고?"

"네. 벗어던지고. 양심이고, 윤리고, 관습이고, 법률이고 다 벗어던지고 말입니다."

영호의 큰 두 눈이 유난히 빛나는가 하자 철호의 눈을 정면으로 밀고 들었다.

"양심이고, 윤리고, 관습이고, 법률이고?"

"……"

"너는, 너는……"

영호는 아무 대답도 하지 않았다. 그러나 눈만은 똑바로 형 철호를 쳐다보고 있었다.

"그렇게나 살자면 이 형도 벌써 잘살 수 있었다."

철호의 목소리는 떨리고 있었다.

"그렇게나라니요?"

"양심을 버리고, 윤리와 관습을 무시하고, 법률까지도 범하고!?"

흥분한 철호의 큰 목소리에 영호는 지금까지 철호의 얼굴에 주었던 시선을 앞으로 죽 뻗치고 앉은 자기의 발끝으로 떨어뜨렸다.

"저도 형님을 존경하고 있어요. 고생하시는 형님을. 용케 이 고생을 참고 견디는 형님을. 그렇지만 형님은 약한 사람이야요. 용기가 없는 거지요. 너무 양심이 강해요. 아니 어쩌면 사람이 약하면 약한 만치, 그만치 반대로 양심이란 가시는 여물고 굳어지는 것인지도 모르죠."

"양심이란 가시?"

"네, 가시지요. 양심이란 손끝의 가십니다. 빼어버리면 아무렇지도 않은데 공연히 그냥 두고 건드릴 때마다 깜짝깜짝 놀라는 거야요. 윤리요? 윤리. 그건 나이롱 빤쓰 같은 것이죠. 입으나 마나 불알이 덜렁 비쳐 보이기는 매한가지죠. 관습요? 그건 소녀의 머리 위에 달린 리본이라고나 할까요? 있으면 예쁠 수도 있어요. 그러나 없대서 뭐 별일도 없어요. 법률? 그건 마치 허수아비 같은 것입니다. 허수아비. 덜 굳은 바가지에다 되는대로 눈과 코를 그리고 수염만 크게 그린 허수아비. 누더기를 걸치고 팔을 쩍 벌리고 서 있는 허수아비. 참새들을 향해서는 그것이 제법 공갈이 되지요. 그러나 까마귀쯤만 돼도 벌써 무서워하지 않아요. 아니 무서워하기는커녕 그놈의 상투 끝에 턱 올라앉아서 썩은 흙을 쑤시던 더러운 주둥이를 쓱쓱 문질러도 별일 없거든요. 흥."

영호는 코웃음을 쳤다. 그리고 거기 문턱 밑에 담뱃갑에서 새로 담배를 한 개 빼어 물고 지금까지 들고 있던 다 탄 꽁다리에서 불을 옮겨 빨았다.

"가자!"

어머니의 그 소리가 또 들렸다. 어머니는 분명히 잠이 들어 있는 것이었다. 그러면서도 간간이 저렇게 가자 가자 소리를 지르는 것이었다. 그것은 어쩌면 어머니에게는 호흡처럼 생리화해버린 것인지도 몰랐다.

철호는 비스듬히 모로 앉은 동생 영호의 옆얼굴을 한참이나 노려보고 있었다. 영호는 영호대로 퀭한 두 눈으로 깜박이기를 잊어버린 채 아까부터 앞으로 뻗친 자기의 발끝을 바라보고 있었다. 이윽고 철호는 영호에게서 눈을 돌려버렸다. 그리고 아랫방과 윗방 사이 칸막이를 한 널쪽에 등을 기대며 모로 돌아앉았다. 희미한 등잔불 빛에 잠든 딸애의 조그마한 얼굴이 애처로웠다. 그 어린것 옆에 앉은 철호의 아내는 왼쪽 무릎을 세우고 그 위에 손을 펴 깔고 턱을 괴었다. 아까부터 철호와 영호, 형제가 하는 말을 조용히 듣고만 있는 그네는 무엇을 생각하고 있는지 한쪽 손끝으로, 거기 방바닥에 가지런히 놓인 빨간 어린애의 신발만 몇 번이고 쓸어보고 있었다.

철호는 고개를 푹 떨어뜨려 턱을 가슴에 묻었다. 영호는 새로 피워 문 담배를 연거푸 서너 번 들이빨았다. 그리고 또 말을 계속하였다.

"저도 형님의 그 생활 태도를 잘 알아요. 가난하더라도 깨끗이 살자는. 그렇지요, 깨끗이 사는 게 좋지요. 그런데 형님 하나 깨끗하기 위하여 치르는 식구들의 희생이 너무 어처구니없이 크고 많단 말입니다. 헐벗고 굶주리고. 형님 자신만 해도 그렇죠. 밤낮 쑤시는 충치 하나 처치 못 하시고. 이가 쑤시면 치과에 가서 치료를 하거나 빼어버리거나 해야 할 것 아니야요. 그런데 형님은 그것을 참고 있어요. 낯을 잔뜩 찌푸리고 참는단 말입니다. 물론 치료비가 없으니까 그러는 수밖에 없겠지요. 그겁니다. 바로 그겁니다. 그 돈을 어떻게든가 구해야죠. 이가 쑤시는데 그럼 어떻게 해요. 그걸 형님처럼, 마치 이 쑤시는 것을 참고 견디는 그것이 돈을—치료비를 버는 것이거나 한 것처럼 생각하는 것. 안 쓰는 것은 혹 버는 셈이 된다고 할 수도 있을 거야요. 그렇지만 꼭 써야 할 데 못 쓰는 것이 버는 셈이라고는 할 수 없지 않아요. 세상에는 이런 세 층의 사람들이 있다고 봅니다. 즉 돈을 모으기 위해서만으로 필요 이상의 돈을 버는 사람과 필요하니까 그 필요하니만치의 돈을 버는 사람과, 또 하나는 이건 꼭 필요한 돈도 채 못 벌고서 그 대신 생활을 조리는[7] 사람들. 신발에다 발을 맞추는 격으로. 형님은 아마 그 맨 끝의 층에 속하겠지요. 필요한 돈도 미처 벌지 못하는 사람. 깨끗이 살자니까 그럴 수밖에 없다고 하시겠지요. 그래요. 그것은 깨끗하기는 할지 모르죠. 그렇지만 그저 그것뿐이지요. 언제까지나 충치가 쏘아 부은 볼을 싸쥐고 울상일 수밖에 없지요. 그렇지 않습니까? 그야 형님! 인생이 저 골목 안에서 십 환짜리를 받고 코 흘리는 어린애들에게 보여주는 요지경이라면야 자기가 가지고 있는 돈값만치 구멍으로 들여다보고 말수도 있겠지요. 그렇지만 어디 인생이 자기 주머니 속의 돈 액수

만치만 살고 그만두고 싶으면 그만둘 수 있는 요지경인가요 어디. 돈만치만 먹고 말 수 있는 그런 편리한 목구멍인가요 어디. 싫어도 살아야 하니까 문제지요. 사실이지 자살을 할 만치 소중한 인생도 아니고요. 살자니까 돈이 필요하구요. 필요한 돈이니까 구해야죠. 왜 우리라고 좀더 넓은 테두리, 법률선(法律線)까지 못 나가란 법이 어디 있어요. 아니 남들은 다 벗어던지구 법률선까지도 넘나들면서 사는데, 왜 우리만이 옹색한 양심의 울타리 안에서 숨이 막혀야 해요. 법률이란 뭐야요. 우리들이 피차에 약속한 선이 아니야요?"

영호는 얼굴을 번쩍 들며 반쯤 끌러놓았던 넥타이를 마저 끌러서 방구석에 픽 던졌다.

철호는 여전히 턱을 가슴에 푹 묻은 채 묵묵히 앉아 두 짝 다 엄지발가락이 몽땅 밖으로 나온 뚫어진 양말을 내려다보고 있었다. 나일론 양말을 한 켤레 사면 반년은 무난히 뚫어지지 않고 견딘다는 말을 들었다. 그러나 뻔히 알면서도 번번이 백 환짜리 무명 양말을 사 들고 들어오는 철호였다. 7백 환이란 돈을 단번에 잘라낼 여유가 도저히 없는 월급이었던 것이다.

"가자!"

어머니는 또 몸을 뒤채었다.

"그건 억설이야."

철호는 천천히 고개를 들었다. 신문지를 바른 맞은편 벽에, 쭈그리고 앉은 아내의 그림자가 커다랗게 비쳐 있었다. 꼽추처럼 꼬부리고 앉은 아내의 그림자는 헝클어진 머리카락이 괴물스러웠다.

철호는 눈을 감았다. 머리마저 등 뒤 칸막이 반자에 기대었다.

철호의 감은 눈앞에 10여 년 전 아내가 흰 저고리 까만 치마를 입고 선히 나타났다. 무대에 나선 그네는 더욱 예뻤다. E여자대학 졸업 음악회였다. 노래가 끝나자 박수 소리가 그칠 줄을 몰랐다. 그날 저녁 같이 거리를 거닐던 그네는 정말 싱싱하고 예뻤었다. 그러나 지금 철호 앞에 쭈그리고 앉은 아내는 그때의 그네가 아니었다. 무슨 둔한 동물처럼 되어버린 그네. 이제 아무런 희망도 가져보려고 하지 않는 아내. 철호는 가만히 눈을 떴다. 그래도 아내의 살눈썹만은 전처럼 까맣고 길었다.

"가자!"

철호는 흠칫 놀라 환상에서 깨어났다.

"억설요? 그런지도 모르죠."

한참이나 잠잠하니 앉아 까물거리는 등잔불을 바라보던 영호의 맥 빠진 대답이었다.

"네 말대로 한다면 돈 있는 사람들은 다 나쁜 사람이란 말밖에 더 되나 어디."

"아니죠. 제가 어디 나쁘고 좋고를 가렸어요. 나쁘긴 누가 나빠요? 왜 나빠요? 아 잘사는 게 나빠요? 도시 나쁘고 좋고부터 따질 아무런 선도 없지요 뭐."

"그렇지만 지금 네 말로는 잘살자면 꼭 양심이고 윤리고 뭐고 다 버려야 한다는 것이 아니고 뭐야."

"천만에요. 잘못 이해하신 겁니다. 간단히 말씀드리면 이렇다는 것입니다. 즉 양심껏 살아가면서 잘살 수도 있기는 있다. 그러나 그것은 극히 적다. 거기에 비겨서 그 시시한 것들을 벗어던지기만 하면 누구나 틀림없이 잘살 수 있다."

"그것이 바로 억설이란 말이다. 마음 한구석이 어딘가 비틀려서 하는 억지란 말이다."

"글쎄요, 마음이 비틀렸다고요. 그건 아마 사실일는지 모르겠어요. 분명히 비틀렸어요. 그런데 그 비틀리기가 너무 늦었어요. 어머니가 저렇게 미치기 전에 비틀렸어야 했지요. 한강철교를 폭파하기 전에 말입니다. 하나밖에 없는 누이동생 명숙이가 양공주가 되기 전에 비틀렸어야 했지요. 환도령(還都令)이 내리기 전에. 하다못해 동대문시장에 자리라도 한 자리 비었을 때 말입니다. 그러구 이놈의 배때기에 지금도 무슨 내장이기나 한 것처럼 박혀 있는 파편이 터지기 전에 말입니다. 아니 그보다도 더 전에, 제가 뭐 무슨 애국자나처럼 남들은 다 기피하는 군대에 어머니의 원수를 갚겠노라고 자원하던 그 전에 말입니다."

"……"

"……그보다도 더 전에 썩 전에 비틀렸어야 했을지 모르죠. 나면서부터 비틀렸더라면 더 좋았을지도 모르죠."

영호는 푹 고개를 떨어뜨렸다. 길게 한숨을 내쉬었다. 그 한숨이 후르르 떨고 있었다. 철호는 한참 동안 아무 말도 하지 않았다. 윗목에 앉아 있던 철호의 아내가 방바닥에 떨어진 눈물을 손끝으로 장난처럼 문지르고 있었다. 영호도 훌쩍훌쩍 코를 들이켜고 있었다.

"그렇지만 인생이란 그런 게 아니야. 너는 아직 사람이란 어떻게 살아야만 하는 것인지조차도 모르고 있어."

"그래요, 사람이란 과연 어떻게 살아야 하는 것인지는 정말 모르겠어요. 그렇지만 이제 이 물고 뜯고 하는 마당에서 살자면, 생명만이라도 유지하자면 어떻게 해야 할는지는 알 것 같애요. 허허."

영호는 눈물이 글썽하니 괸 눈을 천장을 향해 쳐들며 자기 자신을 비웃듯이 허허 하고 웃었다.

"가자!"

또 어머니는 가자고 했다. 영호는 아랫목으로 눈을 돌렸다. 철호는 길게 한숨을 쉬었다. 앞의 등잔불이 크게 흔들거렸다. 방 안의 모든 그림자들이 움직였다. 집 전체가 그대로 기울거리는 것 같았다. 그것뿐 조용했다. 밤이 꽤 깊은 모양이었다. 세상이 온통 잠들고 있었다.

저만치 골목 밖에서부터 딱 딱 딱 딱 구둣발 소리가 뾰족하게 들려왔다. 점점 가까워왔다. 바로 아랫방 문 앞에서 멎었다. 영호는 문께로 얼굴을 돌렸다. 삐걱삐걱 두어 번 비틀리던 방문이 열렸다. 여동생 명숙이가 들어섰다. 싱싱한 몸매에 까만 투피스가 제법 어느 회사의 여사무원 같았다.

"늦었구나."

영호가 여전히 두 다리를 쭉 뻗고 앉은 채 고개만 뒤로 젖혀서 명숙을 쳐다보았다.

명숙은 영호의 말에 아무런 대꾸도 없이 돌아서서 문밖에서 까만 하이힐을 집어 올려 아랫방 모서리에 들여놓았다. 그리고 백을 휙 방구석에 던졌다. 겨우 겉저고리와 스커트를 벗어 건 명숙은 아랫방 뒷구석에 가서 털썩 하고 쓰러지듯 가로누워버렸다. 그리고 거기 접어놓은 담요를 끌어다 머리 위에서부터 푹 뒤집어썼다.

철호는 명숙을 거들떠보지도 않고 덤덤히 등잔불만 지켜보고 있었다.

철호는 언젠가 퇴근하던 길에 전차 창문 밖에서 본 명숙의 꼴을 생각하고 있는 것이었다.

철호가 탄 전차가 을지로 입구 십자거리에서 머물러 신호를 기다리고 있었다. 손잡이를 붙들고 창을 향해 서 있던 철호는 무심코 밖을 내다보았다. 전차 바로 옆에 미군 지프차가 한 대 와 섰다. 순간 철호는 확 낯이 달아올랐다.

핸들을 쥔 미군 바로 옆자리에 색안경을 쓴 한국 여자가 앉아 있었다. 그것이 바로 명숙이었던 것이다. 바로 철호의 턱밑에서였다. 역시 신호를 기다리는 그 지프차 속에서 미군은 한 손은 핸들에 걸치고 또 한 팔로는 명숙의 허리를 넌지시 끌어안는 것이었다. 미군이 명숙의 얼굴을 들여다보며 뭐라고 수작을 걸었다. 명숙은 다리를 겹치고 앉은 채 앞을 바라보는 자세 그대로 고개를 까딱거렸다. 그 미군 지프차 저편에 와 선 택시 조수가 명숙이와 미군을 쳐다보며 피시시 웃었다. 전찻간에서도 마찬가지였다. 철호 바로 옆에 나란히 서 있던 청년들이 쑥덕거렸다.

"그래도 멋은 부렸네."

"멋? 그래 색안경을 썼으니 말이지?"

"장사치곤 고급이지 밑천 없이."

"저것도 시집을 갈까?"

"흥."

철호는 손잡이를 놓았다. 그리고 반대편 가운데 문께로 가서 돌아서고 말았다. 그것은 분명히 슬픈 감정만이 아니었다. 뭐라고 말할 수조차 없는 숯덩어리 같은 것이 꽉 목구멍을 치밀었다. 정신이 아뜩해지는 것 같았다. 하품을 하고 난 뒤처럼 콧속이 싸하니 쓰리면서 눈물이 징 솟아올랐다. 철호는 앞에 있는 커다란 유리를 꽉 머리로 받아 부수고 싶은 충동을 느끼며 어금니를 꽉 맞섰다. 찌르르 벨이 울렸다. 덜커덩 전차가 움직였다. 철호는 문짝에 어깨를 가져다 기대고 눈을 감아버렸다.

그날부터 철호는 정말 한마디도 누이동생 명숙이와 말을 하지 않았다. 또 명숙이도 철호를 본체만체였다.

"자, 우리도 이제 잡시다."

영호가 가슴을 펴서 내어밀며 바로 앉았다.

등잔불을 끄고 두 방 사이의 문을 닫았다.

폭 가라앉은 것같이 피곤했다. 그러면서도 철호는 정작 잠을 이룰 수는 없었다. 밤은 고요했다. 시간이 그대로 흐르기를 멈추어버린 것같이 조용했다. 철호의 아내도 이제 잠이 들었나 보다. 앓는 소리를 내었다. 철호는 눈을 감았다. 어딘가 아득히 먼 것을 느끼고 있었다. 철호도 잠이 들어가고 있었다.

"가자!"

다들 잠든 밤의 그 어머니의 소리는 엉뚱하게 컸다. 철호는 흠칠 눈을 떴다. 차츰 눈이 어둠에 익어갔다. 며칠인가, 문틈으로 새어든 달빛이 철호의 옆에서 잠든 딸애의 머리에서부터 발끝까지 죽 파란 줄을 그었다. 철호는 다시 눈을 감았다. 길게 한숨을 쉬며 벽을 향해 돌아누웠다.

"가자!"

또 어머니가 소리를 질렀다. 그러나 철호는 눈을 뜨지 않았다. 그도 마저 잠이 들어버린 것이었다.

그런데 이번에는 아랫방에서 명숙이가 눈을 떴다. 아랫목에 어머니와 윗목에 오빠 영호 사이에 누운 명숙은 어둠 속에 가만히 손을 내어밀었다. 어머니의 손을 더듬어 잡았다. 뼈 위에 겨우 가죽만이 씌워진 손이었다. 그 어머니의 손에서는 체온이 느껴지는 것이 아니라 축축이 습기가 미끈거렸다. 명숙은 어머니 쪽을 향하여 돌아누웠다. 한쪽 손을 마저 내밀어서 두 손으로 어머니의 송장 같은 손을 감싸 쥐었다.

"가자!"

딸의 손을 느끼는지 못 느끼는지 어머니는 또 한 번 허공을 향해 가자고 소리 질렀다.

"엄마!"

명숙이의 낮은 소리였다. 명숙은 두 손으로 감싸 쥔 어머니의 여읜 손을 가만히 흔들었다.

"가자!"

"엄마!"

기어이 명숙은 흐느끼기 시작하였다. 명숙은 어머니의 손을 끌어다 자기의 입에 틀어막았다.

"엄마!"

숨을 죽여가며 참는 명숙의 울음은 한숨으로 바뀌며 어머니의
손가락을 입 안에서 잘근잘근 씹어보는 것이었다.

"겁내지 말라."

옆에서 영호가 잠꼬대를 했다.

"가자!"

어머니는 명숙의 손에서 자기의 손을 빼어가지고 저쪽으로 돌
아누워버렸다.

명숙은 다시 담요를 끌어다 머리 위까지 푹 썼다. 그리고 담요
속에서 흐득흐득 울고 있었다.

"엄마."

이번엔 윗방에서 어린것이 엄마를 불렀다.

철호는 잠 속에서 멀리 그 소리를 들었다. 그러면서도 채 잠이
깨어지지는 않았다.

"엄마."

어린것은 또 한 번 엄마를 불렀다.

"오 오 왜. 엄마 여기 있어."

아내의 반쯤 깬 소리였다. 어린것을 끌어다 안는 모양이었다.
철호는 그 소리를 멀리 들으며 다시 곤히 잠들어버렸다.

"오줌."

"오. 오줌 누겠니. 자 일어나. 착하지."

철호의 아내는 일어나 앉으며 어린것을 안아 일으켰다. 구석에

서 깡통을 끌어다 대어주었다.

"참, 삼촌이 네 신발 사왔지. 아주 예쁜 거. 볼래?"

깡통을 타고 앉은 어린것을 뒤에서 안아주고 있던 철호의 아내는 한 손으로 어린것의 머리맡에 놓아두었던 신발을 집어다 보여주었다. 희미하게 달빛이 들이비쳤을 뿐인 어두운 방 안에서는 그것은 그저 겨우 모양뿐 색채를 잃고 있었다.

"내 거야? 엄마."

"그래, 네 거야."

"예뻐?"

"참 예뻐. 빨강이야."

"응......"

어린것은 잠에 취한 소리로 물으며 신발을 두 손에 받아 가슴에 안았다.

"자 이제 거기 놔두고 자야지."

"응, 낼 신어도 돼?"

"그럼."

어린것은 오물오물 담요 속으로 파고들어갔다.

"엄마. 낼 신어도 돼?"

"그럼."

뭐든가 좀 좋은 것은 아껴야 한다고만 들어오던 어린것은 또 한 번 이렇게 다짐하는 것이었다.

아내는 어린것의 담요 가장자리를 꼭꼭 눌러주고 나서 그 옆에 누웠다.

다들 다시 잠이 들었다. 어느 사이에 달빛이 비껴서 칼날 같은 빛을 철호의 가슴으로 옮겼다. 어린것이 부스스 머리를 들었다. 배를 깔고 엎드렸다. 어린것은 조그마한 손을 베개 너머로 내밀었다. 거기 가지런히 놓아둔 신발을 만져보았다. 어린것은 안심한 듯이 다시 베개를 베고 누웠다. 또다시 조용해졌다. 한참 만에 또 어린것이 움직거렸다. 잠이 든 줄만 알았던 어린것은 또 엎드렸다. 머리맡에 신발을 또 끌어당겼다. 조그마한 손가락으로 신발 코를 꼭 눌러보았다. 그러고는 이번에는 아주 자리 위에 일어나 앉았다. 신발을 무릎 위에 들어 올려놓았다. 달빛에다 신발을 들이대어보았다. 바닥을 뒤집어보았다. 두 짝을 하나씩 두 손에 갈라 들고 고무바닥을 맞대어보았다. 이번엔 발을 앞으로 내놓았다. 가만히 신발을 가져다 신었다. 앉은 채로 꼭 방바닥을 디디어보았다.

"가자!"

어린것은 깜짝 놀랐다. 얼른 신발을 벗었다. 있던 자리에 도로 모아놓았다. 그리고 한 번 더 신발을 바라보고 난 어린것은 살그머니 누웠다. 오물오물 담요 속으로 기어들어갔다.

점심을 못 먹은 배는 오후 2시에서 3시 사이가 제일 견디기 힘들었다. 철호는 펜을 장부 위에 놓았다. 저쪽 구석에 돌아앉은 사환애를 바라보았다. 보리차라도 한 잔 더 마시고 싶었다. 그러나 두 잔까지는 사환애를 시켜서 가져오랄 수 있었으나 세 번까지는 부르기가 좀 미안했다. 철호는 걸상을 뒤로 밀고 일어섰다. 책상 모서리에 놓인 찻종을 집어 들었다. 그리고 출입문으로 나갔다. 복도의 풍로 위에서 커다란 주전자가 끓고 있었다. 보리차를 찻종 하나 가득히 부었다. 구수한 냄새가 피어올랐다. 철호는 뜨거운 찻종을 손가락으로 꼬집어 들고 조심조심 자기 자리로 돌아와 앉았다. 그리고 찻종을 입으로 가져갔다. 후 불었다. 마악 한 모금 들이마시는 때였다.

"송선생님 전화입니다."

사환애가 책상 앞에 와 알렸다. 철호는 얼른 찻종을 책상 위에 내려놓았다. 그리고 과장 책상 앞으로 갔다. 수화기를 들었다.

"네, 송철호올시다. 네? 경찰서요……? 전 송철호라는 사람인데요? 네? 송영호요? 네? 바로 제 동생입니다. 무슨?…… 네? 네? 송영호가요? 제 동생이 말입니까? 곧 가겠습니다. 네 네."

철호는 수화기를 걸었다. 그리고 걸어놓은 수화기를 멍하니 내려다보고 서 있었다. 사무실 안의 사람들의 시선이 모두 철호에게로 쏠렸다.

"무슨 일인가. 동생이 교통사고라도?"

서류를 뒤적이던 과장이 앞에 서 있는 철호를 쳐다보며 말했다.

"네? 네, 저 과장님, 잠깐 다녀오겠습니다."

철호는 마시던 보리차를 그대로 남겨둔 채 사무실을 나섰다. 영문을 모르는 동료들이 서로 옆의 사람의 얼굴을 힐끗 쳐다보는 것이었다.

철호는 전에도 몇 번 경찰서의 호출을 받은 일이 있었다.

양공주 노릇을 하는 누이동생 명숙이가 걸려들면 그 신원보증을 해야 하는 철호였다. 그때마다 철호는 치안관 앞에서 낯을 못 들고 앉았다가 순경이 앞세우고 나온 명숙을 데리고 아무 말도 없이 경찰서 뒷문을 나서곤 하였다. 그럴 때면 철호는 울었다. 하나밖에 없는 누이동생이 정말 밉고 원망스러웠다. 철호는 명숙을 한번 돌아다보는 일도 없이 전찻길을 따라 사무실로 걸었고, 또 명숙은 명숙이대로 적당한 곳에서 마치 낯도 모르는 사람이나처럼 딴 길로 떨어져 가버리곤 하는 것이었다.

그런데 이번에는 누이동생이 아니라 남동생 영호의 건이라고 했다. 며칠 전 밤에 취해서 지껄이던 영호의 말들이 머리를 스치고 지나갔다. 불안했다. 그런들 설마 하고 마음을 다시 먹으며 철호는 경찰서 문을 들어섰다.

권총 강도.

형사에게서 동생 영호의 사건 내용을 들은 철호는 앞에 앉은 형사의 얼굴을 바보 모양 멍청히 바라보고 있을 뿐이었다. 점점 핏기가 가셔가는 철호의 얼굴은 표정을 잃은 채 굳어가고 있었다.

어느 회사에서 월급을 줄 돈 천오백만 환을 찾아서 은행 앞에 대기시켰던 지프차에 싣고 마악 떠나려고 하는데 중절모를 깊숙이 눌러쓰고 색안경을 낀 괴한 두 명이 차 속으로 올라오며 권총을 내어 들더라는 것이었다.

"겁내지 마라! 차를 우이동으로 돌려라."

운전수와 또 한 명 회사원은 차가운 권총 구멍을 등에 느끼며 우이동까지 갔다고 한다. 어느 으슥한 숲 속에서 차를 세웠다고 한다. 그러고는 둘이 다 차 밖으로 나가라고 한 다음, 괴한들이 대신 운전대로 옮아앉았더라고 한다. 운전수와 회사원은 거기 버려둔 채 차는 전속력으로 다시 시내로 향해 달렸단다. 그러나 지프차는 미아리도 채 못 와서 경찰에 붙들리고 말았다는 것이었다. 그런데 차 안에는 괴한이 한 사람밖에 없었다고 한다.

형사가 동생을 면회하겠느냐고 물었을 때도 철호는 그저 얼이 빠져서, 두 무릎 위에 맥없이 손을 올려놓고 앉은 채 아무 대답도 못 했다.

이윽고 형사실 뒷문이 열리더니 거기 영호가 나타났다.

"이리로 와."

수갑이 채워진 두 손을 배 앞에다 모으고 천천히 형사의 책상 앞으로 걸어 나오는 영호는 거기 걸상에 앉았다 일어서는 철호를 향하여 약간 머리를 끄덕여 보였다. 동생의 얼굴을 뚫어지려고 바라보고 서 있는 철호의 여윈 볼이 히물히물 움직였다. 괴로울 때의 버릇으로 어금니를 꽉꽉 씹고 있는 것이었다.

형사는 앞에 와서 선 영호에게 눈으로 철호를 가리켰다.

영호는 철호에게로 돌아섰다.

"형님, 미안합니다. 인정선(人情線)에서 걸렸어요. 법률선까지는 무난히 뛰어넘었는데. 쏘아버렸어야 하는 건데."

영호는 철호의 얼굴을 들여다보며 빙그레 웃었다. 그러고는 옆으로 비스듬히 얼굴을 떨어뜨리며 수갑을 채운 오른손 검지를 권총 방아쇠를 당기는 때처럼 까불어서 지그시 당겨보는 것이었다.

철호는 눈도 깜빡하지 않고 그저 영호의 머리카락이 흐트러져

내린 이마를 바라보고 있었다.

"돌아가세요. 형님."

영호는, 등신처럼 서 있는 형이 도리어 민망한 듯이 조용히 말했다.

"수감해."

형사가 문간에 지키고 서 있는 순경을 돌아보았다.

영호는 그에게로 오는 순경을 향해 마주 걸어갔다. 영호는 뒷문으로 끌려나가다 말고 멈춰 섰다. 그리고 뒤를 돌아보았다.

"형님. 어린것 화신 구경이나 한번 시키세요. 제가 약속했었는데."

뒷문이 쾅 닫혔다. 철호는 여전히 영호가 사라진 뒷문을 바라보고 서 있었다. 눈이 뿌옇게 흐려졌다. 아무것도 보이지 않았다.

"쏠 의사는 처음부터 없었던 것 같은데."

조서를 한옆으로 밀어놓으며 형사가 중얼거렸다. 철호는 거기 걸상에 가만히 걸터앉았다.

"혹시 그 같이 한 청년을 모르시나요."

철호의 귀에는 형사의 말소리가 아주 멀었다.

"끝내 혼자서 했다고 우기는데, 그러나 증인이 있으니까 이제 차츰 사실대로 자백하겠지만."

여전히 철호는 말이 없었다.

경찰서를 나온 철호는 어디를 어떻게 걸었는지 알 수 없었다. 철호는 술 취한 사람 모양 허청거리는 다리로 자기 집이 있는 언덕길을 올라가고 있었다. 철호는 골목길 어귀에 들어섰다.

"가자!"

철호는 거기 멈춰 섰다. 고개를 뒤로 젖혔다. 그러나 그는 하늘을 쳐다보는 것이 아니었다.

하 하고 숨을 크게 내쉬는 철호는 울고 있었다. 눈물이 콧속으로 흘러서 찝찔하니 목구멍으로 넘어갔다.

"가자. 가자. 어딜 가잔 거야. 도대체 어딜 가잔 거야."

철호는 꽥 소리를 지르고 있었다. 거기 처마 밑에 모여 앉아서 소꿉질을 하던 어린애들이 부스스 일어서며 그를 쳐다보았다. 철호는 그 앞을 모른 체 지나쳐버렸다.

"오빠 어딜 그렇게 돌아다뉴."

철호가 아랫방에 들어서자 윗방 구석에서 고리짝을 열어놓고 뒤지고 있던 명숙이가 역한 소리를 했다. 윗방에는 넝마 같은 옷가지들이 한 무더기 쌓여 있었다. 딸애는 고리짝 옆에 쪼그리고 앉아서 명숙이가 뒤져 내놓은 헌옷들을 무슨 진귀한 것이나처럼 지켜보고 있었다. 철호는 아내가 어딜 갔느냐고 물어보려다 말고 그대로 윗방 아랫목에 털썩 주저앉아버렸다.

"어서 병원에 가보세요."

명숙은 여전히 고리짝을 들추며 돌아앉은 채 말했다.

"병원엘?"

"그래요."

"병원에라니?"

"언니가 위독해요. 어린애가 걸렸어요."

"뭐가?"

철호는 눈앞이 아찔했다.

점심때부터 진통이 시작되었는데 영 해산을 못 하고 애를 썼단다. 그런데 죽을 악을 쓰다 보니까 어린애의 머리가 아니라 팔부터 나왔다고 한다. 그래 병원으로 실어갔는데, 철호네 회사에 전화를 걸었더니 나가고 없더라는 것이었다.

"지금쯤 아마 애를 낳았거나, 그렇지 않으면……"

명숙은 흰 헝겊들을 골라 개켜서 한옆으로 젖혀놓으며 말했다. 아마 어린애의 기저귀를 고르고 있는 모양이었다. 그런데 이상했다. 좀 전에 아찔하던 정신이 사르르 풀리며 온몸의 맥이 쑥 빠져나갔다. 철호는 오래간만에 머릿속이 깨끗이 개는 것을 느꼈다.

말라리아를 앓고 난 다음 날처럼 맥은 하나도 없으면서 머리는 비상히 깨끗했다. 뭐 놀랄 일이 있느냐 하는 심정이 되었다. 마치 회사에서 무슨 사무를 한 뭉텅이 맡았을 때와 같은 심사였다. 철호는 호주머니에서 담배를 꺼내어 물었다. 언제나 새로 사무를 맡아 시작하기 전에 하는 버릇이었다. 철호는 일어섰다. 그리고 문을 열었다.

"어딜 가슈."

명숙이가 돌아보았다.

"병원에."

"무슨 병원인지도 모르면서."

철호는 참 그렇다고 생각했다.

"S병원이야요."

"……"

철호는 슬그머니 문 밖으로 한 발을 내디디었다.

"돈을 가지고 가야지 뭐."

"……돈."

철호는 다시 문 안으로 들어섰다. 우두커니 발부리를 내려다보고 서 있었다. 명숙이가 일어섰다. 그리고 아랫방으로 내려갔다. 벽에 걸어놓았던 핸드백을 벗겼다.

"옛수."

백 환짜리 한 다발이 철호 앞 방바닥에 던져졌다. 명숙은 다시 돌아서서 백을 챙기고 있었다. 철호는 명숙의 뒷모습을 물끄러미 바라보고 있었다. 철호의 눈이 명숙의 발뒤축에 머물렀다. 나일론 양말이 계란만치 구멍이 뚫렸다. 철호는 명숙의 그 구멍 뚫린 양말 뒤축에서 어떤 깨끗함을 느끼고 있었다. 오래간만에 철호는 명숙에 대한 오빠로서의 애정을 느꼈다.

"가자."

어머니가 또 외마디 소리를 질렀다.

철호는 눈을 발밑에 돈다발로 떨어뜨렸다. 허리를 꾸부렸다. 연기가 든 때처럼 두 눈이 싸하니 쓰렸다.

"아버지 병원에 가? 엄마 애기 났어?"

"그래."

철호는 돈을 저고리 호주머니에 밀어 넣으며 문을 나섰다.

"가자."

골목을 빠져나가는 철호의 등 뒤에서 또 한 번 어머니의 소리가 들려왔다.

아내는 이미 죽어 있었다.

"네. 그래요."

철호는 간호원보다도 더 심상한 표정이었다. 병원의 긴 복도를 흐청흐청 걸어서 널따란 현관으로 나왔다. 시체가 어디 있느냐고 묻지도 않았다. 무엇인가 큰일이 한 가지 끝났다는 그런 기분이었다. 아니 또 어찌 생각하면 무언가 해야 할 일이 많이 생긴 것 같은 무거운 기분이기도 했다. 그러면서도 그 해야 할 일이 무엇인지는 좀처럼 생각이 나질 않았다. 그저 이제는 그리 서두를 필요도 없어졌다는 생각만으로 철호는 거기 병원 현관에 한참이나 우두커니 서 있었다.

이윽고 병원의 큰 문을 나선 철호는 전찻길을 따라서 천천히 걸었다. 자전거가 휙 그의 팔꿈치를 스치고 지나갔다. 그는 멈춰 섰다. 자기도 모르게 그는 사무실 쪽으로 걸어가고 있었다. 6시도 더 지났을 무렵이었다. 이제 사무실로 가야 할 아무 일도 없었다. 그는 전찻길을 건넜다. 또 한참 걸었다. 그는 또 멈춰 섰다. 이번엔 어느 사이에, 낮에 왔던 경찰서 앞에 와 있었다. 그는 또 돌아섰다. 또 걸었다. 그저 걸었다. 집으로 돌아가자는 생각도 아니면서 그의 발길은 자동기계처럼 남대문 쪽을 향해 걷고 있었다. 문방구점. 라디오방. 사진관. 제과점. 그는 길가에 늘어선 이런 가게의 진열장들을 하나하나 기웃거리며 걷고 있었다. 그러면서도 무엇이 있는지 하나도 보이지는 않았다. 그러던 철호는 또 우뚝 섰다. 그는 거기 눈앞에 걸린 간판을 쳐다보고 있었다. 장기판만

한 흰 판에 빨간 페인트로 치과라고 씌어 있었다. 철호는 갑자기
이가 쑤시는 것을 느꼈다. 아침부터, 아니 벌써 전부터 홀떡홀떡
쑤시는 충치가 갑자기 아파났다. 양쪽 어금니가 아래위 다 쑤셨
다. 사실은 어느 것이 정말 쑤시는 것인지조차도 분간할 수가
없었다. 철호는 호주머니에 손을 넣어보았다. 만 환 다발이 만져
졌다.

철호는 치과 간판이 걸린 층계 이층으로 올라갔다.

치과 걸상에 머리를 젖히고 입을 아 벌리고 앉았다. 의사는 달
가닥달가닥 소리를 내며 이것저것 여러 가지 쇠꼬치를 그의 입에
넣었다 꺼냈다 하였다. 철호는 매시근하니 잠이 왔다. 아무런 생
각도 하지 않고 입을 크게 벌린 채 눈을 감고 있었다.

"좀 아팠지요? 뿌리가 꾸부러져서."

의사가 집게에 뽑아 든 이를 철호의 눈앞에 가져다 보여주었다.
속이 시커멓게 썩은 징그러운 이 뿌리에 뻘건 살점이 묻어나왔
다. 철호는 솜을 입에 문 채 머리를 좌우로 흔들어 보였다. 사실
아프지도 아무렇지도 않았다.

"됐습니다. 한 삼십 분 후에 솜을 빼어버리슈. 피가 좀 나올 겁
니다."

"이쪽을 마저 빼주십시오."

철호는 옆의 타구에 피를 뱉고 나서 또 한쪽 볼을 눌러 보였다.

"어금니를 한 번에 두 대씩 빼면 출혈이 심해서 안 됩니다."

"괜찮습니다."

"아니. 내일 또 빼지요."

"다 빼주십시오. 한목에 몽땅 다 빼주십시오."

"안 됩니다. 치료를 해가면서 한 대씩 빼야지요."

"치료요? 그럴 새가 없습니다. 마악 쑤시는걸요."

"그래도 안 됩니다. 빈혈증이 일어나면 큰일 납니다."

하는 수 없었다. 철호는 치과를 나왔다. 또 걸었다. 잇몸이 멍하
니 아픈 것 같기도 하고 또 어찌하면 시원한 것 같기도 했다. 그
는 한 손으로 볼을 쓸어보았다.

그렇게 얼마를 걷던 철호는 거기에 또 치과 간판을 발견하였다.
역시 이층이었다.

"안 될 텐데요."

거기 의사도 꺼렸다. 철호는 괜찮다고 우겼다. 한쪽 어금니를
마저 빼었다. 이번에는 두 볼에다 다 밤알만큼씩 한 솜 덩어리를
물고 나왔다. 입 안이 찝찔했다. 간간이 길가에 나서서 피를 뱉었
다. 그때마다 시뻘건 선지피가 간 덩어리처럼 엉겨서 나왔다.

남대문을 오른쪽에 끼고 돌아서 서울역이 보이는 데까지 왔을
때 으스스 몸이 한번 떨렸다. 머리가 횡하니 비어버린 것 같다고
생각했다. 바로 그때에 번쩍 거리에 전등이 들어왔다. 눈앞이 한
번 환해졌다. 그런데 다음 순간에는 어찌 된 셈인지 좀 전에 전등
이 켜지기 전보다 더 거리가 어두워졌다. 철호는 눈을 한번 꾹 감
았다. 다시 떴다. 그래도 매한가지였다. 이건 뱃속이 비어서 그렇
다고 철호는 생각했다. 그는 새삼스레, 점심도 저녁도 안 먹은 자
기를 깨달았다. 뭐든가 좀 먹어야겠다고 생각했다. 구수한 설렁
탕 생각이 났다. 입 안에 군침이 하나 가득히 괴었다. 그는 어느

전주 밑에 가서 쭈그리고 앉아서 침을 뱉었다. 그런데 그건 침이 아니라 진한 피였다. 그는 다시 일어섰다. 또 한 번 오한이 전신을 간질이고 지나갔다. 다리가 약간 떨리는 것 같았다. 그는 속히 음식점을 찾아내어야겠다고 생각하며 서울역 쪽으로 허청허청 걸었다.

"설렁탕."

무슨 약 이름이기나 한 것처럼 한마디 일러놓고는 그는 식탁 위에 엎드려버렸다. 또 입 안으로 하나 찝찔한 물이 괴었다. 철호는 머리를 들었다. 음식점 안을 한 바퀴 휘 둘러보았다. 머리가 아찔했다. 그는 일어섰다. 그리고 문밖으로 급히 걸어 나갔다. 음식점 옆 골목에 있는 시궁창에 가서 쭈그리고 앉았다. 울컥 하고 입 안의 것을 뱉었다. 그러나 이번에는 주위가 어두워서 그것이 핀지 또는 침인지 알 수 없었다. 철호는 저고리 소매로 입술을 닦으며 일어섰다. 이를 뺀 자리가 쿡 한번 쑤셨다. 그러자 뒤이어 거기에 호응이나 하듯이 관자놀이가 또 쿡 쑤셨다. 철호는 아무래도 좀 이상하다고 생각했다. 이제 빨리 집으로 돌아가 누워야겠다고 생각했다. 그는 다시 큰길로 나왔다. 마침 택시가 한 대 왔다. 그는 손을 한번 흔들었다.

철호는 던져지듯이 털썩 택시 안에 쓰러졌다.

"어디로 가시죠?"

택시는 벌써 구르고 있었다.

"해방촌."

자동차는 스르르 속력을 늦추었다. 해방촌으로 가자면 차를 돌려야 하는 까닭이었다. 운전수는 줄지어 달려오는 자동차의 사이가 생기기를 노리고 있었다. 저만치 자동차의 행렬이 좀 끊겼다. 운전수는 핸들을 잔뜩 비틀어 쥐었다. 운전수가 몸을 한편으로 기울이며 마악 핸들을 틀려는 때였다. 뒷자리에서 철호가 소리를 질렀다.

"아니야. S병원으로 가."

철호는 갑자기 아내의 죽음을 생각했던 것이었다. 운전수는 다시 획 핸들을 이쪽으로 틀었다. 운전수 옆에 앉아 있는 조수애가 한번 철호를 돌아다보았다. 철호는 뒷자리 한구석에 가서 몸을 틀어박은 채 고개를 뒤로 젖히고 눈을 감고 있었다. 차는 한국은행 앞 로터리를 돌고 있었다. 그때에 또 뒤에서 철호가 소리를 질렀다.

"아니야. ×경찰서로 가."

눈을 감고 있는 철호는 생각하는 것이었다. 아내는 이미 죽었는데 하고.

이번에는 다행히 차의 방향을 바꿀 필요가 없었다. 그냥 달렸다.

"×경찰서 앞입니다."

철호는 눈을 떴다. 상반신을 번쩍 일으켰다. 그러나 곧 또 털썩 뒤로 기대고 쓰러져버렸다.

"아니야. 가."

"×경찰섭니다. 손님."

조수애가 뒤로 몸을 틀어 돌리고 말했다.

"가자."

철호는 여전히 눈을 감고 있었다.

"어디로 갑니까?"

"글쎄 가."

"하 참 딱한 아저씨네."

"……"

"취했나?"

운전수가 힐끔 조수애를 쳐다보았다.

"그런가 봐요."

"어쩌다 오발탄(誤發彈) 같은 손님이 걸렸어. 자기 갈 곳도 모르게."

운전수는 기어를 넣으며 중얼거렸다. 철호는 까무룩히 잠이 들어가는 것 같은 속에서 운전수가 중얼거리는 소리를 멀리 듣고 있었다. 그리고 마음속으로 혼자 생각하는 것이었다.

'아들 구실. 남편 구실. 애비 구실. 형 구실. 오빠 구실. 또 계리사 사무실 서기 구실. 해야 할 구실이 너무 많구나. 너무 많구나. 그래 난 네 말대로 아마도 조물주의 오발탄인지도 모른다. 정말 갈 곳을 알 수가 없다. 그런데 지금 나는 어디건 가긴 가야 한다.'

철호는 점점 더 졸려왔다. 다리가 저린 것처럼 머리의 감각이 차츰 없어져갔다.

"가자!"

철호는 또 한 번 귓가에 어머니의 소리를 들었다고 생각하며 푹 모로 쓰러지고 말았다.

차가 네거리에 다다랐다. 앞의 교통 신호등에 빨간 불이 켜졌다. 차가 섰다. 또 한 번 조수애가 뒤를 돌아보며 물었다.

"어디로 가시죠?"

그러나 머리를 푹 앞으로 수그린 철호는 아무 대답도 없었다.

따르릉 벨이 울렸다. 긴 자동차의 행렬이 움직이기 시작했다. 철호가 탄 차도 목적지를 모르는 대로 행렬에 끼어서 움직이는 수밖에 없었다. 철호의 입에서 흘러내린 선지피가 흥건히 그의 와이셔츠 가슴을 적시고 있는 것은 아무도 모르는 채 교통 신호 등의 파랑 불 밑으로 차는 네거리를 지나갔다.

자살당한 개

봄비가 부슬부슬 내리고 있다.

한 다리가 없는 병신인 영철은 방에 들어앉은 채 명청히 뜰을 내다보고 있었다. 소리도 없이 내리는 봄비지만 그래도 아침부터 계속해 내린 빗물은 제법 뜰 안을 질편하니 만들었다.

국민학교 2학년인 조카 섭이와, 금년에 대학을 마친 누이동생 정숙이 아버지 어머니와 함께 거처하는 안방과, 형네 부부가 쓰는 건넌방 사이 마루방에 걸린 괘종이 뎅 뎅 하고 졸리도록 느리게 오후 2시를 알렸다. 그 소리는 봄비에 뽀얗게 젖으며, 부엌에 달린 뜰아랫방 영철에게까지 퍼져왔다.

"1시 45분이로구나."

영철은 혼자 중얼거렸다. 그는 지금 분명히 두 번을 친 괘종이, 실은 20분 더 간다는 것을 알고 있었다. 그리고 또 어찌 된 셈인지 그것은 언제나 긴바늘이 12라는 숫자를 5분 넘어서야 겨우, 금방 전에와 같이 느릿느릿 종을 친다는 것도 알고 있었다.

근 30년간이나 그 벽에 그렇게 걸려 있었다니 그 괘종은 이제 늙을 대로 늙은 것이다. 그러나 지금처럼 그것이 시간은 20분 더 가면서, 종은 또 5분 후에야 치게끔 된 것은 그 괘종이 노후한 탓만은 아니었다. 사실이지 식구들 중에서 누구든 그럴 생각만 있다면 그건 아주 간단히 바로 해놓을 수 있는 것이었다.

그런데 벌써 오래전부터 그냥 그대로 내버려두는 것이었다.

이제 10분, 20분의 시간을 따져야 할 아무런 필요도 느끼지 않는 칠십이 다 되어가는 그의 아버지와 어머니는 그저 그렇게 때때로 종을 치는 괘종 소리에서, 세월이 여전히 흐르고 있구나 하는 것을 희미하게 느끼는 것으로 족하다 치더라도, 매일 아침 시간을 맞추어 출근을 해야 하는 그의 형과 누이동생 정숙이까지도 그 괘종에는 아랑곳하지 않았다. 그건 또 그들이 각기 자기의 손목시계를 가지고 있으니까, 그까짓 괘종 소리는 골목을 흔들며 지나가는 두부장수의 요령 소리 정도밖에 안 생각하는지 모른다.

그러고 보면 그 괘종의 병을 고쳐놓아야 할 사람은, 저녁때 두 시간, 라디오 기술학원엘 갔다 올 뿐 거의 밤낮으로 죽은 듯이 자기 방에 처박혀 있는, 왼쪽 다리가 무릎 밑에서 몽땅 잘라진 병신 영철도 아니고, 아침마다 일정한 시간에 일어나서 밥을 지어야 하는 형수여야 한다고 할 수 있었다.

그런데 이상하게도, 장독대에 타일을 붙이고 좋아하며, 하루에 세 번씩 방 소제를 하고는, 섭이란 놈이 양말에 먼지를 묻혀 들인 다느니, 성냥갑이 놓였던 자리에 안 있다느니 하며 바락바락 야단을 칠 만큼 깔끔한, 아니 그건 깔끔하다는 한계도 지나서 괴팍스럽다고나 할 그런 성격인 형수까지도 그 제멋대로인 괘종을 언제까지나 그냥 두는 것이었다.

어쩌면 형수는 그 병난 괘종을, 1년 전부터 혈압이 높아져서 좋아하던 술을 한 잔도 마실 수 없이 된 시아버지처럼 편리하게 생각하고 있는지도 모른다. 아닌 게 아니라 그 낡은 괘종은 아침밥을 짓는 그녀에게 언제나 20분 간의 여유를 주었으며, 또 남편을 독촉하기에는,

"여보, 어서 일어나세요. 7시예요, 7시. 저 시계 치는 소리 못 들우. 저게 5분 늦게 치는 거예요."
하는 식으로, 20분 에누리에다, 그 바늘과 종 사이의 분을 활용하여 늦은 것을 강조까지 할 수 있는 편리한 것이었다.

그러니 형수는 그저 그 병든 괘종을 따라 행동하는 것이 편리한 것이고, 결국은 영철이 혼자만이 괘종 소리를 들을 때마다, 빼기 20, 더하기 5의 셈을 해야 하는 것이었다.

방금도 뎅 뎅 하는 소리에 그는 2시 빼기 20, 1시 40분 더하기 5, 1시 45분 하고 속셈을 중얼거리며, 라디오 부분품들이 고물상처럼 너저분하게 널려 있는 방바닥에서 흰 봉투의 편지를 집어 들었다.

……이제 이틀 후로 박두하였습니다.

이 글월이 영철씨 손에 들어가는 것은 내일이겠죠. 바로 제 결혼식 전날입니다. 꼭 뵈옵고 싶습니다. 결혼식 전에 꼭 한번 뵈옵고

싶습니다. 그리고 저의 모든 것을 바쳐서 영철씨 앞에 저의 사랑을 증명하고 싶습니다. 그리고 다음 날 오정에는 남의 아내가 되겠습니다. 이대로는 남의 아내가 될 수 없습니다. 지금 집안이 온통 결혼식 준비로 들끓고 있어서 더 길게 못 씁니다. 그럼 내일 오후 3시에 전에 늘 뵈옵던 그 다방으로 나가겠습니다……

10시경에 배달된 난(蘭)의 편지를 그는 벌써 스무 번도 더 읽었다.

오후 3시.

이제 한 시간 조금 남았다. 이것이 아마도 그녀를 만날 수 있는 마지막 기회이리라고 생각하였다. 만나고 싶었다. 그러면서도 그는 아직 마음을 결정하지 못하고 있었다.

"왜 난이 아버지는 난이를 난이라 하였을까, 연(蓮)이라고 하지 않고."

언젠가 영철이 난을 향해 앉아 한 말이었다. 그는 난을 볼 때마다 난이 아니라 연꽃 같다고 생각하는 것이었다. 살결이 희고 탐스럽게 생긴 그녀의 볼이 언제나 발그레한 데서 오는 인상이었다.

정말 미칠 듯이 사랑하던 그들은 하루만 못 보아도 잠을 못 이루는 사이였다. 그러다가 6·25사변이 일어났다. 영철은 군에 들어가야만 하였다.

병원 침대에서 정신이 들었을 때는 그의 왼쪽 다리가 하나 없었다. 그는 울지도 않고 그저 종일, 천장만 바라보고 있었다. 뭐가 뭔지 분간을 할 수 없던 요란한 폭음과 뽀얀 먼지 속에서 와 하는 우군의 함성을 들은 것까지는 생각이 나는데, 그 뒤는 어떻게 되었는지 영 알 수 없었다. 그런데 그는 분명히 육군병원 병실에 누워 있는 것이었다. 자꾸만 왼쪽 발의 발가락들이 쑤시는 것이었다. 그는 하나하나 그 발가락을 움직여보았다. 까불까불 제대로 움직이는 것이다. 그러나 정작 쑤셔서 주물러보려고 하면 발가락은 간곳도 없었다.

어떤 날 점심때였다. 병실 문을 왈칵 열어젖히며 들어선 위병소의 박상사가 큰 소리로 외쳤다.

"야, 김영철. 면회다, 면회. 애인이 왔다, 애인이."

넓은 병실 안의 모든 시선들이 일제히 그에게로 쏠렸다.

그때 마침 그는 없어진 왼쪽 다리의 발가락을 신경으로 하나하나 움직여보고는 슬그머니 담요 밑으로 손을 가져다 더듬어보는 중이었다. 벌써 수천 번도 더 속으면서도 그는 꼭 거기 발이 있고, 또 그 발끝에는 가지런히 다섯 가락의 발가락이 있는 것만 같아 견딜 수 없었던 것이다.

"야, 애인이 왔다니까!"

박상사가 가까이까지 와서 또 한 번 소리쳤다.

"옛?"

그때에야 그는 움찔하고 침대 위에 일어나 앉으며 박상사를 바라보았다.

"정난(鄭蘭)이란 여자 아나?"

"네, 정난이요? 난이가 왔어요?"

"그래 저 밑에 정문에 와 있어. 여기서도 내려다보인다. 어때,

꽤 걸어나갈 만한가. 그렇지 않으면 이리 들어오도록 할까. 이 자식들이 저렇게 지켜보는 데서야 어디 기분이 나겠나, 하하하."

영철은 박상사가 턱으로 가리키는 대로 침대에 앉은 채 이층 창문으로 정문께를 내려다보았다.

크림색 코트를 입고, 빨강 스카프로 머리를 싸맨 난이, 무언가 파란 종이에 싼 네모진 것을 안고 안내소 앞에 서 있었다.

영철이 이층 창문으로 내려다보고 있는 줄은 아직 모르는 모양으로 그녀는 열심히 아래층 창문들을 눈으로 훑어보고 있는 중이었다.

영철은 '난이' 하고 소리를 지르고 싶었다. 그러자 또 있지도 않은 왼쪽 발가락이 무슨 신호이기나 한 것처럼 후르르 쑤셨다. 순간 무언가 그의 가슴에 꽉 막혀오는 것이 있었다.

"안 만나겠습니다. 없다고 해주십시오."

무엇 때문에 그랬는지는 그 자신도 모르고 있었다.

"안 만나? 아니, 듣자니까 서울서 이 부산까지 내려왔다던데……
야, 김영철, 왜 그러니, 응."

누워서 담요를 머리 위까지 뒤집어쓴 영철을 흔들며 박상사는 어리둥절했다.

"야, 이 자식아, 똑똑히 좀 놀아라. 정말 안 만나, 정말이야? 정그러면 없다구 돌려보낸다. 정말 돌려보낸다."

아무리 박상사가 흔들어도 그는 아무런 대꾸도 하지 않았다.

다음 날도 난은 병원엘 찾아왔다. 영철은 가만히 누워서 천장만 바라보고 있었지만, 없는 발가락을 느낄 수 있는 것처럼, 안내소

156

앞에 서 있을 그녀의 모습은 분명히 볼 수 있었다.

다음 날도 또 다음 날도 난은 안내소에서 애걸을 하였다는 것이다.

"저 자식, 정말 미친 자식이 아닌가!"

병실 안의 딴 병사들의 말대로, 영철 자신도 왜 그토록 완강히 난과 만나기를 거절하고 있는지 통 알 수가 없었다.

그저 첫날 난을 창으로 내다보았을 때, '만나서는 안 된다' 하는 생각이 퍼뜩 그의 머리를 스쳐 지나가는 것을 느꼈다. 그러나 다음 날은 만나고 싶은 마음이 자꾸 부풀어올랐다. 그런데 이상하게도 '만나서는 아니 된다는 생각'도 또 그 '만나고 싶은 마음'과 꼭 같은 비례로 커지는 것이었다. 다음 날은 또 그 전날보다 더 만나고 싶은 마음이 커졌다. 그러나 만나서는 아니 된다는 생각이 또 그만큼 컸다. 왜 만나서는 아니 되는가 하는 뚜렷한 이유는 자기도 모르는 채로, 그는 종내 만나고 싶다는 마음을 만나서는 아니 된다는 생각보다 더 크게 키우지 못하고 말았다.

그렇듯 엿새 동안을 날마다 병원 정문 앞에 와서는 거의 한 시간씩이나 고대하던 그녀가 이레째 되는 날은 나타나지 않았다.

그런데 참 이상한 일이었다. 막상 그녀가 병원에 나타나지 않던 이레째 되던 날은, 영철의 마음속에 만나고 싶다는 마음만이 뭉게뭉게 구름처럼 피어오르는 것이었다. 그것은 마치, 난이 그 가슴에 안고 있던 파란 상자 속에 '만나서는 아니 된다' 하는 생각을 가득히 넣어가지고 와서 풀어놓았다가, 또 그것을 고스란히 도로 꾸려가지고 돌아가기나 한 듯, 영철로서는 어쩔 수 없는 완전히 수동적인 반응이었다.

　그렇게 난이가 돌아가고 다시 나타나지 않게 되자, 영철은 견딜수 없이 그녀가 그리워지며 거의 아무와도 말을 하지 않은 채 몇달 더 병원에 있다가 서울 집으로 퇴원해 왔다.

　난은 그때 돌아오는 길로 자원하여 어느 섬 국민학교로 전근을가버렸다고 누이동생 정숙이 알려주었다.

　"정숙이, 잘 있어."

　"선생님, 언제 돌아오셔요?"

　"글쎄…… 오래오래 있다가."

　"선생님, 왜 섬으로 가셔요?"

　"……오빠, 참 좋은 오빤데……"

　동생 정숙이 다니는 국민학교의 교사였던 난은 떠나는 날, 정숙의 머리에 가만히 손을 올려놓고, 이렇게 엉뚱한 대답을 하며 유리창 밖에 둥실 떠 있는 구름만 넋 없이 바라보더라는 것이었다.

　"오빠 아주 나빠."

　영철이 퇴원하여 집으로 왔을 때, 겨우 중학교 1학년이던 정숙이 제법 무언가 알고 있다는 듯 그렇게 입을 뾰족히 내밀었던 것이다.

　그렇게 10년이 흘렀다.

　그러나 영철은 정말 단 하루도 난을 잊은 날이 없었다. 그 후에난의 소식은 전혀 모르고 있었으나, 이미 그에게는 그녀의 소식을 알고 모르고가 문제되는 것이 아니었다. 그저 그녀를 언제까지나 마음속에 간직하고 있는 그것만으로 그는 아무도 모르는 또 하나의 세계를 살아올 수 있었던 것이다. 그것은 어쩌면 없는 발가락이 때때로 쑤신다고 느끼는 그런 착각과 꼭 같은 슬픈 환상의 세계인지도 모른다.

그러면서도 영철은 그날까지도 그 환상을 소중히 가꾸어오고 있었다.

10년 후인 지금까지 생각하여도, 그때 병원에 찾아온 난을 어째서 만나지 않았던지 그 자기의 진심은 아직 알 수 없었다. 그는 때때로 자기 자신의 심정을 드러내놓고는 곰곰 분석을 해보기도 하였다. 그러나 그것은 요즈음 그가 외다리 병신으로 능히 자기 밥을 벌어먹을 수 있는 직업이라고 생각하여 그 기술을 배우러 다니고 있는, 라디오의 배선보다도 더 복잡한 것이었다. 영 꼬집어 알아낼 수가 없는 것이었다.

그때 이층 창문으로 난을 보았을 때 무척 반가우면서──그야말로 이층 창문에서 뛰어내려서라도 달려가고 싶으리만큼 반가웠건만, 그다음 순간 그는 머리에서부터 담요를 쓰고 누워버리고 말았던 것이었다.

구태여 말을 하자면, 그것은 다리병신인 그가 어쩌다 거리에 나가기 위하여 버스를 탔을 때에 느끼는 그런 심정이었다고나 할까.

분명히 귀찮은 눈빛을 보이는 버스 차장애의 앞을 지나 쌍지팡이를 의지하고 두 번이나 전줄러가며[1] 발판을 디디고 버스 안으로 올라가면 으레 누군가가 자리에서 일어서 자기가 앉았던 좌석을 그에게 내주는 것이다. 대개는 남녀 중고등학생이었고, 어떤 때에는 자기 또래의 젊은 남자나 여자인 때도 있다.

"감사합니다."

그는 움직이기 시작한 버스 안에서 쌍지팡이를 겨드랑 밑으로 해 짚고 서서 비칠거리다가는 쓰러지듯 그 양보해주는 좌석에 주저앉곤 하는 것이었다.

그때마다 두 개의 쌍지팡이를 앞에서 겹쳐서 무릎 사이에 세우며 그는 자기도 모르게 고개를 수그리곤 하였다. 그러면 왼쪽 다리의 헐렁한 바짓가랑이가 꽉 역정스러워지는 것이다.

방금 감사합니다 하던 그의 바로 그 가슴속에서 이번에는 그 어떤 분노 같은 것이 활활 타오르는 것이었다. 그러고는 그 까닭 모를 분노가 슬며시 꺼지며 이번에는 매캐한 부끄러움이 연기처럼 눈에 따가웠다.

그는 일찍이 단 한 번도 자기가 조국과 겨레를 위하여 싸우다가 귀한 한 다리를 잃은 용사라고 장하게 생각해본 일이 없는 것이다. 억지로 그 무엇인가를 대상으로 하고 원망하였다면, 그것은 자기에게 지워진 운명이었다고나 할까. 그렇게 털끝만큼도 사기의 공훈이라든지 희생이라든지 하는 따위 심정을 가지고 있지 않은 그는, 따라서 그렇게, 마치 당연한 일이기나 한 것처럼 좌석을 양보하고 또 양보해 받을 때 그것을 용전(勇戰)의 상이군인에게 표하는 국민들의 경의라든지 또는 감사의 뜻으로 순수히 받아들일 수가 없었으며, 다만 두 다리가 성한 사람이 한 다리를 잘린 병신에게 베푸는 동정으로만 생각되어서 견딜 수 없는 것이었다.

그러기에 순간 타오르는 그 분노 비슷한 것도 실은 그것이 누군가 자기 외의 어떤 대상을 향한——더구나 자기에게 좌석을 양보

하고 앞에 일어서 있는 그 사람에게 대한 것은 결코 아니었고, 어디까지나 자기의 생각과는 전혀 다른 격전의 용사 상이군인으로 그들의 눈에 잘못 비쳐진 자가 아닌 자기를 향한 것이었으며, 또 그다음 순간의 매캐한 부끄러움은 비록 그것이 억지로 떼어 맡긴 것은 아니었다 해도 잘라진 한쪽 다리를 팔아서, 자기 아닌 그 어떤 자기보다 나은 위치를 사서 그 행세를 하고 있는 어처구니없는 자신을 보는 때문이었다.

그러기에 그때 난에게의 심정도 불구자로서의 비뚤어진 마음에서뿐이 아니라, 말하자면 이와 같은 자기 운명에 대한 분노와, 또 잘못 우대를 받는 것 같은 부끄러움이었던 것이라고 할 수 있었다.

그러고 보면 내일로 결혼식을 올린다는 난이——이제는 이미 영철 자기의 운명과는 하등의 관련도 가지지 않았고, 또 그에 따라서, 무언가 그녀에게서 잘못 우대를 받고 있다는 부끄러움 같은 것도 느낄 필요 없이 된 그녀를 그는 담담한 심정으로 만날 수 있을 것 같았다. 아니 무척 만나고 싶었다. 이미 남의 아내가 된 것이나 진배없는 난이었지만, 그녀 자신의 편지와 같이 아직은 결혼 전이라는 오늘 하루가, 만나고 싶으면서도 만날 수 없었던 지난 10년과, 만나고 싶어도 만나서는 아니 될 앞으로의 긴 세월과의 사이에 놓인 지극히 짧으면서도 소중한 단 한 점의 애정 진공지대(愛情眞空地帶)라는 생각이 들었다.

오후 3시, 만나려면 늦어도 30분 전에는 집을 나서야 한다. 그는 흘러내린 머리카락을 손가락으로 몇 번이나 빗질해 넘겼다.

방 한구석에 세워놓은 지팡이를 바라보았다. 손잡이에 감은 가제가 새까맣게 때문었다. 지팡이를 바라보던 그의 시선이 앞으로 뻗고 앉은 자기의 다리로 옮겨졌다. 아무렇게나 구겨져버린, 빈하도롱[2] 봉투 같은 왼쪽 바짓가랑이가 슬펐다.

바로 그때였다. 마루방 쪽에서 형수의 째진 목소리가 들렸다.

"아이구, 저것 좀 봐. 저 병신이 글쎄, 저 꼴을 하고 이 비 오시는 델 뭘 하러 싸돌아다닌담, 온몸에 흙탕칠을 하고. 어머나…… 아이 망측해. 이 개! 아이 징그러. 저너무 개가…… 아이 망측해라."

영철은 창문으로 뜰을 내려다보았다. 비는 아직 내리고 있었다. 그 뽀얗게 내리고 있는 빗속으로, 세퍼드와 진돗개의 트기인 존이 허리를 잔뜩 꾸부려 올리고 절뚝절뚝 뒷다리 하나를 저는 흉한 걸음걸이로 장독대 앞을 지나 건넌방 쪽으로 가는 중이었다. 아닌 게 아니라 뿌연 회색인 몸뚱어리는 어디서 시궁창에라도 빠졌던 모양으로 온통 흙투성이였으며 게다가 비까지 맞아놓았으니 정말 그 꼴은 말이 아니었다. 존은 발악을 하는 형수 소리에 하얀 타일을 붙인 장독대 앞에 넌지시 섰다. 그리고 부르르 몸을 떨었다. 그러자 과연 영철이 예상했던 대로 형수의 악을 쓰는 소리가 또 들렸다.

"아이구, 저런, 저 망할 너무 개새긴 죽지도 않고. 해필이면 장독대 앞에서. 아이 정말 망측해……"

"왜 그러니?"

안방에서 어머니가 마루로 나온 모양이다.

"글쎄, 어머니, 존인가 뭔가, 저 망할 너무 개새끼가…… 아이 망측하고 징그러워……"

형수가 건넌방으로 들어가는 듯 탕 하고 미닫이 닫는 소리가 났다.

"원 저런, 어디 가 빠졌던 모양이로구나. 다리도 성치 않은 게 비 오시는 날이나 가만 누워 있지 못하구. 아니…… 저게…… 그 래. 그래도 수컷이라구…… 그러니 외다리로서야, 쯧쯧."

어머니가 혀를 차는 소리를 듣고야 영철이도 비로소 형수가 그렇게도 망측하다 징그럽다 하던 까닭을 존의 사타구니에서 발견하였던 것이다.

존은 엉거주춤하니 세 다리로 서서 비를 맞으며 한번 건넌방 쪽을 바라보더니, 조그마한 강아지 적에 무릎뼈가 아스러져서 겨우 가죽만으로 덜렁 달려 있을 뿐, 시래기처럼 말라 찌든 왼쪽 뒷다리를 건들건들 흔들며 아까 모양 허리를 잔뜩 꾸부려 올리고 씰룩씰룩 걷기 시작하였다. 존은 건넌방 함실아궁이 옆으로 가서 털썩 주저앉았다. 이번에는 바로 영철의 유리창을 향해 쭈그리고 앉았기 때문에 사타구니의 그 시뻘건 물건이 더욱 자세히 보였다. 어머니도 이젠 방으로 들어가버린 모양이었다. 존이 두 눈을 꺼벅꺼벅하며 숨을 쉴 때마다 그 밑의 시뻘건 것이 따라서 움직이는 것이었다.

영철은 거기 방바닥에 아무렇게나 굴러 있는 난의 편지를 한 번 더 들여다봤다. 오후 3시. 그는 편지를 접어 책상 위에 획 던졌다. 그러고는 그대로 아랫목에 벌렁 누워버렸다.

'……아이 망측해.'

'……그래도 수컷이라구, 쯧쯧.'

그는 방금 전의 형수와 또 어머니의 소리를 또 한 번 듣는 것이었다.

두 개의 지팡이를 양쪽 겨드랑이에 하나씩 끼고 도대체 어떤 방법으로 우산을 받을 수 있을 것인가.

'……저 병신이 글쎄 저 꼴을 하고 이 비 오시는 델 뭘 하러 싸돌아다닌담.'

하긴 형수의 말이 옳다고 생각하는 영철은 개새끼의 방금 그 꼴이 와락 화가 났다. 모르긴 하지만 아마 암놈의 궁둥이로 기어올라서 앞발로 꽉 허리를 껴안았을 것이다. 그러나 정작 중요한 동작을 하기에 하나밖에 없는 뒷다리를 존은 도대체 어떻게 썼을 것인가. 아직도 영철은 한 다리만으로 서 있는 어떠한 동물도 본 기억이 없다. 암놈이 어쩌다 약간 궁둥이를 돌리는 바람에 뒤뚱하고 자세가 쓰러지며 비에 젖은 땅바닥에 굴러 마침 옆의 시궁창으로 떨어지는 존의 모습을 눈앞에 그려보는 순간, 영철은 자기도 모르게 거기 굴러 있던 드라이버를 집어 방 모서리에 서 있는 쌍지팡이를 향해 내던졌다. 지팡이는 뎅그렁 덜컥 요란한 소리를 내었다.

하나는 영철의 그 홀쭉한 왼쪽 다리 양복 가랑이를 깔고 넘어졌고, 또 하나는 저쪽으로 쓰러지며 며칠 동안이나 그가 애써 꾸며 놓은 라디오를 쳤다. 그 바람에 지팡이 끝이 라디오의 스위치라도 건드린 것인지, 불타고 남은 집터처럼 어수선한 그 케이스도 없이 주워 맞추어만 놓은 실험용 라디오가 삐 하고 소리를 내기 시작하였다. 그 특수한 금속성인 소리가 또 영철의 신경을 막 내리훑었다. 그러자 영철은 미처 일어나 앉을 사이도 없이, 방금 그의 왼쪽 빈 다리를 쳤던 지팡이를 들어 이번에는 그 병신스러운 외마디소리를 지르고 있는 라디오를 향하여 던졌다. 무언가 부서지는 소리가 났을 뿐 다시는 끽소리도 내지 못하였다.

"병신 같은 것!"

그는 그렇게 중얼거렸다. 그것은 그가 푼푼이 모은 용돈으로 고물상에서 부속품을 하나씩 하나씩 사 모아서, 지난 며칠 동안 꼬박 들어앉아 겨우 단파(短波)까지 듣게 완성시켜놓은, 꼴이야 아무렇든 성능은 그만이라고 스스로 만족하던 그 실험용 라디오를 향해 뱉은 말이었다.

그러자 사지의 힘줄이 단번에 폭삭 삭아버린 것처럼 기운이 쑥 빠지며 날씨가 갑자기 더 침침해졌다고 느꼈다. 비 내리는 유리창이 못 견디게 우울하였다.

그는 그저 꿈도 아니고 생시도 아닌 그 중간 상태에 누워서 아무런 생각도 하고 있지 않았다. 아니 아무 생각도 하고 싶지가 않았다. 눈은 그저 멍청히 허공을 향해 떠 있었다.

쾅 하고 대문 여닫는 소리가 들렸다.

"할머니!"

국민학교 2학년 조카 섭의 목소리였다. 그 녀석은 언제나 학교에서 돌아오면 엄마를 찾는 게 아니라 그렇게 할머니를 부르는 것이었다.

"오냐, 우리 섭이니. 비 오시는데 혼났구나."

안방 문을 여는 소리가 나며 할머니가 마루로 나선다.

"할머니, 우산…… 으응, 저 존이 왜 저래, 할머니. 온통 흙투성이야."

섭이는 우산을 할머니에게 건네주며 존을 본 모양이다.

"어디 시궁창에라도 떨어졌었나 보더라."

"응."

"섭아, 개 좀 씻어라. 사방에 흙을 튕겨서 더러워 못 견디겠다."

건넌방 안에서 형수의 소리가 들려왔다.

"싫어. 더러운걸."

"더러우니까 씻어주라는 거지."

"그렇지만 싫어."

"싫긴, 그럼 그걸 누가 씻니."

형수는 기어이 섭이가 존을 씻어주어야 한다는 말투였다.

아직 어린 섭이가, 형수의 그런 의도를 알아차렸는지 못 알아차렸는지는 알 수 없으나, 영철은 분명히 그러한 형수의 심사를 깨달을 수 있었다.

"둬라. 그게 뭘 할 수 있다구. 이따가 제 고모가 돌아오면 씻어주라지."

할머니가 손자를 두둔했다. 영철이도 처음부터 조카 섭이의 편이었던 것이다. 그야 존의 다리를 하나 그 지경을 만들어놓은 것은 섭이임에 틀림없었다.

그러니까 섭이 국민학교 1학년에 들어가고 얼마 안 있어였다.

할머니가 어디서 복슬복슬한 강아지를 한 놈 얻어오셨다. 섭이가 무척 좋아하였다. 그건 강아지라기보다 차라리 섭의 장난감이었다. 매일 부둥켜안고 놀았다. 이름을 존이라고 지어 준 강아지는, 섭이뿐이 아니라 그대로 온 집안 식구들의 노리개가 되어 있었다. 그런데 강아지는, 역시 영특한 본능에서라고나 할까, 그중에서도 가장 순수한 애정으로 자기를 사랑해주는 섭이를 제일 따랐다. 그저 섭이가 학교에서 돌아오기만 하면, 마치 발그림자처럼 졸졸졸졸 그의 발뒤꿈치에 묻어 다녔다.

그날 아침, 섭이 세수를 하고 마루로 올라가던 때였다. 언제나 그렇듯이 얼굴에서 물방울이 뚝뚝 떨어지는 섭이는 마루의 유리문을 득 열었다가 쾅 하고 힘껏 닫았다. 그러나 섭의 발꿈치에서 그야말로 내장을 끊어내는 듯한 강아지의 비명이 들렸다. 강아지는 세 발로 마루 위를 깡충깡충 뛰고 나더니 그 자리에 푹 쓰러졌다. 연방 깽깽 하며 비명을 토하였다. 온 집안 식구가 달려 나왔다. 섭이녀석은 누구보다도 먼저 강아지를 부둥켜안고 와 하고 울어버렸다. 파르르 전신을 떨고 있는 강아지의 뒷다리 하나가 무릎뼈에서부터 달랑달랑 제멋대로 돌고 있었던 것이다. 약을 바른다 붕대를 싸맨다 식구들이 한참 떠들어대었다. 강아지의 비명은 차차 가라앉으며 앓는 소리로 변하여갔다. 그러나 섭이는 좀처럼 울음을 그치지 않았다. 그것이 아무리 본의 아닌 실수에서라고는 해도 저질러놓은 결과가 어린 그에게는 너무나 무서웠던 것이다.

"허, 그 참 가엾구나."

할아버지의 말이었다.

"잘 치료해주면 붙을 테지, 아직 어리니까."

형의 말이었다.

"그너무 문이, 바퀴가 어떻게나 잘 구르는지 어른도 때로는 쾅쾅 큰 소리가 난다니까."

할머니의 말이었다.

"너무 까불면서 따라다니더니."

형수의 말이었다.

"까불긴, 섭이자식이 까불지. 뭘."

정숙의 말이었다.

"울지 마, 섭아. 할 수 없지, 뭐 섭이 일부러 그런 건 아니니까. 그 대신 앞으로 존을 더 잘 보살펴줘야지. 자 그만. 울지 마."

영철은 돌아앉아 훌쩍거리는 섭의 머리를 쓰다듬으며 식구들의 얼굴을 하나하나 둘러보았다. 강아지의 신음 소리가 차차 그 간격을 길게 해감에 따라 식구들은 이제 그건 그대로 지나간 하나의 조그마한 사건이라는 듯이 한 사람씩 자기 위치로 돌아갔다. 형수가 맨 먼저 부엌으로 들어갔고 다음은 할아버지가 안방으로 들어갔다. 가장 끝까지 강아지 옆에 있는 것은 정숙과 섭이 둘이었다. 강아지 옆에 꿇어앉아서, 감히 손도 못 대고 들여다만 보고 있는 섭은 자꾸만 주먹으로 눈물을 닦았다.

"나을까, 고모."

"괜찮을 게다. 사람도 나으니까."

섭의 머리를 쓸어주는 정숙은, 아닌 게 아니라 강아지도 강아지지만 섭이 더욱 딱하다고 생각하는 것이었다.

방금 전에 까분 건 강아지가 아니라 섭이라고 한 그녀의 말은, 실은 형수의 그 졸지의 중상을 입고 불구가 된 강아지를 생각하기보다 앞서, 그 책임이 어느 편에 있느냐부터 따지고 드는 얄미운 태도에 대한 반발이었던 것이며, 지금 섭의 그 강아지의 다리를 부러뜨린 책임이 자기에게 있느냐 아니냐 하는 그런 것은 미처 생각하기 전에, 그저 눈앞에서 꽁꽁 앓고 있는 강아지를 불쌍하고 가엾어 못 견디어만 하는 어린 모습에서, 그녀는 참으로 오래간만에 무언가 때묻지 않고, 깨끗한 것을 보았던 것이다.

존의 다리뼈는 끝내 다시 붙지 않았다. 원체 상하기도 심히 상하였었지만 사람처럼 가만히 누워서 치료를 받을 수가 없다 보니까, 부러진 다리는 그냥 말라버린 채 딴 부분만이 자랐다. 뒷다리 하나를 공으로 달고 덜렁덜렁 흔들며 세 다리로 씰룩씰룩 걸어다니는 존은 그후에도 여전히 섭을 따랐다. 섭은 섭이대로 또 처음에 다리가 하나 없는 존을 불쌍하게도 생각하였고, 따라서 자기의 실수에 대한 죄책감 비슷한 것도 느끼는 것이었으나, 차차 날이 가고 존의 다리가 부러진 채로 나아버리자, 이제는 존이 세 다리라는 것조차 색다르게 느끼지 않을 만큼 익숙해져버렸다. 그런 섭은, 존이 불구자라고 하여 조금도 사양하는 법이 없었다. 뜀박질을 해도 세 다리인 존과 힘을 다하여 다투었고, 공을 던지고 그것을 물어오는 훈련을 시켜도 힘껏 멀리 던져주는 것이었다. 존은 또 존대로 세 다리면서도 꽤 날쌔게 섭을 따라다니는 것이었다.

그렇게 섭이와 존 사이가 전과 조금도 다름없이 가까워지고 있는 동안에 딴 가족들의 존에 대한 심정은 각각 다른 데로 굳어져 가고 있었다.

영철의 아버지와 어머니 두 노인은 그저 그렇게라도 존이 죽지 않고 살아서 손자의 동무가 되어주는 것이 고마울 뿐만 아니라, 아무리 모르고 그랬다고는 하지만, 어린것의 손에 의하여 한 생명을 끊는 일이 안 생겼으니 얼마나 다행한 일이냐 하였고, 형은 형대로 아침에 나갔다 밤에야 들어오다 보니, 존의 그 흉한 몸짓을 눈여겨볼 기회도 자연 적었지만 간혹 일요일 같은 때 섭이와 절름발이 존이 뜰에서 붙어 노는 모습을 본대도, 그것은 다리를 하나 전다는 사실이 눈에 거슬리기 전에, 개와 사람의 차이도 잊어버릴 정도의 천진한 광경인지라 그저 웃기만 하는 것이었다. 그런데 문제되는 것은 형수와 정숙의 감정이었다.

마을 아낙네들이,

"아이구, 그 흉측스러운 꼴을 키워가며 볼 게 뭐 있어요. 개장수에게 팔아버리고 말지."

하며 눈살을 찌푸리고 존을 바라볼 때마다, 형수는 정말 그 존이 무슨 원수이기나 한 것처럼 징그럽고 미웠으나,

"그러게 말이야요. 내 생각 같아서는 당장 팔아버리면 좋겠는데, 온 식구가 다 그 병신 편이니 어디."

하고 그저 따라 이맛살을 찌푸려 보이는 수밖에 별도리가 없었다.

사실이지 딴 식구들인들 그 존의 병신 꼴이 눈에 보기 좋을 리는 없었다. 그러나 존이 그렇게 된 데는 섭에게 그 책임의 대부분이 있다고 생각하고 있기 때문에, 아무것도 모르는 동물이기도

하지만, 모두들 존에게 죄스럽고 미안한 생각은 가지고 있을망정 보기 흉하니 팔아버렸으면 하는 따위 생각은 하지 않았다. 그런 중에서도 정숙은 형수가 존을 싫어하는 데 대하여 아주 노골적인 반감을 표시하는 것이었다.

"존이 그렇게 된 게 누구 탓인데."

물론 섭이 안 듣는 데서만 하는 말이었지만, 형수가 존을 귀찮아하는 눈치만 보일 것 같으면 정숙은 으레 그렇게 쏘아붙이는 것이었다. 그렇다고 정숙은 어린 섭에게 그 잔인한 죄를 씌우자는 의사는 전혀 없었으며, 그저 그 불쌍한 불구자 존——실은 같은 불구자인 오빠 영철까지 한데 쳐서——에 대한 한 점의 동정도 가져보려고 하지 않는 형수에게, 존의 다리를 꺾은 섭이와 그녀가 모자간이라는 어쩔 수 없는 혈연을 쳐들어 연대 책임을 지움으로써 침을 주자는 것뿐이었다.

그런데 그런 정숙의 복잡하고 미묘한 감정에서 준 침이, 형수의 심정을 이번에는 엉뚱한 데로 돌려놓고 말았다. 애당초에 존이 그렇게 된 것은, 존이 까불며 섭을 따라다녔기 때문이었지, 섭이 까불어서 그렇게 된 것은 아니라고 생각하는 형수였으나, 정숙이 번번이 그렇게 나오는 바람에 토라지며, 이번에는 존을 미워하는 감정을 아들 섭이에게로 돌려버린 것이었다. 말하자면 일종의 자학이었다. 그래 오늘만 해도 학교에서 돌아온 섭이를 보고 기어이 그 흙투성이 존을 씻어주라고,

"……그럼 그걸 누가 씻어주니."

하고 소리 지른 형수의 말은 그 밑바닥의 숨은 뜻을 찾아본다면,

네 고모의 말에 의하면 존의 다리를 부러뜨린 것은 너라니까, 어디까지나 네 혼자 그 짐을 져야지 하는 말인 것이다.

영철은 자기 방에 누워서 그 말을 들으며, 잔인한 여자라고 생각하였다. 차라리 존을 미워하려거든 끝까지 존을 미워할 것이지, 자기의 고집이 꺾이자 이번에는 히스테리 여인이 자기 옷을 찢듯이 어린 아들의 등에 십자가를 지워주려는 그 심사가 영철은 정말 미웠다.

그러나 존의 다리가 부러지던 그날부터 가장 많은 부작용의 피해를 입고 있는 것은 사실은 섭이도 존도 아닌 영철이라는 사실은 아무도 모르고 있는 것이었다.

사람에게는 몸의 따가운 것을 피하기 위하여 피부가 있다. 그와 마찬가지로 신(神)은 사람의 감성에도 적당한 한계를 마련해놓았다. 남이 자기에게 대하여 품고 있는 생각 같은 것을 겨우 짐작이나 할 수 있을 정도인 것이 사람이고, 또 그 정도만 알고 서로 어울려 사니까 살 수 있는 것이지, 만일 남의 속을 빤히 다 들여다보고 느낄 수 있다면 그게 얼마나 따가울 것인가. 그야말로 견디기 힘들 것이다.

그런데 영철은 바로 그 지경을 당하고 있는 것이었다.

언젠가 존이 무슨 잘못을 저질렀던지,

"아이구, 저 병신, 정말…… 집터가 나빠 그런가, 원!"

하며 존을 쫓던 형수의 말대로, 존의 다리가 그 모양이 되던 날부터, 영철은 분명 불구자승(不具者乘)이 되어버렸던 것이었다. 한 다리의 주인과 세 다리의 개. 이웃 사람들의 눈에 자기가 어떻게 비쳤으리라는 것쯤은 형수의 그 한마디로 당장 알 수 있었다.

그러나 그것으로 끝나는 것은 아니었다. 존의 다리가 부러지던 그날, 식구들의 존을 대하는 태도로 미루어, 자기에게 대한 식구들 하나하나의 심정을 명확히 알 수 있었던 것은 말할 것도 없거니와, 그 후에도 마치 의사가 마르모트를 관찰하듯이 그 흉물스러운 존을 통하여 그는 자기에게 대한 식구들의 심정의 움직임을 너무나 지나치게 잘 알 수 있었던 것이었다.

그야 둘이 다 다리 병신이긴 하지만 존은 개고 영철은 아들이고, 오빠고, 동생이고, 삼촌이고, 시동생인데, 아무려면 그 대하는 감정이 같으랴 할 수도 있을지 모른다. 그러나 영철은 또 영철대로 생각하는 것이었다.

개인 존이, 식구들에게서 동정이나 또는 미움을 받고 있다면, 그것은 개이기 때문이 아니라, 그가 불구이기 때문이 아니겠는가, 그렇다면 불구라는 점에서―그도 공교롭게도 존과 꼭 같은 모양의 불구인 그가, 개가 아니고 사람이라고 해서 불구로서가 아니라 사람으로서만의 대접을 받을 수 있으리라고는 생각되지 않았던 것이다.

아닌 게 아니라 그도 애써, 그건 다르다, 사람과 개가 아닌가. 그건 흔히 불구자가 그렇듯이 자기의 심정이 열등감으로 비뚤어진 탓으로 오는 오해다 하고 생각하려 해보았다.

그러나 영철은 도리어 지난 한 해 동안 괴물처럼 커가는 그 보기 유쾌하지 않은 절름발이 개를 놓고 아무도 감히 없애버리자는 이야기를 제안한 사람이 없었다는 것으로만 보아도, 존이 불구라는 것을 염두에도 두지 않고 있는 듯한 어린 섭이만을 제외한 모든 식구가 존과 자기를 꼭 같이 불구자라는 공통점으로 보고 있다는, 다시 말하면 존을 어디다 처치해버리자고 한다면 그것이 바로 그대로 불구자인 영철이 짐스럽다는 이야기와 꼭 같은 말이 되기 때문에, 모두 입을 다물고 있는 것이라고 생각하는 것이다.

그러고 보면, 존이 그 흉물스러운 꼴을 하고도 오늘까지 집에서 지내 온 것은, 실은 존을 그렇게 만든 것이 섭이니까 하는 식구들의 그런 어떤 책임감이나 죄책감에서였다고 하기보다는 영철에 대한 식구들의 눈치 덕이 컸다고 하는 것이 옳을 듯하였다.

그런 의미에서 영철은 그 존을 살리고 죽일 수 있는 권한을 가진 것은 자기네 식구 중에서 오직 자기 혼자뿐이라는 엉뚱한 생각을 하게 되었다. 그것은 물론 신에게까지 거슬러 올라가야 하는 그런 깊은 의미에서의 권한을 뜻하는 것이 아니라, 언제든지 영철이 넌지시라도 한마디,

"저 존을, 저거 팔아버립시다."

하기만 한다면, 섭이는 딱히 모르지만, 그 밖의 식구들은 아마 아무도 반대하려고 하지 않으리라는 것을 그는 잘 알고 있었으며, 따라서 그만이 가지고 있다고 느끼는 존의 소위 생살여탈지권도 그런 의미에서인 것이다. 그러나 영철은 오늘까지 결코 그런 이야기를 하지는 않았다. 아니 실은, 그것은 존과 꼭 같은 불구자인 자기의 생사까지 한데 겹쳐놓고서야 비로소 할 수 있는 말이라는 것을 잘 알고 있는 그였기 때문에, 자기 자신의 죽음에 대하여 어떤 결정을 내리지 못하는 이상에는 절대로 그로서는 할 수 없는

말이었던 것이다. 그러고 보면, 영철과 존 사이에는 다리가 하나 병신이라는 점만이 공통된 것이 아니라, 그 생사의 운명까지도 실은 한 끈에 묶여 있는 것이었다.

그렇게 생각하자, 영철은 존을 마치 자기의 분신이기나 한 것처럼 가까이 사귀기 시작하였다.

간혹 집 뒤에 있는 능(陵)으로 산보를 나갈 때에도 그는 존을 데리고 가곤 하였다. 아니 데리고 간다기보다는 존이 어슬렁 따라나서는 것이었다.

그러면, 골목길을 걸어 나가는 그들의 걸음걸이가 또 볼만하였다.

쌍지팡이를 짚고 앞으로 꺼떡꺼떡하는 영철의 바로 옆에서, 세 다리 존은 옆으로 씰룩씰룩하는 것이었다.

이웃 사람들은 그런 그들을 보고 뭐라고 하는지 모르지만, 영철은 그 누구와 함께 걸을 때보다도, 같은 병신인 존과 그렇게 걷는 것이 가장 마음이 편한 것이었다. 피차에 상대방의 걸음 속도를 염두에 두고 자기의 걸음을 조절해야 하는 정신적인 부담을 하나도 느낄 필요가 없었으니까. 그리고 또 영철은 그 존의, 아무래도 다리가 하나 없으니까 그렇겠지만, 여느 개들보다 행동거지가 진중하고 점잖은 것이 좋았다. 또 있었다. 존의 그 눈. 그 눈이 영철은 좋았다. 노리끼한 눈이 유리알처럼 맑았으며, 잔디밭에 가서 앉아 있을 때면 언제나 영철의 잘라진 왼쪽 다리 무릎 위에 턱을 걸치고 그저 조용히 어딘가 먼 곳을 바라보고 있는 그 고독한 눈이 어쩐지 영철의 마음까지 가라앉혀주는 것이었다. 그럴 때면 영철은 존의 머리를 쓸어주며 언제까지나 잔디밭에 앉아서, 현실에서 먼 곳으로 자꾸자꾸 상념을 밀고 가곤 하는 것이었다.

그렇게 점잖던 존이 어쩌다 오늘은 그 꼴을 하고 들어온 것일까 하고 생각하던 영철은, 뎅 뎅 뎅 하고 마루방의 병든 괘종이 세 번 치는 소리를 들었다.

그는 거의 반사적으로 벌떡 일어나 앉았다. 빼기 20, 더하기 5, 2시 45분. 버릇이 된 계산을 머릿속에서 하며 일어나 앉은 그는 책상 위의 난의 편지를 보았다. 그러나 곧 그의 시선은 유리창을 통하여 건넌방 함실아궁이 옆에 웅크리고 있는 존에게로 옮겨졌다. 앞다리 둘을 겹쳐놓고 그 위에 턱을 올려놓은 존의 눈은 언제나 그렇듯이 고독으로 가득 차 있었다.

영철은 머릿속에서 난의 모습을 그려보고 있었다. 그런데 아무리 애를 써도 10년이 지난 오늘의 난을 상상할 수는 없었으며, 그저 10년 전의 스무 살 처녀, 육군병원 정문에 서 있던 빨강 스카프의 모습뿐이었다.

그래서 만나서 어쩌자는 거냐?

무슨 말을 할 게 있단 말이냐?

그때의 그 고지. 폭음과 먼지 속에서 와 하는 전우들의 함성을 듣던 그 순간에 벌써 모든 것은 결정되었던 것이 아니냐? 일생을 절룩거리며 걸어야 하도록.

그렇게 생각한 영철은 뿌옇게 내리는 빗줄기를 통하여 다시 존에게로 시선을 돌렸다.

그러자 그는 온몸에 흙탕을 뒤집어쓰고 웅크리고 있는 존의 그

176

처량한 모습에서 자기 자신을 보는 것이었다. 영철은 쓴웃음을 흘리며, 다시 아랫목에 눕고 말았다.

난은 마침내 남의 아내가 되는 것이다. 그것이 이미 그녀와의 관련을 스스로 끊어버린 지 오랜 영철의 마음속에 새삼스레 어떤 파문을 일으켰다는 것은 이론상으로는 우스운 일임에 틀림없으나 실제로는 어쩔 수 없는 것이었다.

병신이 되어버린 뒤에도, 그래도 꽤 오랫동안 꿈속에서만은 전과 같이 성한 두 다리로 뛰기도 하고 전투도 하던 것이, 언제부터인지 모르게 그 꿈속에서마저 지팡이를 짚어야 하게 되었고, 또 끊어진 다리 발가락이 쑤신다고 느끼던 슬픈 환각마저 잃어버리고 만 그였지만, 그래도 난이 아직 처녀로 어디엔가 있어 그를 생각해주거니 하는, 어떤 면에서는 지극히 염치없는 것이라고 할수 있는 그 생각 때문에 그는 그날까지 그대로 환상의 세계에서만은 지팡이를 짚지 않고 살아올 수 있었던 것이었다. 그런데 이제 그는 완전히——현실에서, 꿈속에서, 또 마지막 환상의 세계에서마저 불구자가 되어버리고 만 것이었다.

그는 번듯이 누운 채 길게 한숨을 지었다. 말할 수 없는 고독을 느꼈다. 고독의 참모습을 정말 대하는 것이었다. 하루 종일, 아니 며칠씩 아무와도 말을 하지 않은 채 지낸 일도 많았지만 그래도 그때는 결코 고독하지 않았었다. 그는 항상 겨드랑 밑에 지팡이와 함께 환상의 세계를 끼고 다녔던 것이었다. 그러나 이제 그는 모든 것을 잃어버려야만 하였다. 전신의 기운이 갈라진 무릎으로 스르르 빠져 달아나는 것 같았다. 꼬물꼬물 움직였다. 그러나 그는 이제 발가락을 주무르려고 손을 가져가지는 않았다. 이미 그런 환각에는 속지 않으리만큼 그는 완전한 불구가 되어 있었던 것이다. 그의 두 눈에는 스르르 눈물이 괴기 시작하였다.

완전한 허탈 상태에서 잠이 들었던 모양이었다.

언제 회사에서 돌아왔는지 재잘거리는 누이동생 정숙의 목소리에 정신이 들었다. 그는 여전히 눈을 감은 채 밖의 소리를 듣고 있었다.

"아이, 이 비 오시는 날 개는 왜 씻어주는 거예요."

정숙의 소리였다.

"애 말도 마라. 온통 흙투성일 하고 들어왔으니."

"에, 튀튀. 드러워. 고모, 좀 씻어줘, 응."

"그렇게 둘이 씻으면 됐지 뭘, 나까지 손을 대니."

"할머니, 가만가만해. 물이 자꾸만 내 얼굴에 튀는데."

"녀석, 엄살두 원."

"그런데 어쩌다 저렇게 됐수?"

"누가 아니. 아마 요샛말로 연애를 하신 모양이더라, 호호호."

"그래요, 호호호. 우리 존 정말 멋쟁이네, 호호호."

어머니와 정숙이 웃고 있었다. 영철은 그저 멀거니 천장만 바라보고 있었다.

"오빠 있수, 어머니."

"있지. 이 비 오는데 어딜 가겠니."

핸드백이라도 들여놓는 모양인지 정숙의 발소리가 마루방 쪽으로 갔다가 다시 영철의 방 앞으로 왔다.

"오빠!"

정숙이 영철의 방문을 열었다. 까무잡잡한 게 퍽 이지적으로 보이는 얼굴이 방 안을 들여다보았다.

"응, 들어와."

영철이 천천히 일어나 앉았다. 정숙이 신을 털어 벗으며 문을 열어 잡은 채 말하였다.

"오빠, 오늘 아무 데도 안 나갔댔수?"

"응, 비가 오니까."

여전히 무표정한 대답이었다.

정숙이 방으로 들어와서 문을 닫고 거기에 앉았다. 자주색 투피스를 입은 모습이 이제 제법 여사무원 티가 났다.

"오빠!"

무언가 불안해 보이는 그녀의 눈이 영철을 바라보았다.

"응."

"저 방금 정난 선생님 뵈었어요."

"그래?"

머리와 수염이 제멋대로 자란 데다가 오랫동안 감옥에라도 들어가 있다가 나온 사람처럼 햇볕을 쐬지 못한 희멀건 여윈 얼굴에 눈만 퀭하니 큰 영철의 대답은 그저 흐리멍덩하였다.

"그래가 뭐예요. 오빠한테 편지 내시었다구 그러시던데. 못 받으셨수?"

"받았어."

"그럼 왜 안 나가셨어요. 그때까지 두 시간이나 기다리다 돌아가시는 길이라던데."

"그래?"

"아이 정말, 오빠 너무해요."

"글쎄."

"글쎄가 뭐예요…… 오빠 정말 존만도 못해. 그렇게까지……"

정숙은 그렇게까지 비틀릴 게 뭐 있느냐고 하려다 말고 그냥 입을 다물어버렸다.

영철은 그저 가만히 앉아서 자기의 잘라진 다리만 내려다보고 있었다.

존만도 못하다.

그날 밤 영철은 잠을 이루지 못하였다. 여러 가지 생각이 갈피를 잡을 수 없이 뒤엉켜 몰려왔다.

사랑하는 사람을 솔직히 사랑할 수 없는 자신이 정말 안타까웠다.

하긴 누이동생 정숙의 말대로 존만도 못한 것인지도 모른다고 생각하였다. 다리 하나가 인간의 전부가 아닌 바에야 왜 떳떳하게 사랑을 할 수 없다는 말인가. 그런 면에서 본다면 존은 그보다 훨씬 순수하고 용감하였다고 할 수 있다. 그러나 그가 난과의 인연을 그렇게도 아프게 끊는 것은 과연 자기가 남보다 다리가 하나 없다는 그런 육체적인 조건 때문만이었을까?

거기까지 생각한 그는 '만일 그것 때문만이 아니라면 그럼 왜?' 하고 강하게 자문하는 것이었다. 그러자 그의 사고는 또다시 10년 전 그날의 병원 이층으로 되돌아가는 것이었다. 왜 그래야 했던지 분명히 꼬집어 들지는 못하는 대로 그는 또 그때와 똑같은 대답을 하는 수밖에 없었다.

'만나고 싶다. 그러나 만나서는 아니 된다.'

그러나 그것으로는 그때나 지금이나 그의 태도에 대한 분명한 대답이 될 수는 없었다.

그렇다면 자신의 진심은 도대체 어디 있는 것일까 하고 골똘히 생각하던 그는,

"만나고 싶다."

하고 정말 소리를 내어 중얼거리고 있었다.

존은 실패했다. 그러나 그것은, 왜 만나서는 아니 되는가 하는 이유도 잘 모르면서 애당초 만나기조차 하지 않은 그와는 전혀 다르지 않은가.

존만도 못하다. 그는 또 한 번 정숙의 말을 생각하였다. 그러자 그는 자리에서 벌떡 일어나 앉았다. 밤이 얼마나 깊었는지 알 수 없었다.

난과 그와는 정말 마지막 밤인 것이었다. 그는 당장에라도 난에게로 달려가고 싶은 충동을 느꼈다.

그때 그 이레째 되던 날, 난이 병원에 나타나지 않던 그날 심정 그대로였다.

존만도 못하다. 정말 그런 것일까 하고 생각하였다. 그러나 그는 또 생각하는 것이었다. 존은 과연 오늘 낮의 그 상대를 사랑하고 있었을까. 존의 세계에도 과연 사랑이란 게 있는 것일까. 아니 존과 그와는 과연 어느 정도나 다른 것일까. 말을 한다. 이성도

있고, 또 사랑을 할 줄 안다. 그 밖에도 더 있을 거라고 생각하였
다. 그러면 그것들은 도대체 무엇인가 하고 또 자문한 그는 엉뚱
하게도 칠층 당의정(七層糖衣錠) 비타민 약 광고를 생각하고 있
는 자신을 발견하였던 것이다. '그것은 또 이쪽으로 비뚤어진 것'
하고 그는 스스로를 책하였다. 어쨌든 그는 한 다리가 없는 자기
의 몸뚱어리를 좀처럼 똑바로 세울 수가 없듯이, 자기의 심정도
또한 바로 붙들어둘 수 없고 언제나 이쪽이나 저쪽으로 비뚤어지
는 것이 안타까웠다.

그가 다시 자리에 누우려고 하던 때였다. 뎅 뎅 뎅 마루방의 괘
종이 세 번을 쳤다.

3시! 그는 퍼뜩 정신이 들었다. 그리고 버릇대로 빼기 20, 더하
기 5의 계산을 하다 말고, 그는 그것이 어제 난의 편지로 알려왔
던 낮 3시가 아니라, 다음 날 새벽 3시라는 것을 깨달으며 그대로
누워버린다.

시간은 20분이나 앞질러 가면서, 종은 또 어쩌자고 5분이나 후
에야 느릿느릿 울리는 병신 시계. 그것은 마치, 마음은 벌써 편지
를 받던 10시부터 다방에 가 앉아 있으면서도 정작 제 약속해온
낮 3시에는 멍청히 누워 있다가 이제 새벽 3시에 퍼뜩 정신이 드
는 영철 자신과 꼭 같다고 생각하며 그는 이불을 뒤집어쓰고 말
았다.

'병신, 존만도 못한 병신 같으니.'

다음 날은 맑게 개었다. 잔디밭에는 아지랑이가 가물가물 피어
나고 있었다.

영철은 아까부터 집 뒤 능 잔디밭에 앉아 있었다. 햇볕이 따스하게 어깨를 녹여주고 있었다. 언제나 그렇듯이, 존은 그의 왼쪽 잘라진 무릎 위에 턱을 올려놓고 그 유리알 같은 맑은 눈으로 저만큼 먼 곳을 조용히 바라보고 있었다. 영철은 존의 머리 위에 한 손을 올려놓고 물끄러미 그 유리알 같은 눈알을 들여다보고 있었으나, 머릿속에서는 지금쯤 진행되고 있을지도 모르는 어느 예식장에서의 결혼식 광경을 생각하고 있었다.

있지도 않은 꿈의 새, 봉황이 길게 꼬리를 드리운 정면의 벽.

흰 장갑을 낀 주례. 촛불을 흉내 낸 전등. 그리고 그 앞에 나란히 선 신랑 신부. 그 밑의 많은 얼굴들. 축하하기보다는 그 어떤 동정의 빛을 더 띤 그 얼굴들. 축의금 감사합니다. 축의금 감사합니다 하는 듯 쌓아놓은 할인한 케이크 상자들. 이미 뱀과 사전 타협이 끝난 원죄극(原罪劇). 시시하다고 생각하며 영철은 예식장을 돌아 나온다. 그러나 그는 예식장 골목 앞에서 여우를 보았다. 단물이 줄줄 흐르도록 무르익은 포도송이를 향하여 목을 잔뜩 젖히고 올려다보고 있다. 그러다가 여우는 무슨 생각을 하였던지 자기의 몸뚱어리를 내려다본다. 왼쪽 다리가 하나 없다. 또 한 번 포도를 올려다본다.

'체, 그까짓 시어빠진 것!'

영철은 어쩐지 갑자기 가슴이 답답해오는 것 같음을 느꼈다. 그는 한 번 더 존의 머리를 쓸어주며 거기 뉘어놓은 지팡이 끝의 민들레꽃을 보았다. 노랑꽃에 흰나비가 한 마리 팔랑거리고 있었다. 그러자 저 밑에서 멀리 오정을 알리는 사이렌 소리가 들려왔다. 영철은 그러지 않아도 어쩐지 답답하던 가슴이 그 사이렌 소리로 하여 꽉 비틀려 짜지는 것을 느꼈다. 물기 한 방울 없도록 꼭 쥐어짜진 그의 가슴속으로 크게 들이마시는 숨과 함께 통행금지 사이렌에서와 같은 아쉬움이 왈칵 밀려들었다. 난이! 난이! 가야지. 벌써 오정인데 나는 도대체 왜 우물거리고 있는 건가. 그러나 영철은 벌떡 일어서는 대신 엉뚱하게도 마루방의 그 병든 괘종을 생각하고 있었다. 그래 그것도 그 병신도, 아마 지금쯤이야 겨우 정신이 들어 뎅뎅뎅뎅 하고 마냥 울고 있을 게다. 그는 자기도 모르게 옆에 핀 오랑캐꽃을 한 줌 으드득 뜯어 쥐었다. 그러자 그의 무릎에 턱을 올려놓고 엎드려 있던 존이 쓱 머리를 들었다. 놀라서 주인을 쳐다보는가 했더니, 존의 눈은 영철의 등 뒤를 보고 있었다. 거기에는 노랑색 개가 한 마리 능을 돌아 걸어 내려오고 있었다. 노랑개는 영철의 등 뒤에서 잠깐 발을 멈추고 코로 땅을 쿵쿵 맡아보더니 영철의 뒤를 돌아 어슬렁어슬렁 존에게로 걸어왔다. 존이 이번에는 앞다리를 세우며 일어나 앉아서 그 노랑개를 바라보았다. 그때에야 영철도 그 노랑개를 보았다. 노랑개는 좀 더 존에게로 가까이 걸어왔다. 존의 옆에까지 다가온 그 노랑개는 코를 숙여서 존의 냄새를 쿵쿵 맡았다. 존은 쓱 노랑개 쪽으로 돌아서며 그의 궁둥이께를 쿵쿵거리며 눈을 서먹거렸다. 노랑개는 암놈이었다. 영철은 우두커니 앉아서 그들이 하는 꼴을 지켜보고 있었다. 노랑개가 쓱 돌아섰다. 천천히 걸어 내려가기 시작하였다. 존은 어찌 된 셈인지 그 자리에 서서 물끄러미 노랑개의 뒷모습을 바라만 보고 있었다. 한 5미터쯤 걸어 내려간 노랑개가 슬며시 섰다. 궁둥이를 이쪽으로 돌려 댄 채 노랑개는 고개만 돌려서 존을 올려다본다. 왜 안 따라오느냐는 눈치다. 영철은 노랑개에게서 존에게로 시선을 옮겼다. 존은 여전히 그 자리에 서서 노랑개를 내려다보고 있었다. 그들은 한 5분이나 그저 그렇게 서 있었다. 그동안 노랑개가 잠깐 머리를 앞으로 돌렸다가는 다시 뒤로하여 존을 보곤 하였을 뿐이었다. 그래도 존은 그저 꼬리를 약간 흔들어 보였을 뿐 그 자리에 서서 바라만 보고 있었다.

"존!"

영철은 그렇게 부르며 턱으로 노랑개를 가리켰다. 그런데 귀를 한번 쫑긋한 존은, 영철이 그를 오라고 부르는 줄로나 알았던지 한 번 더 노랑개를 내려다보고 나더니 어슬렁거리며 제자리로 돌아와 쓱 엎드리고 말았다. 존은 다시 아까 모양 턱을 영철의 왼쪽 무릎 위에 걸치었다. 그리고 그 맑은 눈은 멀리 허공을 향했다.

"존!"

영철은 오해하고 있는 존의 턱밑을 무릎으로 툭 밀어 올렸다. 존은 또 한 번 귀를 쫑긋하였을 뿐이었다. 영철은 다시 노랑개를 보았다. 노랑개는 그 자리에 쭈그리고 앉아서 자기의 사타구니를 핥고 있는 중이었다.

"존! 가!"

영철은 또 한 번 조금 더 세게 무릎으로 존의 턱을 받쳤다. 그래도 존은 그저 그런 건 시시하다는 듯이 멀거니 허공만 바라보고 있었다. 영철은 또 노랑개로 시선을 옮겼다. 그것이 아주 단념하고 갈까 봐서 공연히 그가 조바심이 났던 것이다. 그런데 과연 노랑개는 벌떡 일어났다. 그리고 저만큼 아래 잔디밭 끝을 잠간 바라보더니 엉덩이를 절레절레 흔들며 그쪽으로 내려가는 것이었다. 그러자 영철은 그 노랑개를 향하여 상당히 강한 어떤 노여움을 느꼈다. 그는 바로 지금 노랑개가 내려가고 있는 잔디 끝에 시커먼 개가 한 마리 이쪽을 올려다보며 비스듬히 모로 서 있는 것을 발견했던 것이다.

"존! 존!"

영철은 자기도 모르게 이번에는 아주 세게 무릎으로 존의 턱밑을 치고 있었다. 그러나 존은 약간 머리를 쳐들었을 뿐 일어나려 하지는 않았으며, 그저 유리알 같은 두 눈으로 쓱 흘기듯이 영철을 쳐다보았다. 영철은 그러한 존의 눈을 보자 앞으로 뻗고 있던 다리를 쓱 당기며 바로 앉았다.

'저도 잘 알면서 괜히 남보고만 자꾸 그래.'

영철은 그 말 없는 존의 눈에서 그런 것을 느끼자, 아직도 그대로인 좀 전의 그 노랑개에 대한 분노 위에 또 하나의 새로운 분노가 좀 더 강하게 터져오름을 느꼈다. 그건 정말 우습고 어처구니없는 일이라는 그런 생각을 미처 할 사이도 없이 그는 왈칵 달려들어 두 손으로 존의 목을 쥐었다.

"뭐라구? 이 개자식아. 아무리 그게 못난 변명이래두, 그녀를 사랑하기 때문이라는 수작은 넌 못 한다. 이 개자식아, 잘난 체하고 그 시시하다는 표정은 뭐야. 이 개자식아."

영철은 두 손으로 존의 목을 꽉 졸라 쥐고 두 무릎으로 반쯤 일어섰다. 존은 겨우 땅에 닿는 뒷다리 하나를 자꾸 허우적거렸다.

"뛰어올라봐야 안 된다는 걸 안단 말이지. 응, 그렇지? 그렇지. 뛰어본 다음에 오는 그 절망감이 무서운 거지. 절망보다는 꿈이라도 품고 있자는 거지. 못 했다기보다는 시시해서 안 했노라고 자기 자신을 속여보자는 수작이지. 이 비겁한 자식아. 이 비꼬인 자식아. 이 병신, 능청스러운 개자식아!"

영철은 꿇어앉은 채 점점 더 두 손아귀에 힘을 주며 팔을 위로 쳐들어 올렸다. 이제는 존의 그 하나 남은 뒷다리마저 땅에서 떴다. 존은 허연 이빨을 드러내며 입을 벌렸고 유리알 같던 그 노리끼한 맑은 눈이 점점 충혈되어갔다. 그래도 영철은 두 손아귀의 힘을 늦추지 않았다. 아니 그도 아래윗니를 꽉 물었다. 그의 커다란 두 눈도 충혈되었다. 함부로 자란 그의 긴 머리카락이 핏줄이 선 그의 이마에서 떨고 있었다.

"그래, 안 되면 왜 차라리 물어뜯어라도 못 주느냐 말이다. 그것도 못 하겠으면 그 꺼먼 자식하구 죽도록 싸우기라도 해야 할 게 아니냐 말이다. 이 자식아. 이 개자식아. 뭐라고? 나를 이렇게 만든 게 누군데라고? 그까짓 건 이제 따져 뭘 하자는 거냐, 이 병신, 못난 자식아. 그게 지금의 너와 무슨 상관이냐 말이다. 이 자식아. 그게 병신인 너와 무슨 상관이냐 말야. 차라리 죽어라. 죽어, 죽어, 죽어!"

영철은 갑자기 전신의 맥이 풀리는 것을 느꼈다. 축 늘어진 존이 털썩 잔디밭 위에 떨어짐과 동시에 영철도 그 자리에 주저앉아버렸다. 이마에는 땀이 줄줄이 흐르고 있었다.

"존!"

영철은 그렇게 부르며 두 손으로 자기의 머리를 감싸쥐었다. 존의 죽은 꼴을 보기가 겁이 났다. 그는 울고 있었다. 한참이나 그러고 있던 그는, 이제 식구들이 이 존의 주검을 놓고 뭐라고들 할까 하고 생각하는 것이었다. 그는 식구들을 모두 존의 주검 둘레에 세워보는 것이었다.

아버지, 어머니, 형, 형수, 조카 섭이, 그리고 누이동생 정숙이.

그들은 제각기 다른 감정으로 가운데 있는 존의 시체를 들여다보고 있다. 아니, 존이 아니라 영철 자신의 시체가 가운데 누워서 식구들의 표정을 하나하나 살피고 있다. 그의 시선이 누이동생 정숙의 시선과 딱 마주친다.

'오빤 바보! 바보! 바보!'

"존!"

영철은 그대로 능 앞에 주저앉은 채, 우는 소리로 또 한번 그렇게 불러보는 것이었다.

살모사

삐걱삐걱 차체를 뒤틀며 종로 네거리를 을지로 입구 쪽으로 돌고 있는 전차 창문에 붙어 서서, 더위에 축 늘어진 거리를 막연히 내다보고 있던 나는 흠칫 놀랐다. 거기, 건너는 길목에 서서 신호가 열리기를 기다리고 있는 사람들 가운데 나는 분명 살모사(殺母蛇)를 보았기 때문이었다.

가슴이 섬뜩하였다. 나는 얼른 뒤 창문께로 다가갔다.

신호가 열린 모양이었다. 기다리고 서 있던 사람들이 양편에서 와르르 차도를 들어섰다. 나는 그 사람들 틈에서 다시 살모사를 확인하려고 하였다. 그러나 내가 미처 살모사를 찾아내기 전에 전차는 이미 을지로 입구 쪽으로 쑥 돌아 나와 있었다.

혹시 내가 잘못 본 것이나 아닌가 생각하였다.

그러나 그 강파른 몸매하며, 찌푸린 미간에 독살스레 곤두세운 세모진 눈하며, 매부리코 밑에 꼭 악문 유난히 얇은 입술은 틀림

없는 살모사였다.

다만 의심하자면, 그 살모사가 어찌하여 이 서울에, 그도 종로
네거리에 있는가 하는 그 점뿐이었다.

나의 기억은 30년 전으로 거슬러 올라갔다.

열세 살 소년인 나는 이북에 있는 내 고향 보통학교(지금은 공
산치하에서 인민학교로 그 명칭이 변했겠지만) 6학년 교실에 가 섰
다. 같은 또래의 애들이 한 60명 모여 서서 떠들고들 있다. 나는
한 반이던 그 애들의 얼굴을 기억 속에서 하나하나 더듬어보았다.

친하던 순서대로 그들을 대개 다음과 같이 세 층으로 나눌 수
있었다.

그 이름과 별명과 그리고 얼굴 모습이 아직도 선명하게 기억에
남아 있는 가장 친하던 몇몇 애들. 그리고 다음은 메기, 도깨비,
염소, 미친 개 따위 기괴한 별명과 함께, 마치 그 별명에 맞추어
서 태어나기나 한 것 같은 인상만이 선히 남고 막상 중요한 그 본
명은 어디론가 빠져버린 애들. 그리고 맨 끝으로는 그 이름도 또
별명도 모습도 모두 잃어버린 채 그저 의미 없는 웃음만을 헤헤
헤 웃고 있는 말하자면 그림의 배경 같은 많은 애들.

그런데 그중에 꼭 한 애, 예외가 있었다.

친하지도 않았으면서, 아니 친하기는커녕 가장 싫어하고 꺼리
던 애면서 아직 그 이름과 별명과 그리고 인상이 너무나 똑똑히
기억나는 애. 그 애가 바로 본명이 궁남(弓男)이고 별명이 살모사
였다.

우선 그 성부터가 전교 내에 단 하나인 궁가였던 그는 정말 괴팍스러운 애였다.

그의 세모진 두 눈에는 항상 독기가 가득 차 있었고, 칼로 쪽 금만 쨈 것 같은 얇은 입술은 꼭 악물어 살기가 싸늘하게 서려 있었다.

어쩌다 누가 한마디 뭐라고 하기만 하면, 과히 거슬리는 말도 아닌데 그는 팩하고 성이 나 마주 돌아서서는,

"뭐? 뭐야 이 쌔끼야!"

하며 입 안에서 어금니를 아드득 가는 것이었다.

그러니 그렇게 모든 애들을 그저 적대시하려고만 드는 그를 좋아하는 애가 있을 리 없었다. 그래 누가 맨 처음 지었는지는 모르지만 살모사라는 별명 그대로 정말 뱀을 대하듯이 모든 애들이 그를 꺼렸고, 따라서 그는 점점 더 배틀려버린 것이었다.

그런데 어쩌다 나는 그 살모사와 한책상에서 공부를 하지 않으면 안 되게 되었다.

6학년 초였다.

선생님은 전반 애들을 키 순서대로 운동장에 세우고 번호를 부른 다음 우향우, 하고 2열 종대를 만들었다. 그때 내 오른쪽으로 쓱 나선 애가 바로 살모사였고 그것이 바로 둘씩 앉게 된 책상에 나란히 앉아야 하는 짝이었던 것이다.

그렇게 자리를 정한 첫 시간이었다. 살모사는 선생님의 말씀은 듣지도 않고 호주머니에서 연필 깎는 칼을 꺼내었다. 그러고는 책상 까만 판을 요리조리 재더니 꼭 반에다 금을 쨈는 것이었다.

아니 금을 째는 정도가 아니라 그는 선생님의 눈을 피해가며 거의 한 시간이나 걸려서 거기 아주 도랑을 팠다. 그러자 그는 나의 팔꿈치를 툭 건드리고,

"야, 이거 알디. 절대로 넘디 않기다."

낮은 소리로 경고하며 책상 밑에서 칼을 한번 세워 보였다.

나는 그보다 키는 크면서도 나이는 한 살 아래였다. 그래 그런 건 아니었지만 도무지 그와 뭐라고 마주 다툴 생각은 없었다. 나는 그가 얼마나 영악한 애인가 하는 것을 잘 알고 있기 때문이다.

그가 책상 밑에서 세워 보이는 그 칼만 해도 그랬다. 그 칼은 연필을 깎기 위한 어린애들의 칼 치고는 너무나 새파랗게 날이 서 있었던 것이다. 뿐만 아니라 언젠가도 그는 칼로, 도깨비라는 별명을 가진, 반에서 셋째로 큰 애의 어깨를 찌른 일이 있었던 것이다.

그날만 해도 따지고 보면 잘못은 살모사에게 있었던 것이다.

쉬는 시간이었다. 살모사가 지나가며 도깨비의 책상을 건드렸다. 그러자 책상 속에 들어 있던 도시락이 떨렁 하고 마룻바닥에 떨어지며 장아찌와 조밥이 몽땅 쏟아졌다. 살모사는 걸음을 멈추고 핼끔 돌아보았다. 도깨비라는 큰 애는 어쩌나 보자는 듯이 살모사를 넌지시 바라만 보고 있었다. 살모사의 얼굴에는 일순 당황하는 표정이 지나갔다. 그러나 그것은 정말 순간이었고,

"이 쌔끼가, 와 보니?"

하며 도리어 도깨비에게 대드는 것이었다. 분명 속으로는 잘못했다 하면서도 입으로는 그 소리를 못 하는 살모사였다. 어쩌면 그

192

것은 자신도 어쩔 수 없는 그의 슬픈 성격이었는지도 모른다.

"요 쌔끼가, 요거 정말……"

체통이 커다란 도깨비가 가만있을 리가 없다. 어느새 쥐어박았는지 살모사는 거기 책상 사이에 쓰러졌다. 도깨비는 상대도 안된다는 듯이 쓱 돌아섰다. 그렇게 그가 돌아서서 자기 책상 쪽으로 한 걸음을 걸어갈 때였다. 모여 섰던 애들이 아 하고 소리를 질렀다. 그러나 그때는 벌써 살모사의 칼이 도깨비의 왼쪽 어깨에 꽂혀 있었다. 도깨비는 어깨를 움켜쥐고 주저앉았고, 그 등 뒤에서 살모사는 그 얇은 입술을 꼭 악물고 아드득 어금니를 갈고 있었다.

그런 애가 살모사이고 보니, 그야말로 정말 살모사를 다루듯이 아주 그것을 때려서 죽여버리지 못할 바에는 그저 적당히 지나쳐버리는 수밖에 없는 노릇이라고 나는 제법 슬기로운 생각이었다. 그러나 그것은 뭐 나만의 슬기가 아니라 그때 6학년 애들 전원의 태도였던 것이다.

그런데 나와 살모사의 그 책상 경계선에는 거의 매시간마다 사소한 충돌 사건이 발생하곤 하였다.

어쩌다 내 교과서의 한 모서리가 그 경계선을 조금 넘는 수가 있다. 그러면 살모사는 아주 신경질적으로 나의 책을 홱 밀어 치우는 것이었다. 그뿐이 아니었다. 책상에만 경계선이 그어진 것이 아니라, 그 경계선을 허공으로 연장하여 나의 몸과 살모사의 몸과의 사이에까지 적용되는 것이었다.

그러니까 내 옷자락이나 물팍이 어쩌다 그 허공에 연장된 경계선을 조금이라도 넘었다고 생각되면, 그는 연필이나 컴퍼스나 삼각자 같은 것으로 사정없이 콕 내리찍는 것이었다. 그래 나는 공부 시간에 무의식중으로 아야 소리를 지르고는 당황하는 때가 많았다.

그러나 나는 한 번도 그와 마주 싸우지를 않았다. 아니 싸우지 않는 것이 아니라, 사실은 싸울 수가 없었던 것이다. 만일 싸운다면 힘은 거의 비등한 판이니까 때리고 맞고 피장파장일지는 모르나, 내가 이길 가능성은 절대로 없었다.

왜냐하면 내가 그를 아주 없애버리지 못하는 한 그는 반드시 나의 어깨에 칼을 꽂고야 말리라는 것을 잘 알고 있기 때문이었다. 그러니 그가 그렇게 철저한 데 비하여 도저히 그를 일어서지 못하도록 철저히 쳐놓을 자신이 없었던 나는 반대로 아주 그를 너그럽게 대해주기로 작정했다. 그런데 그는 또 그렇게 매사에 져주기만 하는 내 태도에서 이번에는 도리어 어떤 경멸 같은 것을 느꼈던 모양으로 더욱더 신경을 날카롭게 하여 나의 표정과 말투까지를 살피기 시작하였다.

산수 시간이었다. 쓰다 놓은 내 연필이 또르르 굴러갔다. 소위 경계선을 3분의 2나 넘었다. 나의 손과 살모사의 손이 거의 동시에 그 연필을 한끝씩 덮쳤다. 그러니까 경계선을 가운데로 하고, 나는 고무가 달린 쪽을 손으로 눌렀고, 그는 또 딴 쪽을 덮쳤다. 나는 그렇게 손으로는 연필을 누른 채 우선 선생님의 얼굴부터 살폈다. 그런데 살모사는 한 손에 어느새 칼을 펴 들고 있었다. 나는 넌지시 연필을 끌어당겼다. 그러나 연필은 꼼짝도 하지 않았다. 그도 그럴 것이, 살모사가 누르고 있는 부분은 연필의 거의 3분의 2였고, 내가 누르고 있는 부분은 겨우 고무가 달린 부분이 었으니까 힘이 씌어지지를 않았던 것이다.

살모사는 파랗게 날이 선 칼을 나의 손끝으로 가져왔다. 그러고 는 경계선에서 연필을 자를 작정이었다. 그의 칼을 연필에 가져 다 대고 나를 한번 바라보았다.

그때의 웃음. 어린애답지 않게 눈꼬리와 입 가장자리에 잔주름 을 지으며 소리 없이 웃던, 그때의 그 살모사의 야릇한 미소를 나 는 지금도 잊지 않고 있다. 나는 그의 그런 미소에서 얼음을 만진 때처럼 선뜩함을 느끼며 나도 모르게 연필에서 손을 떼고 말았 다. 그는 다시 연필로 얼굴을 돌렸다. 칼날을 경계선과 정확하니 맞추었다. 이제 그 산 지 얼마 안 되는 파랑 연필을, 고무가 달린 바로 밑에서 두 동강으로 자를 판인 것이다.

"그냥 너 가져."

나는 어쩐지 그 연필을 마치 목을 자르듯이 고무 밑에서 싹 자 르는 것을 보고 싶지 않았던 것이다. 그러자 살모사는 연필 모가 지에 칼날을 가져다 댄 채로 빤히 나를 돌아보았다. 그러나 그는 곧 결심하듯이 그 얇은 입술을 꼭 악물면서 싹둑 연필을 자르고 말았다. 정말 싹둑 잘랐다. 그렇게 그의 칼은 잘 들었다. 나는 때 구르르 나의 공책 모서리로 굴러오는 그 연필 모가지를 보는 순 간 어쩐지 내 손가락 끝에 따가운 통증을 느꼈었다.

그런데 문제는 그것으로 끝나지 않았다. 그는 자기 손에 쥐었던 연필 동강을 이번에는 한 치만큼씩 짧게 몇 동강으로고 난도질을 하는 것이었다. 싹둑싹둑. 정말 잘 드는 칼이었다. 그렇게 한 동강을 자를 때마다 그의 입술과 칼끝이 파들파들 떨리고 있는 것을 나는 보았다. 나는 어쩐지 그런 그가 겁이 났다.

수업이 끝났다. 반장의 구령에 의하여 모두 일어서서 선생님께 경례를 하였다. 그런데 살모사만은 일어서질 않았다. 그는 앉은 채 그 조그마한 연필 동강들을 노려보고 있었다.

"궁남."

선생님이 반 애들을 세워둔 채 그렇게 불렀다. 그는 여전히 못 들은 체였다.

"궁남, 왜 안 일어나지?"

그래도 여전히 못 들은 체였다.

"일어나. 그리고 선생님한테 인살 해야지."

사십이 넘으셨던 선생님의 말씀은 부드러웠다. 그래도 그는 꼼짝도 안 했다. 그저 책상 위의 연필 동강들만 응시하고 있었다.

"궁남, 일어나!"

선생님의 목소리는 좀더 커졌다.

"안 일어나?"

선생님의 음성이 약간 노기를 띠었다. 그러니까 비로소 그는 마지못하는 태도로 일어나 섰다.

"인사해봐."

일어서기는 했으나 이번에는 또 그대로 고개를 빳빳이 들어 선생님을 바라보는 채 인사를 하려고는 하지 않았던 것이다.

"인살 해야지."

"……"

"인사 안 해?"

"……"

"인살 해!"

또 선생님의 음성이 커졌다. 그러자 그는 인사를 하였다. 그런데 그 경례가 보통 경례가 아니라 90도로 허리를 굽힌 최경례(最敬禮)였다. 뿐만 아니라 그는 아니꼬운 표정으로 그렇게 90도로 굽히는 경례를 꾸벅꾸벅 몇 번이고 되풀이하는 것이었다. 반 애들이 와하하 웃었다. 선생님의 얼굴에는 분명 노기가 솟았다. 그러나 그 선생님은 역시 능란하신 분이었다.

"그래, 그렇게 내가 다음 시간에 들어올 때까지 인살 계속하고 있어."

하고 쓰게 웃으며 교실을 나가셨다.

딴 애들은 그때 살모사가 왜 그랬는지를 아무도 모르지만 나는 그때의 그의 심정을 잘 알고 있었다.

그러니 그 뒤로 나는 점점 더 그를 대하기가 힘들어졌다. 너그럽게 져주면 져주는 대로 그렇고, 그렇다고 그의 잔인도(殘忍度)는 도저히 따를 수가 없고, 그래 궁여지책으로 생각해낸 것이, 절대로 그와의 경계선을 건드리는 실수를 범하지 않도록 주의하자는 것이었다. 그렇게만 한다면 그와 말을 주고받을 필요가 없을 것이고, 말을 하지 않고 지내면 따라서 별 사고가 나지 않을 것이 아니냐는 생각이었다.

과연 그것은 현명한 방안이었다. 한 달쯤은 정말 말 한마디 없이 지극히 평온(?)한 상태를 유지해왔다.

그런데 어떤 날 기어이 불의의 사고가 발생하고야 말았다.

그날은 나흘째 계속되는 장맛비가 주룩주룩 내리고 있었다. 교실 안은 습기 찬 애들의 몸 냄새로 퀴퀴하였다. 그런 속에서도 애들은 즐거웠다. 쉬는 시간이면 조그마한 청개구리를 잡아다 여학생 애들의 책상에 올려놓아 비명을 지르게 하는 것이 재미있었다.

선생님이 들어오셨다. 다들 자기 좌석으로 달려가 앉았다. 그런데 난처한 것은 청개구리들이었다. 청개구리는 애들의 책상 밑에서 이리 뛰고 저리 뛰고 하였다. 그러던 것이 어쩌다 내 무릎 위에 조그마한 청개구리가 한 마리 올라왔다. 나는 선생님 모르게 그놈을 잡았다. 책상 위의 국어책을 병풍처럼 세웠다. 청개구리를 그 안에 살며시 놓았다. 파란 놈이 하얀 배를 할딱할딱하며 두 눈을 뒤룩뒤룩 나를 올려다보고 있었다. 여간 귀엽지가 않았다. 나는 정말 그놈을 필통에라도 넣어두고 보고 싶었다. 책상 모서리에 있는 필통을 살며시 끌어당겼다. 그러나 세워놓은 책을 건드렸다. 병풍처럼 막아 서 있던 책이 넘어졌다. 다행히 책은 경계선을 범하지는 않았다. 그런데 놀란 청개구리란 놈이 홀짝 뛰었다. 경계선을 넘어 살모사의 공책 위에 가 쪼그리고 앉았다. 나는 얼른 살모사의 얼굴부터 살폈다. 아니나 다를까, 살모사의 입술이 꼭 악물어지며 어금니가 아드득 소리를 내었다. 그는 한 손으로 그 조그마한 개구리를 덮쳤다. 그리고 마치 무슨 발작처럼 칠판을 향하여 자기 힘껏 그 청개구리를 두들겨 던졌다. 정말 어쩌나 악을 쓰고 힘껏 던졌던지, 팍 하는 소리와 함께 청개구리는 그대로 납작하니 되어 칠판에 찰싹 달라붙어버렸다.

놀란 것은 생도들보다 선생님이었다.

그렇게 무참히 학살되어 칠판에 착 달라붙은 청개구리를 본 선생님은 천천히 애들을 향하여 돌아섰다.

"누구지? 이처럼 잔인한 짓을 한 것은."

선생님의 음성은 지극히 부드럽고 낮았다. 그러나 분명히 떨리고 있었다.

잠깐 잠잠하였다. 선생님은 교실 안 애들의 얼굴을 하나하나 눈으로 더듬고 있었다. 아무도 일어서질 않았다.

"좋다. 일어서지 마라. 차라리 누가 그랬는지 모르는 것이 좋겠다…… 무서운 일이다!"

선생님은 슬픈 얼굴로 그렇게 한숨처럼 말씀하시고, 끝나는 종도 나기 전에 그대로 교실을 나가버리셨다.

정말 살모사는 무서운 애라고 나는 생각하였다.

아니 살모사뿐이 아니라 그의 아버지도 역시 무서운 사람이라는 이야기를 나는 듣고 있었다. 그러나 기실 살모사의 아버지가 누구인지는 아무도 모르고 있었다. 그의 어머니조차도 그의 아버지를 분명히는 모르고 있는 것이라 하였다. 그처럼 살모사의 출생은 그 잉태부터가 기구한 것이었다.

살모사의 어머니는 중농가(中農家)의 딸로서 꽤 예쁘게 생긴 여인이었다. 열여덟 살 나던 해에 그녀는 궁씨 문중으로 시집을 갔다. 궁씨네는 그 조상에 꽤 높은 벼슬을 지낸 사람이 있었다 하여 고을 안에서는 제법 양반으로 행세하는 가문이었다. 재산으로 말하자면 과수원과 논밭이 약간 남아 있을 뿐 당시 벌써 몰락한 양반의 궁씨 집안이었으나, 평생 지체가 낮은 것이 한이던 살모사 어머니네로서는 양반집과 혼사를 지낸다는 것만이 만족스러워 딸을 준 것이었다.

그런데 그들은 결혼한 지 3년이 되도록 어린애가 없었다.

본시 궁가네가 자손이 바른[1] 씨족이라 그렇다고도 하였고, 남편이 폐병이 있어 그렇다고도 하였다. 그래 그들 젊은 부부는 남편의 폐병에 좋다 하여 마을 뒤 과수원으로 옮아 살았다.

그해 겨울 어느 날 밤이었다.

오래간만에 부부 사이의 뜨거운 애무를 치른 그들은 녹아들듯이 잠이 들어버렸다. 그렇게 얼마를 잤는지 모른다. 여인은 가슴이 답답함을 느끼며 눈을 떴다. 불을 끈 방 안은 캄캄한데 사나이의 가슴이 또 콱콱 젖가슴을 짓누르고 있었다.

"아이, 두 번씩 이러른 어떡하우. 몸을 돌봐야디……"

그렇게 걱정은 하면서도 그녀는 사나이의 허리를 자꾸만 끌어당기고 있었다. 사나이는 아무 대꾸도 하지 않았다. 그러면서도 욕정은 차츰 더 끓어오르는 듯 미친 듯이 여인의 온몸을 짓이겨왔다. 그렇게 약한 남편의 몸에서 이런 폭포 같은 정열이 어떻게 쏟아져 나오는지 모르겠다고 생각하면서 여인도 차츰 불이 타올랐다. 이윽고 사나이가 슬며시 몸을 일으켰다. 여인은 황홀한 허탈 상태 속에서도 남편의 건강을 위한 후회로 한숨을 쉬며 머리맡의 성냥갑을 더듬었다.

"불 케디 말라!"

그 소리에 여인은 발딱 몸을 일으켰다. 그건 남편의 목소리와는 너무나 다른 굵고 거친 소리였던 것이다. 그녀는 무어라 소리를 지르려 하였으나 목이 깍 말라붙어 말을 듣지 않았다.

"네가 체네 때부터의 소원이었다."

사나이는 문으로 나가면서 그렇게 중얼거렸다.

그러고도 한참 동안이나 떨고만 있던 여인은 간신히 성냥을 그었다. 그렇게 그어 든 성냥불 밑에 그녀는 너무나 놀라운 광경을 보았다. 목에 노끈을 감은 남편이 두 눈을 무섭게 부릅뜨고 그녀를 바라보며 죽어 있었던 것이다.

그렇게 잉태하여 세상에 태어난 애가 바로 살모사였던 것이다. 궁씨 문중에서는 그날 밤 이야기를 여인에게서 자세히 들은 후 그 애를 호적에 넣었다. 물론 여인은 그 정체 모를 사나이와 자기 사이에 있었던 일만은 이야기하지 않았던 것이다.

여인은 어린애에게 젖을 물리고 앉기만 하면 늘 생각하는 것이었다.

사랑인가 원수인가?

그러나 점점 자라는 애에게서는 무어 하나 남편의 모습을 찾아볼 수가 없었다. 그녀의 심정은 매우 복잡하였다. 어린애가 차츰 하나의 개체(個體)로서 그녀에게서 떨어져나가기 시작하던, 다섯 여섯 살 무렵부터, 그 애를 바라다보는 그녀의 심정이 완전히 두 갈래로 갈라져갔다.

남편을 죽인 자의 씨로서의 증오와, 또 하나는 자기의 뱃속에서 자기의 피를 빨고 자랐다는, 그 어쩔 수 없는 동물적인 본능에서 오는 애정과.

남편이 그 지경을 당하고 난 후, 거의 절대(絶代)되다시피 사그라진 시가에서 과수원을 팔아 받아가지고, 읍 가까운 어느 언덕 밑 초가를 사 들고 살던 그녀는 문득문득 어떤 공포를 느끼곤 하는 것이었다.

더구나 깊은 밤에 등잔불 밑에서 잠든 애의 얼굴을 바라보노라면 그날 밤, 그 사나이의,

"불 케디 말라!"

하던 굵은 음성과 함께 말할 수 없는 공포가 그녀를 휩싸오는 것이었다. 그럴 때면 으레 그녀는,

"보면 알 테디. 그런들 제 새끼야 모를라구."

하고 중얼거리며, 잠든 애의 얼굴을 밀어내듯이 노려보곤 하는 것이었다.

나는 보통학교를 졸업하였다. 여러 애들과 헤어진다는 것은 매우 섭섭하였다. 그러나 그렇게 여러 애들과 헤어지는 섭섭함보다도, 살모사 한 애와 이제 떨어질 수 있다는 시원함이 더 컸다.

나는 평양에 있는 중학교로 전학하였다. 그렇게 첫번 여름방학에 집으로 돌아오던 나는 역 플랫폼에서 살모사를 보았다. 커다란 빨강 모자를 헐렁하니 쓰고 앞에는 도시락과 보리차 병이 가득히 담긴 목판을 한쪽 어깨에 끈으로 해 멘 그는,

"벤또 벤또, 오차 오차(도시락 차)."

하며 기차 창문 밑을 분주히 걸어가고 있었다. 그런 그의 모습을 본 순간 나는 그렇게도 미워하던 그가 어쩐지 측은한 생각이 들었다.

"궁남이!"

나는 그를 불렀다. 저만큼 걸어가던 그는 얼른 돌아섰다. 그러나 부른 것이 나라는 걸 알자 그는,

"쳇!"

하고 다시 돌아서, 어른 같은 목소리로 벤또, 벤또, 오차, 오차, 소리 지르며 저쪽으로 걸어가는 것이었다.

그 후로 오랫동안 나는 그를 보지 못했다. 그렇게 거의 그를 잊어버려가던 무렵이었다. 중학교를 마치고 잠깐 고향에 돌아와 지낼 때 나는 그가 어느 탄광에 가 있다는 소문을 들었다. 그리고 또 몇 해 지나서였다. 나는 그가 광산에서 싸움 끝에 도끼로 사람을 찍어 죽이고 어디론가 사라졌다는 소문과 그와는 반대로 그의 어머니는 또 거의 미치도록 기독교에 열심이라는 이야기를 들었다.

그때 그들의 모자의 소문을 듣던 내 눈앞에는 까만 칠판에 네 다리를 짝 벌리고 배를 깔고 붙어 죽은 청개구리와, '무서운 일이다!' 하며 한숨을 쉬던 선생님의 얼굴이 선히 떠올랐다.

그다음, 소문이 아니고 정말 살모사를 본 것은, 해방되던 해 겨울이었다.

공산당들은 5정보 이상의 토지를 가지고 있던 지주들의 토지를 전부 몰수하고, 그 집에서마저 추방을 하기 시작하였다.

어느 날 나의 집에도 읍내의 민청원(民靑員)들이 몰려왔다. 그

들은 각기 손에 낫이나 몽둥이를 들고 있었다.

그런데 내가 놀란 것은 낫이나 몽둥이가 아니라 그들 민청원을 지휘하고 있는 자가 바로 살모사라는 점이었다. 내가 스물넷이었으니까 아마 스물다섯 살이었을 그는, 어디서 얻어 쓴 것인지, 캡의 앞 단추를 뜯어서 쑥 뒤로 밀어 젖혀 쓰고 나의 집 안뜰 한가운데 있는 우물턱에 걸터앉아 언젠가 어려서 한번 본 일이 있다고 기억되는 그 야릇한 웃음을 입 가장자리 잔주름에 띠며 마루 위의 나를 바라보고 있었다.

그길로 나의 집 식구들은 삼팔선을 넘어오고 말았다.

그 후에 나는 남한으로 넘어온 고향 사람들을 통하여 살모사의 소식을 들었다.

그 고향 사람의 말에 의하면, 해방이 되자 숨어 살던 만주에서 돌아온 살모사가 그때 그렇게 공산당에게 중히 쓰이게 된 이유는 그가 해방 전에 탄광에서 투전 끝에 죽인 사람이, 광부가 아니라 사무직원이었다는 데 있었다고 한다. 말하자면 노동자의 착취 분자를 죽였으니 그건 노동자의 영웅이 아니겠는가 하는 논법이었다. 나는 어이가 없어 웃는 수밖에 없었다.

그랬더니 그 고향 사람은,

"아 그뿐인 줄 아나?"

하며 이야기를 계속하였다.

그렇게 지주 추방에 열성이던 그는 어떤 날 민청원들을 끌고 기어이 자기의 외할아버지 집엘 갔다.

"네, 이놈! 그런들 네놈이 이 외할아빌 몽둥이로 쫓아내!"

그의 늙은 외할아버지는 도리깨를 들고 그에게 달려들며,

"이놈! 나는 이 땅들을 땀 흘려 일하고 샀다. 이놈! 난 달밤에도 김매서 이 땅을 샀다. 이 날도둑놈들. 이 할애비도 모르는 빨갱이 놈아."

하고 외손자의 먹살에 매달려 기절을 했다. 그러나 살모사는 눈도 깜빡하지 않았다.

"뭘 꾸물거리는 거야, 동무들."

살모사는 자기의 먹살을 쥔 채 기절한 노인의 손을 떼어 뿌리치며 소리 질렀다. 그러자 민청원들은 흙발 그대로 방에 들어가 세간들을 마구 밖으로 내동댕이치기 시작하였다.

그런데 그 마당에서 놀라운 사실이 드러났다. 그렇게 한창 세간들이 굴러 나오는데 그 집 머슴인 최서방이 헐레벌떡 뛰어들었다.

"여보게 남이, 이러지 말게. 그런들 이럴 수야 있나. 내 낮을 봐선들 이래서야 쓰겠나."

최서방은 살모사 앞으로 다가가며 그렇게 애원하는 것이었다.

"뭐라구? 이 머슴 동무가 미쳤나? 여보 동무, 동문 그래 평생을 남의 집에서 이렇게 머슴살이를 하구두 분하디두 않우?"

살모사의 말이었다.

"아니래두. 여보게 남이, 날 좀 보이. 날 좀 보라구. 내가 자네 애빌세, 애비야!"

"……?"

살모사는 세모진 눈을 더욱 곤두세웠다. 그는 얼른 주위를 둘러보았다. 다행히 같이 온 민청원들은 모두 세간을 내던지기에 바

빴고, 외갓집 식구들은 저만큼 쓰러진 노인을 부축하고 웅성거리
고들 있었다.

"이너무 영감이 미쳤나, 정말."

살모사는 최서방의 멱살을 잡았다.

"아니야, 아니래두. 분명히 네 애빈 나라니까. 그러니까 넌 최
가야. 네 어머니한테 가서……"

최서방의 말이 채 끝나기도 전에 살모사는 최서방의 면상을 주
먹으로 쳤다. 아이구 하고 거꾸러지는 최서방의 코에서는 금시
뻘건 피가 쏟아져 나왔다.

"동무들, 이제 그쯤 하구 갑시다."

살모사는 그렇게 소리지르고 먼저 대문 밖으로 나와버렸다.

읍으로 돌아오는 길에 살모사는 몹시 불쾌하였다.

그는 전에 자기 어머니에게서 자기 아버지가 어떤 날 밤 괴한에
게 살해당하였다는 이야기를 들은 일이 있었다.

그런데 그날 최서방의 말에 의하면 그가 자기의 아버지노라 하
니, 그는 도무지 어떻게 갈피를 잡을 수가 없었다.

그렇다면 최서방이 혹 자기 아버지를 죽인 괴한이 아닐까? 아
버지의 원수.

아니 그렇지도 않지. 최서방의 말이 사실이라면 죽은 건 아버지
도 아무것도 아니지 않나. 그러면 도대체 어떻게 된 셈인가?

살모사는 무언가 잘 풀리지 않는 수수께끼처럼, 그 문제를 생각
하며 걸었다. 그러나 어쩐지 최가 자기 성이라고는 좀처럼 생각
하기가 싫었다.

'미친 영감쟁이야.'

살모사는 속으로 그렇게 중얼거리고 그날 그 일은 그것으로 머리에서 떨어버리려 애썼다.

그렇게 살모사가 외할아버지까지도 상관 않고, 당 과업(黨課業)에 열성적이었다는 공으로, 읍 인민위원회는 그를 정식 당원으로 가입시켜주도록 상부에 추천했다.

살모사는 만족하였다. 이제 정식 당원이 되기만 하면 무슨 뚜렷한 자리가 하나 주어질 것이고, 그렇게만 되면 더욱더 열성을 내어, 꼭 출세를 하고야 말리라고 마음속으로 다짐하는 것이었다.

그런데 상부에 제출되었던 추천서는 뜻밖의 종이 꼬리를 달고 돌아 내려오고 말았다.

출신 성분이 좋지 않다는 것이었다. 어머니는 그런대로 중농 출신이니 어찌어찌 됐다 치더라도 아버지가 소위 양반이란 집안에 태어난 유한계급이었으니, 좀 더 두고, 그의 열성도를 시험하라는 것이었다.

인민위원회 간부에게서 그 사실을 들은 살모사는 정말 실망하였다.

그는 고민하기 시작하였다. 딴 일이라면 어떤 잔인한 짓이건 다 해낼 열의와 자신이 있는 살모사였으나, 출신 성분만은 그의 힘으로도 어찌할 도리가 없는 것이었다.

그러던 그는 문득 어떤 구멍을 발견하였다.

그날 저녁 살모사는 식사를 마치자 예배당으로 가려는 그의 어머니를 붙들고 물었다.

"어머니."

"……?"

그의 어머니는 언제나 그렇듯이 대답 대신 그를 빤히 바라만 보았다.

"외갓집에 있는 최서방 알디요?"

"그래서?"

"그가 누구디요?"

"누구라니?"

"내 아버지라면서요?"

살모사는 거의 단도직입적으로 그렇게 들이대었다. 순간 그의 어머니는 얼굴이 핼쑥해졌다. 그녀는 한참이나 잠잠하였다. 그녀로서도 오랫동안 두고두고 생각해오던 일이었다. 그날 밤에 들은 음성은 겁결에 들은 것이니 그만두고라도, 아들의 모습이, 자랄수록 누군가 낯익은 사람을 닮아간다고 생각하였다. 그 낯익은 사람이 누굴까 하고 궁리하던 끝에, 그녀는 아들의 그 매부리코와 유난히 얇은 입술에서 자기 집 머슴을 보았던 것이었다. 더구나 그날 밤 나가면서,

"네가 체네 때부터의 소원이었다."

하던 그 말로 미루어 그 사나이가 어려서부터 그녀를 잘 알고 있는 사람임에는 틀림없었고, 이런 점 저런 점으로 보아 그것은 자기 집 머슴 최서방이었으리라는 것을 거의 단정한 지도 오래면서도 그녀는 그것을 사실화하려고 하지는 않았던 것이었다. 그러나 지금 아들이 그렇게 들이대는 마당에야 굳이 아니라고 숨기고 싶

지도 않았다.

"그런디도 모르디."

"그런디도 모른다니요?"

그녀는 그 이상 더 아들과 이야기를 하려 하지 않고, 성경책을 집어 들며 일어났다.

살모사는 그 달음으로 최서방을 찾아갔다. 그렇게 최서방을 찾아보고 밤늦게야 집에 돌아온 그는 이미 궁남이 아니라 최남으로 성을 갈고 있었다.

다음 날, 머슴 최서방은 읍 인민위원회를 찾아갔다. 그리고 그는 25년 전의 살인 강간을 자백하였던 것이다. 그러나 그것이 죄가 되기 전에,

"궁동무, 아니 참, 최동무, 동무는 참 훌륭한 아바질 가졌수다." 하고 인민위원장으로 하여금 살모사의 어깨를 두들기게 하였으며, 며칠 후에 살모사는 당당한 공산당원으로 당원증을 목에 걸고, 민주청년동맹 위원장이 되었던 것이다.

나는 그 후 살모사를 거의 잊어버린 채 지났다.

그렇게 5년이란 세월이 흘렀다.

6·25사변이 일어났다.

공산군이 불의에 밀고 내려왔으나 9월 28일에는 다시 서울을 탈환한 국군은, 적을 몰고 북한으로 진격하였다.

나는 종군기자의 자격으로 국군을 따라 북한으로 들어갔다. 시월 중순께 나는 고향 읍엘 갈 수 있었다. 내가 먼지투성이가 되어 군 트럭에서 내렸을 때에 고향 읍 경찰서 뒤 방공호 속에서는 학

살된 읍민들의 시체를 끌어내는 작업이 한창이었다. 나는 경찰서 뒷마당으로 돌아가보았다. 온통 울음바다였다. 마치 타다 남은 장작개비처럼 시꺼멓게 썩은 시체가 주르르 줄을 지어 누워 있고, 그 시체 머리맡과 발끝에서 땅을 치며 통곡하고 있는 부녀자들은 반 미쳐 있었다.

그 처참한 광경을 차마 볼 수 없어 돌아서는 나의 팔꿈치를 툭 치는 사람이 있었다.

"아이, 이게 누구야! 도깨비 아니야?"

나는 그의 손을 잡았다.

"역시 틀림없구나. 야 반갑다, 정말."

오랫동안 굴속에 숨어 있었노라는 그 도깨비란 별명의 옛 친구는, 얼굴이 누렇게 부었고 머리카락이 거의 귀를 덮었으며 입고 있는 옥양목 바지저고리에는 여기저기 벌건 진흙물이 들어 있었다.

"데거 봤니?"

그는 턱으로 시체를 가리켰다. 나는 머리를 끄덕여 보였다.

"고 쌔끼 정말 잡으면 각을 떠서 죽여야 할 텐데!"

도깨비는 흥분한 어조였다.

"누구?"

나는 도깨비에게 담배를 권하며 물었다.

"아 고 살모사 말이야!"

"살모사?"

"그래, 고 살모사너무 새끼 짓 아니가. 서른네 명이나 된단 말이야."

도깨비는 또 한 번 시체를 돌아보며 분개하는 것이었다.

나는 경찰서 앞마당으로 돌아 나오며 도깨비에게서 살모사의 이야기를 들었다. 어쨌든 살모사의 잔인한 짓이란 이루 다 말할 수가 없다고 하였다.

국군이 평양을 점령한 다음 날이었다. 살모사가 위원장으로 있는 민청에 비밀 지령이 내렸다. 수감 중인 소위 반동분자들과 그리고 기독교 신자들을 모조리 처치해버리고 곧 북쪽으로 후퇴할 준비를 갖추라는 것이었다.

살모사는 입 안에서 어금니를 아드득 갈았다.

그는 몇 명의 민청원을 거느리고, 반동분자들을 수감해둔 창고로 갔다. 두 사람씩 두 사람씩 전깃줄로 묶어서 창고 밖으로 끌어내었다. 그길로 그들은 경찰서 뒷마당에 있는 방공호로 끌려갔다. 그렇게 서른네 명의 남녀가 팔을 뒤로 묶인 채 경찰서 뒷마당으로 들어갈 때였다.

그 소위 반동분자 대열 속에서,

"이봐, 얘, 나 좀 봐."

하며 오십이 훨씬 넘어 보이는 허름한 사나이가, 거기 문 옆에 서 있는 살모사를 자꾸 부르는 것이었다. 최서방이었다.

살모사는 힐끔 최서방을 바라보았다. 그러나 그는 지극히 싸늘한 표정 그대로 하나하나 인원을 확인하고 있었다.

그로부터 두 시간쯤 후였다. 햇볕이 쨍쨍 내리쬐는 가을 오후였다. 경찰서 뒤 방공호 속에서는 네 발의 폭음이 들려왔다.

"이젠 예수쟁이들만 처치하면 되디."

방공호 속에 네 발의 수류탄을 던져 넣고, 뒤에 둘러서 있던 민청원들을 향하여 돌아서는 살모사의 혼잣말이었다.

거기까지 이야기한 도깨비란 친구는 손끝까지 탄 담배를 꼬집어 쥐며 한 번 더 깊이 빨았다.

"그런데 그 최서방은 자기 아버지라던데 어째서……"

나는 아까부터 궁금하던 것을 물었다. 도깨비란 친구는 담배 꽁다리를 땅바닥에 던지고 발로 비벼 끄면서,

"흥, 애비가 소용이 있나. 공출을 속인 반동분잔걸…… 하기야 평생을 남의 집 머슴이었으니 아들 덕에 분배받은 주인집 논밭으로 좀 살아보구 싶었겠지만."

하고 껄껄 웃는 것이었다.

"그러군, 살모산 도망쳤군."

나는 도깨비란 친구의 우묵하니 들어간 두 눈에서 옛 모습을 더듬어보며 물었다.

"아니, 그러구 곧 도망친 게 아니야. 그렇지, 그러구 곧 도망친 거군, 결국. 그렇게 도망치던 길에 살모사는 또 사람을 죽였지. 이번엔 오십 명도 더."

도깨비란 그 친구는 쓱 돌아서며 읍 북쪽에 있는 언덕을 바라보았다. 거기에는 함석으로 지붕을 덮은 예배당 종각이 서 있었다.

그렇게 방공호를 폭파시킨 살모사는 민청원들을 모아 거느리고 읍 북쪽으로 난 큰길로 나갔다.

주민의 모습이 하나도 보이지 않는 거리는, 그들 민청원의 신경

을 극도로 초조하고 불안하게 하였다. 아니 민청원들 행렬 맨 선두에 따발총을 거꾸로 메고 걷고 있던 살모사는 제 편에서 도리어 배신을 당한 것 같은 그런 어떤 분노를 느끼고 있었다.

'한 새끼도 없구나. 그렇다니까, 그 새끼들 다 반동이었던 걸 모르구……'

살모사는 자취를 감추어버린 읍민들에 대한 강한 분노로 두 눈이 새빨갛게 충혈되어 있었다. 그는 누구든 자기 눈에 얼핏 띄기만 하면 그저 단방에 갈겨 죽이고 싶은 충동을 느끼고 있었다.

그렇게 그들은 읍 북쪽 언덕길 위에까지 올라갔다. 살모사는 걸음을 멈추었다. 대원들도 따라섰다. 살모사는 잠깐 귀를 기울였다. 사방은 여전히 괴괴하였다. 어느 집에서 기어 나온 것인지 까망 고양이가 한 마리 살모사의 발부리를 지나, 가을 햇볕이 쨍쨍 내리쬐는 한길을 가로질러 갔다.

"분명히 예수쟁이들이 예배당에 모여 있다고 그랬디?"

살모사는 대원들을 향하여, 정보에 대한 책임을 추궁하듯이 그렇게 따져 묻는 것이었다. 그러나 그의 살기 띤 말에 아무도 대답하지 않았다. 그들이 조금 전에 확인한 상황에 비하면, 분위기가 너무나 조용했기 때문이었다. 약 10미터쯤 골목길로 들어간 곳에 있는 예배당에는 조금 전까지 오륙십 명의 교인들이 모여서 예배를 보고 있었는데, 지금은 그렇게도 고요했던 것이다.

"도와, 여기서 잠깐 기다리라."

살모사는 따발총을 옆구리로 끌어올려 끼며 골목길을 걸어 들어갔다.

예배당 안에는 과연 교인들이 꽉 차 있었다. 그들은 모두 마룻바닥에 엎드려서 입속으로 뭐라고 열심히 기도하고 있는 것이었다.

살모사는 열려 있는 예배당 문턱에 왼쪽 발을 하나 올려놓고, 그 무릎에 따발총을 걸치고, 한 바퀴 예배당 안을 둘러보았다. 분명히 자기의 어머니도 어디 앉아 있으리란 생각이 문득 들었던 것이다. 그러나 모두 엎드려 있기 때문에 알 수가 없었다. 살모사는 크게 한번 심호흡을 하였다. 그리고 방아쇠에 손가락을 가져다 걸었다.

바로 그때였다. 저 앞쪽 단 위에 쭈그리고 돌아앉아서 기도를 하던 목사가 일어섰다. 교인들을 향하여 돌아섰다.

"자 그럼, 찬송가, 462장, 다 같이……"

늙은 목사는 말을 뚝 끊었다. 거기 문에 버티고 서 있는 살모사를 보았던 것이다. 그러자 교인들의 머리가 목사의 시선을 따라 등 뒤 문께로 일제히 돌아왔다.

아! 누군가 여자의 비명이 날카롭게 예배당 안을 흔들었다. 그것은 살모사의 어머니였다. 머리카락이 희뜩희뜩 센 살모사의 어머니는, 저 앞에, 강대 바로 밑에서부터 앉아 있는 교인들을 헤치며 뒷문께로 허둥지둥 달려나오고 있었다.

"궁남아! 얘야!…… 하나님이……"

살모사의 어머니가 그렇게 소리지르는 바람에 교인들도 와르르 일어섰다. 그렇게 교인들이 모두 일어선 것과, 따발총이 요란한 소리와 함께 불을 뿜은 것은 거의 동시였다.

내가 살모사에 관하여 들은 바는 거기까지였다.

그런데 나는 그 살모사를 종로 네거리에서 분명히 본 것이었다.

그날부터 나는 사람이 두서너 명만 모인 곳이면 반드시 그들의 얼굴을 살피는 버릇이 생겨버렸다. 혹 거기 살모사가 끼여 있지나 않나 하는 생각에서다.

그렇다고 나는 결코 살모사가 보고 싶은 것은 아니다. 아니 도리어 그를 또 만나지나 않을까 하는 불안이 자꾸만 그렇게 주변을 살피게 하는 것이다. 그런데 요즈음은 그런 불안이 거의 병적인 데까지 이르러버렸다.

오늘 아침만 해도 그렇다. 대문 안에 떨어진 조간신문을 줍다가 나는 흠칫 놀랐다. 꼭 그 신문지 아래 살모사가 도사리고 있을 것만 같은 착각을 일으켰던 것이다.

바로 지금도 그렇다.

이렇게 책을 보고 앉아 있는 내 걸상 밑에서, 대가리가 삼각형인 살모사가 그 바늘 같은 혀를 날름거리며 사르르 기어 나와 산뜻한 몸뚱어리로 나의 벗은 발목을 감으며 발뒤꿈치를 물고 늘어질 것만 같은 것이다. 아니, 벽에 세워놓은 책장 밑으로도 살모사가 기어 나오는 것이다. 전축 밑에서도, 방석 밑에서도, 창의 커튼 뒤에서도, 심지어는 천장의 형광등 위에서도 살모사가 기어 나오는 것이다. 이대로는 정말 잠시도 안정하고 앉아 있을 수가 없다. 이래서는 안 되겠다고 나는 눈을 비빈다. 내일은 무슨 일이 있어도 이편에서 먼저 살모사를 찾아 나서야겠다고 생각한다. 기어이 그를 찾아내어서 그 정체를 밝혀야겠다. 멱살을 쥐고 따져야겠다.

"너는 정말 살모사인가. 너는 정말 살모사인가!"

천당 간 사나이

  저승으로 가는 길. 그건 밤도 아니고 낮도 아니었습니다. 그렇다고 새벽 같지도 않고 또 저녁때 같지도 않았습니다. 그건 흡사 뜨물 같은 그런 뿌연 광선 상태였습니다. 그러면서 또 안개가 낀 것도 아닌 것이, 보이기는 제법 멀리까지 보이는 그런 황천길을 두 사나이가 허우적허우적 가고 있었습니다.

  한 사나이는 뚱뚱한 몸에 하얀 수의(襚衣)를 감았고, 또 한 사나이는 비비 여윈 체구에 시퍼런 죄수복 수의(囚衣)를 걸치고 있었습니다.

  그들은 그렇게 나란히 걸으면서도 통 말을 하지 않았습니다. 둘이 다 몹시 지쳐 있는 것 같았습니다. 길바닥이 온통 시뻘건 진흙판이어서 발을 옮겨놓을 때마다 찔꺽찔꺽 흙이 달라붙는 때문이기도 했지만, 그 밤도 낮도 채 아닌 이상한 빛은 그들을 꿈도 아니요 또 현시도 아닌 그런 흐리멍덩한 상태 속에서 허우적거리게 만들었던 것입니다.

그래도 그들은 그저 걸었습니다. 발바닥에서는 여전히 찔꺽찔꺽 소리가 났습니다. 그들은 묵묵히 걷고 있었습니다.

"보소. 선생님요."

여윈 사나이가 마침내 입을 열었습니다. 나란히 걷고 있던 뚱뚱한 사나이는 그에게로 얼굴을 돌렸습니다.

"선생님은 어디까지 가시는 겁니까?"

여윈 사나이가 뚱뚱한 사나이에게 물었습니다. 뚱뚱한 사나이는 다시 얼굴을 앞으로 돌리고 아무런 대꾸도 하지 않았습니다. 그저 찔꺽찔꺽 걸음만 옮기고 있었습니다. 여윈 사나이는 그래도 몇 걸음을 걷는 동안 그 뚱뚱한 사나이가 뭐라고 대답을 하려니 기대하고 있었습니다. 그러나 한참이나 걷도록 뚱뚱한 사나이는 대답을 하지 않았습니다. 여윈 사나이는 무안하기도 하였지만 은근히 화도 났습니다. 그는 대답을 듣기를 단념해버렸습니다. 역시 찔꺽찔꺽 걸었습니다. 그런데 그렇게 여윈 사나이가 단념을 해버리자 그제야 뚱뚱한 사나이는 마지못해 입을 열었습니다.

"하나님 앞으로."

여윈 사나이가 뚱뚱한 그 사나이를 바라보았습니다.

"하나님 앞으로?"

그렇게 되받아 중얼거리며 여윈 사나이는 머리를 두어 번 끄덕 거렸습니다.

"노형은 어디까지 가시는 거요?"

이번에는 뚱뚱한 사나이가 물었습니다.

"글쎄요. ……우선 염라대왕 앞으로 가얀다던데요."

여윈 사나이의 대답이었습니다.

"염라대왕요?"

뚱뚱한 사나이는 여윈 사나이를 힐끗 한번 쳐다보고 나서 머리를 좌우로 두어 번 흔들었습니다.

또다시 그들은 잠잠해졌습니다. 발밑에서 찔꺽찔꺽 하는 소리만 났습니다. 그들은 상대방의 대답을 놓고 각기 자기 나름의 생각에 잠겼습니다. 뚱뚱한 사나이는 염라대왕과 지옥을 상상해보고 있었습니다. 여윈 사나이는 하나님과 천당을 상상해보고 있었습니다.

한참 만에 여윈 사나이가 다시 말을 걸었습니다.

"그러고 보면 우리 둘 중 한 사람은 길을 잘못 든 셈이군요."

"……?"

뚱뚱한 사나이는 말없이 여윈 사나이를 돌아보았습니다. 무슨 소리를 하고 있느냐는 듯이.

"그렇지 않습니까. 선생님은 하나님 앞으로 가신다고 하셨고 나는 염라대왕 앞으로 가는데 이렇게 같은 길을 걷고 있으니 말입니다."

"그렇지는 않을 거요. 우리는 둘이 다 길을 잘못 들진 않은 거요."

"그럴까요?"

"사람은 누구나 죽으면 우선 하나님 앞에 나가서 심판을 받아야 하니까요."

"하나님 앞에서 심판이라뇨?"

"그렇소. 천당으로 갈 사람. 지옥으로 떨어질 사람…… 하나님께서 그것을 가려주시는 겁니다."

"……? 그러니까 말하자면 그 저 세상에서의 재판 같은 거군요?"

"그렇소. 각자 자기의 죄대로……"

뚱뚱한 사나이의 단호한 말이었습니다. 그러자 여윈 사나이는 그만 입을 다물고 말았습니다. 그들은 또 한동안 말없이 걷기만 하였습니다. 여윈 사나이는 좀 전보다도 더 기운이 없어진 것 같았습니다. 무언가 골똘히 생각하며 걷고 있었습니다.

"그렇담 전 재판을 받으나 마나군요."

이윽고 여윈 사나이가 혼잣말처럼 중얼거렸습니다.

"어째 그렇소?"

뚱뚱한 사나이가 물었습니다.

"그야 뻔하죠. 전 저세상에서도 사형을 당한 놈인걸요 뭐."

"사형을요!"

뚱뚱한 사나이가 놀라는 표정으로 여윈 사나이를 돌아보며 멈칫 걸음을 멈추었습니다.

"목에다 올가미를 걸구 발밑의 마룻바닥을 덜컥 떨구더군요."

여윈 사나이가 그렇게 말하며 자기 몸에 걸친 시퍼런 죄수복을 새삼스레 내려다보는 것이었습니다. 뚱뚱한 사나이는 자기도 모르게 여윈 사나이의 목으로 눈을 주었습니다. 과연 그 목에는 아직도 뻘겋게 올가미 자국이 있었습니다. 그건 참 무서운 일이라

220

고 뚱뚱한 사나이는 생각했습니다. 그는 슬그머니 돌아서 다시
걷기 시작했습니다. 그리고 물었습니다.

"도대체 무슨 죄를 지었기에……?"

"한두 가지가 아니었죠……"

여윈 사나이는 그렇게 허두를 꺼내고 잠깐 쉬었다가 다시 이야
기를 계속하였습니다.

"……남의 것을 훔치구, 여자를 겁탈하구, 그러다가 어떤 집에
서 그만 여섯 식구를 몽땅, 두 살짜리 어린애까지 낫으로 찍어 죽
여버렸단 말입니다."

여윈 사나이의 이야기에 뚱뚱한 사나이는 또 한 번 놀라며 돌아
보았습니다. 그러자 여윈 사나이는 그 뚱뚱한 사나이의 시선을
감당할 수 없었던지 고개를 떨어뜨렸습니다. 그리고 중얼거렸습니
다.

"사실은 돈만 훔쳐가지고 나오려 했는데 그너무 영감쟁이가 소
리를 지르는 바람에…… 어쨌든 저야 모가지에 올가미 쓸 만하죠
뭐."

여윈 사나이는 이야기를 그렇게 끝맺었습니다. 뚱뚱한 사나이
는 또 한 번 슬며시 여윈 사나이를 돌아보았습니다. 그 사나이가
무서워졌습니다. 세상에 이처럼 흉악한 인간이 있었던가 했습니
다. 그는 자기도 모르게 수의 자락을 여미어 잡았습니다. 그 흉악
한 사나이의 시퍼런 죄수 옷자락과 자기의 하얀 수의 자락이 행
여 스칠까 꺼리는 마음에서였습니다.

이번에는 꽤 오랫동안 말이 없었습니다.

어쩌다 하필이면 이런 흉악한 사나이와 함께 황천길을 걷게 되었을까 하고 뚱뚱한 사나이는 생각하고 있었습니다. 또 여윈 사나이는 나는 그렇구, 이 뚱뚱한 사람은 도대체 세상에서 무엇을 하다 오는 사람일까, 보기에 매우 점잖은데 하고 생각하며 걷고 있었습니다.

"그런데 선생님은 저 세상에서 무얼 하시다 오시는 분이죠?"

궁금해서 견딜 수가 없었던 여윈 사나이는 마침내 그렇게 묻고야 말았습니다.

"나요? 나는……"

뚱뚱한 사나이는 그 흉악한 사나이에게 자기의 신분을 알리기를 주저하는 듯하였습니다.

"이렇게 같이 황천길을 걷게 되었다는 것도 무슨 저 세상에서의 인연인지도 모르지 않습니까."

여윈 사나이의 제법 그럴듯한 말이었습니다. 그제야 뚱뚱한 사나이도 다시 생각했습니다. 그래 이것도 하나님의 무슨 뜻이 있는 것이리라 하고,

"나는 저 세상에서 교회 장로였소."

뚱뚱한 사나이는 애써 부드러운 음성으로 그렇게 말했습니다.

"네, 그러시군요. 교회 장로님, 그러니까 말하자면 예배당 주인이셨군요, 네!"

여윈 사나이는 감탄하여 머리를 주억거렸습니다. 그는 지금까지 지껄인 자기의 이야기가 한없이 부끄러웠습니다.

그들은 또 각각 자기 생각에 잠긴 채 오랫동안 아무런 말도 없

이 걸었습니다.

여윈 사나이는 옆에서 같이 걷고 있는 그 뚱뚱하고 점잖은 사나이가 부러웠습니다. 예배당 주인이었으니 그는 하나님을 찾아가는 것이 당연하고, 또 그렇게 해서 그는 천당으로 갈 것이니까. 그런데 나는 뭔가 하고 여윈 사나이는 생각했습니다. 나는 그 하나님인가 앞에 가면 당장 지옥으로 밀어 떨어뜨려질 것이 뻔하지 않은가. 그런데 공연히 덩달아 뚱뚱한 사나이를 따라 서둘러 걷고 있다니. 그러자 여윈 사나이는 그 뚱뚱한 사나이에 대하여 찐득한 질투를 느끼는 것이었습니다.

뚱뚱한 사나이도 또 자기 생각에 잠겨 있었습니다. 불쌍한 사람. 이제 저 사나이에게 내려질 하나님의 형벌은 얼마나 클 것인가. 그건 목에다 밧줄을 걸고 발밑의 마룻바닥을 덜컥 떨어뜨리는 따위 그런 장난 같은 형벌은 아닐 텐데. 주여, 그를 긍휼히 여기옵소서. 뚱뚱한 사나이는 그 흉악한 사나이를 위하여 그렇게 속으로 기도를 올렸습니다.

이번에는 정말 오래오래 말을 하지 않았습니다.

그렇게 한참을 가서였습니다. 그들이 가던 길이 두 갈래로 갈린 길목에 다다랐습니다. 그들은 걸음을 멈추었습니다. 그러고는 약속이나 한 듯이 서로의 얼굴을 마주 바라보았습니다.

"길이 두 갈래로 나 있군요."

여윈 사나이가 말했습니다.

"그렇군요."

뚱뚱한 사나이의 대답이었습니다.

"어느 쪽 길이 그 하나님께로 가는 길일까요?"

"글쎄요."

"오른쪽 길은 아주 넓고 평탄한데, 왼쪽 길은 좁고 돌투성이인데다 또 언덕까지 졌군요."

"그렇군요."

뚱뚱한 사나이는 무슨 생각을 하고 있는 것인지 물끄러미 두 길을 바라보며 그저 그렇게 덤덤히 대답하는 것이었습니다.

"그래 어느 쪽 길로 가야 하죠?"

여윈 사나이가 또 물었습니다. 뚱뚱한 사나이는 한참이나 말없이 서 있었습니다. 그러다 그는 마침내 결단을 내린 듯 대답했습니다.

"왼쪽 길로 가야 할 거요."

"왼쪽 길로요! 하필이면 좋은 길을 두고 돌길로 가요?"

여윈 사나이가 불평스럽게 말했습니다.

"그렇소. 천당으로 가는 길은 좁고 험하다고 했습니다."

뚱뚱한 사나이의 말이었습니다.

"천당. 그건……"

여윈 사나이는 천당, 그건 당신과나 관련이 있지 나 같은 놈에게는 어림도 없는 곳이외다, 하려던 말을 슬쩍 돌렸습니다.

"……그건 힘들 텐데요."

"물론 힘들죠. 그러니까 노형은 노형의 뜻대로 하슈."

뚱뚱한 사나이는 여윈 사나이의 목의 올가미 자국을 바라보며 그렇게 말했습니다.

"글쎄요. 여기까지 이렇게 함께 왔는데. ……암만해도 그 돌길은 힘들텐데…… 그러지 마시고 선생님도 이 길로 같이 가십시다."

여윈 사나이는 아무리 해도 좁은 돌길로 들어설 용기가 나지 않는 듯 오른쪽 넓은 길을 돌아보며 말했습니다.

뚱뚱한 사나이는 더 이상 말을 하지 않고, 그저 여윈 사나이의 시퍼런 죄수옷 자락만 바라보고 있었습니다. 그는 또 한 번 속으로 되뇌는 것이었습니다. 천국으로 가는 길은 좁고 험하니라 하고.

결국 그들은 좌우로 갈렸습니다. 여윈 사나이는 오른쪽 큰길로, 그리고 뚱뚱한 사나이는 왼쪽 좁은 길로.

여윈 사나이는 넓은 길을 훨훨 걸었습니다. 무엇보다도 바닥이 진흙이 아니어서 아주 수월했습니다. 게다가 넓으니까 바람도 선들선들 불었습니다.

'그 양반 참 고집도 대단하던걸. 지금쯤 돌길을 걷기에 고생이 이만저만이 아닐 텐데. 이렇게 편한 길을 두고 일부러 그 험한 길을…… 알 수 없는 일이야.'

여윈 사나이는 시퍼런 수의 자락을 펄럭거리고 걸으며 그런 생각을 하고 있었습니다.

과연 뚱뚱한 사나이는 고생이 말이 아니었습니다.

돌길은 갈수록 더 험했습니다. 발밑에서 돌이 구르며 무릎을 꿇고 쓰러지기가 일쑤였습니다. 그러면 그는 두 손으로 땅바닥을 짚고 일어서곤 했습니다. 그런 그의 두 무릎과 두 손바닥은 온통 껍질이 벗겨졌고 하얀 명주 수의에까지 피가 배었습니다. 그러나

그는 쓰러질 때마다 천국으로 가는 길은 좁고 험하다 좁고 험하
다 하고 속으로 외었습니다. 그리고 넓은 길을 택해 간 여윈 사나
이를 생각했습니다. 아마 지금쯤 그 여윈 사나이는 어떤 구렁텅
이에 빠져서 후회하고 있거나 그렇지 않으면 간악한 마귀를 만나
서 희롱을 당하고 있을 거라 생각했습니다.

뚱뚱한 사나이는 수없이 쓰러지며 간신히 그 돌길 고개를 넘었
습니다. 그러자 고개 너머에서부터는 환히 넓은 길이 틔었습니다.

이제부터는 정말 천국으로 가는 길이 틀림없구나 하고 그는 생
각했습니다. 그렇게 생각이 들자 무릎이나 손바닥의 아픔 같은
것은 잊어버릴 수 있었습니다. 그는 걸음을 더욱 빨리했습니다.
저만치 길가에 커다란 바위가 하나 우뚝 솟아 있었습니다. 뚱뚱
한 사나이는 그 바위 밑에서 좀 쉬어서 가리라 생각하며 다가갔
습니다. 그런데 바위 밑에까지 온 그는 흠칠 놀랐습니다. 이게 웬
일인가 했습니다. 그럴 리가 결코 없는데 했습니다. 거기 바위 밑
에 그 여윈 사나이가 번듯이 누워 잠이 들어 있었던 것입니다. 뚱
뚱한 사나이는 자기도 모르게 눈살을 찌푸리고 그 시퍼런 죄수옷
사나이의 잠든 얼굴을 내려다보고 있었습니다.

"아, 선생님 오셨군요."

여윈 사나이가 눈을 뜨며 부스스 일어나 앉았습니다.

"아니 어떻게……?"

뚱뚱한 사나이가 물었습니다.

"네, 한참 오다 보니까 산에서 내려오는 돌길과 마주치더군요.
그래 선생님께서 아마 이 길로 오실지도 모른다는 생각이 들어서

기다리기로 했죠. 역시 혼자 걷기보다는 둘이 이야기라도 하며 걷는 편이 좋지 않겠어요. 그런데 그만 깜빡 잠이 들었었군요. ……많이 고생하셨나 보죠. 무릎하며 손바닥하며 온통 피투성이가 되셨네요. ……그 참 공연한 고집을……"

여윈 사나이는 일어서며 시퍼런 죄수옷 자락의 먼지를 훌훌 떨었습니다.

뚱뚱한 사나이는 은근히 울화가 치밀었습니다. 결국 같은 지점에서 합쳐지는 것을 모르고 공연히 헛고생을 한 것을 생각하자, 그게 여윈 사나이 탓은 아니었지만 뚱뚱한 사나이는 어쩐지 그 여윈 사나이와 나란히 바위 밑에 앉아 쉬고 싶지도 않았습니다.

뚱뚱한 사나이는 그대로 쓱 돌아서 걷기 시작했습니다.

"같이 갑시다요. 그래도 난 선생님을 기다렸는데……"

여윈 사나이가 허겁지겁 뒤따라 왔습니다. 이제는 진흙판이 아니라, 그 진흙이 그대로 말라서 먼지가 된 모양으로 발을 옮길 때마다 풀썩풀썩 먼지가 일었습니다. 그래도 그건 진흙판이나 돌길보다는 훨씬 걷기가 편했습니다.

두 사나이는 말이 아주 없었습니다. 여윈 사나이가 몇 번 이야기를 걸어봤지만 뚱뚱한 사나이는 통 대꾸를 하지 않았습니다. 여윈 사나이는 그 뚱뚱한 사나이가 왜 그렇게 화가 나 있는지 알 수가 없었습니다. 그래도 여윈 사나이는 그렇게 말없이라도 둘이 걷는 편이 혼자 가는 것보다 훨씬 좋다고 생각하며 부지런히 따라 걸었습니다.

이윽고 저만치 앞에 조그마한 언덕이 보였습니다. 길은 그 언덕을 넘어갔습니다. 그리고 그 언덕 꼭대기 길 옆에 제법 큰 소나무가 한 그루, 꼭 분에 심은 것처럼 서 있었습니다. 그 밖에는 별로 나무가 없었습니다.

그들은 언덕 밑에서 소나무를 올려다보았습니다. 그러던 그들은 거기 나무 밑에 앉아 있는 한 노인을 발견했습니다.

"웬 할아버지가 있네요."

여윈 사나이가 뚱뚱한 사나이를 돌아보며 말했습니다.

"……"

뚱뚱한 사나이도 그 할아버지를 보긴 본 모양이었으나 역시 아무 대꾸도 하지 않았습니다.

"아마 우리와 마찬가지로 길을 가다가 쉬는 모양이죠?"

여윈 사나이는 그 노인을 화제로 하여 뚱뚱한 사나이와 이야기를 다시 시작하고 싶었습니다. 그러나 뚱뚱한 사나이는 여전히 화난 얼굴 그대로였습니다. 그들은 노인이 그 밑에 앉아 있는 소나무를 향하여 걸어 올라갔습니다.

늙은 소나무 밑에 가부좌를 하고 앉은 노인은 그들이 그렇게 걸어 올라오는 것을 알고 있는지 모르고 있는지, 그저 고개를 들어 멀리 하늘을 바라보며, 손에 쥔 기다란 지팡이로 땅바닥을 툭툭 두들기고 있었습니다. 그들은 더욱 가까이로 다가갔습니다. 그래도 노인은 여전히 지팡이로 툭툭 흙바닥을 두들기고 있을 뿐이었습니다. 그들은 더욱 가까이 가며, 노인의 지팡이 끝을 살펴보았습니다. 노인은 무슨 곡식을 떨고 있는 것도 아니었습니다. 그저 간간이 지팡이를 들어 올렸다가는 털썩 내려놓곤 하는 것뿐이었습니다.

두 사나이는 서로의 얼굴을 마주 쳐다보았습니다. 이상한 할아버지군요, 하는 그런 눈짓이었습니다.

뚱뚱한 사나이가 노인 옆으로 한 걸음 더 가까이 다가섰습니다.

"할아버지!"

"응?"

그제야 노인은 느릿하니 대답을 하며 그들에게로 얼굴을 돌렸습니다.

"할아버지는 여기서 뭘 하시는 거죠?"

"……그저 이렇게 앉아 있는 거지 뭐."

노인의 음성은 권태에 함빡 젖어 있었습니다.

"그래도 지팡이로 그렇게 뭘 두들기시는데……"

"오호, 그래서……허허허. 그저 하도 심심하니까 지팡이를 들었다 놓았다 하는 거지 뭐. 그런데 젊은이들은 어디서 오는 길인가?"

"우리는 저 세상에서 오는 길인데요."

"오 그래. ……그래 어디로 가는 거지?"

"지금 하나님 앞으로 가는 길입니다, 할아버지."

뚱뚱한 사나이는 공손하니 말했습니다.

"하나님? 하나님이라니……?"

노인은 눈을 그느스름하니 떠서 그들을 바라보며 한 손으로는 하얗고 긴 수염을 천천히 내리 쓸었습니다.

"그러니까. 이 우주를 창조하시고 만물의 주인 되시는 어른 앞으로……"

뚱뚱한 사나이가 노인에게 설명을 했습니다.

"우주를 만들고 주인 되신 자라구?"

노인은 또 한 번 긴 수염을 쓰다듬었습니다.

"그렇습니다."

"그래, 그럼 바로 날 찾아온단 말인가."

노인이 빙그레 미소 지었습니다.

"……?"

"……!"

두 사나이는 또 한 번 서로 마주 바라보았습니다.

"그럼 할아버지가 바로 하나님이십니까?"

여원 사나이가 반은 놀라고 반은 놀리는 투로 그렇게 물었습니다.

"글쎄 뭔진 몰라도 이 우주는 분명히 내가 만들었고 지금도 이렇게 심심한 대로 지팡이로 툭툭 치고 있지. 허허."

그러자 뚱뚱한 사나이가 별안간 땅바닥에 펄썩 엎드렸습니다.

"오! 주여!"

그의 등 뒤의 여원 사나이는 어리둥절해 서 있었습니다. 그는 도대체 영문을 알 수 없었습니다.

노인은 또 한 번 빙그레 웃었습니다. 그러고는 다시 시선을 저 멀리 허공으로 띄우며 지팡이로 흙바닥을 툭툭 두들기기 시작했습니다. 노인은 두 사나이의 존재 같은 것은 벌써 잊어버린 그런 태도였습니다.

두 사나이는 꽤 오랫동안 그렇게——뚱뚱한 사나이는 무릎을 꿇고 엎드리고 여윈 사나이는 그 등 뒤에 서서 기다렸습니다. 그러나 노인은 그저 그렇게 무료하게 지팡이를 들었다 놓았다 할 뿐 그들에게는 아주 관심이 없는 듯했습니다.

엎드렸던 뚱뚱한 사나이가 슬며시 허리를 바로 세웠습니다. 그리고 조심스럽게, 정말 조심스럽게 입을 열었습니다.

"주여, 제가 갈 곳을 일러주시옵소서."

그러자 노인은, 아직 거기 그렇게 앉고 서 있는 그들에 놀라는 듯이 얼굴을 돌렸습니다.

"갈 곳이라구?"

"네, 제게 합당한 곳으로……"

"자네에게 합당한 곳이라니?

"네, 천당이나 지옥이나……"

"천당? 지옥?"

노인은 의아한 표정으로 뚱뚱한 사나이를 굽어보았습니다.

"그러나 주님의 뜻대로 하옵소서!"

뚱뚱한 사나이는 땅바닥에 머리를 조아렸습니다.

"흐흠! 가면 되지, 그저 가면 되는 거야, 저 밑의 골짜기로 들어가게나, 그러면 거기 동산이 있지."

노인은 지극히 담담한 음성으로 그렇게 말하며, 언덕 저쪽 너머에 있는 골짜기를 지팡이로 가리켰습니다.

"주여, 감사합니다!"

뚱뚱한 사나이는 또 한 번 크게 머리를 조아렸습니다. 그리고 일어섰습니다. 그는 자기 등 뒤에 죽치고 서 있는 여윈 사나이를 한번 돌아보았습니다. 그는 여윈 사나이에게 그래도 뭐라고 한마디 헤어지는 인사를 해야 그게 도리일 거라고 생각했습니다.

"그럼 우리 여기서 헤어져야겠군요."

뚱뚱한 사나이가 여윈 사나이를 향해 목례를 했습니다.

"네 네. 선생님은 역시 천당으로……그럼 안녕히 가슈. 저는 이제……"

여윈 사나이는 그래도 억지로 웃어 보이는 것이었습니다. 그의 목의 그 올가미 자국이 유난히 뻘겋게 눈에 띄었습니다.

뚱뚱한 사나이는 언덕을 넘어 내려왔습니다. 길이 환하게 틔어 있었습니다. 시원한 바람이 야릇한 향기를 실어왔습니다. 그 낮도 밤도 아닌 뜨물 같은 빛이 차츰 걷히며, 밝은 빛이 환히 골짜기를 비추고 있었습니다.

"오, 주여! 여기가 천당임을 저는 믿습니다. 주여! 감사하옵니다!"

뚱뚱한 사나이는 골짜기 안쪽으로 달려 들어갔습니다.

과연 그곳은 천당이었습니다.

각양각색 꽃, 수정 같은 냇물, 각색 향기로운 열매, 맑은 하늘, 아름다운 새들. 뚱뚱한 사나이는 황홀했습니다. 천천히 골짜기를 더듬어 들어갔습니다. 이제는 무릎과 손바닥의 상처도 아프지 않았습니다. 역시 그 험한 돌길을 택해 넘어오기를 참 잘했느니라 했습니다. 그리고 지금쯤 하나님 앞에 꿇어앉아서 준엄한 심판을 받고 있을 그 여윈 사나이, 살인범을 생각했습니다. 그는 잠깐 걸음을 멈추고 눈을 감았습니다.

'주여, 그 살인범을 긍휼히 여겨주시옵소서!'

멀리서 노랫소리가 은은히 들려왔습니다. 뚱뚱한 사나이는 노랫소리를 찾아 걸어 들어갔습니다.

아, 그건 정말 천당이었습니다. 아름다운 천사들이 그를 영접했습니다. 그는 자기의 몸이 갑자기 무게를 벗어놓고 둥실 뜨는 것을 느꼈습니다.

"주여, 주여! 제가 무엇이관대 이처럼……"

그는 감격해서 부르짖었습니다.

그렇게 얼마나 지났는지 모릅니다. 천당에는 어둠이란 없었습니다. 그저 빛으로만 충만해 있었습니다. 그러기 며칠인지 몇 달인지 또는 몇 해인지 도무지 알 수가 없었습니다.

뚱뚱한 사나이는 그저 즐겁기만 했습니다. 천당은 그저 천당이라고밖에, 어떻게도 말로는 표현할 수 없는 그런 곳이었습니다.

뚱뚱한 사나이는 그저 행복하였습니다. 그는 얼마든지 하나님께 감사했습니다. 그런 가운데서 문득 그는 생각했습니다. 이런 자기의 행복을 누구에게건 한번 보여줄 수 있다면 얼마나 더 행복할까 하고. 그러면 그의 그 행복은 몇 갑절이고 더 클 것 같았습니다.

그래 그는,

"나 외에도 또 이 천당에 온 사람이 누구 있소?"

하고 시중드는 천사들에게 물었습니다.

"네. 있습니다."

천사가 공손히 대답했습니다.

"그럴 테지. 착한 사람도 많이 있었으니까. 그래 그 사람들은 어디에 있죠?"

"글쎄요, 어디든 마음대로들 거니시니까, 아마 혹 만나시게 될지도 모릅니다."

천사가 대답했습니다.

그리고 얼마 안 있어서였습니다. 뚱뚱한 사나이는 천사들을 전후좌우에 거느리고 연못가를 돌아 황금 대문을 지나서 장미꽃이 만발한 화원으로 들어섰습니다. 그러자 옆에서 따르던 천사가 말했습니다.

"저기 한 사람 있습니다."

천사가 저만치 꽃나무 밑을 가리켰습니다. 과연 거기 어떤 사람이 꽃나무 밑에 비스듬히 누웠고 천사들이 그의 옆에서 부채질을 하고 있는 것이 보였습니다.

"오! 만나서 이야기라도 하고 싶군요. 오래간만에 저 세상 이야기를."

뚱뚱한 사나이는 천사들이 인도하는 대로 그 꽃나무 옆으로 다가갔습니다. 그렇게 꽃나무 가까이까지 가서였습니다. 그는 걸음을 딱 멈추었습니다. 그리고 꽃나무 밑에 누워 있는 사나이를 뚫어지게 쏘아보는 것이었습니다.

그런데 그렇게 놀란 것은 그 뚱뚱한 사나이뿐이 아니었습니다. 꽃나무 밑에 누워 있던 사람도 깜짝 놀라며 벌떡 일어섰습니다.

"아니, 이거 선생님 아니슈!"

그렇게 소리 지른 사나이는 바로 그 사나이였던 것입니다. 그 비비 여위고 아직도 목에 올가미 자국이 있는 그 시퍼런 죄수옷을 입은 사나이였던 것입니다.

"……"

뚱뚱한 사나이는 말문이 꽉 막혀버렸습니다.

천사들은 서로 자기네끼리 얼굴을 마주 바라보며 미소 짓고 있었습니다.

"두 분이 잘 아시는 사이신가 보군요. 참 반갑겠습니다."

한 천사가 그렇게 치하하자, 모든 천사들이 축하의 노래를 합창하기 시작했습니다.

"반갑습니다, 선생님!"

여윈 사나이가 그렇게 반기며 뚱뚱한 사나이의 손을 덥석 쥐었습니다. 그러나 뚱뚱한 사나이는 여전히 아무런 대꾸도 하지 않았습니다. 아니, 그는 미간을 찌푸리기까지 했습니다.

그렇게 뚱뚱한 사나이가 미간을 찌푸리는 것을 보자, 천사들은 곧 노래 부르기를 멈추었습니다.

"그럼 저리로 거니시죠."

천사 가운데 한 천사가 눈치 빠르게 뚱뚱한 사나이의 기분을 알아차리고 그를 저쪽으로 모셨습니다.

"뭔가 저희들이 잘못한 점이 있는 것 같습니다. 용서하십시오."

한 천사가 그렇게 사과하였습니다.

"아니오. 그런 건 아니오."

뚱뚱한 사나이는 여전히 시무룩한 채 그렇게 말했습니다. 천사들은 더욱 사뿐사뿐 걸음걸이까지 조심하며 그를 따랐습니다. 뚱뚱한 사나이는 묵묵히 걷기만 하였습니다. 천당으로 온 후로 처음 울적한 시간이었습니다.

이윽고 그는 옆의 천사에게 물었습니다.

"여기가 분명 천당이죠?"

"네. 그렇습니다."

"그럼 지옥은 어디쯤 있습니까?"

"지옥이라뇨?"

천사는 의아한 얼굴을 하며 반문했습니다.

"그러니까, 저 세상에서 죄지은 사람들이 와서 무서운 벌을 받는 곳 말이오."

"……? 그런 곳은 없습니다."

"지옥이 없단 말입니까?"

뚱뚱한 사나이는 무척 놀라는 얼굴이었습니다.

"네. 그런 곳은 없습니다."

"그럴 리가 있소, 그럴 리가. 여기는 분명 천당이라면서요? 그런데 지옥이 없다니 그런……"

"그렇습니다. 여기는 분명 천당입니다. 그리고 지옥은, 지옥이란 그런 곳은 없습니다."

천사는 조용히 미소 지었습니다.

뚱뚱한 사나이는 생각하는 것이었습니다.

'지옥이 없다니. 지옥 없는 천당이라니. 그 극악한 죄수와 내가 같은 곳에……'

그는 자기의 발부리만 내려다보며 걸었습니다.

천당에는 여전히 빛이 충만해 있습니다. 각양각색의 꽃, 수정 같은 냇물, 향기로운 열매, 맑은 하늘, 아름다운 새들. 그리고 천사들은 여전히 뚱뚱한 사나이의 전후좌우에서 시중을 들었습니다.

그러나 뚱뚱한 사나이는 이제 어쩐지 천당이 그리 탐탁하지가 않았습니다.

청대문집 개

　채석장 주인 김억대는 안방 거울 앞에서 슬쩍 한 걸음 뒤로 물러서며 다시 한 번 자신의 멋을 점검했다.

　얼굴의 색안경, 저 6·25의 명장 맥아더 장군의 그것과 꼭 같은 모양의 것이다. 그러나 워낙 맥아더 장군보다 얼굴이 작다 보니 그 진한 색안경이 어쩐지 검은 복면 같다. 하지만 그거야 원래 팔다리 얼굴 모든 것이 멋없이 크게만 생겨먹은 미군들을 기준으로 하여 만들어졌을 안경이니까 한국 사람 누군들 별도리 있겠느냐 했다. 그는 꺼먼 가죽 잠바 호주머니에 두 손을 깊숙이 찔러 넣고 가슴을 펴며 얼굴을 들어 적당히 뒤로 젖혀본다. 잠바란 우선 허리가 잘록하게 조여들어서 마음에 든다. 작은 키가 조금은 커 보일 테니까. 키 이야기가 났으니 말이지 그게 더도 말고 1미터 71인 아내만만 해줘도 더할 나위 없을 텐데 하다 말고 그는 곧 동회장을 생각하며 히죽이 거울 속에서 웃었다. 동회장은 그보다도 1센

티 작은 164다. 그러면서도 그는 당당한 동회장이 아닌가. 아무리 변두리, 무허가 판잣집이 태반인 동의 동회장이라 해도 시골로 칠 양이면 면장영감님이다.

사월도 중순이다 보니 털 받친 가죽 잠바는 역시 좀 덥다. 그는 지퍼를 밑으로 끌어내렸다. 한 번 더 거울 속의 멋을 살폈다. 아니다. 그는 다시 주르르 자꾸를 오므려 올렸다. 덥기는 좀 덥더라도 자꾸는 역시 위까지 꼭 잠가야 위엄이 있어 보인다.

"아니! 당신은……"

그의 아내가 안방으로 들어서며 입을 딱 벌린다.

"뭐?"

김억대는 손가락 끝으로 안경을 매만지며 아내를 향해 돌아섰다.

"뭐라뇨. 아니 이 더운데 어쩌자고 가죽잠바는 떨쳐 입고 서성 거리는 거요."

"덥긴, 아직……"

"이 양반이 정말…… 철도 모르시는군요."

"하지만 오늘 동회에서 유지 회의가 있단 말야."

"동회요?"

"동회가 아니라 유지 회의 말야."

"기가 차서 참. 그래 동회건 유지 회의건 거긴 뭐 오뉴월에도 털옷 입고 가야 하는 데요?"

"오뉴월은…… 지금이 그래 오뉴월이야!"

김억대의 음성이 역정 조다. 왜 또 아는 체 잘난 체냐는. 그의 아내는 숫제 입을 다물고 말았다. 학교란 문 안에도 못 들어가봤다는, 아니 그의 말투로 하자면, 안 들어가봤노라는 남편의 대학을 나온 아내에게 대한 그 공연한 열등감을 너무나 잘 알고 또 단지 그 까닭으로 하여 어처구니없는 손찌검을 턱없이 여러 번 당해본 그녀였던 것이다.

"야, 순아, 차 하나 잡아와!"

김억대는 마루로 나서며 큰 소리로 식모애를 불렀다. 대답이 없다.

"이 계집애가 또 어딜 갔어. 회의 시간 다 됐는데."

그는 팔목시계를 들쳐 보며 투덜대었다. 등 뒤에서 아내가 미간을 집었다.

동회사무소라면 끽해야 동 안에 있을 게 아닌가. 여느 때는 볼일 없이도 곧잘 동회사무소에 마을을 가는 모양이던데 그날따라 무슨 그리 대단한 회의길래 그처럼 식을 찾는 거냐 했다.

"야, 순아!"

김억대는 또 한 번 이번에는 그 파란 페인트 칠을 한 대문 밖을 향해 꽥 소리를 질렀다.

식모애가 대문짝을 밀고 한 손에 든 마당비로 커다란 셰퍼드 궁둥이를 두들겨 몰아 앞세우고 들어오며 종알댄다.

"거지새끼가 개소리하네!"

"뭐라구! 이 기집애야."

김억대의 소리가 무엇에 찔린 듯 컸다.

"쓰레기통이나 쑤시고 돌아다니는 그 거지새끼가 글쎄 우리 존을 보고 개수작이잖아요!"

"뭐가 어쨌다구 또 그러니, 넌."

김억대의 아내가 불안한 표정으로 마루 끝에 나섰다.

"허기야 존 저게 병신이지 뭐예요."

식모애가 개를 향해 마당비를 한번 들었다 놓는다.

"존이 왜 병신야!"

김억대는 대문 옆 개장 앞에 쭈그리고 앉은 개를 바라보며 약간 누그러진 음성으로 역성이었다.

"멀쩡한 사람을 보곤 이를 허옇게 하구 대들면서, 넝마주이나 거지를 보면 쥔 본 듯이 꼬리를 치구 칭칭 개도는걸요."

"그거야……"

김억대는 마루 끝에 걸터앉아 구두를 신으며 뭐라고 변명을 하려다 만다.

"그러니 양아치 고 새끼가 존을 붙들고 궁둥이를 밀며 도리어 날 물라고 추기지 뭐예요. 정말 창피해 죽겠어요."

"창피하긴 뭐가 창피해! 어서 가 차나 잡아와."

김억대가 구두끈을 다 매고 허리를 폈다.

"아저씬…… 이웃에서들 뭐라고 하는지도 모르면서……"

식모애는 여전히 볼이 부은 채 대문을 나섰다.

대문 앞에서 택시 앞자리에 쓱 들어앉아,

"유지 회의가 끝나면 또 한잔하게 될 게요."

하고 사뭇 귀찮다는 표정을 지으며 담배를 빼어 문 김억대가 골목을 빠져나가자 돌아서 들어오는 그의 아내와 식모애는 다시 개

이야기를 꺼내었다.

"생기긴 제법 저렇게 멀쩡하게 생긴 것이 어째 그렇게 병신 구실을 하죠, 아주머니?"

식모애는, 대문 안에 엎드려 앞발에 턱을 올려놓고 눈을 그느스름하니 감은 개를 가리켰다.

"누가 아니래. 개도 늙으면 망령이 드나 보지!"

"저게 몇 해나 됐는데요?"

"모르지. 어쨌든 내가 왔을 때 벌써 큰개였으니까."

지금 일곱 살 난 딸애를 결혼한 지 1년 만에 낳았다는 그녀다.

"그럼 한 10년 됐겠네요."

식모애는 입을 딱 벌린다. 늙기도 어지간히 늙었다.

"……그러니 망령을 안 부려요!"

식모애는 부엌문 앞에서 또 한 번 개를 돌아보았다.

글쎄, 개도 늙으면 망령을 부리는지 어떤지는 잘 모를 일이지만 존은 이웃의 말썽거리였다.

도무지 이해가 가질 않았다. 이건 어떻게 자라먹은 갠지 옷을 단정히 차려입은 사람을 보면 남녀 할 것 없이 기를 쓰고 달려드는 것이었다.

하기야 개란 원래 집을 지키는 것이 본분이고 보면 공자님이 대문 앞에서 얼씬거렸대도 그가 자기 주인이 아닌 바에야 가랑이를 물고 늘어지는 것이 제 주인에게는 충견이겠으니, 주인 딸애 유치원 여선생님의 매끈한 종아리에 이빨 자국을 냈다든가, 이웃의 반장 아저씨 발뒤꿈치를 물었다든가, 또 수도 검침원의 엉덩이나

야경원의 양복 가랑이를 물어 찢었다고 해서, 그것은 주인과 피해자 사이에서 해결지어져야 할 성가신 사건이기는 할망정, 사람의 신분을 일일이 식별할 수 있는 신통한 능력을 미처 부여받지 못한 개를 나무랄 이유는 전혀 되지 못하는 것이다.

그러나 존의 경우는 좀 다르다. 그 늙은 수캐 존은 사람의 신분 식별을 노상 못 하는 것 같지도 않았기 때문이다. 도둑이건 성인이건 주인 아니면 모두 달려들어 물며 경계한다면야 의당 그 녀석의 폭행 책임은 동네 유지 김억대에게로 돌려지고 녀석은 그저 충직한 늙은 수캐로서 자기 사타구니나 철레철레 핥고 있을 수 있으련만, 이 존은 천사 같은 유치원 선생님의 그 하얗고 예쁜 종아리까지 경계하면서도 막상 누더기를 걸친 거지나 꼭지 따진 대팻밥 모자에 커다란 대바구니를 둘러멘 넝마주이만 보면 어찌된 셈인지 반가워라고 껑충껑충 달려가 꼬리를 설레설레 젓는 것이다.

자 그러니 이건 김억대의 아내 말대로 이제 너무 늙어서 망령이거나, 그렇지 않다면 이웃 사람들이 멀찌감치서부터 지레 피해 딴 골목으로 돌아가며 뱉는 말,

"저놈의 개는 눈알이 거꾸로 박혔는가, 거지막에서 자랐는가!"

대로 무슨 그럴 숨은 까닭이 있겠으나, 어쨌든 거지나 넝마주이 앞에서 식모애가 창피스러운 그런 개임에는 틀림없었다.

그렇기로는 김억대의 아내도 매한가지였다.

어쩌다 이웃집 아낙네들이 일이 있어 김억대네 그 파란 페인트칠 대문을 들어설 때면 무슨 인삿말이나처럼,

"이 댁 개는 너무 사나워서……"

"이 집 개는 종잡을 수가 없더라 원."

하며 비실비실 모로 걷는 것을 보면 김억대의 아내는 어쩐지 창
피하기도 하고 미안하기도 했다. 그들의 말이야 따질 것도 없이,
무슨 개가 그래 그러냐, 또는 개를 대관절 어떻게 가르쳐 키웠기
에 거지는 핥고 이웃은 무느냐는 뜻인 것이다.

그래 그녀는 개가 무슨 사고를 낼 때마다 남편에게 짜증을 부리
곤 했다.

"그 개 이제 그만 치워요. 이웃 창피해 못 살겠어요. 그게 어디
도둑 지킬 개요. 도둑한테 꼬리치고 순경 물 개지."

그러나 그때마다 김억대의 대답은 흐릿했다.

"왜 우리 존이 어때."

그렇다고 그가 뭐 제법, 요즈음 세상 제 어깨로 벌어서 거칠게
먹는 넝마주이나 그것도 못 해 구걸을 하는 거지의 발바닥만도
못한 치들이 번드르한 양복에 넥타이 매고 노력 대신 사기나 치
고 구걸 대신 뇌물이나 처먹으며 행세하는 판국이니 존의 눈이
오직 옳으냐는 따위 기특한 생각을 해서는 아니었고 도리어 그
자신도 존에 대해서는 적이 난처하게 생각하고 있었다.

그러면서도 그가 그 늙은 개를 보신탕집에 척 팔아넘기지 못하
는 것은 존이 그렇게 넝마주이 편이 되고 엉뚱한 사람을 경계하
게 된 데는 그럴 까닭이 있음을 그만은 잘 알고 있을 뿐더러, 따
지고 보면 오늘날 그가 소위 동네 유지가 된 것도 시초는 그 존으
로 해서였다고 생각하기 때문이었다.

그러니까 정확히 10년 전이다.

그날도 넝마주이 고아 팔뜨기—사팔뜨기의 사 자를 떼어버린 팔뜨기는 커다란 대바구니를 메고 골목골목의 쓰레기통을 뒤지고 있었다. 그러던 그는 어느 전주 밑에서 귀여운, 아주 귀여운 강아지를 한 마리 주웠다. 어쩌면 그건 시렁 밑에서 숟가락 주운 격이었는지 모르지만 어쨌든 그는 그것을 대바구니 속에 넣어 메고 변두리 산 밑 거적막으로 돌아왔다. 다음 날부터 팔뜨기는 그 강아지의 가는 다리를 끈으로 매어 거적막에 달아두고 나섰다.

그러던 어느 날이었다. 돌아와보니 어떤 뚱뚱한 미군이 쭈그리고 앉아 강아지를 어르고 있었다. 그는 팔뜨기를 보자 빙그레 웃으며 일어섰다. 강아지를 가리키며 뭐라고 했지만 알아들을 수는 없었다. 후에야 안 일이지만 그때의 그 미군은 부대의 쓰레기를 버릴 수 있는 적당한 곳을 찾아 변두리로 나왔던 것이었다.

다음 날부터 팔뜨기는 골목을 뒤지고 돌아다닐 필요가 없어졌다. 어제의 그 미군이 트럭으로 하나 가득히 쓰레기를 싣고 나왔던 것이다. 그는 또 거적막 앞에 쭈그리고 앉아 강아지를 한참이나 어르다가 돌아갔다. 다음 날도 또 다음 날도 미군은 쓰레기를 트럭에 싣고 나왔다. 뿐 아니라 먹이 깡통까지 끼고 나와서는 존 존 하고 제멋대로 강아지의 이름을 지어 부르며 한참씩 노닥거리다 돌아가곤 하였다.

어쨌든 팔뜨기는 신이 났다. 가만히 앉아만 있어도 날마다 트럭으로 실어다 주는 돈—미군들에게는 처치하기 성가신 잡동사니 쓰레기도 팔뜨기 눈에는 그대로 돈이었던 것이다. 꿈만 같았다.

그저 강아지 존만 잘 붙들고 있으면 된다.

1년이 채 못 되어서 팔뜨기는 피둥피둥 목덜미가 굵어졌고 강아지 존은 어미 개가 되었으며 둘레에는 어느 사이에 판잣집 마을이 섰다. 팔뜨기는 단연 그 판자촌의 왕자였다. 그가 맥아더 장군의 것과 같은 모양의 색안경으로 사팔뜨기 눈을 가리기 시작한 것도 그 무렵부터다.

그런데 일은 늘 좋게만 벌어지지는 않았다. 어느 날부터인가 쓰레기 트럭이 끊이고 오지 않았다. 이상하다 했다. 그러나 별도리가 없었다. 그는 그저 존의 등을 솔로 긁어 손질해주며 미군이 다시 나타나주기만 기다렸다. 그러던 며칠 뒤에 그는 비로소 진상을 알았다. 어떤 너절한 친구가 수십만 원을 써가며 그 파리 꼬이는 쓰레기 처분권을 딴 곳으로 유치해갔다는 것이었다.

그날 팔뜨기는 홧김에 찾아간 대폿집에서 돼지막 주인을 만나 정신없이 마셨다.

"난 이제 망했다, 망했어!"

"팔뜨기만 망했나 나도 망했다, 나도!"

쓰레기로 나오는 음식 찌꺼기로 돼지를 키우던 돼지막이니 망하기는 팔뜨기와 같은 곳이었다. 그들은 취하자 마주 붙들고 엉엉 소리 내어 울었고 존은 팔뜨기 옆에 쭈그리고 앉아 그의 발등을 핥고 있었다.

그런 그들이었는데 또 한 달도 못 되어서 둘은 대판으로 싸웠다. 돼지막이 있는 일대가 모두 자기 땅이니 비켜나라는 팔뜨기의 수작이었다. 어차피 이제 돼지도 못 쳐 먹게 된 판국이긴 하였지만 돼지막 주인이라고 호락호락 그대로 물러날 까닭이 없다. 멱살을 쥐고 치고받고 싸움이 벌어졌다. 그러나 싸움은 팔뜨기의 승으로 끝났다. 그래도 아직은 몇 명 졸개들을 거느린 팔뜨기였는데 존까지 합세하여 돼지막 주인에게 덤벼들었으니, 사실인즉 쓰레기를 빼앗기고 눈앞이 캄캄해 있는 팔뜨기에게 어떤 얌체 같은 친구가 맹랑한 귀띔을 해주었던 것이다. 이제 쓰레기는 틀렸으니 땅이라도 차지해두라고. 팔뜨기는 며칠을 분주히 싸돌아다녔다. 판잣집들을 한집 한집 찾아다니며 자신도 무슨 종이인지 모르는 종이에 도장들을 받았다. 팔뜨기 자기가 그 자리에서 미군 쓰레기를 받아 처리하던 바로 그 사람임을 확인해주는 그저 그것뿐인 도장이라 설명했고, 때 묻은 목도장을 꺼내는 판잣집 사람들은 또 그들 나름으로 행여나 그렇게 함으로써 미군 쓰레기를 다시 그리로 내올 수나 있지 않을까 하는 생각으로 손가락에 힘주어 도장을 찍어주었던 것이다. 돼지막 주인까지도. 그런데 그것이 바로 김억대란 거창한 이름으로 부근 일대의 땅을 불하받기 위한 종이였던 것이다.

매까지 맞고 억울하게 쫓겨나는 돼지막 주인을 본뜬 판잣집 사람들은 이젠 아주 쓰레기에 희망을 걸지 못하게 되었음을 알고 한 집 두 집 어디론가 흩어져가고 말았다.

그러나 지금까지 쓰레기 팔아 뭉쳤던 돈 거의 전부를 그 땅에 털어넣어버린 팔뜨기 김억대만은 쉽사리 떠날 수가 없었다. 그는 나무 한 그루 없이 민숭민숭한 그 산 밑에 마침내 존과 단둘이만 남아버렸다. 차라리 돼지막 주인이라도 그렇게 쫓아내지 않았더라면, 하는 외로운 생각으로 그는 종일 저 맞은편 마을을 바라보며 땡볕에 앉아 있었다.

어떤 날 키가 유난히 작은 초라한 사나이가 산 밑으로 그를 찾아왔다. 새로 앉은 동회장이라는 것이다.

그런데 그 동회장이란 사나이가 그에게 들고 온 용건이란 게 팔뜨기에게는 거창했다. 동 이쪽과 저쪽 중간에 있는 조그마한 내에 다리를 놓기로 했다면서 얼마간 협조해달라는 청이었다.

"여보시오, 내 살고 있는 저 거적막을 보면서 하는 말이오?"

팔뜨기 김억대는 어이가 없었다.

그 조그마한 사나이는 몸과는 어울리지 않는 굵은 소리로 웃으며 그의 옆에 쭈그리고 앉았다.

"김선생님 왜 이러십니까. 다 잘 알고 온 건데. 우리 동 안에서는 김선생님이 제일 아닙니까, 허허허."

"⋯⋯? 사람 놀리지 마시오!"

김억대에게는 그 생전 처음 들어보는 선생님이란 말부터가 놀리는 말이었던 것이다.

"원 그런 말씀을⋯⋯ 아 사실 김선생님이 하실랴구만 한다면 그까짓 한 뼘만 한 다리 하나가 문제겠어요. 뭐하면 아 이 산의 돌을 몇 개 파다 해도 거뜬히 될걸⋯⋯"

"흥, 속 편한 소리 하지. 파가려거든 다라도 파가요, 제길."

김억대는 사실 그 듣기만 해도 배가 나올 듯한 이름값도 없이 본래대로 알거지였던 것이다.

그런데 세상일 그게 또 곧잘 우습게 되어간다. 다리를 놓기 위해 정말 돌을 몇 개 파내다 보니 그대로 산은 채석장이 되어버렸다.

이름을 억대라 새로 지어서 그랬던가, 그는 채석장 주인이 되면서 다시 돈을 벌기 시작했다. 얼마 안 해서 언덕 위에 제법 멀끔한 한옥을 지었고 대문에는 자기 취미대로 파랑 페인트 칠을 몇 번이고 했다. 다시 한 집 두 집 돌산을 바라보고 사람들이 모여들었다. 그러자 돈이 좋아 그는 어떤 불쌍한 노인의 외동딸을 아내로 맞았다. 배워야 산다고 악으로 야간대학까지 마친 여자였으며 병든 그녀의 아버지를 함께 모신다는 조건으로 들어온 것이었다.

이제는 제법 이발소도 목욕탕도 있는 동이 되었고 그는 또 어느 사이에 그 동네의 유지가 되어 있었다. 어쩌면 동회장이나 조금 알고 있을까, 그 밖에 목욕탕 주인, 한약방 의사, 그리고 부동산 소개업의 할아버지 등 소위 동 유지란 작자들은 물론, 돌산이 생기고 나서 새로 모여든 동민들 그 누구도 김억대의 전신 팔뜨기에 관해서는 모르고 있는 것이 그로서는 여간 다행스러운 일이 아니었다. 아니 그뿐 아니라 그의 아내까지도 늙은 존의 그 괴상한 버릇을 망령으로만 알고 있는 것이다.

그런 데다가 그의 채석장 일꾼들의 아낙네들은 감히 그의 이름은 부를 엄두도 못 내는 일이고, 그의 집 대문 색깔을 따서 청대문집 주인어른, 청대문집 주인어른 하니, 팔뜨기 후신인 김억대로서는 좀 더운 한이 있더라도 사월에 가죽 잠바를 입는 위엄과 몇 걸음 거리인 동회사무소라도 택시를 불러 타는 체면이 필요했으며, 그러다 보니 지금은 그 자신까지도 자기가 10년 전 팔뜨기였던 사실을 깜박깜박 잊는 때가 많았다.

그런데 사람은 팔뜨기가 그렇게 김억대로도 바뀌는데 수캐 존은 그저 그대로 존이었다.

장마가 겨우 걷히고 중복도 가깝던 어느 무더운 정오였다.

쾅 쾅 쾅, 저만치 채석장에서 발파 소리가 들렸다.

김억대는 겨우 사타구니만 가린 알몸뚱어리로 자기 집 마루 위에 회초리 맞은 개구리 모양으로 누워서 선풍기를 쏘이며 그 발파 소리를 속으로 세고 있었다.

더운 땡볕에 나가서 일일이 작업을 감시하지 않아도 그렇게 낮 12시와 저녁 6시에 터지는 발파 소리만 세고 있으면 그날 일을 대충 짐작할 수 있는 것이 또 채석장 주인의 세상 편한 점이라 했다.

그렇게 발파 소리를 세며 그느스름히 잠이 들어가던 때였다. 갑자기 집 앞이 왁자지껄했다.

"큰일 났습니다! 큰일 났어요!"

인부들이 대문 안으로 우르르 몰려들었다.

김억대는 벌떡 일어나 앉았다. 땀에 번질번질 젖은 알몸뚱어리가 미처 아랫사람들 앞에 체면을 차릴 겨를도 없었다.

"바위가 굴러내렸습니다!"

"뭐, 바위가?"

"네, 아 그, 전부터 몇 번이나 말씀드렸던 그 산꼭대기의 바위가 마구 굴러 내려오면서 밑의 집을 다섯 채나 깔아뭉갰습니다."

"미친 새끼들! 그래 그걸 왜 못 막아! 개 같은 새끼들!"

흥분한 김억대의 입에서는 팔뜨기 시절에나 쓰던 점잖지 못한 욕설이 거침없이 튀어나왔다.

"사람이 많이 깔려 죽었습니다! 몇 사람이나 죽었는지 그 수를 알 수가 없습니다!"

"어른 어린애, 남자 여자. 하여튼 큰일 났습니다!"

인부들은 얼굴이 파랗게 질렸다.

김억대는 속옷 바람으로 채석장 사고 현장으로 달려갔다. 그래도 그는 그 색안경을 쓰는 것은 잊지 않고 있었다.

아닌 게 아니라 그 산꼭대기에 슬쩍 머리를 들고 앉아 있는 커다란 바위가 위험하다고 현장감독에게서 몇 차례나 경고를 받은 일이 있는 그였다. 그때마다 그는 큰 소리로,

"하늘 무너질 걱정 말고 일이나 해. 책임은 이 김억대가 지는 거야! 이 김억대가!"

하곤 했던 것이다.

그러던 것이 장마 뒤끝에 발파 진동으로 와르르 무너져내린 것이다.

성냥갑 같은 판잣집이 다섯 채나 가루가 되며 사람은 몇 명이나 깔려 죽고 다쳤는지 알 수 없었다. 울음바다다.

"제기랄! 죽은 새끼들은 울지나 않지, 이건 제길!"

김억대는 잔뜩 미간을 찌푸렸다. 귀찮게 됐다.

그러나 김억대로서 정작 귀찮은 일은 딴 데서 일어나고 있었다.

사고 현장에 나왔던 지서 주임이 책임자를 찾아 김억대네 집 청대문을 들어섰을 때였다. 느닷없이 존이 달려들어 그의 허벅다리를 물고 흔들었다.

채석장에서 그 보고를 들은 김억대는 허둥지둥 집으로 달려 내려왔다. 지서 주임은 돌아가고 없었다.

"야! 택시 불러와!"

여전히 속옷 바람에 색안경을 낀 그는 식모애에게 소리 질렀다.

"어딜 가시려구요!"

그의 아내가 마루로 나섰다.

"어딘 어디야. 지서 주임한테 가서 사과를 해얄 게 아냐! 죽일 놈의 개새끼. 이 존 어딜 갔어?"

김억대는 대문 안의 개장을 한번 힘껏 걷어찼다.

"아니, 지서에보다 깔린 사람들부터 먼저 구해야잖아요!"

"잘난 체하지 말란 말야! 잘난 체! 빨리 차 못 불러와!"

그는 또 버럭 소리를 질렀다.

언제나의 버릇대로 운전대 옆에 김억대를 태운 자동차가 부서진 판잣집 틈을 빠져나갔다.

"아마 기중기라도 빌리러 가는 모양이지. 급히 가는 걸 보니."

무너진 판잣집을 들치고 있던 인부들의 말.

사흘이 지나자 어쨌든 일단 시체들은 매장되고 채석장 아래 판자촌은 허탈 상태로 조용하였다.

나흘째 되던 날에는 마음이 조금씩 움직이기 시작하는 듯하더니, 닷새째 되던 날은 벌써 모든 것을 깨끗이 잊어버린 듯 채석장에는 다시 사람들이 북적거리고 있었다.

그날은 중복날이었다.

몹시 덥다. 그런데도 불구하고 채석장에는 활기가 돌고 있다.

김억대가 인부들을 위하여 개를 한 마리 잡았던 것이다.

볕이 내리쪼이는 채석장 아래쪽에는 인부들이 모여 앉아 땀을 흘려가며 그 뜨거운 개 국물을 훌훌 들이켜고 있었고, 저만치 위쪽 널따란 바위 위에는 동네 유지 양반들 몇몇 사람이 대폿집 여자들과 어울려 노래를 부르고 춤을 추며 떠들썩거리고 있었다.

좋다, 타, 타아! 얼씨구, 얼씨구, 타아!

그 볼품없이 팔다리를 들썩거리며 바위 위를 빙빙 돌고 있는 것은 김억대라고 하는 인부도 있었고,

"아니야, 그 양반이 저렇게 벗어던지고 춤을 출 리가 있나, 원!" 하며 당치도 않은 소리라는 듯 극구 부인하는 늙은 인부도 있었다.

"어쨌든 복날 개고기는 산삼보다 낫다던데 올여름은 이제 문제 없지!"

사고로 다친 팔 하나를 꺼먼 끈으로 해서 목에 걸고 왼손으로 개 국물 사발을 쥔 젊은 인부의 말이다. 이마에는 개기름 같은 땀 방울이 주렁주렁 달려 있었다.

조오타. 얼씨구! 씨구…… 타!

저 위쪽은 점점 흥이 나는 듯 이제 장구 소리까지 들려온다.

표구된 휴지

  니무슨주변에고기묵건나. 콩나물무거라. 참기름이나마니쳐서무
그라.

  누렇게 뜬 창호지에다 먹으로 쓴 편지의 일절이다. 언제부터인
가 나는 피곤할 때면 화실 한쪽 벽에 걸린 그 조그마한 액자의 편
지를 읽는 버릇이 생겼다. 그건 매우 서투른 글씨의 편지다. 앞부
분과 끝부분은 없고 중간의 일부분만인 그 편지는 누가 누구에게
보낸 것인지도 알 수 없다. 다만 그 내용으로 미루어 시골에 있는
늙은 아버지——어쩌면 할아버지일지도 모른다——가 서울에 돈
벌러 올라온 아들에게 쓴 편지라는 것이 대충 짐작될 따름이다.
사실은 그 편지가 노인이 쓴 것으로 생각되는 까닭은 그 내용도
내용이려니와 그보다도 더 그 편지의 종이나 글씨에 있는지 모른
다. 아마 어느 가을에 문을 바르고 반 장쯤 남았던 창호지를 용케

254

생각해내서 벽장 속을 뒤져 먼지를 떨고 손바닥으로 몇 번이나 쓸어 펴서 적당히 두루마리 모양이 나게 오린 것이리라. 누렇게 뜬 종이 가장자리가 삐뚤삐뚤하다. 거기에 사연을 먹으로 썼다. 순한글——아니 이 편지에서만은 언문이라는 말이 좀더 어울릴까 ——로 쓴 그 글씨가 재미있다. 붓으로 썼다기보다 무슨 꼬챙이에 먹을 찍어서 그린 것 같은 글자는 단 한 자도 그 획의 먹 농도가 고른 것이 없다. 뿐 아니라 글자의 획들이 모두 사개가 물러나서 이상스레 헐렁한데 그런 글자들이 또 제각기 제멋대로 방향을 잡고 아무렇게나 눕고 서고 했다. 그러니 글줄이 바를 리는 만무고.

　　니떠나고메칠안이서송아지낫다. 그너석눈도큰게 잘자란다. 애비
보다제에미를더달맛다고덜한다.

이 대문에서는 송아지 석 자가 딴 글자보다 좀 크고 먹 색깔도 진하다. 나는 언제나 이 액자를 보면 그 사연보다 그 글씨로 하여 먼저 미소 짓게 된다.
　베적삼 고름은 헐렁하니 풀어헤쳤고 잠방이 허리는 흘러내려 배꼽이 다 드러난 촌로들이 마을 어귀 느티나무 그늘에 모여, 더러는 마주하고 장기를 두고 옆의 한 노인은 부채질을 하다 졸고 또 어떤 노인은 장죽을 쑤시는가 하면 때가 새까만 목침을 베고 누운 흰머리는 서툰 가락의 시조를 읊고.
　그 크고 작고, 진하고 연하고, 삐뚤삐뚤한 글자들. 나는 거기서 노인들의 구수한 농지거리를 들을 수 있다.

압논벼는전에만하다. 뒷밧콩은전해만못하다. 병정갓던덕이돌아
왔다. 니서울돈벌레갓다니까, 소우숨하더라.

이 편지 액자는 사실은 내 것이 아니다.

3년 전 가을이었다. 저녁 무렵 친구가 찾아왔다. 어느 은행 지
점장인가 지점장 대리인가 하는 그 친구는 퇴근길에 잠깐 들렀다
는 것이었다.

"부탁이 있는데."

"부탁? 설마 은행가가 가난한 화가더러 돈을 꾸란 건 아닐 게
고."

나는 농담으로 그를 맞아들였다.

"그런 건 아니고…… 이거 좀 보게."

그는 신문지로 돌돌 만 것을 불쑥 내밀었다.

"뭔데. 그림인가?"

"글쎄 펴보게. 그림이라면 그림이고 글이라면 글인데 그게……
국보급이야."

친구는 장난기 어린 눈으로 안경 속에서 웃고 있었다. 나는 조
심조심 신문지를 폈다. 그건 아무렇게나 구겨서 던졌던 휴지를
다시 편 것이었다.

"뭔가, 이건?"

"한번 읽어 보게나."

친구는 눈으로, 내가 들고 있는 휴지를 가리켰다. 나는 그 구겨

졌던 종이 위에 먹으로 쓴 글자를 한자 한자 읽으면서 속으로 철자법을 교정해야 했다.

"무슨 편지 같군."

"그래."

"무슨 편진가?"

"나도 모르지."

"그런데!"

"어쨌든 재미있지 않나. 뭔가 뭉클하는 게 있단 말야."

"좀 그런 것 같긴 하지만……"

"바가지에 담아 내놓은 옥수수 냄새 같은, 뭐 그런 게 있잖아."

"흠, 자넨 역시 길을 잘못 들었어."

나는 웃었다. 그는 나와 중학교 동창이다. 그 시절 그는 문학서적에 취해 있는 문학소년이었다. 선생님들도 그의 소질을 인정하고 있었다. 그런데 그는 결국 상과대학엘 갔다. 고등학교에서의 배치에 의해서였다.

"그거 표구할 수 있겠지?"

"표구?"

"그래."

"그야 할 수 있겠지. 창호지니까."

"난 그런 걸 잘 모르지 않나. 그래 화가인 자네 생각을 했지 뭔가. 자네가 어디 적당한 표구사에 맡겨서 좀 해주지 않겠나?"

"그야 어렵지 않지만…… 자네도 어지간히 호사가군. 이걸 표구해서 뭘 하나. 도대체 어디서 주워온 건가, 이 휴지는?"

"아닌 게 아니라 정말 휴지통에서 주운 거지."

그 친구 은행 창구에 저녁때면 날마다 빼지 않고 들르는 지게꾼이 있단다. 은행문 앞에 지게를 벗어 세워놓고는 매우 죄송스러운 태도로 조용히 은행 안으로 들어서는 스물댓 나 보이는 그 꺼먼 얼굴의 청년을 처음엔 안내원이 막았다.

"뭐지요?"

"예, 예, 저어……"

"여긴 은행이오, 은행!"

"예, 그러니까 저 돈을……"

청년은 어리둥절해서 말도 제대로 하지 못했다.

"글쎄, 은행이라니까!"

"예, 그런데 그 조금도 할 수 있습니까?"

"조금이라니 뭘 말이오?"

"저금을 조금두 할 수 있습니까?"

"저금요!"

은행 안의 모든 시선들이 그 지게꾼에게로 쏠렸다.

청년은 점점 더 당황하였다. 얼굴이 붉어져서 돌아서 나가려는 그를 불러 세운 것은 예금 창구의 여직원이었다. 청년은 손에 말아 쥐고 있던 라면 봉지에서 꼬깃꼬깃한 백 원짜리 지폐 다섯 장과 새로 새긴 목도장을 꺼내어 떨리는 손으로 여직원에게 바쳤다. 청년은 저만치 한구석으로 가 서서 불안스러운 눈으로 멀리 여직원을 지켜보고 있었다. 한참 만에 그는 흠칫 놀랐다. 생전 처음 그는 씨 자가 붙은 자기 이름을 들었던 것이다. 그는 여직원 앞으로 달려와 빳빳한 통장을 받았다. 청년은 여직원과 안내원에게 굽실굽실 절을 하고는 한 손에 통장을 받쳐 든 채 들어올 때처럼 조심스럽게 유리문을 밀고 나갔다. 통장을 확인할 경황도 없이.

다음 날부터 그 청년은 매일 저녁 무렵이면 꼭꼭 들렀다. 하루에 이백 원 혹은 삼백 원 또 어떤 날은 오백 원. 그의 통장에는 입금만 있고 출금난은 비어 있었다. 이제는 제법 안내원과는 익숙해졌으나 여직원 앞에서는 여전히 얼굴을 붉히며 수고를 끼쳐서 대단히 죄송하다는 표정 그대로였다.

그러던 어떤 날이었다. 그날은 여느 날보다 조금 일찍 청년이 은행엘 들렀다.

"오늘은 일찍 오셨네요. 얼마 넣으시겠어요?"

여직원이 미소로 물었다.

"예, 기게…… 오늘은 좀……"

청년은 무언가 종이 뭉텅이를 들고 머뭇거렸다.

"왜요?"

"이거 정말 죄송합니다. 이거 얼마 되지도 않는 걸 동전으루……
그동안 저금통에 넣었던 걸 오늘 깨었죠. 기래 여기 이렇게……"

청년은 종이에 싼 것을 내밀었다.

"아이, 많이 모으셨네요."

"죄송합니다. 정말 이거……"

청년은 뒤통수를 긁적거리며 언제나 그가 서서 기다리는 구석으로 갔다.

"이게 바로 그 지게꾼 청년이 동전을 싸가지고 온 종이지."

친구는 내 손의 편지를 가리켰다.

"그래, 그럼 그의 집에서 그 청년에게 보낸 편지란 말인가?"

"글쎄, 반드시 그렇다고는 할 수 없겠지. 동전을 세는 여직원을 거들어주다가 우연히 발견하고 재미있다고 생각돼서 가지고 온 것뿐이니까."

우물집할머니하루알고갔다. 모두잘갓다한다. 장손이장가갓다. 색씨는너머마을곰보영감딸이다. 구장네탄실이시집간다. 신랑은읍의서기라더라. 앞집순이가어제저녁감자살마치마에가려들고왔더라. 순이는시집안갈끼라하더라. 니는빨리장가안들어야건나.

나는 비시시 웃음이 새어 나왔다. 편지 내용도 그렇고 친구의 장난기도 그랬다.

어쨌든 나는 그 창호지를 아는 표구사에 맡겼다. 그게 어떤 편지냐고 묻는 표구사 주인한테는,

"굉장한 겁니다. 이건 정말 국보급입니다."

하고 얼버무렸다. 표구사 주인은 머리를 기웃거렸다.

그 후 나는 그 창호지 편지를 감감히 잊어버리고 있었다. 그런데 은행 친구가 어느 외국 지점으로 전근이 되었다. 비행기가 떠날 때 나는 문득 그 편지 생각이 났다.

니떠나고메칠안이서송아지낫다.

그길로 나는 표구사로 갔다. 구겨진 휴지였던 그 편지는 깨끗이 펴져서 액자 속에 들어 있었다. 그렇게 치장하고 보니 그게 정말 무슨 국보나 되는 것 같았다.

돈조타. 그러나너거엄마는돈보다도너가더조타한다. 밥묵고배아프면소금한줌무그라하더라.

그날부터 그 액자는 내 화실에 그냥 걸어두었다. 그저 걸어둔 거다. 그런데 그게 이상하게도 차츰 내 화실의 중심점이 되어갔다. 그건 그림 같기도 하고 글 같기도 하다. 아니 그건 분명 그 둘이 합쳐진 것이었다.

나는 친구가 외국으로 떠나고 이태 동안 그 액자를 간간 바라보고 있는 사이에 차츰 그 친구의 심정을 느껴 알 것 같아졌다.

니무슨주변에고기묵건나. 콩나물무거라. 참기름이나많이처서무그라.

순이는시집안갈끼라하더라. 니는빨리장가안들어야건나.

돈조타. 그러나너거엄마는돈보다도너가더조타한다.

그리고 채 이어지지 못하고 끊어진 맨 끝줄.

밤에는솟적다솟적다하며새는운다마는……

고장난 문

"자, 그럼 처음부터 찬찬히 이야기해봐. 거짓말은 하지 않는 편이 좋아. 우린 벌써 다 알고 있으니까."

열여덟 살 만덕에게는 아버지뻘이나 되어 보이는 중년 수사관이 볼펜을 거기 조서 위에 굴려놓고 걸상 등받이에 깊숙이 기대어 앉았다. 이미 조서는 꾸며졌으니 들으나 마나 한 이야기지만 하도 애원을 하니까 한번 더 들어봐준다는 그런 태도였다.

"형사님, 제가 왜 무엇 때문에 거짓뿌렁을 합니까. 정말 억울합니다! 제가 한 말은 다 사실입니다. 요만큼도 거짓뿌렁 없습니다."

책상 모서리에 놓인 나무 걸상에 두 무릎을 모으고 단정하게 앉은 만덕은 새끼손가락을 하나 세우고 그 새까만 손톱을 가리켜 보이며 울상을 지었다.

"글쎄, 그러니까 한 번 더 얘기해보라는 거 아냐!"

수사관은 담배를 붙여 물며 맞은편 벽에 걸린 시계를 쳐다보았다. 뻔한 사건을 빨리 끝내버리고 싶은 그런 눈치였다.

"나 정말 미치겠네요! 억울합니다, 정말!"

만덕이란 그 눈이 커다란 소년은 벌써 얼마든지 울었던 모양으로 형편없이 얼룩이 진 얼굴을 또 한 번 시꺼먼 작업복 소매로 문질렀다.

"이 녀석아, 그러니까 다시 얘기해보라는 거 아냐!"

수사관은 꽥 고함을 질렀다. 만덕은 손을 무릎 위에 공손히 내려놓으며 한번 수사관을 쳐다보고 나서 이야기를 시작하였다. 제법 맑은 음성에 시골 무식한 소년 치고는 이야기가 또박또박 조리 있었다.

그러니까 어제 아침이죠. 그게 아마 10시쯤이었을 겁니다. 읍내의 우체부 아저씨가 편지를 한 통 배달해주고 갔어요.

"그때 너는 펌프에서 밥그릇을 씻고 있었고."

수사관이 빙그레 웃어 보였다.

"예, 다 알고 있구먼요."

"이 녀석아, 그걸 모르면 어떡해! 그러니까 거짓말을 해도 소용없어. 다 조사했으니까."

"아 그럼요. 여기가 어디라고 거짓뿌렁을 합니까. 좋아요, 형사 아저씨가 그렇게 다 알고 있으니까 정말 마음이 턱 놓이누만요."

이번에는 만덕이 그 얼룩진 얼굴에 히죽이 웃음을 담아 보였다. 수사관이 귀신처럼 죄다 알고 있으니 자기의 죄 없음도 알 것이고 진범도 쉬 붙들릴 테니까.

　그래 난 그 편지를 들고 선생님 화실로 갔죠. 화실은 내가 있는
별채와 따로 떨어져 있거든요. 그런데 문이 잠겨 있더군요.
　"선생님, 편지 왔습니다."
　나는 문을 두어 번 두들겼습니다. 그랬더니 안에서 기척이 들리
며 문 손잡이를 덜컥거리더군요.
　"문이 잠겼구먼."
　안에서 선생님이 중얼거렸습니다. 나는 밖에서 한 번 더 둥근
손잡이를 쥐고 돌려보았습니다. 그렇지만 그건 공연한 짓이죠.
그 출입문은 안에서 잠그게 되어 있거든요. 또 한 번 손잡이가 안
에서 덜컥거렸습니다.
　"어떻게 된 거지? 문이 안 열리지 않아."
　선생님의 음성이 새어 나왔어요. 그러나 밖에 서 있는 나로선
그저 기다리는 도리밖에 없었죠.
　"밖에가 뭐 잘못된 거 아니냐?"
　"아닙니다, 밖엔 아무렇지도 않은데요."
　"그럼 어떻게 된 거야."
　"글쎄요."
　"이상하군."
　사실 그랬습니다. 그 선생님 화실 문이란 동글한 손잡이가 달려
있었는데 안에서 그 손잡이 한가운데에 톡 튀어나온 배꼽 같은
단추를 꼭 눌러서 잠그게 되어 있었거든요. 그리구 안에서 열 때

는 그저 손잡이를 돌리기만 하면 되고, 밖에서 열 때는 열쇠를 넣고 돌려야 열리게 되어 있죠. 참 신통한 손잡이예요. 그런데 그게 선생님이 안에서 손잡이를 돌렸는데도 열리지 않거든요.

"이상한데…… 이봐, 만덕이."

"예."

"밖에서 열쇠로 한번 열어봐."

"열쇠가 제겐 없는데요."

"저리 앞 창문으로 돌아와, 열쇠를 내보내줄 테니까."

나는 곧 화실 모서리를 돌아 나갔죠. 포도송이 같은 꽃이 주렁주렁 달려 있는 등나무 시렁 밑으로 해서 창문 앞으로 갔어요. 선생님이 창문 쇠창살 사이로 열쇠를 내밀어주시더군요. 나도 역시 쇠창살 사이로 편지를 선생님께 건네고 열쇠를 받았죠. 조그마한 방울이 하나 끈에 달린 하얀 열쇠였어요…… 예, 바로 형사 아저씨 앞에 있는 그 열쇱니다. 방울이 달렸지 않아요.

"응, 은방울인데."

수사관이 책상 모서리에서 열쇠를 집어 들어 끈에 달린 방울을 흔들어보았다. 딸랑딸랑 아주 맑은 소리가 울려 나왔다.

"선생님은 화실에 들어가실 때면 저만치 사립문에서부터 열쇠를 꺼내어 딸랑딸랑 흔들며 들어오시곤 했어요. 그러니까 나는 별채 방 안이나 뒤뜰에서 무슨 일을 하다가 앞에서 인기척이 나도 그 방울 소리만 나면 나가볼 필요가 없었죠. 그건 선생님이 화실로 들어가시는 거니까요. 선생님은 그렇게 인정 있는 좋은 분이었어요. 내가 무슨 일을 하다가 공연히 나올까 봐서 일부러 그렇게 방울을 흔드시는 거였죠."

나는 그 열쇠를 들고 문으로 갔어요. 쇠를 넣고 비틀었습니다. 그러나 여전히 문은 안 열렸어요.

"선생님, 안 되는데요."

"그래…… 하기야 안에서 비틀어서 안 열리니까."

선생님은 심상한 목소리로 그렇게 중얼거리고는 잠잠했습니다. 아마 방금 전해드린 편지라도 읽고 있나 보다 하고 나는 그냥 앞뜰로 돌아 나오고 말았죠. 열쇠는 그냥 내 호주머니에 넣은 채로 말입니다.

그런데 한 시간쯤 되었을까요. 앞뜰에서 장미나무에 거름을 주고 있노라니까,

"만덕아!"

하고 선생님이 부르는 소리가 들렸어요.

"네."

나는 삽을 던져두고 화실 앞으로 달려갔죠.

"이 녀석아, 문을 열지 않고 뭘 하고 있는 거야!"

선생님이 창문 안에 서서 밖을 내다보고 있었습니다.

"그런데 그게 열쇠로도 안 열리는걸요."

"인마, 그럼 날 이렇게 창살 안에 가둬둘 작정이냐?"

언제나 그림 그릴 때 입고 있는 그 누렁 샤쓰를 헐렁하니 걸친 선생님은 쇠창살을 친 창문 안에서 웃고 있었습니다.

"그런데 그 문이…… 선생님, 지금 밖으로 나오실려구요?"

"나갈 일은 별로 없지만…… 그렇다고 이 녀석아……"

"아무래도 문이 고장이 난 모양인데요."

"어떻게 해봐!"

"네."

나는 호주머니에서 열쇠를 꺼내어 들고 딸랑딸랑 출입문께로 돌아갔습니다. 그리고 손잡이 열쇠 구멍에 쇠를 넣고 또 돌려보았죠. 여전히 문은 열리지 않았습니다.

다시 조용해졌습니다. 선생님은 아마 그림을 그리기 시작한 듯 화실 안에서는 아무런 기척도 들려오지 않았습니다. 나는 한번 더 손잡이를 비틀어보곤 그대로 열쇠를 거기 꽂아둔 채 다시 앞 뜰로 나와버렸죠.

사실 선생님 화실 안에는 모든 시설—수도, 가스, 냉장고, 그 속에 빵, 우유, 과일, 그리고 화장실, 욕실까지 다 있거든요. 전혀 아무 불편도 없죠. 그러니까 뭐 문이 당장 안 열린대도 별 볼일 없으리라고 생각했었죠. 사실 선생님은 그전에도 며칠씩 꼼짝 않고 화실 안에만 들어박혀 지낸 적이 흔히 있었거든요. 그런 때면 난 될 수 있는대로 화실 가까이는 가지 않았어요. 선생님은 딴 사람이 화실 안에 들어가는 걸 아주 싫어했거든요.

우리 선생님은 좀 이상한 분이었어요. 댁은 서울인데 선생님 혼자서만 서울서 20리나 떨어진 그 강가 언덕 위 별장 화실에서 지내고 있었어요. 형사 아저씨도 보셨죠. 그 언덕 위 밤나무 숲 사이의 화실. 밖에서 보기에는 별거 아닌 보통 기와집이지만 안은 참 멋집니다. 나는 그 화실 옆에 따로 떨어져 있는 조그마한 별채에 살고 있으면서 선생님 심부름을 하고 또 선생님이 서울 올라가시면 집을 지키고 그랬죠. 선생님은 한 달에 한 열흘쯤만 서울에 가 계셨고 20일쯤은 여기 화실에서 혼자 지냈어요. 그렇다고 뭐 사모님과 사이가 나쁜 건 아니에요. 아니죠, 두 분은 아주 사이가 좋았어요. 예쁜 사모님은 대학에 다니는 역시 예쁜 따님과 같이 때때로 화실에 내려오곤 했어요. 선생님의 양식거리를 잔뜩 꾸려 들고 말입니다. 그러면 선생님은 화실 안에서 혼자 손으로 끓여 잡숫곤 했어요. 그러니까 뭐 꼬박꼬박 시간을 정해놓고 하루에 세 때를 먹는 게 아니라 언제든지 생각나면 먹고 그렇지 않으면 안 먹고 그래요. 선생님은 그저 그림밖에 몰랐어요. 그림에 미친 분이에요. 그림을 그리기 위해서만 사시더군요. 그래서 아마 선생님은 그렇게 유명한 화가인가 봐요. 어찌 보면 꼭 어린애 같아요. 그야말로 그저 마음 내키는 대로 사시는 분이었어요. 어떤 날은 한낮에 종일 주무시는가 하면, 또 어떤 날은 밤을 꼬박 새워가면서 그림을 그리기도 하고요. 또 비가 억수로 내리는 속을 우산도 안 쓰고 산보를 하는가 하면 이틀 사흘 기척도 없이 화실 안에만 틀어박혀 있기도 하고요. 그런 땐 은근히 걱정이 되어서 화실 창문으로 기웃거릴라치면 선생님은 막 야단을 치곤 했어요. 그래 그 후로는 아무리 며칠씩 선생님이 안 보여도 그저 난 내 방에서 모른 체했어요. 선생님은 그렇게 멋대로 지내면서 남이 간섭하는 걸 아주 싫어했거든요. 정말 묘한 선생님이었어요. 난 그런 선생님을 알아차리기까지 꽤 오래 걸렸죠. 그러니까 선

268

생님과 나는 화실과 별채에 따로따로 지내고 있는 것처럼, 한집 안에 살고 있으면서도 사실 따로따로였어요. 어쩌다 편지나 오면 그걸 전하러 화실엘 가는 정도였죠. 그 밖엔 내가 갈 필요도 없었 고 또 별로 부르는 일도 없었어요. 선생님과 나는 그런 식으로 살 았습니다. 그렇게 서로 간섭을 안 하고 사니까 세상 편하고 좋던 데요. 선생님도 언젠가 그러더군요. 그게 제일 잘 사는 거라구요.

"이 녀석아, 무슨 쓸데없는 군말이 그렇게 많아."
수사관은 담뱃재를 떨며 지루한 듯 말했다.
"아 그렇군요. 선생님 이야길 하다 보니까 그만, 헤헤헤. 어디 까지 말씀드렸더라……"
"그래, 다시 앞뜰로 나가서 그다음은 어떻게 했어."

예, 그랬죠. 앞뜰로 나가서 다시 장미나무에 거름 주기를 계속 했죠 뭐. 열쇠로도 문이 안 열리는 걸 어떡헐 도리 있나요. 그런 데 얼마 있다가 또 선생님이 부르잖아요. 이번엔 아까보다 더 크 고 좀 화가 난 목소리였어요.
"야! 만덕아, 이리 와!"
"예!"
나는 또 화실로 달려갔습니다. 선생님은 창문의 쇠창살을 두 손 으로 쥐고 서 있더군요. 나는 창문 밑으로 다가갔습니다.
"야, 이 자식아!"
"……?"

나는 멈칫 섰습니다. 그리고 선생님의 얼굴을 살폈죠. 커다란 곰방대를 입에 물고 있는 선생님은 화가 몹시 난 눈으로 나를 노려보고 있었습니다. 사실이지 나는 그때까지 선생님의 입에서 이 자식이란 말을 들어본 적이 한 번도 없었거든요.

　"부르셨어요?"

하고 나는 겁에 질려서 나직이 물었습니다. 그랬더니 대뜸 선생님은,

　"인마, 내가 뭐랬지?"

하고 고함을 지르는 것이었습니다. 나는 얼이 빠져서 그저 멍멍히 서 있었죠.

　"문을 열라고 하잖았어?"

　"예…… 그런데 그 문이 열리질 않는걸요."

　"그렇다고 그냥 가만두면 열리니?"

　"……?"

　"가만둬도 문이 생각해가며 혼자 열리냐 말이다? 문이 살았니?"

　딴은 그럴 리는 없죠. 문이 무슨 생각이 있어서 얼마큼 골리다가 적당히 열려줄 턱은 없죠.

　"어떻게 열어봐얄 게 아냐."

　"……"

　"네 힘으로 안 되면 읍내 목수한테라도 가서 열어달래야잖아."

　"예, 그럼 곧……"

　"바보 같은 녀석, 사람을 죄수처럼 철창 안에 가두어놓고 태평

270

으로 딴 짓만 하고 있어!"

나는 돌아서 나오며 등 뒤에 선생님의 역정 소리를 들었습니다. 하기야 갇혔다면 분명히 갇혔지만, 그렇다고 여느 때는 곧잘 며칠씩 꼼짝도 않고 화실 안에서 잘도 지내시면서 막상 문이 고장이 나서 안 열리니까 그날따라 그렇게 화를 내는 선생님이 좀 이상도 하고 고깝기도 했습니다. 그러나 나는 어째서 진작 읍내 목수한테 나가서 부탁할 생각을 못 했던가 하고 정말 멍청이인 나를 탓하면서 그 달음으로 곧 10리쯤 되는 읍내로 들어왔죠. 그런데 목수 아저씨가 집에 없지 뭐예요. 어디 일 갔는데 저녁때에나 돌아올 거라고 하더군요. 그래, 미안하지만 저녁 늦게라도 나와서 문을 좀 손봐달라고 부인한테 부탁을 하고 돌아왔죠. 바로 그 문을 단 목수 아저씨였거든요. 사실 문제는 그때 목수 아저씨가 집에 없었던 데 있다구요. 목수 아저씨가 있기만 했더라면 같이 나가서 쉽게 문을 고칠 수 있었던 걸, 그날 저녁 늦게까지 기다려도 목수 아저씨가 들어오질 않았지 뭡니까.

"야 인마, 너 정말 목수한테 가긴 갔었어?"

선생님은 저녁 해가 떨어지자 역정을 내시더군요.

"아 그럼요. 제가 선생님한테 거짓말을 하겠어요."

"그럼 왜 아직 안 와!"

"글쎄 꼭 오라고 부탁을 했다니까요."

"그런데 아직 안 오지 않아."

"혜 참, 선생님도 급하시긴. 전에는 며칠씩도 문밖에 안 나오시곤 했으면서 뭘 그러셔요."

나는 화실 창문 밖 등나무 밑에 쭈그리고 앉아서 쇠창살 안의 선생님 말동무를 해주며 그렇게 웃었죠. 그랬더니 창턱에 걸터앉은 선생님은 곰방대를 뻐끔뻐끔 빨면서,

"이 녀석 봐라! 그거야 내가 나가고 싶지 않아서 안 나간 거구 지금은 내가 안 나가는 게 아니라 못 나가는 거 아냐."

하며 웃더군요.

"마찬가지죠 뭘. 안 나가나 못 나가나 화실 안에 있는 건 같지 않아요. 뭘 심부름시킬 일 있으면 시키셔요. 제가 다 해드릴게요."

"일은 무슨 일이 있어, 이 녀석아."

"그럼 됐죠 뭐."

"허 녀석, 정말 바보 같은 녀석이구나, 넌."

"어디 제 말이 틀렸어요. 뭐 불편하신 게 있어요, 서울 가실 일이라도 있다면 모르지만요."

"듣기 싫다, 이 녀석아. 너하고 이야길 하느니 차라리 우리 안의 돼지하고 하겠다."

"헤 참, 선생님도, 이제 목수 아저씨가 올 겁니다. 조금만 더 기다려보시죠. 그동안 선생님 저녁이나 드셔요. 전 식은 밥이라도 한술 먹어야겠어요."

난 일어나 별채로 나왔어요. 선생님은 화실에 전등을 켤 생각도 않고 그대로 창턱에 걸터앉아 있더군요.

그런데 기다려도 목수 아저씨는 오지 않았습니다.

"야, 만덕아! 목수 정말 어찌 된 거냐!"

선생님은 내가 채 저녁밥을 다 먹기도 전에 또 그렇게 소리를

지르더군요. 창살을 안에서 쥐고 마구 흔들면서요.

"글쎄요, 꼭 와달라고 단단히 부탁은 해놨다니까요."

"한번 더 열쇠로 열어봐."

"마찬가지죠 뭘. 문짝이 뭐 생각해가며 열리고 안 열리고 하겠어요."

"인마, 무슨 잔소리가 그리 많아. 어서 한번 더 열어봐."

나는 어둑한 문께로 돌아갔습니다. 그리고 거기 그대로 꽂힌 열쇠를 비틀어보았습니다. 열릴 리가 없죠.

"안 열리냐?"

문 안에서 선생님이 소리쳐 물었습니다.

"예, 마찬가집니다."

"한번 더 해봐!"

"글쎄 마찬가지라니까요."

그러면서도 나는 또 열쇠를 넣고 비틀며 손잡이를 흔들었습니다. 그러자,

"빌어먹을!"

하고 안에서 역정을 내며 선생님은 문을 걷어차는 모양이었어요. 쾅쾅 요란하게 문짝이 울리더군요. 나는 다시 앞 창문께로 돌아나갔습니다.

"제기랄! 이거 어디……"

선생님은 화실 안을 이리저리 뛰어다니면서 사방으로 난 창문이란 창문은 모조리 열어젖히더군요. 전등도 켜고요.

"쇠창살은 또 뭣 때문에 이렇게 창문마다에 다 쳤어. 빌어먹을!

이거야 답답해서 견디겠나, 어디!"

난 밖에서 물끄러미 그런 선생님을—나를 한번 부를 때마다 점점 난폭해지는 선생님을 바라보고 있었죠. 뭐가 어째서 그렇게도 답답해하시는지 도통 알 수 없더군요. 모든 시설이 안에 다 있고, 사방 창문이 활짝 열려 있는데 말입니다.

"왜 그러세요, 선생님. 여느 날처럼 그림이나 그리시지 않구요."

난 그런 선생님이 참 딱했습니다. 그러자 선생님은 나를 한번 힐끔 내다보시더니 무슨 말을 할 듯하다 말고 화실 한복판에 있는 걸상으로 가 쓰러지듯 털썩 주저앉아버렸습니다. 그러곤 곰방대에 또 담배를 담으며 두리번두리번 사방을 둘러보았어요. 꼭 어디 빠져나갈 틈새라도 찾는 것처럼 말입니다. 그러나 그런 틈이 있을 리 없죠. 문은 그 모양으로 고장났고, 사방에 창문은 있었지만 그 창문들에는 단단히 쇠창살이 쳐져 있었으니까요. 선생님은 한참이나 뻐끔뻐끔 담배를 피우더군요.

"선생님, 저녁은 드셨어요?"

나는 창문 밖에서 물었습니다. 선생님은 또 한 번 힐끔 날 쳐다보았을 뿐 아무 대꾸도 안 했어요.

"아 그거 왜 자꾸만 문 생각만 하시고 그러셔요? 그런 거 생각하지 말고 그저 편안히 계시지 않구. 그러면 이제 목수가 와서 고칠 텐데 참."

"……"

선생님은 또 힐끔 날 쳐다보았어요. 사실 그렇거든요. 보통날 선생님은 별로 문밖에 나오지도 않으면서 문이 고장나니까 그날

따라 공연히 그렇게 안절부절못하고 꼭 동물원 철창 안에 갇힌 호랑이처럼 불안해하더란 말입니다. 참 묘한 성격이죠. 나는 그런 선생님이 우습기도 하고 딱하기도 해서 슬그머니 창가에서 돌아섰죠. 그랬더니 와장창 무엇이 부서지는 소리가 요란하게 나더군요. 난 깜짝 놀라서 다시 창 쪽으로 돌아섰습니다. 뭔지 아셔요? 걸상이 창문 쇠창살에 턱하니 걸려 있는 거예요. 선생님이 일어서며 깔고 앉았던 걸상을 냅다 던진 거죠. 난 어리둥절했죠.

"야 인마! 가면 어떡해! 어서 목수 못 불러와!"

선생님은 창문으로 달려와 쇠창살을 두 손으로 꽉 쥐고 마구 흔들어대며 소리소리 지르지 뭡니까. 그건 언제나 인자하시던 그 선생님이 아니었어요. 무서웠어요. 난 전엔 그런 선생님의 무서운 얼굴을 본 일이 없었거든요. 아마 창에 쇠창살이 없었더라면 뛰어넘어 나와서 날 박살을 냈을 겁니다. 정말 겁났어요. 이마엔 핏줄이 서고 입은 꽉 다물고. 선생님은 자기 성질을 못 이겨서 두 손으로 그 긴 머리카락을 마구 쥐어뜯더군요.

"야! 빨리 문 열어!"

갑자기 선생님이 미친 것이나 아닌가 했다니까요.

"예, 목수 아저씨한테 또 갔다 올게요, 선생님!"

나는 겁이 나서 그렇게 말하고는 돌아서서 읍내로 달렸습니다. 그땐 벌써 밤이 꽤 깊었죠. 캄캄한 길을 나는 거의 단숨에 읍내에까지 달렸어요. 그런데 뭡니까. 목수 아저씨는 잔뜩 술에 취해서 자고 있지 뭡니까.

"아저씨, 빨리 좀 일어나세요. 문을 좀 열어주어야 해요."

"음, 문……? 문을 열면 되지 뭘 그래."

목수 아저씨는 눈도 안 뜨고 그렇게 중얼거릴 뿐이었습니다.

"아저씨, 좀 일어나요. 우리 선생님 지금 잔뜩 화났단 말예요!"

"화가 나……? 왜 화가 나……"

목수 아저씨는 여전히 눈을 감은 채였습니다. 그러니까 그건 취해서 아무렇게나 지껄이는 말이죠.

"문이 고장이 나서 안 열린단 말예요!"

"문이…… 고장이 났다!"

"예, 그래요."

"인마, 문이 무슨 고장이 나고 말고가 있어…… 열면 되지…… 문이란 인마, 열리게 돼 있는 거지, 인마."

목수 아저씨는 그렇게 중얼거리며 쓱 몸을 돌려 벽을 향해 돌아누워버렸어요.

"그게 아냐요. 아저씨가 달아준 저의 선생님 화실 문 알잖아요."

"에이, 시끄럽다! 걷어차라 걷어차! 그럼 제가 열리지 안 열려! 열리지 않는 문이 어디 있어, 인마."

목수 아저씬 잔뜩 몸을 꼬부리며 좀처럼 깨어 일어날 것 같지도 않았어요.

"총각, 웬만하면 낼 아침 일찍 고치지. 저렇게 취했으니 뭐가 되겠어 어디."

목수네 아주머니가 말했어요.

"글쎄 그런데 그게 안 그렇단 말입니다. 우리 선생님 지금 미칠 지경이거든요."

"미쳐? 아니 문이 안 열린다고 미칠 거야 뭐 있어?"

"글쎄나 말이죠. 내 생각도 그런데 우리 선생님은 안 그런 걸 어떡해요."

"왜, 뒷간에라도 가고 싶은가?"

"뒷간엔요! 그런 건 다 안에 있죠."

"그럼 배가 고픈가?"

"허 참, 아주머니도. 먹을 건 얼마든지 안에 다 있다구요!"

"그런데 왜 그래. 먹을 것 있구 뒤볼 데 있으면 됐지, 그런데 미치긴 왜 미쳐? 오, 바람이 안 통해서 숨이 답답한가 보구먼그래."

"허 참, 그런 게 아니라니까요. 바람이 왜 안 통해요. 스무 평방의 사방이 창문인데!"

"그럼 뭐야, 알다가도 모를 일이네. 더구나 지금 밤인데 열어놓았던 문도 걸어 잠그고 잘 시간인데 문이 열리지 않는다고 발광이야 그래! 원 참 별난 양반 다 보겠네."

"글쎄 그러니까 딱하죠. 낸들 알아요. 그러니 제발 좀 아저씰 깨워주세요, 아주머니."

"가만둬요, 총각. 그런 일이라면 내일 아침에 일찍 깨워 보낼게. 그러니까 총각, 그만 돌아가서 그 선생님께 말하지 그래. 문을 열 게 아니라 단단히 걸어 잠그고 주무시라구. 난 또 무슨 큰일이나 났다구, 원!"

목수네 아주머니까지 이젠 상대를 안 해주더군요. 그러니 어떡해요. 난 그대로 돌아갈 수밖에요. 밤길을 다시 걸어서 나는 집으로 돌아갔죠. 선생님의 짜증이 두려워서 될수록 천천히 걸어서 집에까지 갔어요. 조심조심 화실 가까이로 다가갔습니다. 그랬더니 선생님은 앞 창문의 쇠창살을 두 손으로 잔뜩 움켜쥐고 한 발을 창턱에다 올려 디디고 금세라도 밖으로 튀어나오려는 것 같은 몸짓으로 서 있더군요.

"야 인마! 빨리빨리 좀 못 다니냐. 사람이 지금 죽을 지경인데…… 그래 목수는 데리고 왔어?"

"그게, 그…… 취해서 자던걸요."

"뭐라구! 취해서 자! 그래 혼자 왔단 말야?"

선생님은 꽉 소리를 지르며 창살을 마구 흔들어대었습니다. 우적우적 금시 쇠창살이 비틀려 떨어질 것 같았어요.

"암만 흔들어도 안 깨던데요. 낼 아침 일찍 온대요."

"무슨 개소리야! 낼이 아니라 이 밤이 당장 문제란 말이다!"

선생님은 이번에는 주먹으로 쇠창살을 두들겨댔어요.

"그러니 선생님, 이 밤은 그냥 주무셔요. 어차피 밤이니까 문을 잠가얄 게 아냐요. 그냥 주무셔요, 선생님."

나는 달래듯이 말했죠. 그랬더니 그 말이 선생님을 더욱 흥분시켰던가 봐요.

"이 병신 같은 새끼야, 네가 뭘 안다고 주절거리냐! 누가 밤인 줄 몰라서 안 자는 줄 아냐!"

선생님은 정말 제정신이 아닌 듯 마구 상말로 욕지거리를 퍼붓더군요. 그러나 난 조금도 어떻게 안 생각했어요.

"도끼 가져와!"

"도끼가 어디 있어요, 선생님."

"그럼 무슨 망치라도 가져와!"

"망치는 또 어디 있어요!"

"인마, 그럼 날 이렇게 밤새도록 가둬두겠단 말야!"

"가두긴요…… 아 이제 주무시면 되지 않아요. 밤도 깊었는데요."

"이 새끼가 누굴 약을 올리나. 응, 너 날 약올리는 거야! 이 죽일 놈의 새끼가!"

선생님은 점점 더 흥분했습니다. 선생님은 그렇게 마구 욕지거리를 하며 화실 안을 한 바퀴 둘러보더니 마침내 발작을 하더군요. 걸상을 둘러메고 가서 문을 패는 것이었습니다. 그러나 문은 끄떡도 안 하고 걸상이 부서져나갔죠. 그러자 이번엔 커다란 액자를 문을 향해 던졌습니다. 역시 산산조각이 났죠. 선생님은 이제 정말 자기 정신이 아니었어요. 뭐든지 손에 잡히는 대로 마구 집어서 문에다 던졌습니다. 물통, 그림붓, 이젤, 캔버스. 나는 창밖에서 정말 겁이 났습니다. 도대체 선생님이 왜 그렇게 발광을 하는지 알 수가 있어야죠. 그저 바라보고 있는 수밖에 없었어요. 그랬더니, 그렇게 한바탕 던지던 선생님이 이제 던질 것도 없었던지 제풀에 축 어깨를 떨구며 화실 마룻바닥 한복판에 가 턱하니 가부좌를 틀고 주저앉더군요. 숨이 차서 가슴을 들먹거리면서요, 창문 밖의 나를 노려보겠죠.

"나쁜 새끼! 네가 문을 망가뜨렸지."

"아닙니다, 선생님! 제가 왜…… 전 정말 아무것도 모릅니다."

"그럼 누가 그랬단 말야!"

"글쎄 누가 무엇 때문에 그랬는지 전 정말 모릅니다."

"가라, 나쁜 새끼!"

"아닙니다, 정말!"

"안 갈 테야!"

선생님은 앉은 채 마룻바닥에서 무엇인가 더듬어 창문 밖의 나를 향해 냅다 던졌습니다. 그림 그리는 기름통이었어요. 빗맞긴 했지만 난 얼굴에 기름을 함빡 뒤집어썼죠.

"빨리 꺼져!"

선생님은 또다시 무엇인가 던질 것을 찾고 있었습니다. 난 재빨리 도망쳤죠. 내 방으로요. 정말입니다. 그리고 자버렸어요. 선생님은 차라리 혼자 가만히 두는 편이 좋겠다고 생각했죠. 사실 화실 안은 아무 불편도 없거든요. 그랬다가 다음 날 아침에 조심조심 창밖으로 가서 안을 살펴보았더니 선생님은 화실 한편 벽에 붙여놓은 침대 위에 엎드려 자고 있지 않겠어요. 참 어린애 같은 분예요. 나는 그길로 읍내로 들어갔습니다. 선생님이 잠들어 있을 때 아침 일찍 목수 아저씨를 불러다가 문을 고치는 것이 좋겠다고 생각했죠. 다행히 읍내 길 중간쯤에서 목수 아저씰 만났어요.

"엊저녁엔 내가 취했어. 그래 이렇게 일찍 오는 길이지."

목수 아저씨는 미안해하더군요. 그래 우린 화실로 돌아왔죠. 선생님은 아직 그대로 엎드려 잠들어 있었습니다. 목수 아저씨는 연장을 내려놓고 문손잡이를 몇 번 돌려보더군요. 열릴 리가 있나요. 결국 끌을 가지고 문설주를 도려냈죠. 그렇게 만 하루 만에

문이 열렸어요. 아닌 게 아니라 밖에 있던 나까지도 숨통이 확 틔
는 것 같데요. 그거 참 묘하죠. 뭐 별 답답한 것도 느끼지 못했었
는데 막상 문이 활짝 열리니까 정말 가슴이 다 시원하던데요. 난
확 열어젖혀진 문으로 단번에 몰려 들어가는 바람에 빨려 들어가
기나 하듯이 화실 안으로 달려 들어갔어요. 의자다 액자다 캔버
스 따위가 마구 흐트러진 위를 넘어서요.

"선생님! 선생님, 문이 열렸어요!"

소리 질렀죠. 그래도 선생님은 침대에 엎드린 채 꿈쩍도 안 하
더군요. 어지간히 피곤했던 모양이었어요.

"선생님! 문이 열렸다니까요! 어서 밖에 나가보셔요!"

나는 침대 곁으로 가서 엎드린 선생님을 흔들었습니다. 그런데!

"그런데 죽어서 몸이 굳어 있더란 말이지?"

수사관이 느릿한 몸짓으로 걸상 등받이에서 등을 펴며 책상 위
의 조서를 집어 올려 폈다.

"정말입니다. 목수 아저씨도 다 보았습니다!"

만덕은 안타까운 눈으로 수사관을 쳐다보았다.

"물론 목수 아저씨도 보았지. 그에게 보여주기 위해서 그를 불
러갔으니까. 그러나 목수 아저씨가 본 건 죽은 시체였지 그가 죽
는 광경은 아니었지 않아!"

"형사 아저씨! 제 말을 믿어주십쇼. 정말입니다. 지금 이야기한
대로 모두 사실입니다. 억울합니다. 제가 왜 우리 선생님의 목을
누릅니까. 또 그리구, 목수 아저씨도 잘 압니다. 우리가 갔을 때

까지도 문은 그대로 고장나 잠겨 있었거든요. 그래 그걸 뜯고야 들어갔단 말입니다. 그런데 어떻게……"

"그야 그랬지. 그런데 너는 열쇠를 가지고 있었단 말야. 안 그래?"

수사관은 열쇠를 집어 들어 방울을 딸랑딸랑 흔들어 보였다.

"허지만 아저씨! 문은 고장이었습니다요! 그걸 목수 아저씨가 뜯고야 들어갔다니까요!"

"거짓말 마!"

수사관이 주먹으로 책상을 쾅 치며 고함을 질렀다. 만덕은 수사관을 노려보는 채 무릎 위에서 두 주먹을 꽉 쥐었다.

"억울합니다. 정말 너무 억울합니다!"

"인마! 그럼 네 말대로 20평 화실에 사방의 창문이 모두 활짝 열렸는데 그 속에서 혼자 숨이 막혀 죽었단 말이야!"

"글쎄 그거야……"

"거짓말도 씨가 먹어야지……! 김순경, 이 자식 끌어다 수감해!"

옆방에서 순경이 들어왔다. 만덕의 죽지를 붙들어 끌고 나갔다. 만덕은 이제 모든 것을 체념한 듯 고개를 떨어뜨리고 걸었다. 수사관은 거기 조서 밑의 의사의 검안서를 슬쩍 들춰보았다.

'질식사.'

"돌팔이 같은…… 사방의 창문이 활짝 열린 방 안에서 질식해 죽어!"

수사관은 콧방귀를 뀌며 걸상에서 일어나 두 팔을 활짝 쳐들고 기지개를 켰다.

두메의 어벙이

   세 마리 참새——짤짤이와 어벙이와 왕치는 그날 아침도 덕수궁 세종대왕님 등 뒤 벤치 위에 나란히 앉아서 밤새 언 몸을 아침 햇살에 녹이고 있었습니다. 그중에서도 제일 떨고 있는 건 어벙이였습니다. 잔뜩 웅크리고 온몸의 털을 부수수하니 세운 어벙이는 영 기분이 안 좋았습니다. 왕치는 셋 중에서 가장 큰 덩치를 어벙이처럼 웅크리지는 않았지만 으스스 기분이 안 좋기는 그도 매한가지였습니다. 그는 묵묵히 앉아서 저만치 세종대왕님의 등만 바라보고 있었습니다. 오직 짤짤이 하나만 까불거렸습니다. 빨갛게 언 가는 다리를 들었다 내렸다 하고, 날개도 펴서 흔들어보고, 그러면서 주둥이도 가만두지 않았습니다.
   "야, 춥다고 웅크리고 있으면 더 춥다이. 나처럼 운동을 해라 운동을. 해해해. 아, 기분 좋다! 여기가 어디야. 바로 서울이란 말이다 서울. 또 그 서울 중에서도 한복판 대궐이다 이 말이야! 덕수궁. 야! 정말 얼마나 신나냔 말이야. 해해해. 하낫 둘, 하낫 둘.
자, 춥거든 나처럼 운동을 하란 말이다. 하낫 둘, 하낫 둘. 야, 신
난다!"

"이 자식아, 바람 일구지 말아. 그렇잖아도 추운데 옆에서 까불
어대니 이거야 어디. ……근데 대궐이란 게 어쩨 이렇게 추우냐.
눈도 안 쌓이고 그리 추운 겨울도 아닌데도 이 지경이니 제길!"

덩치가 커다란 왕치가 주둥이를 뚜하니 내밀고 투덜거렸습니
다. 어벙이는 아예 말도 하기가 싫었습니다. 아침 볕이 비치기는
하지만 밤새 떤 몸이 잘 녹질 않았던 것입니다.

"어벙아. 니 와 말이 없나. 어디 아픈가?"

왕치가 물었습니다. 그래도 왕치는 그 몸이 큰 만치 제법 형처
럼 행동했습니다.

"아니. 그저 추워서 그래."

어벙이는 그 어벙한 눈을 한번 꿈벅거리며 기운없이 대답했습
니다.

"그러니까 오늘 밤부터는 우리두 갸네 서울치들처럼 굴뚝에 가
서 자잔 말이다!"

짤짤이가 말했습니다.

"난 싫다!"

어벙이가 얼른 그렇게 반대하며 짤짤이를 한번 흘겼습니다.

"그래. 나도 그건 싫어."

왕치도 그러면서 하늘을 한번 쳐다보았습니다.

"하긴 나도 그래. 따스하긴 하지만 그 기름 냄새에 머리가 아프

구 구역질이 자꾸 나서 견딜 수가 없단 말야. ……그런데 서울치들은 아무렇지도 않은 모양이지."

짤짤이도 고개를 갸웃거렸습니다.

"걔네들은 코가 썩어서 냄새를 못 맡는단 말야."

어벙이가 내뱉듯이 말했습니다.

잠깐 침묵이 흘렀습니다.

"오늘루 우리가 서울 온 지 며칠째니."

왕치가 다시 입을 열었습니다.

"한 20일 되나?"

짤짤이가 아직도 팔운동을 하면서 대꾸했습니다.

"20일이 뭐야. 벌써 42일째야. 한 달 하구두 열흘이 더 넘었단 말야!"

어벙이가 두 어깨를 잔뜩 치켜들어 그 속에 목을 묻으며 시무룩히 말했습니다.

"그래. 그렇게 됐을 거야."

왕치가 자리를 약간 옮겨앉았습니다.

"강원도에는 요즈음 눈이 많이 왔다던데. 우리 마을에서는 다들 먹을 것을 찾아다니느라구 지금쯤 야단들일 거다. 그지?"

짤짤이가 입가에 미소를 사르르 흘리며 말했습니다. 그러나 왕치와 어벙이는 아무 반응도 보이지 않았습니다. 그저 멍청히 허공을 바라보고 있는 품이 또 마을에 두고 온 부모님과 친구들을 생각하고 있는 것이 분명했습니다.

"그렇지만 우리는 걱정없으니까 뭐. 잘 왔지. 정말 잘 왔지. 히

히히."

짤짤이는 한 다리로 깡충깡충 뛰며 그 자리에서 한 바퀴 돌았습니다.

왕치, 어벙이, 짤짤이 그들은 강원도 두메 어느 마을에서 함께 자란 친구들이었습니다.

그러니까 그건 지난 늦가을이었습니다. 산마다 불타듯이 빨갛게 단풍이 들어 그야말로 절경을 이루었었습니다. 그런 어느 날 낯설은 참새가 한 마리 마을로 날아들었습니다. 얼굴은 병자처럼 하얀데 옷을 깨끗이 빼어입은 그는 제법 거드름을 피웠습니다. 왕치와 어벙이와 짤짤이는 그의 앞을 막아섰습니다.

"넌 누구야?"

왕치가 가슴을 펴 내밀며 물었습니다.

"나? ……글쎄, 누구라고 할까."

그 병쟁이 같은 친구는 당황하는 빛도 없이 오히려 왕치를 깔보는 것 같은 그런 태도로 빙긋이 웃었습니다.

"으응. 이게 건방지게……"

왕치가 주먹을 불끈 쥐며 한 발 다가섰습니다. 그러자 그 병쟁이 같은 녀석은 또 빙긋 웃었습니다.

"나도 말이야, 나도 너희들과 같이 이 마을 출생이야."

"그래? 전혀 못 보던 얼굴인데."

왕치는 등 뒤에 서 있는 어벙이와 짤짤이를 한번 돌아보았습니다. 너희들은 혹 전에 본 일이 있느냐 하는 그런 표정이었습니다. 그러나 어벙이는 그저 어벙하니 입을 반쯤 벌리고 그를 바라보고 있었고, 짤짤이는 평소에 그리도 잘 짤짤거리던 주둥이를 그저 꼭 다물고 눈만 깜박거렸습니다. 그러자 그 낯선 친구는 그들 셋의 사이를 헤치고 지나서 마을 어른들을 찾아갔습니다. 그는 마을 어른들한테 누군가의 소식을 물었습니다. 그러나 마을 참새들은 누구도 그가 묻는 참새를 알지 못했습니다. 그 낯선 참새는 쓸쓸한 얼굴로 돌아섰습니다. 그때였습니다.

"오, 그자들!"

노망이 들었다고 아무도 상대를 안 하는 늙은 참새가 손짓을 했습니다.

"……그들은 벌써 전에 이 마을을 떠났어. 그들에게는 골골 앓기만 하던 아들이 하나 있었는데 그 어린 아들이 어쩌다 없어졌어. 그래 그들은 그 아들을 찾아서 마을을 떠났지!"

늙은 참새는 기침을 콜록거리며 그렇게 말했습니다. 낯설은 참새는 눈물을 글썽거렸습니다. 그리고 그는 며칠을 마을 앞 느티나무에 혼자 앉아 있었습니다. 왕치, 어벙이, 짤짤이는 그가 가엾은 생각이 들었습니다.

"넌 어디서 왔니?"

왕치가 물었습니다.

"서울서."

"서울이 어딘데?"

어벙이가 물었습니다.

"먼 데."

"얼마나 먼 데? 산을 몇 개나 넘어야 하니?"

짤짤이가 물었습니다.

"아주 멀어. 산을 얼마든지 많이 넘어야 해."

"그 서울이란 덴 어떤 마을이지?"

어벙이가 물었습니다. 그러자 그 낯선 녀석이 하하하 하고 크게 웃었습니다. 어벙이는 또 어벙해졌습니다.

"서울은 마을이 아니야."

그 병쟁이 녀석은 아주 한심하다는 듯이 셋을 돌아보고 나서 서울 이야기를 들려주었습니다. 왕치, 어벙이, 짤짤이 셋은 그의 이야기에 온전히 취해버렸습니다. 그건 정말 꿈같은 이야기였습니다.

"그런데 넌 어떻게 그 먼 서울엘 갔지?"

짤짤이가 물었습니다.

"응. 나도 처음엔 그런 데가 있다는 걸 전혀 모르고 있었어. 지금 너희처럼 말야."

병쟁이 녀석이 이야기를 계속했습니다.

"난 늘 몸이 아파서 비실비실했단 말야. 그래 난 친구들과 어울려서 앞산 뒷산으로 마구 날아다니질 못했어. 그날도 그랬지. 나는 대추나무 가지에 앉아서 졸고 있었어. 그런데 어떤 어린애가 날 붙잡았지 뭐야."

"저런!"

짤짤이가 눈을 동글하니 떴습니다.

"그런데 그게 전화위복이 됐지."

"전화위복이 뭔데?"

어벙이가 물었습니다.

"화가 도리어 복이 됐단 말야."

"응. 그래서 어떻게 됐는데?"

"그 애가 서울 사는 애였어. 나를 종이 봉지에다 넣어가지구 서울로 데려갔지 뭐야."

"응, 그랬구나. ……그래서 지금도 그 애하구 있니?"

짤짤이가 물었습니다.

"아니야. 그렇게 그때 서울까지 가긴 갔는데 난 거의 죽게 되었어. 그렇지 않아도 골골하던 나니까."

"저런!"

왕치가 혀를 찼습니다.

"그렇게 되니까 그 애는 날 쓰레기통에다 버렸지 뭐야. 그 뒤는 나도 몰라. 얼마 있다 보니까 하늘에 별이 반짝반짝하잖겠어. 나는 애써서 일어났지. 밤이더구먼. 어느 쓰레기 버리는 곳이었어. 거기서 나는 며칠을 앓다가 겨우 날 수 있게 됐어. 그런데 참 운수 좋게두 난 덕수궁이란 대궐 안에 살고 있는 참새 아가씨를 만났지 뭐야."

"야아! 그럼 지금 대궐에 살고 있는 거야?"

"그래. 대궐에서 살고 있지."

"야. 좋겠다!"

"좋지! 그래서 이번에 어머니 아버지를 모셔가려구 왔었는데."

그는 눈물을 글썽거렸습니다. 그러면서 그는 그 대궐 안 이야기를 자세히 이야기해주었습니다.

그건 그대로 천국 이야기였습니다.

서울이란 곳에는 수도 없이 많은 사람이 살고 있는데 거긴 밤과 낮이 없다 했습니다. 잠깐 어딜 가는데도 차를 타고 다니고 먹을 것 입을 것은 말할 나위도 없고, 그 밖에 무슨 물건이든지 그저 산더미처럼 쌓여 있다고 했습니다. 대궐은 그런 서울 한복판에 있는데 그 대궐 안은 서울서도 가장 아름다운 곳이라 했습니다. 오만 가지 꽃이 사철 피어 있고, 나무들이 죽죽 하늘을 찌르고, 꿈나라같이 분수가 솟아오르고 그리고 그 사이를 선남선녀들이 한가히 거닐고.

"야, 그거 참 꿈나라구나!"

어벙이가 소리를 질렀습니다.

"그래 네 말대로 꿈나라지. 이런 산골에서는 상상조차 할 수 없지."

"그럼 너는 거기서 뭘 해 벌어먹고 사니?"

왕치가 물었습니다.

"일? 일은 뭐 때문에 해."

"아니 그럼 일을 안 한단 말야?"

"일을 뭐 때문에 하나 말야!"

"허 참. 일 안 하고 그럼 어떻게 살아."

"글쎄 그러니까 천국이라고 안 해!"

"정말 일을 할 필요가 없단 말야? 먹이를 찾아다녀야 하잖아."

"안 한다니까. 그저 그 좋은 대궐 뜰에서 놀든가, 나무 위에서 낮잠을 자든가, 그렇지 않으면 잔디밭에서 뒹굴든가, 뭘 하든지 맘대로야. 그래도 사람들이 먹을 것을 얼마든지 줘!"

"야아, 그거 참 신나겠다!"

이번에는 짤짤이가 소리쳤습니다.

"그런데 그 사람들이 주는 먹이가 그게 또 얼마나 기가 막히게 맛있는지 알아?"

어떤 건데?"

"어쨌든 별의별 것이 다 있지. 갖가지 과자, 빵, 때로는 아이스크림까지 준다구. 아니, 껌을 주는 사람도 있어. 그렇지만 그것 먹으면 안 돼. 껌을 한번 먹었다가 부리가 딱 마주 달라붙어서 아주 내 혼이 단단히 났어. 그러다가 목이 마르면 푸르르 날아내려 분수대의 물을 마시고. 어쨌든 더할 수 없이 좋은 곳이지."

"그거 우린 뭔지 도무지 모르겠다. 과자, 빵, 껌, 아이스크림, 분수. 그게 다 뭐야?"

"그건 그렇고, 그렇게 제 맘대로 놀아도 누가 뭐라고 하지 않나?"

"뭐라고 하긴 누가 뭐래. 만일 그런 우리를 괴롭히는 사람이 있으면 그가 도리어 혼구멍이 나지!"

"야하! 그거 참 묘한 세상이다. 설마 그런 세상이 있을라구?"

"허어. 내가 거짓말을 하고 있는 줄 아는 모양인데 사실이라구!"

그렇게 며칠을 느티나무에서 지내던 얼굴이 하얀 참새는 어느 날 다시 서울로 올라가겠노라고 했습니다. 왕치, 어벙이, 짤짤이는 서로 얼굴을 쳐다보았습니다. 그들은 그 병쟁이같이 얼굴이

하얀 서울 참새가 참 부러웠습니다. 왕치가 뒤통수를 긁적거리며
말했습니다.

"야, 우리들도 너와 같이 갈 수 없겠니?"

"서울에?"

"그래. 안 되겠지, 역시. 그렇게 좋은 곳엘 우리 같은 것들이······"

"아냐. 가고 싶으면 누구든지 갈 수 있어. 같이 가도 좋아."

왕치, 어벙이, 짤짤이는 너무 좋아서 와 소리를 지르며 두 팔을
하늘로 치켜들었습니다. 왕치와 어벙이와 짤짤이는 서울로 따라
가기로 했습니다.

"마을 안에 소문내지 말자. 너무 나도 나도 해서 너무 많아지면
혹 서울서 오지 못하게 할지도 모르니까."

짤짤이의 말이었습니다.

"그리구 아버지 어머니한테도 이야기하지 말고 가자. 이야기
하면 못 가게 할지도 모르니까. 우리 어머니 아버지는 그저 세상
에서 이 산골 마을이 제일 좋은 곳으로 알고 있거든."

왕치의 말이었습니다. 어벙이는 그들 둘의 말을 들으며 눈만 껌
벅거렸습니다. 그래도 어머니 아버지와 또 하나 그가 좋아하는
얌전이한테만은 말을 하고 가야 하지 않을까 생각했습니다.

그러나 그들 셋은 다음 날 새벽, 누구한테도 이야기하지 않고
서울 참새를 따라 몰래 마을을 떠났습니다.

영마루를 넘어서 마을이 보이지 않게 되었을 때도 그들은 서운
하기보다 신바람이 났습니다.

그렇게 몇 개 산봉우리를 넘어서자 서울 참새는 그들 셋을 아주

이상한 곳으로 데리고 갔습니다.

"여기서 기다리는 거야."

그들은 쇠줄 위에 나란히 앉아 기다렸습니다. 그건 나뭇가지보다 매끈거리는 것이 앉아 있기에 과히 좋지 않았습니다. 그렇게 얼마쯤 기다리자 아주 굉장한 소리가 나면서 집채 같은 괴물이 저만치 달려오는 것이 보였습니다. 왕치, 어벙이, 짤짤이는 깜짝 놀라서 쇠줄에서 날아올랐습니다.

"놀랄 거 없어. 저게 기차라는 거야."

서울 참새가 웃었습니다.

그들은 서울 참새가 시키는 대로 그 괴물의 잔등에 올라앉았습니다. 그 괴물은 그들이 등에 올라앉은 것쯤은 느끼지도 못하는 듯 바람을 일으키면서 마구 달렸습니다.

"야, 그거 참 빠르다!"

"우린 그저 가만 누워 있어도 달린다."

그들은 벌써부터 천국의 맛을 보기 시작했습니다.

그렇게 해서 그들은 하루 종일 달렸습니다. 왕치, 어벙이, 짤짤이는 그저 신기하기만 했습니다. 마침내 괴물이 달리기를 멈추었습니다.

"자, 이제 다 왔어. 내리자."

서울이라 했습니다. 서울 참새가 먼저 날아올랐습니다. 그들 셋도 뒤따랐습니다. 집, 집, 집, 그리고 사람들, 사람들, 또 그 무엇인지 딱정벌레 같은 것들이 빨빨거리며 기어다니고, 그들 셋은 아래를 내려다보며 그저 놀랍기만 했습니다. 세상에 이런 곳도 있는가 했습니다. 그러면서도 그들은 서울 참새를 놓치지 않도록 꼭 뒤따라 날았습니다. 얼마 안 가서 높은 담을 둘러친 큰 기와집들이 보였습니다.

"다 왔다. 여기가 대궐이다."

서울 참새가 아래로 내려갔습니다. 그들 셋도 뒤따라 내려갔습니다.

거기가 바로 지금 그들이 살고 있는 덕수궁이었습니다.

서울 참새가 이야기한 것은 조금도 거짓말이 아니었습니다. 그들은 들로 산으로 날아다니며 애써 먹이를 찾을 필요도 없었고 사람이나 솔개미를 경계할 필요도 없었습니다. 먹을 것이 얼마든지 있었습니다. 사람들은 그들을 데리고 놀기는 할망정 해치지는 않았습니다. 그야말로 천국이었습니다.

"세상에 이런 곳이 있는 걸 모르고 마을 참새들은 평생을 고생만 하다니. 뭐 하나 부족한 것이 없지. 사람들은 뭐든지 다 준다. 어제는 어떤 신사가 피우던 양담배까지 던져주었다. 어쨌든 여기는 낙원이야!"

어벙이가 신이 나서 지껄였습니다. 왕치도 짤짤이도

"그래, 낙원이다!"

"밖에서 고생하는 참새들은 정말 억울하다!"

했습니다. 밤이면 그들 셋은 나뭇가지에 나란히 앉아서 이야기를 했습니다.

"서울엔 밤도 낮도 없다!"

"그래. 정말 희한한 곳이야."

"마을 참새들이 가엾은 생각이 들어. 그들은 오늘도 먹이를 찾느라구 흙을 쑤시고, 사람들한테 이리저리 쫓기고 있겠지?"

"그렇지, 그러구도 뭐 변변히 먹기나 하나 어디!"

"요즈음은 가을이니 그래도 곡식이 많을 거야. 이제 겨울이 되고 눈이나 내리면 참 고생하지. 늘 배가 고팠지."

"그런데 여기선 가만있어도 사람들이 얼마든지 가져다주니 참!"

"그런데도 이렇게 밤이 되면 난 마을 생각이 난다. 너흰 안 그러니?"

어벙이가 하늘의 별을 쳐다보았습니다.

"야 지긋지긋하다, 지긋지긋해, 야!"

짤짤이가 손을 내저었습니다.

"생각이야 나지. 가족들, 친구들. 허지만 우리는 정말 행운아야!"

왕치의 말이었습니다.

어쨌든 그들은 대궐 안에서의 새 생활이 놀랍고도 재미있었습니다. 그렇게 나뭇가지에 앉아서 자고 난 그들은 아침이 되면 우선 잔디밭에서 아침 체조를 했습니다. 서울에 온 후로는 아무래도 운동이 부족했습니다. 시골서처럼 먹이를 찾아서 앞들이나 뒷산을 날아다닐 필요도 없었으려니와 담 밖의 길은 전혀 몰랐고 게다가 오만 가지 괴물들이 씽씽 바람을 가르며 달리니 자칫 잘못하면 부딪쳐 박살이 날 것 같아서 그들은 한 발도 담 밖으로는 나가질 못했습니다. 그래서 그들은 평생 처음으로 아침 체조를 해야 했습니다. 그다음은 분수로 가서 세수를 했습니다. 분수라야 그건 저 시골 산골짜기를 흐르는 석간수에 비할 것도 못되었지만 그래도 그 하늘로 죽 솟았다가 떨어지는 물줄기의 신기한 멋에 그들은 재잘거리며 몇 번이고 얼굴을 씻곤 했습니다.

그들을 서울로 데리고 온 그 얼굴이 하얀 참새는 먼발치서 그들을 바라보고 빙긋이 웃고 있었습니다. 그는 그때 그렇게 셋을 데려다놓고는 다음부터 될수록 그들을 피했습니다. 그의 애인 참새가 뭐라 했던 것입니다. 어디서 그런 촌뜨기들을 데리고 왔느냐, 창피하지도 않으냐 하고 말입니다. 그래서 그는 그들 셋과 어울리려 하지 않고 오히려 피했습니다.

사실이지 그들 셋은 그 대궐 안에서 보고 듣는 모든 일이 그저 신기하고 놀라운 촌뜨기였습니다. 그런 중에서도 짤짤이가 더 촌티를 내고 다니며 부끄러운 줄도 모르고 까불었습니다. 며칠 전만 해도 그랬습니다. 그날도 그들 셋은 매점 앞으로 갔습니다. 거기가 언제나 먹을 것이 많이 떨어져 있었기 때문입니다. 사람들이 둘러앉아서 무엇을 먹으면서 부스러기를 그들에게 던져주곤 했습니다. 그들 셋은 신바람이 나서 그것을 주워 먹었습니다. 그런데 갑자기 와하하 하고 사람들이 큰 소리로 웃어대는 것이었습니다.

어벙이와 왕치는 깜짝 놀라서 푸르르 나무 위로 날아올랐습니다. 짤짤이가 보이질 않았습니다. 그들은 나무 밑을 살펴보았습니다. 역시 짤짤이는 보이지 않았습니다. 사람들은 점점 더 큰소리로 웃었을 뿐 아니라 한 곳에 빙 둘러섰습니다. 어벙이와 왕치는 이상하다 했습니다. 그들은 나뭇가지를 몇 가지 앞으로 옮겨 나가 사람들이 둘러서서 들여다보고 있는 속을 내려다보았습니다.

"저기 혹 짤짤이가 잡힌 게 아냐?"

어벙이가 눈을 둥글하니 떴습니다.

"글쎄, 그런 것 같은데."

왕치가 좀 더 가까운 나뭇가지로 옮겨나갔습니다.

사람들은 빙 둘러서서 거기 한가운데 굴러 있는 비닐 과자 봉지를 보며 웃고들 있었습니다. 무슨 과자를 넣었던 것인지 알록달록한 비닐봉지가 거기서 껑충껑충 춤을 추다가 딩굴딩굴 구르다가 하고 있었습니다. 가만히 보니까 그 비닐봉지 속에 들어 있는 것은 짤짤이 같았습니다. 아마 정신없이 과자 부스러기를 쪼아 먹다 보니 자기도 모르게 봉지 속에까지 기어들어갔던 모양인데, 갑자기 사람들이 웃어대는 바람에 나올 구멍을 잃어버리고 그 속에서 마구 날뛰고 있는 모양이었습니다. 그러니까 꼭 과자 봉지가 춤을 추고 있는 꼴이 되고 말았던 것입니다. 사람들은 손뼉까지 치며 점점 더 웃어대었습니다. 그러자 금테 모자를 쓴 경비원이 무슨 사곤가 하고 달려왔습니다. 거기 춤추는 비닐봉지를 발견했습니다. 그는 얼른 비닐봉지를 집어 들었습니다. 그리고 그 속에서 짤짤이를 끌어내었습니다. 짤짤이는 온몸의 털이 모두 헝클어져서 그 몰골이 보기 딱했습니다.

"여러분. 소란을 피워서 죄송합니다. 이 녀석은 이게, 어쩌다 시골서 날아든 촌 녀석인데 워낙 과자를 처음 먹어보는 녀석이라 그만 정신없이 이 모양입니다. 그러니 한 번만 용서해주십시오."

경비원은 짤짤이의 꽁무니를 탁 쳐서 공중으로 올려 던졌습니다. 그러자 짤짤이는 짤짤이대로 얼이 빠졌던지 방향을 잃고 공중에서 휘뚤휘뚤 몇 번 비틀거렸습니다. 이번엔 그 꼴이 우스워서 또 사람들이 와르르 웃었습니다. 어벙이와 왕치는 나무 위에서 그 광경을 내려다보며 공연히 얼굴을 붉혔습니다. 짤짤이는 겨우 정신을 차리자 뒤도 안 돌아보고 저쪽 석조전 쪽으로 날아가 숨어버렸습니다.

"야, 짤짤아. 너 정말 챙피하게 놀지 말아!"

그날 저녁 나뭇가지에 모였을 때 왕치가 말했습니다.

"챙피하긴…… 잘 모르니까 그렇게 된 거지 뭘."

짤짤이가 그러며 그래도 얼굴을 붉혔습니다.

"그러니까 잘 모르면 조심하란 말이다."

어벙이도 한마디 해주었습니다.

"그랬으면 또 어때 뭐. 그러면서 차츰 서울내기 되는 거지 뭘."

짤짤이는 그래도 여전히 대꾸했습니다.

아닌 게 아니라 그들 셋 가운데서 짤짤이가 제일 잘 환경에 적응해갔습니다. 촌뜨기로서 우스운 실수를 거듭 저지르면서도 짤짤이는 짤짤거리고 돌아다녔습니다. 그는 그런 실수를 일종의 공부라고 생각하는 모양이었습니다. 그런데 왕치와 어벙이는 그러질 못했습니다. 남의 웃음거리가 되고 싶지는 않았던 것입니다.

그러는 사이에 겨울이 되었습니다. 낮에는 그런대로 요리조리 양지바른 곳을 찾아가 해바라기를 하며 지내면 과히 춥지 않았습니다. 여름에는 나뭇가지에서 시원하게 잘 수 있었으나 겨울이 되면서 밤이 문제였습니다. 정말이지 그들은 그때까지도 겨울밤이 그처럼 춥고 긴 줄은 몰랐습니다. 대궐 안이 다 좋다고 쳐도 겨울밤을 지내기에는 아주 안 좋았습니다. 대궐의 기와지붕이나 석조전 처마 끝에는 그들이 바람을 피해 들어가 잠을 잘 만한 틈새가 전혀 없었습니다. 왕치, 어벙이, 짤짤이는 며칠을 두고 대궐 안을 돌아다녀보았습니다. 그러나 어디에도 포근한 초가지붕은 없었습니다.

그런데 서울 참새들은 모두 석조전 건물 굴뚝 둘레에 모여서들 자는 것이었습니다.

그러나 왕치, 어벙이, 짤짤이는 그럴 수가 없었습니다. 우선 그 굴뚝에서 나는 기름 냄새에 골치가 아프기도 했지만, 그보다도 서울 참새들은 그들 셋에게 들어가 끼일 자리를 절대로 내어주지 않았던 것입니다. 그래 하는 수 없이 그들은 셋이 나란히 나뭇가지에 붙어 앉아서 서로의 체온으로 긴 겨울밤을 떨며 참아내고 있었습니다.

어벙이가 요즈음 와서 마을로 다시 돌아갈 생각을 하기 시작한 것은 첫째 그런 잠자리 때문이었지만 그 밖에도 수돗물에서 나는 그 약 냄새와 공기 속에서 풍기는 그 기름 냄새에 울컥울컥 구역질이 났기 때문이었습니다. 아니, 사실은 마을에 두고 온 얌전이가 자꾸만 보고 싶기도 했습니다.

"난 아무래도 마을로 돌아갈까 봐."

"글쎄. 나도 자꾸 마을 생각이 나. 이건 담 안에 갇힌 죄수 아냐. ……그렇지만 부모님도 몰래 떠났다가 무슨 면목으로 이제 돌아가니!"

어벙이와 왕치가 두런두런했습니다.

"그건 그래. 허지만 난 마을이 그리워 못 견디겠다. 앞들, 뒷산, 그리구 어머니 아버지, 얌전이, 갑돌이, 이렇게 저녁 무렵이면 난 그 마을 서산의 빨갛게 타던 노을이 미치게 그립다. 그리구 밤이면 그 초가지붕 처마 끝이나 낟가리 속의 따스한 보금자리. 사실이지 전에 그 속에서 잘 때는 겨울밤이 그렇게 길고 추운 줄은 몰랐었단 말야!"

어벙이는 쿨쩍거리며 울고 있었습니다.

"야야. 그따위 소리가 어디 있어. 여기는 이게 궁궐이다이! 아무 일 안 해도 얼마든지 맛있는 것이 있구, 예쁜 쩍쩍이 계집애들도 많구. 그야 서울내기들이 좀 아니꼽기는 하지만 그거야 참아야지 어떡해. 난 단연 여기가 좋다!"

짤짤이의 말이었습니다.

"그래서 넌 비닐봉다리 쓰구 춤을 추지."

왕치가 빈정거렸습니다.

"그거야 야 어쩌다 실수했지. 넌 그 봉다리의 과자를 못 먹어봐서 그래. 정말 사르르 혀가 녹을 것 같았어!"

짤짤이의 말에 어벙이는 그저 멍청히 그를 쳐다만 보며 마을 뒷산에서 먹던 열매들과 벌레 생각을 하고 있었습니다.

그리고 며칠 후였습니다. 겨울 날씨치고는 아주 따스한 날 아침이었습니다. 세수를 하고 은행나무 가지로 올라와 앉은 어벙이가 왕치에게 말했습니다.

"야. 왕치야. 아무래두 난 오늘 마을로 돌아갈까 해."

"마을로? ……글쎄. 나도 사실은 가고 싶지만…… 여긴 이제 싫증이 났어. 그러나 면목이 없어. 이제 돌아가면 마을 애들이 놀려댈 게 아냐. ……그런데 너 가는 길은 아니?"

왕치가 어벙이의 정말 어벙한 얼굴을 쳐다보았습니다. 짤짤이는 아까부터 저 아래 분수대 얼음 틈의 물에서 몇 번씩 몇 번씩 열심히 세수를 하고 있었습니다. 그래야 서울 참새들처럼 얼굴이 하얗게 된다고 생각하는 것이었습니다.

"내 그걸 며칠 연구해보았어. 저쪽, 그러니까 아침에 해가 뜨는 쪽을 향해서 자꾸 날아만 가면 틀림없이 우리 마을이 나올 거야."

"멀 거야. 날아서 과연 마을까지 갈 수 있을까 몰라."

"멀지 그럼, 하지만 난 갈 거야. 며칠이 걸리든, 몇 달이 걸리든, 내년 또 그다음 해까지 걸려도 난 갈 거야!"

어벙이는 입을 꾹 다물면서 아침 해를 쳐다보았습니다. 평소에는 멍청하던 어벙이의 눈이 그날 아침은 빛나고 있었습니다.

"그래! 어벙이 넌 묘한 녀석이야. 난 네가 부럽다."

왕치의 두 눈에는 눈물이 글썽하니 고였습니다.

어벙이는 자꾸자꾸 하늘로 날아올랐습니다. 서울 거리가 저 밑에 까마득히 내려다보였습니다. 그건 꼭 헌데 더뎅이 같다고 어벙이는 생각했습니다.

어벙이는 마침내 몸의 방향을 해 뜨는 쪽으로 돌렸습니다. 전에 서울로 올 때는 해를 따라왔었으니까 돌아갈 때는 그 반대로 가면 되리라는 생각에서였습니다. 그는 힘껏 날개를 펄럭였습니다.

저만치 첩첩 산이 보였습니다. 하얗게 눈을 쓰고 있는 그 산들은 흡사 차돌 같았습니다. 이제는 한강이 한줄기 굽이굽이 띠처럼 내려다보일 뿐, 서울은 저만치 먼지와 매연 속에 묻혀 보이지 않았습니다.

어벙이는 계속 날았습니다. 차츰 산들이 가까워지면서 시원한 기운이 풍겨왔습니다. 며칠이나 걸리면 마을까지 갈 수 있을까 생각하며 어벙이는 지칠 줄 모르고 날개를 움직였습니다. 어머니, 아버지 그리고 얌전이의 얼굴이 눈앞에 떠올랐습니다. 어벙이는 더욱 기운을 냈습니다.

산, 산, 산, 산, 어벙이는 이미 서울 대궐은 까맣게 잊고 있었습니다. 그는 그저 마을 뒷산을 찾아 계속 날아가고 있었습니다. 어벙이는 차츰 지쳤습니다. 점점 날개를 움직이는 속도가 느려졌습니다. 높이가 차츰 낮아졌습니다. 어벙이는 기운을 차리려고 애썼습니다.

"어벙이는 어떻게 되었을까. 지금쯤 마을에 돌아갔을까?"

짤짤이가 나뭇가지에 웅크리고 앉아서 왕치에게 물었습니다.

"글쎄."

왕치는 망연히 동쪽 하늘을 바라보고 있었습니다.

"참 알 수 없는 녀석이야. 대궐보다 두메마을이 좋다니 참!"

"……"

왕치는 아무 말도 하지 않았습니다.

어벙이는 어느 산 눈 덮인 정상에 누워 있었습니다. 이제는 더는 날 기력이 없었습니다. 가물가물 의식이 꺼져가고 있었습니다. 자꾸만 눈까풀이 내리덮여왔습니다. 그는 애써 눈을 뜨려 했습니다. 그러나 다시는 눈을 뜰 수 없었습니다.

미친 녀석

녀석은 일주일에도 몇 번씩 우리 서점엘 들른다. 들른다고 해서 뭐 제법 손님처럼 서점 안으로 들어오는 것은 아니다. 그렇다고 거지처럼 출입문을 막고 서서 안을 기웃거리느냐 하면 그런 것도 아니다. 녀석은 쇼윈도 앞에 서서 이것저것 그 안의 책들을 들여다볼 뿐이다.

내가 처음 녀석에게 호기심을 품기 시작한 건 점원인 미스 김에 의해서였다. 늦봄 안개비가 내리던 오후였다.

"저 거지 참 이상해요."

진열대 위의 책을 정리하고 있던 미스 김이 쇼윈도 밖을 가리켰다. 거기 쇼윈도 밖에 한 사나이가 잔뜩 허리를 구부려 두 손으로 무릎을 누른 자세로 서서 열심히 쇼윈도 안을 들여다보고 있었다.

"어디…… 거지니?"

"거지예요."

나는 좀 더 자세히 그 사나이의 행색을 살펴보았다. 세수도 안 한 듯 지저분한 얼굴이 어찌 보면 삼십쯤 나 보이고 또 어찌 보면 사십쯤으로도 보이는 녀석은 예수님의 초상화처럼 머리를 길게 좌우 어깨로 늘이었고 그 입은 옷이 과연 남루했다. 그건 어디서 구한 것인지 40년쯤 전, 그러니까 해방 전에 일인들이 입던 카키 색 국민복——요즈음 중학생들의 교복처럼 목에서부터 죽 내리 단 추를 채우게 된——저고리에 너덜너덜한 꺼멍 바지를 입고 있었 다. 그렇지만 그것만으로 그를 거지라고 단정할 수는 없는 일이 었다.

"아니다."

"거지예요."

나는 그가 쇼윈도에서 떨어져 물러설까 조심하며 마치 새를 잡 으려 다가가는 포수처럼 아닌 체 슬금슬금 앞으로 나가보았다.

과연 미스 김의 말이 옳았다. 그는 정상인이 아니었다. 미련이 나 남은 듯 시선은 여전히 쇼윈도 안에 둔 채 슬며시 허리를 펴며 바로 선 녀석의 양복 가슴엔 괴상한 훈장이 가득히 달려 있었던 것이다. 각색 맥주병 마개, 그걸 도대체 어떻게 양복 가슴에 그렇 게 줄줄이 단 것일까. 나는 돌아섰다.

"거지가 아니라 미친 녀석이군."

"그게 그거죠 뭐."

"다르지. 구걸을 해야 거지지."

미스 김은 머리를 한번 갸우뚱해 보였다.

사실 녀석은 한 번도 우리 서점에서 구걸을 한 일이 없었다.

그렇게 일주일이면 두서너 번 서점 앞에 나타나지만 그때마다 쇼윈도 속의 책들을 한참씩 들여다볼 뿐 출입문 안에 들어선 일은 한 번도 없었다.

"역시 선생님 말씀이 맞네요."

미스 김도 이제 녀석을 거지 대열에서 빼어 좀 달리 보게 되었다. 그러니까 녀석은 어쩌다 나사가 하나 빠지면서 약간 이상해졌을 뿐이었다. 불황으로 손님이 거의 없는 서점 안에 거미처럼 종일 웅크리고 앉아 있는 우리는 어쩌다 녀석이 밖에 나타나면 그걸 흥밋거리로 삼았다.

"미쳐도 참 묘하게 미쳤어요. 저 가슴의 맥주병 마개 재미있잖아요."

미스 김이 생글거렸다.

그날은 일요일이었다. 쉬는 날은 더욱 손님이 없다. 장사도 장사지만 손님이 안 들어오면 우선 심심해서 죽을 지경이다. 그런데 점심때쯤 또 녀석이 어슬렁 나타났다. 역시 유리에 이마를 대다시피 구부리고 안의 책들을 살펴보고 있었다. 나는 심심하던 참에 슬쩍 문밖으로 나서서 녀석의 옆으로 가보았다. 그는 나를 느끼자 쇼윈도에서 한 걸음 물러서며 야릇한 웃음을 입가에 띠었다.

"무슨 책을 찾고 있소?"

"그냥. ……색시 고와."

녀석은 또 한번 야릇한 웃음을 흘렸다. 그건 참 묘한 웃음이었다. 그의 심정과는 아무런 연관도 없는, 그저 그렇게 얼굴 가죽을 한번 움직여 보이는 것이라는 그런 웃음, 그러니까 상대를 오히려 바보 취급하고 있는 듯한 그런 웃음이었다.

나는 녀석이 곱다고 하는 색시가 누군가를 살펴보았다. 그달 여성지 표지에 빨강 모자를 쓴 여자가 김치 하며 웃고 있었다. 나도 웃고 말았다. 그런데 그렇게 내가 웃으며 돌아보았을 때는 벌써 녀석은 저만치 사람들 틈에 끼어 휘청휘청 걸어가고 있었다.

그 며칠 뒤였다. 그날은 서점의 정기휴업 날이어서 셔터를 내린 채 나는 옆집인 약방 주인과 문 앞에서 잡담을 하고 있었다.

그런데 녀석이 흔들흔들 나타났다.

"아이고, 어서 오십쇼. 무슨 약을 드릴까요?"

약방 주인도 나와 마찬가지로 녀석을 재미있는 친구로 보고 있는 모양으로 그렇게 농을 걸었다.

"담배 하나 줘."

녀석은 아무한테나 반말이었다.

"담배? 주지, 자 두고 피워."

약방 주인은 담뱃갑에서 담배를 세 개비 집어내어 녀석에게 내밀었다.

"하나면 돼."

녀석은 약방 주인이 내민 세 개비 가운데서 하나만 집었다. 꼭 원숭이의 손처럼 잔등은 때가 새까만데 손바닥은 또 유난히 희다. 나는 라이터를 켜서 들이대어주었다. 녀석은 담배에 불을 당기며 퀭하니 큰 눈으로 나를 힐끔 한번 쳐다보았다. 그것이 광인

특유의 눈빛인가 어쩐지 섬뜩했다. 그렇게 담배에 불을 당기더니 그 모든 것이—약방 주인이 담배를 주는 거나 내가 지체 없이 라이터를 켜서 들이대는 거나, 지극히 당연한 일이라는 그런 태도로 녀석은 쑥 돌아서 흔들흔들 걸어가버렸다.

"참 재미있는 친구죠?"

약방 주인이 빙그레 웃었다.

"나는 근자에야 발견했는데 참 묘한 친구더군요."

"저러고 다니는 지가 벌써 오래죠. 이 동대문 일대에선 백작 거지로 통해요."

"그거 아주 멋진 칭호군요."

"방금도 보셨지만 담배도 아무리 갑째로 다 주며 넣어두라 해도 안 그래요. 꼭 한 개비만 집죠. 그 대신 필요할 때는 아주 당당하게, 나 담배 하나 줘 그럽니다. 마치 하인더러 명령하듯이. 하하하. 그런데 묘한 건 그러는 그가 도무지 밉지 않단 말입니다."

"그거 참…… 어디 자기 집이 있는가요?"

"알 수 없죠. 입고 다니는 옷이 어느 거지처럼 그렇게 더럽지는 않은 것으로 보아서 어디 집이 있는 것 같기도 하지만."

"저리 되기 전엔 뭘 하던 친굴까요."

"그게 또 구구해요. 어떤 재벌의 서자라고도 하고. 또 어떤 사람의 말로는 어느 목사의 아들이라고도 하고, 또 어떤 사람은 고시 공부를 하다가 저렇게 돌아버렸다고도 하고, 실연을 하고 저리 됐다고도 하고, 그거 뭐 믿을 수 있나요. 각자 나름대로 상상해보는 거겠죠. 어쨌든 재미있어요. 미쳤대서 누구한테 해를 끼

치는 것도 아니고, 그렇다고 다른 거지들처럼 치근거리는 것도
아니고."

"그렇더군요. 어찌 보면 우리들 정신 온전한 사람들을 싹 무시
해버리고 있는 것 같아요."

"그 소리 없는 웃음이 그렇죠? 아저씨가 어린 조카애들 재롱을
바라보며 웃는 것 같은 그런 기분 이상한 웃음이죠. 하하하."

약방 주인은 큰 소리로 웃었다.

그런데 그날 나는, 며칠에 한 번씩 보던 그를 하루에 두 번 만
났다.

저녁 무렵에 목욕을 갔다 돌아오니까 우리 서점 닫힌 셔터 앞에
녀석이 앉아 있었다. 아주 편하게, 셔터에 등을 기대고 두 다리를
주욱 앞으로 뻗친 자세로 앉아서 무언가 먹고 있었다. 나는 셔터
한옆에 달린 조그마한 출입문 자물통을 열며 그의 사타구니께를
들여다보았다. 호콩이었다. 신문지 쪼가리에 한 줌만치 싼 호콩
을 녀석은 한 알 한 알 아주 음미하며 씹고 있었다. 그의 발끝께
를 걸어 지나가는 행인들이 한 번씩 녀석의 꼴을 내려다보았지만
녀석은 그따위 시선에는 전혀 무관심이었다.

나는 안에 수건과 비누를 들여다 놓고 다시 셔터 밖으로 나왔다.

"오늘은 두 번이나 만났다."

알은체를 해주었다. 녀석은 그 소리에 나를 힐끔 한번 쳐다보더
니 곧 호콩 봉지로 눈을 떨구었다. 이제 거의 다 먹었다. 나는 녀
석 옆에 쭈그렸다.

"하나 먹어."

녀석은 나를 향해 호콩 봉지를 불쑥 내어밀었다. 나는 당황했다. 그러나

"고마워."

하며 얼른 호콩을 한 알 집었다. 녀석은 씩 하니 웃었다. 그런데 그 웃음은 예의 그 기분 나쁜 웃음이 아니었다. 어째서라고 꼭 그 구별을 말로 할 수는 없었지만 그건 분명히 좀 다른 웃음이었다. 나는 호콩의 속껍질을 비벼 벗겨서 입에 넣고 오래오래 씹으며 무언가 그에게 말을 걸어주어야 할 것 같은 생각이 들었다.

"그건 뭐야?"

나는 녀석의 가슴에 주르르 달린 맥주병 마개를 가리켰다.

"이거? 훈장."

우리가 생각했던 대로였다. 나는 웃음을 참았다.

"무슨 공을 세웠는데 훈장이 그리 많아?"

"그저 달았지."

"훈장이 어디 제 손으로 그저 다는 건가, 공로에 따라 달아주는 거지."

"안 그래. 훈장은 제가 그저 다는 거야."

"거긴 백작이라면서? 그래 훈장이 많구먼."

"백작? 아니야. 난 장군이야."

"장군보다야 백작이 멋지지."

"아니, 장군이 더 좋은 거야. 장군은 총이 있어."

그러면서 녀석은 자기 양복저고리 어깨를 그 새까만 손가락으

310

로 가리켰다. 거기 양복저고리 어깨에는 담뱃불로라도 태웠는가 손톱만큼씩 한 구멍이 세 개 나란히 뚫려 있었다.

"그게 뭐지?"

"별."

"별! 오호, 그러니까 별이 셋이라. 중장이구먼. 허허허."

나는 웃을 수밖에 없었다.

"이제 대장 해볼까 해."

녀석은 웃지도 않고 마지막 호콩을 집어 입 안에 넣고 말았다.

"대장 해볼까라니, 자기가 하고 싶으면 중장도 되고 대장도 되고 하나 어디?"

"그럼, 그러는 거야."

녀석은 자기도 재미있다는 듯이 그 예수님처럼 긴 머리카락을 흔들며 피식피식 웃었다. 가슴 한복판에 매단 커다란 자물통이 흔들거렸다.

"이건 뭔가. 무궁화 대훈장쯤 되나?"

"아니. 자물통."

"글쎄 그런데…… 그걸 왜 가슴에 달았나 말이지."

"잠갔지."

"글쎄 잠갔는데, 그걸 어째서 여기 가슴에 달았나 말야."

"꼭 잠가야지."

영 말이 잘 안 통했다. 역시 녀석은 돌았다. 그런 녀석과 정색으로 이야기를 하고 있는 나 자신이 싱거운 생각이 들어 나는 슬며시 몸을 일으켰다. 그러자 녀석도 따라 일어서며 그 새까만 손가락으로 느닷없이 내 가슴을 쿡 찔렀다. 움찔 놀랐다.

"꼭 잠가!"

녀석은 방금 전 말을 한 번 되풀이하고 휙 돌아서 저쪽 동대문을 향해 천천히 걸어갔다. 나는 한참이나 녀석의 뒷모습을 바라보고 서 있었다. 이상하게 상체를 좌우로 기우뚱거리며 인도 한복판을 걷는 녀석은 유유했고, 행인들 편에서 움찔움찔 녀석을 비켰다.

그날 이후 나는 녀석이 좋아졌다. 녀석이 쇼윈도 밖에 와 서면 나는 일부러 마주 나가서

"담배 줄까."

하며 담뱃갑을 내밀곤 했다. 그러면 녀석은 아무 말도 없이 무표정으로 담배를 한 개비 끄집어내어서는 입에 물고 나를 쳐다보는 것이었다. 나는 꼼짝없이 라이터를 켜서 녀석의 담배에 불을 대어줄 수밖에 없었다.

언젠가는 그렇게 담배에 불을 당긴 녀석이 쓰다 달다 표정도 없이 뻐끔뻐끔 담배를 빨아 연기를 날리며 쇼윈도 앞에 턱하니 주저앉았다. 그러고는 양복 호주머니에서 구겨진 신문을 한 장 꺼내어 손바닥으로 몇 번 쓸어 펴서 읽기 시작했다. 아주 의젓한 자세로.

그런데 얼핏 보니까 그 큰 활자의 제목이나 사진이 일주일쯤 전 신문이었다. 그걸 녀석은 열심히 들여다보고 있었다. 나는 슬며시 장난기가 생겼다.

"뭐 재미있는 기사라도 실렸나?"

"그저."

녀석은 신문에서 눈도 안 떼고 시큰둥한 대답이었다.

"그건 일주일 전 신문 아냐."

"마찬가지지 뭘!"

녀석은 두 팔을 벌려 천천히 신문을 뒤집었다. 나는 녀석의 그 때투성이 주먹으로 면상을 한 대 얻어맞은 기분이었다.

그렇게 여름이 되었다. 녀석은 여전히 사흘에 한 번쯤 서점에 나타났다. 녀석의 그 즐비한 훈장과 가슴을 잠갔노라는 자물통이 무겁게 달린 옷이 무척 더워 보였다. 사람들은 모두 남방셔츠 차림인데 녀석은 그대로 그 겨울 양복에다 단추까지 끼우고 다녔다. 그러면서도 이상하게 녀석은 더워하는 기색이 전혀 없었다.

"저 백작 거지가 여기 안 나타나는 날은 어딜 돌아다닐까요?"

미스 김이 궁금해했다. 아닌 게 아니라 나도 그런 생각을 하고 있었다.

그러던 어느 날 나는 녀석의 행동반경이 꽤나 넓다는 것을 알았다.

토요일 오후였다. 나는 볼일이 있어 종로까지 나갔다. 쨍쨍 내려쪼이는 햇볕에 거리의 사람들은 모두 흐느적거리고 있었다. 나는 화신 앞에서 신신백화점 쪽으로 건너는 횡단로에서 신호를 기다리고 있었다. 그런데 무슨 일인지 맞은편 신신백화점 앞에 사람들이 많이 모여 서 있었다. 사고가 난 모양이었다. 신호가 열렸다. 사람들은 빠른 걸음으로 차도를 건넜다. 그렇게 길을 건너선 사람들은 모여 선 사람들 등 뒤로 다가갔다. 나도 그들 틈에 끼어서 앞사람 어깨 너머로 안을 넘겨다보았다. 잘 보이진 않았다.

"무슨 일이죠?"

옆의 중년 부인이 앞에 서 있는 중년 신사에게 물었다.

"글쎄요. 나도 잘 모르겠습니다. 모두들 모이셨기에 뭔가 하고……"

그 중년 신사는 발뒤꿈치를 쳐들고 안을 살폈다.

"별로 보이는 게 없는데."

사람들은 점점 더 모여들었다. 나중에는 백화점 앞 통로가 꽉 막혀버렸다. 그러자 호루라기 소리가 획획 몇 번 들렸다. 교통순경이 달려왔다.

"무슨 일입니까. 좀들 비켜요. 비켜서세요!"

순경이 사람들을 비집고 안으로 들어갔다.

"뭡니까?"

"글쎄요. 우리도 잘 모르겠소."

"자, 좀 비켜요. ……아니, 이게 뭐야. 일어서. 여기가 어디라고 쭈그리고 앉아서 이 소동이야. 빨리 일어서."

순경이 큰 소리를 질렀다. 그러자 둘러선 사람들 한가운데서 꺼먼 사람이 하나 쑥 일어섰다.

나는 깜짝 놀랐다. 방금 일어선 자는 바로 백작 거지 그 녀석이었던 것이다.

"뭐야!"

순경이 녀석의 멱살을 틀어잡았다. 그러고는

"비켜요 비켜. 아무것도 아니에요."

하고 녀석을 사람들 밖으로 끌어내었다. 녀석은 별로 반항도 하지 않았다. 그 긴 머리카락이 얼굴을 반쯤 가리고 있었다.

"여기서 뭘 하고 있는 거야?"

순경이 소리를 질렀다. 둘러섰던 사람들은 한 걸음씩 물러서긴 했지만 좀처럼 흩어져가진 않았다. 지금까지 자기들이 모여 섰던 이유를 알고 싶었던 것이다.

"뭘 했나 말야?"

순경이 녀석의 멱살을 흔들었다.

"개미 봤지."

녀석은 멱살을 틀어잡혀서 턱을 잔뜩 치켜든 채 말했다.

"뭐라구. 개밀 봐?"

"개미 봤지."

"빌어먹을……"

순경은 쥐고 있던 녀석의 멱살을 콱 밀어내고 자기의 손을 털털 떨었다.

"괜히 날보고 야단이야."

녀석은 가슴에 주르르 달린 훈장을 한번 쓸어보며 투덜거렸고, 순경은 거기 신호대 쇠기둥 뿌리를 구둣발로 슬쩍 밀어보았다. 과연 쇠기둥 뿌리 옆 보도블록 틈에 집을 판 개미 떼가 꼬물꼬물 줄을 지어 기어다니고 있었다.

"자자. 아무것도 아닙니다. 다들 가십시오."

이번에는 순경이 행인들을 밀어내었다.

"원 별…… 미친 녀석 다 있네."

누군가가 투덜거리며 돌아섰다.

"병신! 병신!"

녀석은 슬며시 돌아서서 그 상체를 기우뚱기우뚱 좌우로 흔드는 걸음걸이로 천천히 걸으며 그렇게 중얼거렸다.

그 이야기를 다 듣고 난 미스 김이 깔깔거리며 웃었다.

"서울 사람들 꼼짝없이 다 병신이 됐네요. 호호호. 그 백작 참 재미있어요. 며칠 전 시장 골목을 나오다가도 그랬어요."

"거기서도 또 쭈그리고 개미 봤나?"

"아니구요. 그 좁은 시장 골목으로 자가용차가 한 대 들어왔지 뭐예요."

"그래서?"

시장 보는 아낙네들이 꽉 들어찼으니 차는 좀처럼 빠져나갈 수가 없었다. 장사꾼 아주머니들이 저마다 한마디씩 내뱉었다. 다리가 칵 부러졌나, 이 좁은 델, 아마 앉은뱅이인 모양이지. 그래도 차는 조금씩조금씩 밀고 나갔다. 그런데 거기 바로 녀석이 있었다. 뒤에서 자동차 빵 하고 경적을 울리자 녀석은 후닥닥 놀라는 시늉을 하며 차를 향해 돌아섰다. 그러고는 길을 비키는 것이 아니라 두 손을 합장하듯 앞에서 모으고 굽실굽실 자꾸만 절을 하던 것이다. 차는 더욱 빵빵거렸다. 녀석은 점점 더 허리를 깊이 굽히며 굽실굽실 절을 했다.

"비키지 못해!"

운전수가 창으로 머리를 내밀고 소리를 질렀다. 그제야 녀석은

껑충 뛰어 한옆으로 비켜섰다. 차가 천천히 녀석 코앞으로 지나
갔다. 녀석은 차 속의 뚱뚱보 여인을 향해 또 깊이 절을 했다. 그
런데 정작 우습기는, 그 뚱뚱보 여자가 밖의 녀석의 절을 받아 고
개를 꺼떡하자 녀석은 돌변하여 허리를 뒤로 젖히며 헤헤헤헤 했
던 것이다.

그러자 시장 안 장사치들이 일제히 와하하 큰 소리로들 웃어대
었다.

어쨌든 녀석은 그런 엉뚱한 짓을 곧잘 하고 다녔다.

그런데 언젠가 수도관이 터져 물이 쏟아져 흐르는 대로 한가운
데서 홀랑 벗고 목욕을 하는 소동을 벌인 후로 여름이 다 지나도
록 통 나타나질 않았다.

"어디 바닷가에라도 갔나 보죠?"

미스 김도 궁금한 눈치였다.

그렇게 여름이 가고 가을바람이 아침저녁으로 제법 신선하던
어느 날 아침이었다. 7시 무렵 가게 셔터를 올리노라니까 옆집 약
방 주인이 흥분한 표정으로 다가왔다.

"그가 죽었대요."

"그라뇨?"

"아, 그 백작 말예요."

"예? 백작이 죽어요!"

"지금 가볼려고……"

약방 주인은 저만치 동대문 쪽을 가리키며 빠른 걸음으로 지나
갔다.

나도 그의 뒤를 따랐다.

동대문에는 새벽인데도 사람들이 많이 모여 서 있었다.

나와 약방 주인은 사람들 뒤로 다가갔다. 과연 죽어 있었다.

동대문 바깥쪽 옹성(甕城) 벽에 시꺼먼 물체가 축 늘어져 있었다.

시민들은 큰길 건너 이쪽에 몰려서들 웅성거렸고, 순경들과 방범대원들이 옹성 밑에서 그 물체를 올려다보고 있었다. 그건 참 묘한 죽음이었다. 도대체 어떤 방법으로 그 성벽에 목을 달아맸으며, 또 어째서 하필 동대문 성벽을 죽음의 장소로 택했는지 알 수 없는 일이었다.

결국 밑에서는 어떻게 시체를 끌어내릴 수 없으니까 방범대원 두 사람이 성문으로 올라가 옹성 쪽으로 돌아 나왔다. 긴 나일론 끈을 옹성 위 총구멍으로 넣어 돌려서 매고 그 한끝에 목을 매고 출렁 성벽 밖으로 떨어진 것이었다.

"그거 참 많이도 연구해서 묘하게도 죽었네."

누군가가 중얼거렸다.

가을 새벽 햇빛이 동대문을 점점 밝게 비추기 시작하였다. 성루 처마 끝의 단청이 선명하게 떠오르고 '흥인지문(興仁之門)'이란 현판이 드러나면서 비로소 늘어진 시체도 뚜렷이 보였다. 헝클어진 머리카락이 영화 속의 귀신처럼 얼굴을 덮었고, 유난히 길게 늘어진 두 팔 가운데 가슴에는 예의 그 훈장들이 아침 햇살에 반짝거렸다. 그건 참 괴기한 광경이었다.

위에서 끈을 끊어버린 것일까. 시체가 주르르 밑으로 흘러내려

언젠가 우리 서점 셔터에서처럼 성벽에 등을 기대고 두 다리는 앞으로 주욱 뻗은 자세로 앉아버렸다. 가슴의 그 자물통이 시계추처럼 몇 번 흔들거렸다.

이쪽 길 맞은쪽에 모여 섰던 사람들이 또 한차례 술렁거렸다. 순경이 거적을 들고 오더니 시체 위에 덮고 슬쩍 밀어 눕혔다.

"그거 참 알 수 없는 일인데요."

약방 주인이 돌아서며 말했다.

"뭐가요?"

나도 따라 걸으며 물었다.

"미친 사람이 자살을 하는가?"

"글쎄요."

"미친 사람이 자살을 할 리가 없어요."

"그럼 뭡니까, 자살이 아니라 누가 죽였다고 생각하나요?"

"아니죠. 죽였다는 게 아니고……"

"그럼?"

약방 주인은 대답 대신 담뱃갑을 꺼내어 내게부터 권하고 자기도 물었다. 우리는 그렇게 담배 연기를 흘리면서 가게 쪽으로 천천히 걸었다. 약방 주인은 아무래도 무언가 석연치 않은 눈치였다. 가게에 거의 다 왔을 때였다.

"선생!"

약방 주인이 멈칫 걸음을 멈추었다.

"……"

나는 움찔하여 그의 얼굴을 쳐다보았다.

"어쩌면 녀석은 미치지 않았던 것이 아닐까요?"

"설마……"

우리는 서로 마주 보고 웃었다. 나는 서점 문을 밀고 들어섰다. 쥐고 있던 꽁초를 재떨이에 비벼 껐다. 그러던 나는 문득, 녀석의 가슴 한복판을 언제나 꽉 잠그고 있던 커다란 자물통을 생각했다.

일요일

*『현대문학』, 1955년 12월.
1 찌다 고인 물이 없어지거나 줄어들다. 들어온 물이 나가다.

학마을 사람들

*『현대문학』, 1957년 1월.

사망 보류

*『사상계』, 1958년 2월.
1 갑종 1급, 으뜸.

몸 전체로

*『사상계』, 1958년 8월.

갈매기

* 『현대문학』, 1958년 12월.

1 병적계 군인으로서의 기록을 증명하는 증서.

2 오시이레 벽장, 반침.

오발탄

* 『현대문학』, 1959년 10월.

1 레이션 곽 식량이나 보급품 상자.

2 문걸쇠 '문고리'의 방언.

3 화신 우리나라 최초의 백화점인 화신백화점으로 현재 종로의 국세청 자리에 있었다.

4 헤우다 줄 따위가 팽팽하게 당겨지다.

5 비거vigour 과자의 하나. 설탕이나 엿에 우유, 향료를 넣고 끓여서 굳혀 만든다.

6 비루 맥주를 가리키는 일본말.

7 조리다 '줄이다'의 옛말.

자살당한 개

* 『신작33인집』, 1963년

1 전주르다 다음 동작에 힘을 더하기 위해 한번 쉬다.

2 하도롱 hard-rolled. 빛이 누르스름하고 질긴 종이로 봉투나 포장지를 만드는 데 쓰인다.

살모사

* 『사상계』, 1964년 11월.

1 바르다 흔치 않거나 충분할 정도에 이르지 않는다는 뜻의 북한어.

천당 간 사나이

* 『현대문학』, 1967년 11월.

청대문집 개

＊『현대문학』, 1970년 9월.

표구된 휴지

＊『문학사상』, 1972년 10월.

고장난 문

＊『문학사상』, 1977년 9월.

두메의 어벙이

＊『문학사상』, 1980년 1월.

미친 녀석

＊『한국문학』, 1981년 9월.

실낙원에 내던져진
근대적 주체의 살아남기

김외곤

1. 전쟁 체험 세대의 전후 문학을 읽는 까닭

해마다 6월 25일이 다가오면 각종 언론 매체에서는 한국전쟁에 대한 특집을 떠들썩하게 마련하곤 한다. 우리가 부르는 이름만 해도 예전에는 육이오, 육이오사변, 육이오동란, 육이오전쟁, 한국동란이라고 하다가 요즘은 한국전쟁이라 많이 부른다. 북한에서는 조국해방전쟁이라고 하고 일본에서는 조선전쟁이라 하며, 중국에서는 항미원조전쟁이라 하고 서구에서는 코리안 워라고 한다. 물론 이처럼 다양한 이름이 등장하게 된 것은 각각의 나라에서 자국의 입장을 반영한 이름을 찾으려 노력했기 때문일 터이다.

부르는 이름만큼이나 전쟁을 전문적으로 연구하는 사람들의 입장도 다양하여, 정통주의로 불리는 시각을 가진 사람들은 한국전쟁이 미국과 소련의 냉전 이데올로기 대립으로 발발했고 죄도 없는 한국인들은 전쟁의 피해자일 뿐이라는 의견을 피력했다. 이에 반해 미국 시카고 대학교의 브루스 커밍스 교수로 대표되는 수정주의자들은 식민지 시대 이래로 전개된 지주와 소작인 간의 계급 갈등이 해방 이후 남북한의 분단과 한국전쟁의 기원이 되었다는 주장을 펼친 바 있다. 또한 두 주장을 동시에 아울러서 내부 요인과 외부 요인의 양쪽을 고려한 절충주의도 등장했고, 최근에는 일부 중국학자들에 의해 한반도를 무대로 벌어진 미국과 중국의 전쟁이라는 의견까지 제출되고 있는 실정이다. 하지만 이들 중 어떤 것도 한국전쟁의 실체를 완벽하게 설명하지는 못하고 있다.

다른 나라 사람들이 어떻게 부르든, 연구자들의 시각이 어떠하든, 우리 민족에게 한국전쟁은 무엇보다도 '동족 상잔'의 끔찍한 비극이었다. 3년 동안이나 지속되던 전쟁 뒤에 태어난 사람들이 이미 나라 사람의 절반을 넘긴 지 오래되었음에도 불구하고, 여전히 우리가 그 전쟁을 잊지 못하는 것은 우리 민족끼리 싸웠기 때문이 아닐까 한다. 다정하게 지내던 이웃이나 친척이 전쟁 중에 자신에게 총부리를 겨누는 경험을 하고 나면 누구라도 '세상에 믿을 사람 하나 없다'는 허무주의에 빠지지 않을 수 없을 것이다. 그렇기 때문에 전쟁을 직접 겪은 손창섭, 장용학 등의 전후 작가들이 인간 불신과 모멸을 강하게 드러낸 것은 어떤 점에서 시대 상황을 충실히 반영한 것이라고 할 수 있다.

흔히들 종전 협정을 맺은 것이 아니라 휴전 협정을 맺었을 따름이고 혈육 간에 빚어진 이별의 아픔이 지금까지 지속되고 있기에 전쟁은 아직도 끝나지 않았다고 한다. 그러나 전쟁을 체험하지 못한 세대가 전쟁의 비극을 제대로 인식하는 것은 결코 쉬운 일이 아니다. 지구 상에서 살아가고 있는 인간이라면 누구나 이런 저런 갈등을 겪으며 살아가겠지만, 극한 상황 속에서 빚어지는 불화를 경험하는 경우는 매우 드물다. 이러한 경험의 한계 때문에 사람들은 때때로 소설이나 영화와 같은 허구의 세계로 빠져들곤 한다. 그 세계는 평소에 흔히 접하지 못하는 갈등이나 감정의 변화를 매우 압축적으로 보여줌으로써 독자 또는 관객의 마음을 사로잡는다. 우리가 전쟁을 체험한 전후 세대의 작품을 읽는 것도 이러한 허구의 세계가 가진 힘 때문이라고 할 수 있다. 전쟁이라는 극단적 경험을 한 인간의 내면을 이해하기 위해서 읽고, 그들이 겪은 비극을 되풀이하지 않기 위해서 읽는 것이다.

전쟁이 인간성을 어떻게 변화시켰는가를 잘 보여주는 전후 작가의 한 사람으로 이범선을 꼽을 수 있다. 그는 전쟁을 체험하였으면서도 다른 작가들에 비해 상대적으로 허무주의에 깊이 빠져들지 않아서 이채롭다. 전쟁으로 모든 것이 파괴된 상황에서 홀로 선 단독자로서의 존재를 실존적으로 고민하기보다는, 전쟁 이전의 전통 사회를 이상향으로 여기고 그것을 동경하는 인간의 모습을 그려내었던 것이다. 그리고 근대문학의 면면한 전통이라고 할 수 있는 사실주의를 계승하여 그 이상향에 도달하는 것을 가로막는 현실적 상황을 고발하기도 하였다. 그래서 그의 작품에서는 우리가 이미 읽어온, 그래서 어느 정도 친숙해진 다른 전후 세대 작가의 작품과 구별되는 색다른 면모를 발견하게 된다.

2. 전쟁 전의 전통 사회에 대한 동경과 향수

이범선은 삼일운동 이듬해에 태어났으면서도 특이하게도 자신의 소년과 청년 시절에 해당하는 식민지 시대와 해방 공간의 시대적 상황을 사실적으로 그려낸 소설을 거의 쓰지 않았다. 물론 「학마을 사람들」 등의 작품에서 뚜렷하게 드러나듯이, 그의 작품에 묘사된 한국전쟁 이전의 시대는 분명히 식민지 시대와 해방 공간이다. 하지만 작가는 그 시대의 현실을 오늘날의 일반적 인식처럼 일본 제국주의의 무자비한 탄압을 받거나 좌우익의 갈등이 격화된 상태로 형상화하지 않았던 것이다.

그가 왜 그렇게 했는가를 이해하기 위해서는 약간의 전기적 고찰이 필요하다. 자신의 회고처럼 이범선은 북한 지역 최대 곡창지의 하나로 꼽히는 청천강 유역의 안주군에서 지주의 아들로 태어났다. 5백 석 정도의 추수를 하던 집안 출신이었기에 일제의 징용도 탄광의 경리계에 근무하는 것으로 대신할 만큼 그다지 큰 어려움을 겪지는 않았다. 해방이 되어서도 북한 정권의 토지개혁이 시작될 무렵 홀로 월남한 까닭에 토지를 몰수한 공산당에 적개심을 가지기는 했지만, 그들로부터 특별한 억압을 받은 적은 없었다. 그래서인지 공산당에 대한 인식은 매우 소박한 수준에 머물렀고, 몇몇 연구자들이 지적한 것처럼 같은 월남 작가라도 이호철 등에 비할 때 분단에 대한 의식도 상당히 약한 정도였다. 말하자면 이범선은 유복한 집의 자식으로 태어나 남들보다 커다란 어려움 없이 청년기까지를 보냈기 때문에 소박한 세계 인식을 할 수밖에 없었다고 할 것이다. 이에 덧붙여 전쟁 이후에 계속된 열악한 상황도 그로 하여금 전쟁 이전의 사회를 훨씬 행복했던 세상으로 생각하도록 부추긴 면이 없지 않다.

이러한 세계 인식은 이범선 문학의 한 축을 형성하는 이른바 서정주의(리리시즘)의 바탕이 된다. 전쟁 통에 고향을 잃고 월남하여 각박한 삶을 살아가던 그에게 공동체적 삶은 동경의 대상이었는데, 이때 공동체란 그가 경험한 전통 사회와 크게 다른 것이 아니었다. 이 전통 사회는 백석의 시나 김동리의 초기 소설이 전형적으로 보여주는 것처럼 근대적 이성과 합리성 이전의 설화적 세계이다. 루카치의 용어를 빌면 이러한 세계가 존재했던 시대는 자아와 세계가 분열된 산문의 시대가 아니라 서사시적 총체성이 충만한 시대로 "별이 빛나는 창공을 보고, 갈 수가 있고 또 가야만 하는 길의 지도를 읽을 수 있던 시대"이자 "별빛이 그 길을 훤히 밝혀 주던 시대"였다. 그 시대의 사람들은 끝없이 넓은 세계 속에서도 마치 자기 집에 있는 것처럼 편안함을 느꼈다. 왜냐하면 그들의 영혼 속에서 타오르는 불꽃은 별빛과 본질적으로 같았기 때문이다. 다시 말해 이 시대에는 자아와 세계 사이의 융합만이 존재하기 때문에 개인은 자신을 둘러싼 세계, 즉 공동체의 규율에 복종하기만 하면 되었던 것이다.

이상과 같은 전통적 공동체에 대한 열망을 형상화한 작품으로는 「학마을 사람들」「갈매기」「표구된 휴지」「두메의 어벙이」 등이 있다. 이 가운데 비교적 널리 알려진 「학마을 사람들」을 살펴보면, 이 소설 속에 그려진 학마을이라는 공동체의 운명을 결정하는 것은 국가 권력이나 마을 이장이 아니라 해마다 봄이 되면 찾아오는 '학'이다. 그곳에서는 처녀가 결혼을 하는 것도 학의 똥이 물동이에 떨어지는 것으로 결정되고, 나라가 망하는 것도 학이 찾아오지 않는 것으로 나타나고, 전쟁이 일어나는 것도 어미 학이 새끼 학을 물어 내버리는 것으로 표현된다.

가물이 들어도 그들은 학나무를 쳐다보았다. 그러면 학이 그 긴 주둥이를 하늘로 곧추고 비오— 비오— 울어 고해주는 것이었다. 그러면 또 하늘은 꼭 비를 주시곤 했다. 장마가 져도 그들은 또 학을 쳐다보았다. 이번엔 학이 가 가 길게 울어 주기만 하면 비는 곧 가시는 것이었다. 바람이 불 것도 그들은 미리 알 수 있었다. 학이 삭은 나뭇가지를 자꾸 둥우리로 물어 올리면 그들은 곡식을 빨리 빨리 거두어들여야 했다.

그러던 그들이 학이 없던 그해, 그렇게 가물이 심해도 어떻게 하늘에 고해볼 길이 없었다. 그저 그들은 저녁때 들에서 돌아오다가는 빨간 노을을 등에 지고 그림자처럼 조용히 서서 빤히 석양을 받은 학의 빈 둥우리를 오랜 버릇으로 한참씩 쳐다보고 섰을 뿐이었다. (p. 24)

위의 글을 통해서 보면 이 마을에서 학은 초월적 존재로서 근대문명 이전의 세계를 관장하던 주재자인 셈이다. 그래서 동족상잔의 전쟁마저도 이 주재자의 의지에 의한 것이지 결코 인간과 인간 사이의 대립으로 인식되지 않는다. 사람들은 이 주재자의 의

지대로 움직이면 되기 때문에 별다른 고민이 있을 수 없다. 다만 주재자의 저주 서린 계시가 내리지 않기를 바라는 마음뿐이다.

작가가 이와 같은 세계에 대해 강한 지향성을 보인다고 했거니와, 작품의 결말에서 그 점은 집약적으로 드러난다. 학이 새끼를 나무 아래로 던져버린 뒤에 전쟁이 일어났고, 피난을 갔던 마을 사람들이 다시 고향에 돌아왔을 때 학나무는 불타버리고 없었다. 그러자 마을 사람들은 산에서 애송나무 하나를 안고 오게 된다. 그들이 학나무를 다시 심는 행위는 전쟁과 대비되는 전쟁 이전의 세계, 즉 서사시적 총체성이 가득한 자족적 세계로 돌아가려는 의지의 발로와 다름없다.

공동체적 삶에 대한 향수를 서정적 필치로 그려낸 또 다른 작품 「갈매기」에서 섬에 사는 사람들은 한집안 사람들처럼 지낸다. 동네에 기쁜 일이 생기거나 슬픈 일이 생기면 주민들은 너 나 할 것 없이 하나가 된다. 심지어 동냥질하는 거지나 하룻밤을 묵고 가는 나그네마저도 쉽게 친구가 되어버린다. 그곳에서는 사랑 때문에 남편을 따라 물에 뛰어드는 아내가 있고 '부우웅' 하고 울리는 고동 소리를 들으러 바위 위에 걸터앉는 다섯 살배기 어린애가 있다. 한마디로 한 폭의 동양화처럼 목가적이고 평화로운 곳이다. 그래서 그곳에서는 슬픔마저도 하나의 풍경이 되고 만다. 작가는 현실 속에 있을 법한 곳으로 생각되지 않는 이런 섬마을을 그려냄으로써 다시 한 번 전통 사회에 대한 동경과 향수를 짙게 드러낸다.

한편 이러한 동경과 향수는 현재 처한 상황이 각박하면 각박할 수록 커질 수밖에 없다. 「오발탄」 「몸 전체로」 「두메의 어벙이」 등은 이 점을 충실하게 표현한 작품들이라고 할 수 있다. 많은 사람들이 작가의 대표작으로 꼽는 「오발탄」에서 주인공의 어머니는 정신이상이 생기기 전부터 고향으로, 옛날로 돌아가자고 하였다. 삼팔선의 의미를 모르는 어머니는 예전에 꽤 큰 지주로서 한 마을의 주인처럼 쪼들림 없이 살아왔기에 게딱지 같은 판잣집이 다닥다닥 붙어 있는 해방촌이 마음에 들 리가 없다. 그래서 그녀는 자꾸만 고향으로, 옛날로 돌아가자고 조르는 것이다. 주인공 철호의 사정 역시 어머니와 크게 다르지 않다. 계리사 사무실의 서기로 겨우 연명하는 그는 괴로울 때면 밤중에 바위 잔등에 서서 자신과 북극성을 연결하는 직선을 긋고 그 직선을 눈이 닿는 데까지 연장시키는데, 이때 눈앞에는 고향 마을이 떠오른다. 그것도 좁은 길부터 그 길에 박혀 있던 돌 하나까지 선명하게 떠오른다. 그 역시 궁핍한 현실 때문에 더욱더 옛날의 고향 모습을 그리워하고 있었던 것이다.

3. 실낙원에서 살아남기 위한 처절한 몸부림

과거와 현재의 괴리가 커지면 커질수록, 소망하는 세계와 현실 세계가 배치되면 될수록 인간은 과거에 대한 향수 못지않게 현실에 대한 불신감도 증폭시키게 된다. 그런 점에서 과거에 대한 아련한 동경과 향수를 묘사한 서정주의 계열의 소설은 현실의 모순을 깊이 있게 천착한 사실주의(리얼리즘) 계열의 소설과 쌍생아라고 할 수 있을 것이다. 이범선은 데뷔 시절부터 작중 인물의 희망과 대립되는 현실 상황을 묘사함으로써 세계에 대한 고발 정신을 표출하였다. 이러한 고발의 문학은 다시 두 가지 경향으로 구분할 수 있는데, 파편화된 현실에 적응하지 못하는 개인을 다룬 소극적 경향과, 현실과 결연히 맞서는 개인을 형상화한 다소 적극적 경향이 그것이다.

전자에 속하는 것으로는 「일요일」을 비롯하여 「자살당한 개」, 「두메의 어벙이」 「사망 보류」 「오발탄」 「고장난 문」 등이 있다. 데뷔작인 「일요일」은 주인공이 일요일 하루 동안에 목욕탕과 대문 밖에서 겪은 일을 그린 작품이다. 모처럼 목욕을 하러 간 그는 다른 사람을 배려하지 않는 뚱뚱보와 그의 아들 때문에 기분을 잡친다. 하지만 그들에게 제대로 대꾸 한 번 못하고 집으로 돌아오고 만다. 어느덧 저녁이 되어 바람을 쐬러 대문을 나간 주인공은 메뚜기를 잡은 약한 아이 한 놈이 아침에 목욕탕에서 만났던 뚱뚱보의 아들에게 하릴없이 당하는 모습을 목격하게 된다. 그런데 이상하게도 그가 정작 분노를 느끼는 것은 괴롭히는 아이가 아니라 당하는 약자이다. 약자의 모습에서 자신의 모습을 발견하고는 속으로 분노를 참지 못하는 것이다.

이러한 주인공의 모습은 전쟁 중에 다리를 다쳐 집 안에만 머무르면서 약혼자는 물론이고 다른 사람과의 관계를 일절 끊어버리고 살아가는 「자살당한 개」의 주인공과 매우 흡사하다. 그는 자신처럼 다리가 불구가 된 자기 집 개가 암캐에 대해 전혀 관심을 보

332

이지 않자, 개에 대한 미움에다 자신에 대한 미움까지 더해짐을 느끼면서 개를 목 졸라 죽이게 된다. 또 「두메의 어벙이」의 주인공 참새와 「사망 보류」의 주인공 역시 이와 비슷한 경우라고 할 수 있다. 전자는 서울서 온 참새의 유혹에 빠져 무작정 상경을 감행하지만, 그곳의 현실에 적응하지 못한 채 고향으로 돌아오다 힘에 겨워 비극적 결말을 맞게 된다. 후자 또한 폐병에 걸려 호구책인 교사직을 계속할 수 없게 되었을 때 남은 가족들이 겟돈이라도 타게 하려고 자신의 사망 신고를 늦추라는 유언을 남기는 소극적 인물이다.

이들 작품보다 더욱 핍진하게 전후의 현실을 고발한 것으로는 「오발탄」이 있다. 주지하다시피 이 소설에서는 전쟁 때 남쪽으로 내려옴으로써 삶의 터전을 잃어버린 한 가족의 삶을 통해 현실을 비판하고 있다. 주인공 철호는 극단적인 가난 속에서 대부분의 사람들처럼 생활에 필요한 돈을 못 번다는 이유로 신발에다 발을 맞추듯이 생활 규모를 줄인다. 남들은 가난을 참지 못한 채 양심 따위를 훌훌 털어버리고 법률을 별것 아닌 것으로 생각하면서 잘들 살아가고 있는데, 그는 양심에 어긋나는 일을 할 엄두도 내지 못하고 가난한 생활을 그저 운명처럼 수용한다. 이와 같이 이 소설은 양심적이고 선량한 주인공이 궁핍 때문에 결국 파탄 지경에 도달하는 과정을 그려냄으로써 현실의 부조리를 고발하고 있다.

이 경향에 속하는 여러 작품의 인물들과 마찬가지로 이 작품의 다른 등장인물들은 모두 현실의 폭력에 당하기만 하는 수동적 인물이다. 전쟁 이전 고향에서의 행복했던 시절을 잊지 못하고 미쳐버린 어머니는 전후의 경제적 파탄을 감수해야 했던 월남 실향민을 대표한다. 또 양공주가 되어 미군과 어울려 다니면서 생활비를 버는 명숙은 생명을 연장하기 위해 몸을 팔았던 전후 여성의 슬픈 자화상이다. 점심조차 굶을 정도로 가난한 계리사 사무실의 서기를 남편으로 두고 있는, 명문 대학 출신이면서도 자신의 과거를 잊어버린 채 영양실조에 걸려 출산 중에 사망하는 아내는 해방촌과 같은 빈민촌에 사는 전후 하층민의 표상이다. 한편 상이군인이 되어 돌아온 동생 영호는 현실에 대해 잠시 적극적으로 반항해보지만, 그 또한 양심의 선을 넘지 못해 은행 강도를 하다가 체포되고 만다. 이처럼 소극적인 인물들을 중심으로 하고 있음에도 불구하고, 「오발탄」은 앞에서 언급한 것처럼 투철한 고발 정신으로 전후 한국 사회의 경제적, 윤리적 파탄에 대한 사실적 보고를 훌륭하게 수행하고 있다.

한편 현실과 비교적 치열하게 대결하는 개인을 다룬 작품들 가운데 우리의 주목을 끄는 작품으로 「몸 전체로」와 「청대문집 개」 등이 있다. 기존의 연구들에서 이미 지적된 것처럼 이범선은 서정주의와 휴머니즘에 바탕을 두고 있기 때문에, 또 전통 사회에 대한 동경을 강하게 표출하고 있기 때문에 전쟁 직후의 분단 현실에 대한 깊이 있는 탐구를 하지 못했다. 그래서 다른 작가의 작품들과 비교해보면, 현실에 적극적으로 대응하는 작품들조차도 주인공 개인의 행동에 머무르는 경우가 대부분이다.

「몸 전체로」는 아들에게 권투를 가르치는 하숙집 주인을 통해서 평범한 사람도 살아남기 위해서는 안간힘을 쓰지 않을 수 없는 각박한 현실 상황을 적극 비판한다. 하숙집 주인 부자는 눈이 쌓인 추운 날씨에도 매일 권투 연습을 하는데, 그것은 아들에게 정글 같은 세상에서 살아남는 법을 가르치려는 아버지의 바람 때문이다. 주인 남자는 부산으로 피난을 갔다가 굶기를 밥 먹듯이 하다가 끝내 일곱 살 난 딸을 잃고 말았다. 그때부터 그는 자신의 양심을 버리고 흑인을 상대로 아편 밀매를 하여 많은 돈을 벌었다. 그리고 서울로 돌아오는 것이 허락되지 않았을 때 몰래 들어와 헐값으로 집을 사들여 여유 있게 살 수 있었다. 물론 전쟁 이전과 비교할 때 그의 세계관은 이미 180도로 완전히 변한 뒤였다.

백사장. 그건 꼭 '우리'라는 말과 같은 것이 아닐까요. 그저 수없이 많은 모래알. 그것이 어쩌다 한곳에 모였을 뿐. 아무런 유기적 관계도 없이. 안 그렇습니까? '우리,' 참 좋아하고 많이 쓰던 말입니다. 우리! 그런데 피난 중에 저는 그만 그 말을 잃어버렸습니다. 폭탄의 힘은 참 위대하더군요. 저는 돌아온 이 서울 거리에서 '우리' 대신 폐허 위에 수많은 '나'를 발견했습니다. 나, 나, 나, 나, 나. 나. 정말 한강의 모래알만치나 많은 '나.' (p.72)

이 인용문에서 볼 수 있듯이 이범선은 전쟁 이전과 이후의 세계를 '우리'가 사는 공동체와 이기적 개인만이 존재하는 파행적 사회로 양분한다. 물론 앞에서 이미 살펴보았듯이 그가 지향하는 사회는 전자이다. 하지만 엄연히 현실은 후자이다. 이런 상황에서 작가는 등장인물을 통해 겉으로는 성실하게 살기보다 양심을 속이고 남을 제압하는 힘을 길러야 한다고 주장하지만, 속으로는 속악한 현실과 그 속에서 위선적 행동으로 떼돈을 버는 사람들을 비난하고 있다. 즉, 인간에 대한 믿음을 버리지 않으면서 부패한 세상을 규탄하고 있는 것이다. 결국 이 작품처럼 현실을 적극적으로 다룬 작품에서조차 이범선이 중요하게 생각하는 것은 현실을 어떻게 바꿀 것인가 하는 문제가 아니라 엄혹한 현실 속에서 어떻게 살아갈 것인가 하는 문제라고 할 것이다.

「청대문집 개」는 조금 다른 방향에서 현실과의 대결 의식을 보여주는 작품이다. 온갖 고난 속에서도 살아남기 위해 애쓰는, 끈질긴 생명력의 소유자 김억대가 그 주인공이다. 넝마주이 고아로 사팔뜨기라는 장애까지 갖고 있는 그는 어느 날 길에서 강아지를 한 마리 주워 키우게 된다. 존이라 이름 붙인 이 강아지를 얻은 뒤로 그는 행운이 따라 미군 쓰레기를 독점하게 되는데, 여기서 나오는 잡동사니를 팔아 돈을 마련하게 된다. 주머니에 돈이 늘게 되자 그는 점차 자신의 사팔뜨기 눈을 가리고 과거도 숨겨나간다. 한때 쓰레기가 끊기는 위기가 닥치지만 격렬한 싸움 끝에 미군 쓰레기에서 나온 음식 찌꺼기로 돼지를 키우던 돼지막 주인을 몰아내고 판자촌 일대의 땅을 독차지하게 된다. 금상첨화로 뒷산에서 좋은 돌까지 나오게 되어 채석장 주인으로 군림하게 된 그는 야간대학까지 마친 가난한 집 여자를 아내로 맞아 결혼까지 한다. 그가 키우는 개 존은 과거를 잊지 못한 채 넝마주이만 보면 반갑게 꼬리치지만 그는 계속해서 변신을 거듭하여 세속적 성공까지 하는 것이다. 작품의 끝에 가면 채석장에서 바위가 굴러 여러 사람이 깔려 죽는 사고가 나지만, 그는 특유의 끈질긴 생명력으로 잘 버티어나간다.

이 작품에서 작가는 생존을 위해 과거를 묻어버리고 색안경으로 자신의 사팔뜨기 눈까지 가려버리는 주인공의 억척스러운 모습을 그리고 있다. 이러한 그의 행동에 대비되는 것은 존이라는 개의 행동이다. 이 개는 옷을 단정히 차려입은 사람을 보면 가리지 않고 달려들면서도 거지를 보면 무척이나 반가워한다. 이런 대비를 통해 작가는 표면적으로는 김억대의 끓어오르는 생명력의 분출을 높이 사는 것 같지만, 다른 한편으로는 과거의 습성을 버리지 못하는 개를 통해 살아남기 위해 인간성까지 바꿔야 하는지 반문하고 있다. 이 점에서 「청대문집 개」는 「몸 전체로」와 매우 닮아 있는 작품이다.

4. 휴머니즘의 옹호와 주체 형성의 문제들

이제까지 살펴보았듯이, 전통 사회에 대한 동경과 향수를 드러낸 작품뿐만 아니라 피폐한 현실 상황의 묘사를 통해 세계에 대한 고발을 하고 있는 작품에서도 이범선은 계속해서 인간이란 어떤 존재이며, 어떻게 살아야 하는가를 관심의 중심에 놓았다. 그는 인간의 본성이란 변하지 않는다는 믿음으로 표현되는 휴머니즘을 옹호한다. 심지어 전쟁이 일어나더라도 인간성은 쉽게 변하지 않는다는 것이 그의 생각인 것이다. 「청대문집 개」의 늙은 수캐 존이 예전의 가난한 시절을 잊지 못한 채 넝마주이만 보면 반갑다고 껑충껑충 꼬리를 설레설레 흔드는 것은 이러한 그의 생각을 상징적으로 보여주는 예라고 할 수 있다.

인간성에 대한 탐구를 수행한 작품 가운데 매우 특이한 작품 하나로 「살모사」를 꼽을 수 있다. 이 작품은 어릴 때부터 독기를 품고 자라난 궁남이란 인물이 공산 정권 치하에서 더욱 악랄해져 동네 사람들을 학살하고 자신의 생부모까지 죽이는 과정을 다루고 있다. 이처럼 잔인한 인물은 우리 소설에서 쉽게 찾아볼 수 없는 유형이다. 이범선이 창조한 어느 인물과도 구별되는 이 인물을 작가는 왜 그려내었을까. 인간이란 어느 수준까지 흉악해질 수 있는가를 실험해본 것일지도 모른다. 작품의 끝에 붙여진 "너는 정말 살모사인가. 너는 정말 살모사인가!"라는 구절은 궁남 같은 인간이야말로 인간으로 부를 수 없고 살모사 같은 존재일 뿐이라는 것을 강력하게 암시하고 있다. 말하자면 이 작품은 작가가 즐겨 그리던 착한 본성의 인간과 대척점에 위치한 인간 유형을 그려낸 다음, 그 인간 유형을 애써 부정함으로써 역설적으로 인간의 본성이란 선하다는 것을 강조하고 있는 작품인 것이다.

끝으로 '주체의 형성'이라는 관점에서 이범선의 소설을 분석하면 매우 흥미로운 결과에 도달하게 된다. 정신분석학자 라캉의 이론에 의하면, 한 인간이 주체로 성장하는 과정은 두 단계로 설명된다. 한 단계는 상상계이고 다른 한 단계는 상징계이다. 상상계는 이미지가 중심이 되는 단계로, 아버지로 대표되는 사회적 가치 규범을 받아들이기 이전에 해당한다. 이에 비해 상징계는 언어를 습득하면서 시작되며 아버지의 이름으로 규범이 강요되는 단계이다. 주체는 상상계에서 상징계로 편입되면서 사회적 주체로 형성되는데, 이 과정이 순조롭지 못하면 여전히 상상계에 머무르면서 자신의 이미지를 자신으로 오인하는 분열된 주체가 된다.

이러한 라캉의 이론을 이범선에게 적용시켜, 그가 자아를 절대화하고 사회 현실을 상대적으로 부차화함으로서 유아적인 모습에 근접했다고 분석한 연구도 있다. 이것은 그가 전쟁 직후 사회의 윤리와 인간성 문제를 주로 다루면서 사회 구조를 논리적으로 인식하지 못했다는 비판과 함께 제출된 것으로, 서정주의를 중심으로 하는 작품을 설명할 때는 어느 정도 설득력을 지닐 수 있을지 모른다. 대부분의 작품에서 작가는 현실 상황에 적극적으로 대결하지 못하고 전통 사회의 공동체적 가치로 돌아서는 인물을 다루고 있기 때문이다. 하지만 이와 같은 설명은 이범선의 소설을 단편적으로 본 것이기에 일정한 한계를 지닐 수밖에 없다. 그의 작품에 등장하는 주인공은 자아를 절대화하기보다는 '아버지의 이름으로' 자신에게 부과된 타자의 규율을 끊임없이 의식하는 존재이기 때문이다. 「오발탄」의 주인공 철호가 내뱉는 다음의 독백은 이런 점에서 주목할 만하다.

아들 구실. 남편 구실. 아비 구실. 형 구실. 오빠 구실. 또 계리사 사무실 서기 구실. 해야 할 구실이 너무 많구나. 너무 많구나. 그래 난 네 말대로 아마도 조물주의 오발탄인지도 모른다. 정말 갈 곳을 알 수가 없다. 그런데 지금 나는 어디건 가긴 가야 한다. (p. 149)

이를 통해서 보면, 그는 자신 속으로 파고드는 내성적 인간이 아니라 자신을 둘러싼 여러 타자의 시선에 반응하는 인물이다. 그의 의식 속에 내면화된 것은 어머니의 시선, 아내의 시선, 딸의 시선, 남동생 영호의 시선, 여동생 명숙의 시선, 계리사 사무실에 근무하는 사람들의 시선 등 무척이나 다양하다. 이처럼 자신을 둘러싼 사회적 존재들을 마음속에 품은 사람을 두고 상상계에 머무르고 있다고 보기는 힘들다. 오히려 그는 상징계의 무게에 짓눌린 전형적인 근대적 인간이라고 보아야 할 것이다.

이와 관련하여 서정주의 계열로 분류되는 작품의 주인공들도 새롭게 해석할 여지가 있다. 그들은 결코 자신의 이미지에 집착하는 상상계의 존재가 아니다. 그보다는 전쟁 이전의 사회적 가치와 규범을 절대적 타자로 받아들인 나머지 다른 타자들이 끼어들 틈을 갖지 못한 존재라고 할 수 있다. 물론 전쟁 이전의 사회적 가치와 규범에 매여 있다는 점에서 바로 위에서 다룬 「오발탄」의 주인공 철호 역시 이들과 크게 다르지 않다. 그들은 전쟁으로 인해 상징계가 위기에 처했기 때문에 아버지의 이름으로 부과된 규범들로부터 탈주를 감행할 좋은 기회를 맞았음에도 불구하고 여전히 상징계의 질서 속에 머물고 있었을 뿐이다. 결론적으로 말하자면 이범선 소설 속의 인물들은 상상계에서는 벗어났지만 무의식을 통해 자신에게 강요된 아버지의 규율(전통적 사회 규범)에 강하게 속박된, 절대적 타자에 휘둘린 전형적인 근대적 존재라고 할 수 있다. 그래서 이범선의 문학에서는 지젝이 말하는 소위 '상징계에 균열을 내는 실재계의 시니피앙'을 찾아보기가 매우 힘들다. 그것은 무엇보다도 그가 근대 문학의 자장에 머무를 뿐, 거기에서 크게 나아가지 못한 탓이다.

1920년(1세) 12월 30일 평남 안주군 신안주면 운학리 19번지에서 아
　　　　버지 이계하와 어머니 유심건 씨의 5남 4녀 중 차남으로 태어
　　　　남. 호는 학촌(鶴村).

1933년(14세) 신안주 청강보통학교 졸업.

1938년(19세) 진남포 공립상공학교 졸업. 이후 평양에서 은행원으로
　　　　근무하다가 만주로 옮겨가서 사무직으로 근무.

1943년(24세) 신안주 금융조합에 근무하다가 10월에 평남 중화군 풍
　　　　덕면 풍덕리 출신의 홍순보와 결혼. 11월에 징용을 피해 처남
　　　　이 간부로 있던 평남 개천군 봉천 탄광의 경리계에서 근무.

1945년(26세) 해방으로 귀향.

1946년(27세) 연초에 혼자 월남. 이후 미 군정청 통위부를 다니다 금
　　　　강 전구회사 회계과에서 근무. 2월 20일 장남 정애가 태어남.
　　　　동국대학교 전문부 입학.

1947년(28세) 부인이 월남하여 가족이 함께 살게 됨.

1948년(29세) 연희대학교 교무과 근무.

1949년(30세) 동국대학교 전문부 국문과 졸업.

1950년(31세) 4월 29일 장남 근종 태어남. 한국전쟁이 발발하자 피난
　　　　　을 가지 못하여 서울서 숨어 지냄.

1951년(32세) 1·4후퇴 때 부산으로 피난하여 부민동 교회에서 기거.
　　　　　3월 16일 차녀 정순 태어남. 가을에 백낙준의 소개로 거제도
　　　　　장승포 소재 거제고등학교 교사로 부임하여 3년간 근무.

1954년(35세) 서울로 돌아온 뒤 성북구 안암동과 경기도 안양의 셋방
　　　　　을 옮겨 다님.

1955년(36세) 대광고등학교 교사로 부임하고 동대문구 답십리에 집
　　　　　을 마련함. 단편 「암표」와 「일요일」이 김동리의 추천으로 『현
　　　　　대문학』에 발표되어 문단에 데뷔.

1957년(38세) 3월 14일 차남 창종 태어남. 단편 「학마을 사람들」을
　　　　　『현대문학』에 발표.

1958년(39세) 첫 창작집 『학마을 사람들』을 오리문화사에서 간행. 단
　　　　　편 「갈매기」로 제4회 현대문학 신인상 수상.

1959년(40세) 대광고등학교를 그만두고 한국외국어대학 교무주임으
　　　　　로 근무하다 이듬해에 그만둠. 단편 「오발탄」을 발표하고 이
　　　　　작품과 다른 작품을 묶어 두번째 창작집 『오발탄』을 신흥출판
　　　　　사에서 간행.

1961년(42세) 한국외국어대학과 서라벌예대에 강사로 출강. 단편 「오
　　　　　발탄」으로 제5회 동인문학상 후보상 수상.

1962년(43세) 한국외국어대학 전임강사로 부임. 제1회 5월 문예상 장려상 수상.

1963년(44세) 세번째 창작집 『피해자』를 일지사에서 간행. 장편 『밤에 핀 해바라기』를 국제신보에 연재.

1964년(45세) 장편 『하오의 무지개』를 대한일보에, 장편 『분수 있는 로터리』를 『여원』에 연재.

1966년(47세) 장편 『금붕어의 향수』를 『여상』에, 장편 『춤추는 선인장』을 조선일보에 연재.

1967년(48세) 장편 『구름을 보는 여인』을 전남일보에 연재.

1968년(49세) 장편 『산 넘어 저 산 넘어』를 매일신문에 연재.

1969년(50세) 장편 『거울』을 부산일보에 연재.

1970년(51세) 단편 「청대문집 개」로 제5회 월탄문학상 수상. 장편 『당원의 미소』를 월간문학에, 장편 『사령장』을 경제신문에 연재.

1971년(52세) 장편 『전설을 품은 새』를 『신여원』지에 연재.

1972년(53세) 단편 「정교수의 휴강」을 『현대문학』에, 「표구된 휴지」를 『문학사상』에 발표.

1973년(54세) 한국외국어대학 부교수로 승진.

1976년(57세) 단편집 『표구된 휴지』를 관동출판사에서 간행. 장편 『검은 해협』을 조선일보에 연재.

1978년(59세) 장편 『흰 까마귀의 수기』를 『현대문학』에 연재.

1981년(62세) 예술원 회원이 됨. 대한민국 예술상 수상.

1982년(63세) 2월 28일 뇌일혈로 졸도하여 경희의료원에 입원. 3월 13일 사망. 경기도 용인시 모현면 용인공원묘지에 안장됨.

작품 목록

1. 단편소설

작품명	발표지	발표 연월일
암표	현대문학	1955. 4
일요일	현대문학	1955. 12
이웃	현대문학	1956. 5
학마을 사람들	현대문학	1957. 1
미꾸라지	현대문학	1957. 9
수심가(愁心歌)	현대문학	1957. 11
토정비결	현대문학	1958. 1
사망 보류	사상계	1958. 2
백이숙제(伯夷叔齊)	현대문학	1958. 7
몸 전체로	사상계	1958. 8
219장	한국평론	1958. 10
달팽이	학마을 사람들(작품집 수록)	1958. 11. 1
더퍼리 전서방(田書房)	학마을 사람들	1958. 11. 1
별 셋	학마을 사람들	1958. 11. 1
갈매기	현대문학	1958. 12

작품명	발표지	발표 연월일
소년	신문예	1959. 3
황혼의 기도	자유공론	1959. 6
벌레	신태양	1959. 8
냉혈 동물	문예	1959. 10
환원(還元)	사상계	1959. 10
오발탄	현대문학, 사상계	1959. 10, 1960. 10
날아간 나비	오발탄(작품집 수록)	1959. 12. 1
물	오발탄	1959. 12. 1
사직(辭職) 고개	오발탄	1959. 12. 1
환상	오발탄	1959. 12. 1
태양을 부른다	새벽	1960. 4
아내	현대문학	1960. 5
박사님	사상계	1960. 11
월광곡(月狂曲)	사상계	1962. 2
돌무늬	사상계	1962. 11
너는 적격자다	신세계	1963. 1
분수령	현대문학	1963. 11
도장지(徒長枝)	피해자	1963
자살당한 개	전후정예작가신작15인집	1963
나는 그 동물의 이름을 모른다	문학춘추	1964. 7
네온사인	현대문학	1964. 7
코스모스	여원	1964. 8
코스모스 부인	문학춘추	1964. 10
살모사	사상계	1964. 11
가물	청맥	1964. 11
화환	현대문학	1965. 1
명인(名人)	신동아	1965. 8
혼례기(婚禮記)	현대문학	1966. 2
황혼의 기도	한양	1966. 3
가을비	한국문학	1966. 3

작품명	발표지	발표 연월일
상흔(傷痕)의 내력	신동아	1966. 4
깨어지지 않은 꽃병	한국문학	1966. 6
그의 유작(遺作)	문학	1966. 8
임종(臨終)의 소리	현대문학	1966. 10
단풍	현대문학	1967. 5
신분증	신동아	1967. 7
쇠를 먹고 사는 사람들	현대문학	1968. 2
문화 주택	신동아	1968. 5
천당 간 사나이	현대문학	1968. 11
태자(太子) 까치	아세아	1969. 3
죽마지우(竹馬之友)	월간문학	1969. 4
선녀 제비	여성동아	1969
청대문집 개	현대문학, 동서문화	1970. 9, 1971. 5
지신(地神)	신동아	1971. 2
정교수의 휴강	현대문학	1972. 6
표구(表具)된 휴지	문학사상	1972. 10
비둘기	분수령	1972
쓸쓸한 이야기	신동아	1973. 2
하늘엔 흰 구름이	현대문학	1973. 3
삼계일심(三界一心)	문학사상	1973. 10
초배(初褙)	한국문학	1975. 2
배나무 주인	문학사상	1975. 10
고장난 문	문학사상	1977. 9
판도라의 후예	문학사상	1978. 10
유모차	현대문학	1979. 12
면민회(面民會)	문예중앙	1979. 12
두메의 어벙이	문학사상	1980. 1
고국	소설문학	1980. 7
별과 코스모스	문학사상	1981. 5
미친 녀석	한국문학	1981. 9

2. 중·장편소설

작품명	발표지	발표 연월일
피해자	세계	1958. 7(중편)
동트는 하늘 밑에서	현대문학	1960. 10~1961. 9
삭풍	부산일보	1961. 3. 15~10. 31
밤에 핀 해바라기	국제신보	1963. 10. 29~1964. 7. 25
하오의 무지개	대한일보	1964. 11~1965. 8
분수 있는 로터리	여원	1964. 11~1966. 4
금붕어의 향수	여상	1966. 5~1967. 6
춤추는 선인장	조선일보	1966. 9. 14~1967. 6. 23
구름을 보는 여인	전남일보	1967. 3. 1~12. 31
산 너머 저 산 너머	매일신문	1968. 11. 1~1969. 10. 1
거울	부산일보	1969. 3. 1~12. 30
당원(黨員)의 미소	월간문학	1970. 10~1975. 12
사령장	경제신문	1970
전설을 품은 새	신여원	1971
검은 해협	조선일보	1976
흰 까마귀의 수기(手記)	현대문학	1978. 1~1979. 6

3. 수필·기타

작품명	발표지	발표 연월일
성격	한국평론	1958. 7
섬 일기	현대문학	1959. 1
바둑이	현대문학	1959. 6
말	문학춘추	1966. 2
「오발탄」그 후: 문제작의 고향	동서춘추	1967. 5
내면의 소리를 듣는다	현대문학전집 6	1967
「월광곡」의 이호인(李好人), 이해월(李海月)	월간중앙	1968. 8
God of the Earth	Korea Journal	1974. 1

작품명	발표지	발표 연월일
「오발탄」그리고「피해자」: 대담 취재	문학사상	1974. 2
60년의 색깔	현대문학	1981. 11
욕망의 한계를 알아야 합니다: 대담 취재	동서문화	1982. 2

4. 단행본

작품명	발표지	발표 연월일
학마을 사람들	오리문화사	1958. 11. 1
오발탄	신흥출판사	1959. 12. 1
피해자	일지사	1963
오늘 이 하루를	대한기독교계명협회	1968
동트는 하늘 밑에서	국민문고사	1969
분수령: 한국단편문학전집 11	정음사	1972
동트는 하늘 밑에서	삼성출판사	1972
전쟁과 배나무('오늘 이 하루를'의 개제(改題), 내용 동일)	관동출판사	1975
밤에 핀 해바라기	해일문화사	1975
표구된 휴지	관동출판사	1976
오발탄	삼중당	1976
검은 해협	태창문화사	1978
흰 까마귀의 수기(手記)	여원문화사	1979
현대 문장 작법	박영사	1979
검은 해협	경미문화사	1979
당원(黨員)의 미소 상·하	명성출판사	1980
판도라의 후예	신여원	1980
밤에 핀 해바라기 1·2	신여원	1980
두메의 어벙이	홍성사	1982
춤추는 선인장	신한출판사	1982
학마을 사람들	마당문고사	1986

작품명	발표지	발표 연월일
표구된 휴지	책세상	1989
이범선 대표 중단편 선집	책세상	1993
이범선 작품선	범우사	1999

5. 번역본

작품명	발표지	발표 연월일
내일을 믿을 수 없다 (시모야마 도쿠지〔霜山德爾〕 원작)	연희출판사	1962

▌참고 문헌

그동안 이범선에 대해 쏟아진 학계의 관심은 손창섭, 장용학 등과 비교해서도 그렇게 적은 편은 아니다. 1960년대부터 각종 잡지와 학회지에 실린 50여 편의 글과 작가의 사후에 씌어지기 시작한 50여 편에 이르는 대학원의 석박사 학위 논문이 있기 때문이다. 이범선 소설에 대한 평론계의 관심은 그가 문단에 데뷔한 지 얼마 지나지 않아「오발탄」으로 동인문학상을 수상했을 때부터 간헐적으로 있어왔다. 특히 유현목 감독의 영화 「오발탄」이 1961년에 개봉된 후 군사 정부로부터 상영 금지 처분을 받았다가 1963년에 샌프란시스코 영화제 본선에 진출하면서 재상영되자, 원작 소설과 그 작가에 대한 관심이 함께 높아지기도 했다.

이범선 소설의 전반적 경향에 대해 언급한 첫번째 글은 첫 창작집『학마을 사람들』(오리문화사, 1958)에 실린 김동리의 「「학마을 사람들」에 붙임」이다. 그는 이범선의 초기 작품이 섬세하고 가련미가 있으면서도 사회를 향한 날카로운 비판을 보여준다고 보았다. 비록 논리적 증명을 통하지 않은 인상비평의 수준이지만, 대체로 서정성과 사회 비판이라는 두 가지 요소를 중심으로 이범선 문학의 특징을 정리한 김동리의 시각은 이후 천승준에 의해 더욱 발전되기에 이른다. 천승준은 「서민의 미학」(『현대한국문학전집』 6권, 신구문화사, 1967)에서 앞의 두 가지 특성을 '감상적 리리시즘과 사회에 대한 정직한 고발'로 정리하였던 것이다. 감상적 서정주의와 비판적 리얼리즘 등으로 불리기도 하는 두 가지 특성은 이범선 역시 자신의 작품 경향을 "따스한 마음으로 인간을 관찰한 서정적인 것과 비판을 앞세운 대사회적인 것"(「'오발탄' 그리고 '피해자': 대담 취재」, 『문학사상』, 1974년 2월, p. 214)으로 나눌 정도로 거의 일반적 학설로 굳어진 것이라고 할 수 있다. 전자에 해당하는 대표적 작품으로 연구자들이 꼽는 것은 「학마을 사람들」 「갈매기」 등이며, 후자에 해당하는 것은 「오발탄」 「사망 보류」 「몸 전체로」 등이다.

천승준의 논의를 이으면서 이범선 소설을 '원형'이라는 용어를 통해 새롭게 해석하고자 시도한 것은 윤재근의 「원형과 사상(事象)의 모순성」(『현대문학』, 1977년 6월)이다. 그 역시 이범선의 작품을 리리시즘과 리얼리즘적 갈래로 나누었다. 이러한 두 가지 갈래는 우리의 민족적 얼의 표상이자 그 얼을 삶으로 살게 하는 생명력으로서의 원형이 현실의 압력과 길항 관계를 겪는 과정에서 구분된다. 리리시즘은 원형이 그대로 드러난 것인 데 비해 리얼리즘은 원형이 현실에 부딪쳐 휘어지고 변형되면서 나타난 것이다. 엄밀성과 정확성이 다소 결여되었음에도 불구하고 윤재근이 사용한 원형 개념은 이후의 연구자들에 의해 '공동체적 삶' '고향' '이상향' 등의 여러 가지 용어로 변형되면서 계승된다.

이와 같이 몇몇 사람에 의해 단속적(斷續的)으로 진행되던 이범선 연구가 본격화된 것은 작가의 사후인 1980년대 전반기이다. 창작 활동의 종결로 인해 객관성의 확보가 이루어질 수 있었기 때문으로 보인다. 학위 논문의 경우 작가 활동의 전기에 쓰여진 작품이나 단편소설을 중심 대상으로 삼으면서 김동리 이래 계속되어온 작품 경향을 밝히거나 전후 현실, 분단의식, 휴머니즘 등의 용어를 사용하여 전후 소설적 특징을 분석하는 데 머무르고 있는 것이 대부분이다. 다만 최근에 가족이나 상징 등의 용어를 중심으로 새로운 연구 경향이 나타나고 있음은 고무적 현상이라 할 것이다. 이에 비해 학회지 소재 논문들은 단편 중심에서 벗어나 중편소설과 장편소설을 다루기도 하고 김동리, 천승준, 윤재근의 시각을 더욱 확장하거나 그 시각에서 벗어나려는 시도를 하고 있는 것이 많다.

이들 가운데 주목할 만한 것으로는 이범선의 소설이 기본적으로 인간에 대한 애정과 공동체 사회에 대한 동경에 기반을 두고 전후 사회의 피폐한 현실을 다루고 있다고 평가한 장영우의 「이상향의 동경과 휴머니즘의 정신」(『한국문학연구』 18집, 1995년 12월)과 두 차례의 '이범선 특집'에 실린 논문들을 꼽을 수 있다. 장영우의 글에서는 작가가 인간의 본성 자체를 악한 것으로 보지 않는 휴머니즘에 바탕을 두고 있으며, 이것은 전쟁으로 인한 개인주의와 갈등을 넘어서서 토속적 세계에 대한 동경과 지향으로 나타나기도 한다고 본다. 이를 통해서 보면, 이 논문은 그동안에 이루어진 리리시즘과 리얼리즘 중심의 연구 성과들을 보다 심화시킨 것으로 볼 수 있다.

한편 이범선을 집중적으로 다룬 두 번의 특집 가운데 동국대학교 한국문화연구소에서 마련한 첫번째 특집(『한국문학연구』 제21집, 1999년 3월)의 경우 하정일의 「전후 소설의 성격과 이범선 문학」, 강진호의 「이범선 연구의 비판적 검토」, 정호웅의 「균형과 조화의 소설 미학: 이범선의 단편소설」, 유임하의 「상처받은 삶의 자기 성찰: 이범선의 장편 『흰 까마귀의 수기』」, 김인호의 「서정성을 통한 주체 형성의 가능성: 이범선 소설 「피해자」를 중심으로」, 와타나베 나오키(渡邊直紀)의 「이범선과 전후 현실 비판: 50년대 발표 작품의 특징과 관련해서」로 이루어져 있다. 유임하의 논문을 제외하면 이 특집은 1980년대와 1990년대에 활발하게 이루어진 이범선 연구를 일단락 짓는 중간 점검의 성격이 강하다. 그때까지 축적된 이범선 연구에 대한 비판적 검토가 이루어지고 이범선 문학이 1950년대의 허무주의에서 벗어나 서사성을 회복해가는 중간 단계에 위치한다는 문학사적 평가가 내려졌으며, 리리시즘과 리얼리즘이라는 양분법에서 한 걸음 더 나아가 '주체' 개념을 중심으로 한 새로운 연구까지 수행하고 있기 때문이다.

이범선 문학에 대한 두번째 특집(『작가 연구』 13호, 2002년 6월)은 홍기삼의 「분단과 아이러니의 이중성」, 김동윤의 「1960년대 이범선 장편소설의 재인식」, 채호석의 「닫힌 시대의 소설적 대응: 이범선의 70년대 소설론」, 이호규의 「실존적 자유와 실재적 억압: 이범선 단편소설론」, 송명희의 「이범선 소설에 나타난 '새'의 이미지와 공간성」, 조정래의 「영화 「오발탄」과 회의적 세계관」 등으로 구성되어 있다. 이 특집은 그동안 상대적으로 소홀히 다루어지던 1960년대의 장편소설과 1970년대 단편소설을 집중적으로 연구하였을 뿐만 아니라, 소설과 영화 사이의 관련 양상을 살펴보는 학제 간 연구까지 포함되어 있어 앞으로 진행될 연구 대상과 경향을 일정하게 보여준다.

최근에는 영상 문화에 대한 관심이 높아지고 학제 간 연구가 활성화되면서 앞에서 살펴본 조정래의 논문처럼 소설과 영화를 비교 연구하는 경향이 강하게 나타났다. 두말할 나위도 없이 이범선의 소설 가운데 그 대상이 된 것은 일찍이 영화로 만들어진 「오발탄」이다. 이와 관련하여 그동안 나온 연구 성과 가운데 주목할 만한 것으로는 김남석의 「1960년대 문예영화 시나리오의 각색 과정과 영상 미학 연구」(『민족문화연구』 37집, 2002), 윤정헌의 「「오발탄」을 통해 본 소설과 영화의 특성 연구」(『한국문예비평연구』 12집, 2003), 조현일의 「소설의 영화화에 대한 미학적 고찰: 60년대 문예영화 「오발탄」과 「안개」를 중심으로」(『현대소설연구』 21집, 2004), 윤정헌의 「소설의 영화화 방식에 대한 대비 고찰: 「오발탄」과 「하얀 전쟁」을 중심으로」(『한국문예비평연구』 17집, 2005), 박유희의 「1960년대 문예영화에 나타난 매체 전환의 구조와 의미: 「오발탄」과 「사랑방 손님과 어머니」를 중심으로」(『현대소설연구』 32집, 2006) 등이 있다. 앞으로 더욱 확장될 것으로 기대되는 이 연구 경향은 이범선 문학에 대한 새로운 인식의 지평을 열게될 것이다. 그런 의미에서 이범선 문학은 현재적이고 미래적이다.

한국문학전집을 펴내며

오늘의 한국 문학은 다양한 경험과 자산에서 비롯된 것이지만, 그중
에서도 우리 앞선 세대의 문학 작품에서 가장 큰 유산을 물려받고 있
다. 그럼에도 우리는 가끔 우리의 문학 유산을 잊거나 도외시한다. 마
치 그것 없이는 살아갈 수 없는 소중한 물을 쉽게 잊고 사는 것처럼
그동안 우리는 우리가 이루어놓은 자산들을 너무 쉽게 잊어버리고 있
었는지도 모르겠다. 인기 있는 외국 작품들이 거의 동시에 번역 출판
되고, 새로운 기획과 번역으로 전 세계의 문학 작품들이 짜임새 있게
출판되고 있는 요즈음, 정작 한국 문학 작품들을 체계적으로 정리하
지 못하고 있었다는 점을 최근에 우리는 깊이 반성하게 되었다. 그리
고 이러한 때늦은 반성을 곧바로 '한국문학전집'을 기획하는 힘으로
전환하였다.

오늘의 시점에서 '한국문학전집'을 기획한다는 것은, 우선 그동안
양적으로나 질적으로 괄목할 만한 수준에 이른 한국 문학 연구 수준

을 반영하는 새로운 시각이 전제되어야 할 것이다. 그리고 '우리 것을 지키자'는 순진한 의도에서가 아니라, 한국 문학이 바로 세계 문학이 되는 질적 확장을 위해, 세계 문학 속에서의 한국 문학의 정체성을 찾는 일을 간과해서는 안 될 것이다.

이번 기획에서 우리가 가장 크게 신경 썼던 점은 크게 두 가지이다. 하나는, 그동안 거의 관습적으로 굳어져왔던 작품에 대한 천편일률적인 평가를 피하고 그동안의 평가에 대한 비판적 평가와 더불어 새로운 평가로 인한 숨은 작품의 발굴이었다. 그리하여 한국 문학사를 시기별로 구분하여 축적된 연구 성과들 위에서 나름대로 중요한 작품들을 선별하는 목록 작업에 가장 큰 공을 들였다. 나머지 하나는, 그동안 여러 상이한 판본의 난립으로 인해 원전 텍스트가 침해되고 있는 심각한 상황을 고려하여 각각의 작가에게 가장 뛰어난 연구자들을 초빙하여 혼신을 다해 원전 텍스트를 확정하였다는 점이다.

장구한 우리 문학사의 주옥같은 작품들을 한자리에 모아, 세대를 넘고 시대를 넘어 그 이름과 위상에 값할 수 있는 대표적인 한국문학전집을 내놓는다. 이번에 출간되는 한국문학전집은 변화된 상황과 가치를 반영하는 내실 있고 권위를 갖춘 내용으로 꾸며질 것이며, 우리 문학의 정본 전집으로서 자리매김해 한국 문학의 전통을 계승하고 발전시키는 데 기여하고자 한다. 이 기획이 한국 문학의 자산들을 온전하게 되살려, 끊임없이 현재성을 가지는 살아 있는 작품들로, 항상 독자들의 옆에 있게 되기를 기대한다.

(주)문학과지성사

01 감자 김동인 단편선
최시한(숙명여대) 책임 편집

수록 작품 약한 자의 슬픔 / 배따라기 / 태형 / 눈을 겨우 뜰 때 / 감자 / 광염 소나타 / 배회 / 발가락이 닮았다 / 붉은 산 / 광화사 / 김연실전 / 곰네

극단적인 상황과 비극적 운명에 빠진 인물 군상들을 냉정하게 서술해낸 한국 근대 단편 문학의 선구자 김동인의 대표 단편 12편 수록. 인간과 환경에 대한 근대적 인식을 빼어난 문체와 서술로 형상화한 김동인의 주옥같은 작품들을 만날 수 있다.

02 탈출기 최서해 단편선
곽근(동국대) 책임 편집

수록 작품 고국 / 탈출기 / 박돌의 죽음 / 기아와 살육 / 큰물 진 뒤 / 백금 / 해돋이 / 그믐밤 / 전아사 / 홍염 / 갈등 / 먼동이 틀 때 / 무명초

식민 치하 빈궁 문학을 대표하는 최서해의 단편 13편 수록. 식민 치하의 참담한 사회적 현실을 사실적으로 전해주는 작품들. 우리 민족의 궁핍한 현실에 맞선 인물들의 저항 정신과 민족 감정의 감동과 울림을 전한다.

03 삼대 염상섭 장편소설
정호웅(홍익대) 책임 편집

우리 소설 가운데 서울말을 가장 풍부하게 살려 쓴 작품이자, 복합성·중층성의 세계를 구축하여 한국 근대 장편소설의 대표작으로 꼽히는 염상섭의 「삼대」. 1930년대 서울의 중산층 가족사를 통해 들여다본 우리 근대의 자화상이다.

04 레디메이드 인생 채만식 단편선
한형구(서울시립대) 책임 편집

수록 작품 논 이야기 / 레디메이드 인생 / 미스터 방 / 민족의 죄인 / 치숙 / 낙조 / 쑥국새 / 당랑의 전설

역설과 반어의 작가 채만식의 대표 단편 8편 수록. 1920~30년대의 자본주의적 현실 원리와 민중의 삶을 풍자적으로 포착하는 데 탁월했던 채만식. 사실주의와 풍자의 절묘한 조합으로 완성한 단편 문학의 묘미를 즐길 수 있다.

05 비 오는 길 최명익 단편선
신형기(연세대) 책임 편집

수록 작품 폐어인 / 비 오는 길 / 무성격자 / 역설 / 봄과 신작로 / 심문 / 장삼이사 / 맥령

시대를 앞섰던 모더니스트 최명익의 대표 단편 8편 수록. 병과 죽음으로 고통받는 인물 군상들을 통해 자신이 예감한 황폐한 현대의 징후를 소설화한 작가 최명익. 너무나 현대적이어서, 당시에는 제대로 평가받을 수 없었던 탁월한 단편소설들을 만난다.

06 사하촌 김정한 단편선

강진호(성신여대) 책임 편집

수록 작품 그물 / 사하촌 / 항진기 / 추산당과 결사람들 / 모래톱 이야기 / 제3병동 / 수라도 / 인간단지 / 위치 / 오끼나와에서 온 편지 / 슬픈 해후

리얼리즘 문학과 민족 문학을 대표하는 김정한의 대표 단편 11편 수록. 민중들의 삶을 통해 누구보다 먼저 '근대화의 문제'를 문학적으로 제기하고 예리하게 포착한 작가 김정한의 진면목을 본다.

07 무녀도 김동리 단편선

이동하(서울시립대) 책임 편집

수록 작품 화랑의 후예 / 산화 / 바위 / 무녀도 / 황토기 / 찔레꽃 / 동구 앞길 / 혼구 / 혈거부족 / 달 / 역마 / 광풍 속에서

한국적이고 토착적인 전통 세계의 소설화에 앞장선 김동리의 초기 대표작 12편 수록. 민중의 삶 속에 뿌리 내린 토착적 전통의 세계를 정확한 묘사와 풍부한 서정으로 형상화했던 김동리 문학 세계를 엿본다.

08 독 짓는 늙은이 황순원 단편선

박혜경(인하대) 책임 편집

수록 작품 소나기 / 별 / 겨울 개나리 / 산골 아이 / 목넘이마을의 개 / 황소들 / 집 / 사마귀 / 소리 / 닭제 / 학 / 필묵장수 / 뿌리 / 내 고향 사람들 / 원색오뚝이 / 곡예사 / 독 짓는 늙은이 / 황노인 / 늪 / 허수아비

한국 산문 문체의 모범으로 평가되는 황순원의 대표 단편 20편 수록. 엄격한 지적 절제와 미학적 균형으로 함축적인 소설 미학을 완성시킨 작가 황순원. 극적인 사건 전개 대신 정적이고 서정적인 울림의 미학으로 깊은 감동을 전한다.

09 만세전 염상섭 중편선

김경수(서강대) 책임 편집

수록 작품 만세전 / 해바라기 / 미해결 / 두 출발

한국 근대 소설의 기념비적 작품인 「만세전」, 조선 최초의 여류화가인 나혜석의 삶을 소설화한 「해바라기」, 그리고 식민지 조선의 현실을 담아내고 나름의 저항의식을 형상화하기 위한 소설적 수련의 과정을 단적으로 보여주는 「미해결」과 「두 출발」 수록. 장편소설의 작가로만 알려진 염상섭의 독특한 소설 미학의 세계를 감상한다.

10 천변풍경 박태원 장편소설

장수익(한남대) 책임 편집

모더니스트 박태원이 펼쳐 보이는 1930년대 서울의 파노라마식 풍경화. 근대 자본주의 사회의 이데올로기와 일상성에 대한 비판에 몰두하던 박태원 초기 작품의 모더니즘 경향과 리얼리즘 미학의 경계를 넘나드는 역작. 식민지라는 파행적 상황에서 기형적으로 실현되던 근대화의 양상을 기층 민중의 생활에 초점을 맞춰 본격화한 작품이다.

11 태평천하 채만식 장편소설

이주형(경북대) 책임 편집

부정적인 상황들이 난무하는 시대 현실을 독자적인 문학적 기법과 비판의식으로 그려냄으로써 '문학적 미'를 추구했던 채만식의 대표작. 판소리 사설의 반어, 자기 폭로, 비유, 과장, 희화화 등의 표현법에 사투리까지 섞은 요설로, 창을 듣는 듯한 느낌과 재미를 선사하는 작품. 세태풍자소설의 장을 열었던 채만식이 쓴 가족사소설의 전형에 해당한다.

12 비 오는 날 손창섭 단편선

조현일(홍익대) 책임 편집

수록 작품 공휴일 / 사연기 / 비 오는 날 / 생활적 / 혈서 / 피해자 / 미해결의 장 / 인간동물원초 / 유실몽 / 설중행 / 광야 / 희작 / 잉여인간 / 신의 희작

가장 문제적인 전후 소설가 손창섭의 대표 단편 14작품 수록. 병적이고 불구적인 인간 군상들을 통해 전후 사회 현실에서의 '절망'의 표현에 주력했던 손창섭. 전쟁 그리고 전쟁 이후의 비일상적 사태를 가장 근원적인 차원에서 표현한 빼어난 작품들을 선별했다.

13 등신불 김동리 단편선

이동하(서울시립대) 책임 편집

수록 작품 인간동의 / 흥남철수 / 밀다원시대 / 용 / 목공 요셉 / 등신불 / 송추에서 / 까치 소리 / 저승새

「무녀도」의 작가 김동리가 1950년대 이후에 내놓은 단편 9편 수록. 전기 작품에 이어서 탁월한 문제의 매력, 빈틈없는 구성의 묘미, 인상적인 인물상의 창조, 인간에 대한 깊이 있는 통찰이라는 김동리 단편의 미학을 다시 한 번 경험할 수 있는 기회이다.

14 동백꽃 김유정 단편선

유인순(강원대) 책임 편집

수록 작품 심청 / 산골 나그네 / 총각과 맹꽁이 / 소낙비 / 솥 / 만무방 / 노다지 / 금 / 금 따는 콩밭 / 떡 / 산골 · 봄 · 봄 / 안해 / 봄과 따라지 / 따라지 / 가을 / 두꺼비 / 동백꽃 / 야앵 / 옥토끼 / 정조 / 땡볕 / 형

고단한 삶을 살아가는 순박한 촌부에서 사기꾼에 이르기까지 다양한 삶의 모습을 문학 속에 그대로 재현한 김유정의 주옥같은 단편 23편 수록. 인물의 토속성과 해학성, 생생한 삶의 언어와 우리 소리, 그 속에 충만한 생명감을 불어넣은 김유정 문학의 정수를 맛본다.

15 소설가 구보씨의 일일 박태원 단편선

천정환(성균관대) 책임 편집

수록 작품 수염 / 낙조 / 소설가 구보씨의 일일 / 애욕 / 길은 어둡고 / 거리 / 방란장 주인 / 비량 / 진통 / 성탄제 / 골목 안 / 음우 / 재운

한국 소설사상 가장 두드러진 모더니즘 작품으로 인정받는 「소설가 구보씨의 일일」을 비롯한 박태원의 대표 단편 13편 수록. 한글로 씌어진 가장 파격적이고 실험적인 작품으로 주목 받은 박태원. 서울 주변부 중산층의 삶이라는 자기만의 튼실한 현실 공간을 구축하여 새로운 소설 기법과 예술가소설로서의 보편성을 획득한 작품들이다.

16 날개 이상 단편선

김주현(경북대) 책임 편집

수록 작품 12월 12일 / 지도의 암실 / 지팡이 역사 / 황소와 도깨비 / 공포의 기록 / 지주회시 / 동해 / 날개 / 봉별기 / 실화 / 종생기

근대와 맞닥뜨린 당대 식민지 조선의 기념비요 자화상 역할을 하는 이상의 대표 단편 11편 수록. '천재'와 '광인'이라는 꼬리표와 함께 전위적이고 해체적인 글쓰기로 한국의 모더니즘 문학사를 개척한 작가 이상. 자유연상, 내적 독백 등의 실험적 구성과 문체로 식민지 근대와 그것에 촉발된 당대인의 내면을 예리하게 포착해낸 이상의 문제작들을 한데 모았다.

17 흙 이광수 장편소설

이경훈(연세대) 책임 편집

한국 최초의 근대 장편소설 『무정』을 발표하면서 한국 소설 문학의 역사를 새롭게 쓴 이광수. 『흙』은 이광수의 계몽 사상이 가장 짙게 깔린 작품으로 심훈의 『상록수』와 함께 한국 농촌계몽소설의 전위에 속한다. 한국 근대 문학사상 가장 많이 연구되고 있는 작가의 대표작답게 『흙』은 민족주의, 계몽주의, 농민문학, 친일문학, 등장인물론, 작가론, 문학사 등의 학문적 · 비평적 논의의 중심에 있는 작품이다.

18 상록수 심훈 장편소설

박헌호(성균관대) 책임 편집

이광수의 장편 『흙』과 더불어 한국 농촌계몽소설의 쌍벽을 이루는 『상록수』. 심훈의 문명(文名)을 크게 떨치게 한 대표작이다. 1930년대 당시 지식인의 관념적 농촌 운동과 일제의 경제 침탈사를 고발 · 비판함으로써, 문학이 취할 수 있는 현실 정세에 대한 직접적인 대응 그리고 극복의 상상력이란 두 가지 요소를 나름의 한계 속에서 실천해냈고, 대중적으로도 큰 호응을 불러일으킨 작품이다.

19 무정 이광수 장편소설

김철(연세대) 책임 편집

20세기 이래 한국인이 가장 많이 읽고 가장 자주 출간돼온 작품, 그리고 근현대 문학 가운데 가장 많이 연구의 대상이 된 작가 이광수의 대표작 『무정』. 씌어진 지 한 세기가 가까워오도록 여전히 읽히고 있고 또 학문적 논쟁의 중심에 서 있는 『무정』을 책임 편집자의 교정을 충실하게 반영한 최고의 선본(善本)으로 만난다.

20 고향 이기영 장편소설

이상경(KAIST) 책임 편집

'프로문학의 정점'이자 우리 근대 문학사의 리얼리즘의 확립을 결정적으로 보여주는 이기영의 『고향』. 이기영은 1920년대 중반 원터라는 충청도의 한 농촌 마을을 배경으로 봉건 사회의 잔재를 지닌 채 식민지 자본주의화가 진행되어가는 우리 근대 초기를 뛰어난 관찰로 묘파한다. 일제 식민 치하 근대화에 대한 문학적 · 비판적 성찰과 지식인의 고뇌를 반영한 수작이다.

21 까마귀 이태준 단편선

김윤식(명지대) 책임 편집

수록 작품 불우 선생 / 달밤 / 까마귀 / 장마 / 복덕방 / 패강랭 / 농군 / 밤길 / 토끼 이야기 / 해방 전후

'한국 근대소설의 완성자' '단편문학'의 명수. 이태준은 우리 근대 문학의 전개 과정에서 결코 간과할 수 없는 역할을 담당했던 작가 가운데 한 사람이다. 문학의 자율성과 예술성을 상실하지 않으면서도 현실 문제에 각별한 관심을 보여주었던 그의 단편은 한국소설사에서 1930년대를 대표하는 것으로 인정받고 있다.

22 두 파산 염상섭 단편선

김경수(서강대) 책임 편집

수록 작품 표본실의 청개구리 / 암야 / 제야 / E선생 / 윤전기 / 숙박기 / 해방의 아들 / 양과자갑 / 두 파산 / 절곡 / 얼룩진 시대 풍경

한국 근대사를 증언하고 있는 횡보 염상섭의 단편소설 11편 수록. 지식인 망국민으로서의 허무적인 자기 진단, 구체적인 사회 인식, 해방 후와 전후 시기에 대한 사실적 증언과 문제 제기를 포함한 대표작들을 통해 횡보의 단편 미학을 감상한다.

23 카인의 후예 황순원 소설선

김종회(경희대) 책임 편집

수록 작품 카인의 후예 / 너와 나만의 시간 / 나무들 비탈에 서다

인간의 정신적 순수성과 고귀한 존엄성을 문학의 제일 원칙으로 삼았던 작가 황순원. 그의 대표작 가운데 독자들의 가장 많은 사랑을 받은 장편소설들을 모았다. 한국전쟁을 온몸으로 체득하면서 특유의 절제되고 간결한 문장으로 예술적 서사성을 완성한 황순원은 단편에서와 마찬가지로 변함없는 감동의 세계를 열어놓는다.

24 소년의 비애 이광수 단편선

김영민(연세대) 책임 편집

수록 작품 무정 / 소년의 비애 / 어린 벗에게 / 방황 / 가실 / 거룩한 죽음 / 무명 / 꿈

한국 근대소설사와 이광수 개인의 문학 세계에서 중요한 의미를 갖는 단편 8편 수록. 이광수가 우리말로 쓴 최초의 창작 단편 「무정」, 당시 사회의 인습과 제도를 비판한 「소년의 비애」, 우리나라 최초의 서간체 소설인 「어린 벗에게」, 지식인의 내면적 갈등과 자아 탐구의 과정을 담은 「방황」, 춘원의 옥중 체험을 바탕으로 씌어진 「무명」 등 한국 근대문학의 장르와 소재, 주제 탐구 면에서 꼼꼼히 고찰해야 할 작품들이다.

25 불꽃 선우휘 단편선

이익성(충북대) 책임 편집

수록 작품 테러리스트 / 불꽃 / 거울 / 오리와 계급장 / 단독강화 / 깃발 없는 기수 / 망향

8·15 해방과 분단, 6·25전쟁으로 이어지는 한국 근현대사의 열병을 깊이 있게 고찰한 선우휘의 대표작 7편 수록. 평판작 「불꽃」과 「깃발 없는 기수」를 비롯해 한국 근현대사의 역동성과 이를 바라보는 냉철한 작가의식이 빚어낸 수작들을 한데 모았다.

26 맥 김남천 단편선

채호석(한국외대) 책임 편집

수록 작품 공장 신문 / 공우회 / 남편 그의 동지 / 물 / 남매 / 소년행 / 처를 때리고 / 무자리 / 녹성당 / 길 위에서 / 경영 / 맥 / 등불 / 꿀

카프와 명매를 같이하며 창작과 비평에서 두드러진 족적을 남긴 작가 김남천. 1930년대 초, 예술운동의 볼세비키화론 주장과 궤를 같이하는 「공장 신문」 「공우회」, 카프 해산 직후 그의 고발문학론을 담은 「처를 때리고」 「소년행」 「남매」, 전향문학의 백미로 꼽히는 「경영」 「맥」 등 그의 치열했던 문학 세계의 변화를 일별할 수 있는 대표작 14편 수록.

27 인간 문제 강경애 장편소설

최원식(인하대) 책임 편집

한국 근대 여성문학의 제일선에 위치하는 강경애의 대표작. 일제 치하의 1930년대 조선, 자본가와 농민·노동자의 대립 구조 속에서 농민과 도시노동자가 현실의 문제를 해결하고자 하는 주체로 성장하는 과정과 그들의 조직적 투쟁을 현실성 있게 그려낸 작품. 이기영의 『고향』과 더불어 우리 근대 소설사에서 리얼리즘 소설의 수작으로 꼽힌다.

28 민촌 이기영 단편선

조남현(서울대) 책임 편집

수록 작품 농부 정도룡 / 민촌 / 아사 / 호외 / 해후 / 종이 뜨는 사람들 / 부역 / 김군과 나와 그의 아내 / 변절자의 아내 / 서화 / 맥추 / 수석 / 봉황산

카프와 프로문학의 대표 작가 이기영. 그가 발표한 수십 편의 단편소설들 가운데 사회사나 사상운동사로서의 자료적 가치가 높으면서 또 소설 양식으로서의 구조미를 제대로 보여주는 14편을 선별했다.

29 혈의 누 이인직 소설선

권영민(서울대) 책임 편집

수록 작품 혈의 누 / 귀의 성 / 은세계

급진적이고 충동적인 한국 근대의 풍경 속에 신소설이라는 새로운 서사 양식을 창조해낸 이인직. 책임 편집자의 꼼꼼한 텍스트 확정과 자세한 비평적 해설을 통해, 신소설의 서사 구조와 그 담론적 특성을 밝히고 당시 개화·계몽 시대를 대표하는 서사 양식에 내재화된 일본적 식민주의 담론을 꼬집는다.

30 추월색 이해조 안국선 최찬식 소설선

권영민(서울대) 책임 편집

수록 작품 금수회의록 / 자유종 / 구마검 / 추월색

개화·계몽시대의 대표적인 신소설 작가 3인의 대표작. 여성과 신교육으로 집약되는 토론의 모습을 서사 방식으로 활용한 「자유종」, 구시대적 인습을 신랄하게 비판한 「구마검」, 가장 대중적인 신소설 가운데 하나로 꼽히는 「추월색」, 그리고 '꿈'이라는 우화적 공간을 설정하여 현실 비판의 풍자적 색채가 강한 「금수회의록」까지 당대의 사회적 풍속과 세태의 변화를 민감하게 반영한 작품들을 수록했다.

31 젊은 느티나무 강신재 소설선

김미현(이화여대) 책임 편집

수록 작품 안개 / 해방촌 가는 길 / 절벽 / 젊은 느티나무 / 양관 / 황량한 날의 동화 / 파도 / 이브
변신 / 강물이 있는 풍경 / 점액질

1950, 60년대를 대표하는 여성 작가 강신재의 중단편 10편을 엄선했다. 특유의 서정
적인 문체와 관조적 시선, 지적인 분석력으로 '비누 냄새' 나는 풋풋한 사랑 이야기
에서 끈끈한 '점액질'의 어두운 욕망에 이르기까지, 운명의 폭력성과 존재론적 한계
를 줄기차게 탐구한 강신재 소설의 여정을 한눈에 볼 수 있는 기회다.

32 오발탄 이범선 단편선

김외곤(서원대) 책임 편집

수록 작품 일요일 / 학마을 사람들 / 사망 보류 / 몸 전체로 / 갈매기 / 오발탄 / 자살당한 개 / 살
모사 / 천당 간 사나이 / 청대문집 개 / 표구된 휴지 / 고장난 문 / 두메의 어벙이 / 미친 녀석

손창섭·장용학 등과 함께 대표적인 전후 작가로 꼽히는 이범선의 대표작 14편 수록.
한국 현대사의 비극에 대한 묘사를 바탕으로 하면서도 잃어버린 고향, 동양적 이상향
에 대한 동경을 담았던 초기작들과 전후의 물질적 궁핍상을 전통적 사실주의에 기초
해 그리면서 현실 비판적 성격을 강하게 드러낸 문제작들을 고루 수록했다.

33 메밀꽃 필 무렵 이효석 단편선

서준섭(강원대) 책임 편집

수록 작품 도시와 유령 / 깨뜨려지는 홍등 / 마작철학 / 프레류드 / 돈 / 계절 / 산 / 들 / 석류 / 메
밀꽃 필 무렵 / 삽화 / 개살구 / 장미 병들다 / 공상구락부 / 해바라기 / 여수 / 하얼빈산협 / 풀잎 /
낙엽을 태우면서

근대 작가의 문화적 정체성이 끊임없이 흔들렸던 식민지 시대, 경성제대 출신의 지식
인 작가로서 그 문화적 혼란기를 소설 언어를 통해 구성하고 지속적으로 모색했던 이
효석의 대표작 20편 수록.

34 운수 좋은 날 현진건 중단편선

김동식(인하대) 책임 편집

수록 작품 희생화 / 빈처 / 술 권하는 사회 / 유린 / 피아노 / 할머니의 죽음 / 우편국에서 / 까막잡
기 / 그리운 흘긴 눈 / 운수 좋은 날 / 발 / 불 / B사감과 러브 레터 / 사립정신병원장 / 고향 / 동정 /
정조와 약가 / 신문지와 철창 / 서투른 도적 / 연애의 청산 / 타락자

한국 근대 단편소설의 형식적 미학을 구축하고 근대적 사실주의 문학의 머릿돌을 놓
은 작가 현진건의 대표작 21편 수록. 서구 중심의 근대성과 조선 사회의 식민성 사이
에서 방황하는 지식인의 내면 풍경뿐만 아니라, 식민지 조선의 일상을 예리하게 관찰
함으로써 '조선의 얼굴'을 담아낸 작가 현진건의 면모를 두루 살폈다.

35 사랑 이광수 장편소설

한승옥(숭실대) 책임 편집

춘원의 첫 전작 장편소설. 신문 연재물의 제약에서 벗어나 좀더 자유롭고 솔직한 그
의 인생관이 담겨 있다. 이른바 그의 어떤 장편소설보다도 나아간 자유 연애, 사랑에
관한 작가의 생각을 엿볼 수 있는 작품. 작가의 나이 지천명에 이르러 불교와 『주역』
등 동양고전에 심취하여 우주의 철리와 종교적 깨달음에 가닿은 시점에서 집필된, 춘
원의 모든 것.

36 화수분 전영택 중단편선

김만수(인하대) 책임 편집

수록 작품 천치? 천재? / 운명 / 생명의 봄 / 독약을 마시는 여인 / 화수분 / 후회 / 여자도 사람인가 / 하늘을 바라보는 여인 / 소 / 김탄실과 그 아들 / 금붕어 / 차돌멩이 / 크리스마스 전야의 풍경 / 말 없는 사람

1920년대 초반 자연주의, 사실주의적 색채가 강한 작품 세계로 주목받았던 작가 전영택의 대표작선. 이들 작품에서 작가는, 일제 초기의 만세운동, 일제 강점기하의 극심한 궁핍, 해방 직후의 사회적 혼돈, 산업화 초창기의 사회적 퇴폐상에 대한 자신의 경험을 소박한 형식 속에 담고 있다.

37 유예 오상원 중단편선

한수영(동아대) 책임 편집

수록 작품 황선지대 / 유예 / 균열 / 죽어살이 / 모반 / 부동기 / 보수 / 현실 / 훈장 / 실기

한국 전후 세대 문학의 대표 작가 오상원의 주요작 10편을 묶었다. '실존'과 '행동'에 초점을 맞춘 그의 작품은, 한결같이 극한 상황에 처한 인간 존재의 의미를 묻는 데 천착하면서 효과적인 주제 전달을 위해 낯설고 다양한 소설적 실험을 보여준다.

38 제1과 제1장 이무영 단편선

전영태(중앙대) 책임 편집

수록 작품 제1과 제1장 / 흙의 노예 / 문 서방 / 농부전 초 / 청개구리 / 모우지도 / 유모 / 용자소전 / 이단자 / B녀의 소묘 / O형의 인간 / 들매 / 며느리

한국 농민문학의 선구자로 평가받는 이무영의 주요 단편 13편 수록. 이들 작품에서 작가는, 농민을 계몽의 대상이 아닌, 흙을 일구는 그들의 삶을 통해서 진실한 깨달음을 얻는 자족적 대상으로 바라본다. 이무영의 농민소설은 인간을 향한 긍정적 시선과 삶의 부조리한 면을 파헤치는 지식인의 냉엄한 비판 의식이 공존하고 있다.

39 꺼삐딴 리 전광용 단편선

김종욱(세종대) 책임 편집

수록 작품 흑산도 / 진개권 / 지층 / 해도초 / GMC / 사수 / 크라운장 / 충매화 / 초혼곡 / 면허장 / 꺼삐딴 리 / 곽 서방 / 남궁 박사 / 죽음의 자세 / 세끼미

1950년대 전후 사회와 60년대의 척박한 삶의 리얼리티를 '구도의 치밀성'과 '묘사의 정확성'을 통해 형상화한 작가 전광용의 대표 단편 15편 모음집. 휴머니즘적 주제 의식, 전통적인 서사 형식, 객관적이고 냉철한 묘사 태도, 짧고 건조한 문체 등으로 집약되는 전광용의 작품 세계를 한눈에 살필 수 있는 계기.

40 과도기 한설야 단편선

서경석(한양대) 책임 편집

수록 작품 동경 / 그릇된 동경 / 합숙소의 밤 / 과도기 / 씨름 / 사방공사 / 교차선 / 추수 후 / 태양 / 임금 / 딸 / 철로 교차점 / 부역 / 산촌 / 이녕 / 모자 / 혈로

식민지 시대 신경향파·카프 계열 작가로서 사회주의 리얼리즘 문학을 추구한 작가 한설야의 문학적 특징을 잘 드러내는 단편 17편을 수록했다. 시대적 대세에 편승하며 작품의 경향을 바꾸었던 다른 카프 작가들과는 달리 한설야는, 주체적인 노동자로서의 삶을 택한 「과도기」의 '창선'이 그러하듯, 이 주제를 자신의 평생 과제로 삼아 창작에 몰두했다.

41 사랑손님과 어머니 주요섭 중단편선

장영우(동국대) 책임 편집

수록 작품 추운 밤 / 인력거꾼 / 살인 / 첫사랑 값 / 개밥 / 사랑손님과 어머니 / 아네모네의 마담 / 북소리 두둥둥 / 봉천역 식당 / 낙랑고분의 비밀

주요섭이 남녀 간의 애정 문제를 주로 다룬 통속 작가로 인식되어온 것은 교정되어야 마땅하다. 그는 빈민 계층의 고단하고 무망(無望)한 삶을 사실적으로 재현하는 데 탁월한 기량을 보였으며, 날카로운 현실인식과 객관적 묘사의 한 전범을 보여주었고 환상성을 수용함으로써 보다 탄력적인 소설미학을 실험하기도 하였다.

42 탁류 채만식 장편소설

우찬제(서강대) 책임 편집

채만식은 시대의 어둠을 문학의 빛으로 밝히며 일제 강점기와 해방기의 우리 소설사를 빛낸 작가다. 그는 작품활동 전반에 걸쳐 열정적인 창작열과 리얼리즘 정신으로 당대의 현실상을 매우 예리하게 형상화했다. 특히 「탁류」는 여주인공 초봉의 기구한 운명의 족적을 금강 물이 점점 탁해지는 현상에 비유하면서 타락한 당대의 세계상을 여실하게 드러내주고 있다.

43 벙어리 삼룡이 나도향 중단편선

우찬제(서강대) 책임 편집

수록 작품 젊은이의 시절 / 별을 안거든 우지나 말걸 / 옛날 꿈은 창백하더이다 / 여이발사 / 행랑 자식 / 벙어리 삼룡이 / 물레방아 / 꿈 / 뽕 / 지형근 / 청춘

위험한 시대에 매우 불안하게 살았던 작가. 그러나 나도향은 불안에 강박되기보다 불안한 자유의 상태를 즐기는 방식으로 소설을 택한 작가였다. 낭만적 환멸의 풍경이나 낭만적 동경의 형식 등은 불안에 대한 나도향 식 문학적 향유의 풍경으로 다가온다.

44 잔등 허준 중단편선

권성우(숙명여대) 책임 편집

수록 작품 탁류 / 습작실에서 / 잔등 / 속습작실에서 / 평대저울

한국 근대소설사에서 허준만큼 진보적 지식인의 진지한 자기 성찰을 깊이 형상화한 작가는 없었다. 혁명의 필연성을 기꺼이 인정하면서도 혁명과 해방으로 인해 궁지와 비참에 몰린 사람들에 대해 깊은 연민과 따뜻한 공감의 눈길을 던진 그의 대표작 다섯 편을 한데 모았다.

45 한국 현대희곡선

유치진 함세덕 오영진 차범석 이근삼 최인훈 이현화 이강백 이윤택 오태석
이상우(고려대) 책임 편집

수록 작품 토막 / 산허구리 / 살아 있는 이중생 각하 / 국물 있사옵니다 / 옛날 옛적에 훠어이 훠이 / 카덴자 / 봄날 / 오구—죽음의 형식 / 심청이는 왜 두 번 인당수에 몸을 던졌는가

한국 현대희곡 100년사를 대표하는 작품 열 편. 1930년대부터 1990년대까지 각 시기의 시대정신과 연극 경향을 대표할 만한 희곡들을 골고루 선별하였고, 사실주의 희곡과 비사실주의희곡의 균형을 맞추어 안배하였다.

46 혼명에서 백신애 중단편선

서영인 책임 편집

수록 작품 나의 어머니/꺼래이/복선이/채색교/적빈/낙오/악부자/정현수/학사/호도/어느 전원의 풍경—일명·법률/광인수기/소독부/일여인/혼명에서/아름다운 노을

일제강점기 한국문학을 대표하는 여성 작가이자 사회운동가인 백신애의 주요 작품 16편을 묶었다. 극심한 가난과 봉건적 인습의 굴레에 갇힌 여성들의 비극, 또는 그로부터 벗어나고자 하는 의지를 섬세한 필치와 치열한 문제의식으로 그려냈다. 그의 소설을 통해 '봉건적 가족제도와 여성의 욕망'이라는 해묵은 주제가 오늘날에도 여전히 풀리지 않는 과제로 존재하고 있음을 알게 된다.

47 근대여성작가선

김명순 나혜석 김일엽 이선희 임순득

이상경(KAIST) 책임 편집

수록 작품 의심의 소녀/선례/돌아다볼 때/탄실이와 주영이/경희/현숙/어머니와 딸/청상의 생활—희생된 일생/자각/계산서/매소부/탕자/일요일/이름 짓기/딸과 어머니와

일제강점기 한국문학을 대표하는 여성 작가들의 주요 작품 15편을 한 권에 묶었다. 근대 여성의 목소리로서 여성문학은 봉건적 가부장제에서 벗어나고자 개인으로서 여성의 자유로운 선택을 가로막는 온갖 질곡에 저항해왔다. 여성이 봉건적 공동체를 벗어나 개성을 찾아 나서는 길은 많은 경우 가출, 자살, 일탈 등으로 귀결되었지만, 그럼에도 여성 자신의 힘을 믿으면서 공동체의 인습에 저항하고 새로운 공동체를 지향하는 노력이 있었다. 여기에 식민지라는 조건 속에서 민족의 해방은 더 큰 과제이기도 했다. 이 책에 실린 여성 작가의 작품들은 신여성의 이러한 꿈과 현실, 한계를 여실히 드러내 보여준다.

48 불신시대 박경리 중단편선

강지희(한신대) 책임 편집

수록 작품 계산/흑흑백백/암흑시대/불신시대/벽지/환상의 시기/약으로도 못 고치는 병

여성의 전쟁 수난사를 가장 탁월하게 그려낸 작가 박경리의 대표 중단편 7편 수록. 고독과 절망의 시대를 살아내면서도 현실과 타협하지 못하는 결벽성으로 인간의 존엄을 고민했던 작가의 흔적이 역력한 수작들이 담겼다.